ŚWIAT

TERRY PRATCHETT

STRAŻ NOCNA

ŚWIAT DYSKU

TERRY PRATCHETT

STRAŻ NOCNA

Przełożył
Piotr W. Cholewa

Prószyński i S-ka

Tytuł oryginału
NIGHT WATCH

Projekt graficzny serii
Zombie Sputnik Corporation

Ilustracja na okładce
Copyright © Paul Kidby www.paulkidby.net

Redakcja
Łucja Grudzińska

Redakcja techniczna
Elżbieta Urbańska

Korekta
Grażyna Nawrocka

Łamanie
Monika Lefler

ISBN 978-83-7469-697-5

Warszawa 2008

Wydawca
Prószyński i S-ka SA
02-651 Warszawa, ul. Garażowa 7
www.proszynski.pl

Druk i oprawa
Drukarnia Naukowo-Techniczna
Oddział Polskiej Agencji Prasowej SA
03-828 Warszawa, ul. Mińska 65

Tego samego autora polecamy:

KOLOR MAGII
★
BLASK FANTASTYCZNY
★
RÓWNOUMAGICZNIENIE
★
MORT
★
CZARODZICIELSTWO
★
ERYK
★
TRZY WIEDŹMY
★
PIRAMIDY
★
STRAŻ! STRAŻ!
★
RUCHOME OBRAZKI
★
NAUKA ŚWIATA DYSKU I i II
★
KOSIARZ
★
WYPRAWA CZAROWNIC
★
POMNIEJSZE BÓSTWA
★
PANOWIE I DAMY
★
ZBROJNI

MUZYKA DUSZY
★
CIEKAWE CZASY
★
MASKARADA
★
OSTATNI BOHATER
★
ZADZIWIAJĄCY MAURYCY
I JEGO UCZONE SZCZURY
★
NA GLINIANYCH NOGACH
★
WIEDŹMIKOŁAJ
★
WOLNI CIUTLUDZIE
★
BOGOWIE, HONOR,
ANKH-MORPORK
★
OSTATNI KONTYNENT
★
CARPE JUGULUM
★
PIĄTY ELEFANT
★
PRAWDA
★
ZŁODZIEJ CZASU
★
ZIMISTRZ

WSPANIAŁA REPUBLIKA ULICY KOPALNI MELASY
PRAWDA
SPRAWIEDLIWOŚĆ
WOLNOŚĆ
MIŁOŚĆ
W CENACH
ORAZ
JAJKO NA
TWARDO
Wyspa Bogów
Aptekarskie ogrody
Skrót
Al. Fiszbinowa
Bezprawny Most
Most
Pons
Mosiężny Most
Brwarna
Beczki
Arsenał
ANKH
Morficzna
Stroma
Dawne mury miejskie
Kopalni
Melasy
Posterunek
Kablowa
Pod Kubłem
Kowal
Radosne Mydło
Szronowa
Filigranowa
Bohaterów
Łatwa
Mielona
Ogrody madame
Tania
MROKI
Kotnica
Wiązów
Szory
Quirmska
Zacele
Pięć Dróg
Gęsiobramna
Gęsia Brama
Dawne mury miejskie
Brama Cebulowa
Lombard
al. Kamieniołomów

Sam Vimes westchnął, kiedy usłyszał krzyk, ale zanim cokolwiek w tej sprawie zrobił, najpierw skończył się golić.

Potem włożył kurtkę i wyszedł powoli w piękny poranek. Była wczesna wiosna, ptaki śpiewały wśród drzew, a pszczoły brzęczały w kwiatach. Wprawdzie zamglone niebo i ciemne chmury na horyzoncie groziły, że wkrótce spadnie deszcz, na razie jednak było gorąco i duszno. A w starym szambie za szopą ogrodnika jakiś młody chłopak taplał się w wodzie.

No... w każdym razie się taplał.

Vimes stanął w pewnej odległości i zapalił cygaro. Prawdopodobnie nie należało używać otwartego ognia blisko dołu – ciało upadające z dachu szopy skruszyło skorupę na powierzchni szamba.

– Dzień dobry – rzekł uprzejmie Vimes.

– Dzień dobry, wasza łaskawość – odpowiedział pracowity taplacz.

Głos był wyższy, niż Vimes się spodziewał, więc zdał sobie sprawę, że – co niezwykłe – młody chłopak w dole jest, precyzyjnie mówiąc, młodą kobietą. Nie było to tak całkiem niespodziewane – Gildia Skrytobójców wiedziała, że jeśli chodzi o pomysłowe zabójstwa, kobiety co najmniej dorównują swym braciom – ale mimo to odrobinę zmieniało sytuację.

– Nie wydaje mi się, żebyśmy się kiedyś spotkali. Chociaż rozumiem, że wiesz, kim jestem. A ty...?

– Wiggs, sir – przedstawiła się pływaczka. – Jocasta Wiggs. Poznać pana osobiście to zaszczyt, wasza łaskawość.

– Wiggs, tak? – mruknął Vimes. – Znany ród w gildii. Przy okazji, „sir" zupełnie wystarczy. Kiedyś chyba złamałem nogę twojemu ojcu?

– Tak, sir. Prosił, żeby pana pozdrowić.

– Trochę jesteś za młoda, żeby powierzać ci kontrakt...

– Nie chodzi o kontrakt, sir – zapewniła Jocasta, machając rękami i nogami.

– Ależ panno Wiggs... Cena za moją głowę to co najmniej...

– Rada Gildii postanowiła pana zawiesić, sir – wyjaśniła uparta pływaczka. – Został pan zdjęty z rejestru. W tej chwili nie przyjmują już zleceń na pana.

– Coś podobnego! Czemu?

– Nie wiem, sir – zapewniła panna Wiggs.

Cierpliwe wysiłki przesunęły ją do ściany dołu i właśnie odkrywała, że obmurowanie jest w dobrym stanie, a śliskie cegły nie dają żadnych możliwości uchwytu. Vimes wiedział o tym, ponieważ pewnego popołudnia poświęcił kilka godzin na to, by tak właśnie było.

– No to dlaczego cię wysłali?

– Panna Band uznała, że to dobre ćwiczenie – wyjaśniła Jocasta. – Muszę przyznać, że te cegły to trudna sprawa. Mam rację?

– Istotnie – zgodził się Vimes. – Trudna. Czyżbyś ostatnio była niegrzeczna dla panny Band? Zirytowałaś ją w jakiś sposób?

– Ależ nie, wasza łaskawość. Powiedziała jednak, że staję się nadmiernie pewna siebie i dobrze mi zrobią jakieś zaawansowane zajęcia terenowe.

– No tak, rozumiem...

Vimes usiłował sobie przypomnieć pannę Band, jedną z bardziej surowych nauczycielek gildii. Jak słyszał, bardzo wysoko ceniła ćwiczenia praktyczne.

– Tak... I dlatego wysłała cię, żebyś mnie zabiła?

– Skądże, sir! To tylko ćwiczenie! Nie mam nawet bełtów do

kuszy! Miałam tylko znaleźć miejsce, skąd złapię pana w celownik, a potem zameldować o tym.

– Uwierzyłaby ci?

– Oczywiście, sir. – Jocasta była wyraźnie urażona. – Honor gildii, sir.

Vimes odetchnął głęboko.

– Widzi pani, panno Wiggs, w ostatnich latach niemała liczba pani kolegów usiłowała mnie zabić w moim własnym domu. Może więc pani uznać, że moje poglądy w tej kwestii są dość niejednoznaczne.

– Doskonale rozumiem, sir – zapewniła Jocasta tonem kogoś zdającego sobie sprawę, że jedyną szansą ujścia cało z obecnej trudnej sytuacji jest dobra wola innej osoby, która to osoba wcale nie czuje palącej potrzeby, by ją okazywać.

– A byłabyś zdumiona, jakie pułapki zastawione są tutaj dookoła – ciągnął Vimes. – Niektóre naprawdę sprytne, choć sam muszę się tym pochwalić.

– Na pewno się nie spodziewałam, że dachówki na szopie tak się poruszają, sir.

– Są mocowane na nasmarowanych szynach.

– Brawo, sir.

– A z niektórych się spada w różne śmiertelnie groźne pułapki – dodał Vimes.

– Czyli miałam szczęście, że nie trafiłam w żadną z nich, prawda, sir?

– Och, ta również jest śmiertelna. W końcu.

Vimes westchnął. Naprawdę nie chciał ich zachęcać do takich akcji, ale... zdjęli go z rejestru? Nie to, żeby lubił, jak strzelają do niego zamaskowane indywidua, chwilowo zatrudniane przez któregoś z jego rozmaitych i licznych wrogów, ale traktował to jak swego rodzaju wotum zaufania. Dowodziło, że irytuje ludzi bogatych i aroganckich, którzy powinni być irytowani.

Poza tym łatwo było przechytrzyć Gildię Skrytobójców. Mieli bardzo ścisłe reguły, których przestrzegali w zasadzie honorowo, co Vimesowi odpowiadało, gdyż w pewnych praktycznych kwestiach on nie przestrzegał żadnych reguł.

Zdjęli z rejestru, tak? Jedyną osobą, która podobno była z niego skreślona, to lord Vetinari, Patrycjusz. Skrytobójcy lepiej niż inni rozumieli polityczną grę w mieście. Skreślali człowieka z rejestru, ponieważ uznawali, że jego odejście nie tylko zepsuje tę grę, ale też roztrzaska planszę...

– Byłabym niezwykle wdzięczna, gdyby mnie pan wyciągnął, sir – odezwała się Jocasta.

– Co? A tak... Przepraszam, mam czyste ubranie – odparł Vimes. – Ale jak tylko wrócę do domu, powiem kamerdynerowi, żeby tu przyszedł z drabiną. Zgoda?

– Bardzo dziękuję, sir. Naprawdę miło mi było pana poznać, sir.

Vimes powoli ruszył w stronę domu. Zdjęli z rejestru? Czy wolno złożyć protest? Może uznali...

Ogarnęła go chmura zapachu.

Uniósł głowę.

Rozkwitały krzaki bzu.

Patrzył.

Do licha! Do licha! Do licha!!! Co roku zapominał. Chociaż nie... Nigdy nie zapominał. Po prostu chował te wspomnienia, jak starą srebrną zastawę, żeby nie zmatowiała. I co roku wracały, ostre i lśniące, i kłuły go w samo serce. I to jeszcze dzisiaj, akurat dzisiaj...

Wyciągnął rękę. Dłoń mu drżała, kiedy chwytał kwiat i delikatnie odłamywał łodygę. Stał przez chwilę, wpatrzony w pustkę. A potem ostrożnie zaniósł gałązkę bzu do garderoby.

Willikins przygotował na dzisiaj jego oficjalny mundur. Sam Vimes przyjrzał mu się tępo, po czym przypomniał sobie o Komitecie Straży. Zgadza się. Stary pogięty półpancerz się nie nada, nie ma mowy... Nie dla jego łaskawości diuka Ankh, komendanta Straży Miejskiej, sir Samuela Vimesa. Lord Vetinari szczególnie to podkreślił, niech to demony porwą.

A niech porwą, tym bardziej że – nieszczęśliwie – Sam Vimes dostrzegał sens takiego działania. Nienawidził swojego oficjalnego uniformu, ale ostatnio reprezentował przecież nie tylko siebie. Sam Vimes mógł się zjawiać na spotkaniach w brudnym pancerzu, nawet sir Samuel Vimes potrafił zwykle znaleźć sposób, by cały czas chodzić w mundurze ulicznym, ale diuk... No cóż, diuk wymagał czegoś bardziej imponującego. Na spotkaniach z zagranicznymi dyplomatami diuk nie może się pokazywać z tyłkiem wystającym z portek. Co prawda zwykły stary Sam Vimes nie pokazywał się z tyłkiem wystającym z portek, ale gdyby nawet, nikt by z tego powodu nie rozpoczął wojny.

Zwykły stary Sam Vimes się nie poddawał. Pozbył się prawie całego pióropusza i tych głupich rajtuzów, uzyskując w efekcie mundur, który przynajmniej wskazywał, że jego właściciel jest płci męskiej. Jednak hełm miał złote ozdoby, a płatnerze wykuli – na miarę – nowy, lśniący półpancerz z bezsensownymi złotymi ornamentami. Za każdym razem, kiedy Vimes go wkładał, czuł się zdrajcą swojej klasy. Nie cierpiał myśli, że ktoś mógłby go uznać za jednego z tych durniów, którzy noszą głupie, złocone pancerze. Wtedy własnym przykładem wspierałby zło. No, złocenie.

Obrócił w palcach gałązkę bzu i raz jeszcze zaciągnął się odurzającym zapachem. Ach... Nie zawsze tak było...

Ktoś odchrząknął. Vimes uniósł wzrok.

– Co jest? – warknął.

– Chcę tylko spytać, czy lady jest w dobrym zdrowiu, wasza łaskawość – odpowiedział zaskoczony kamerdyner. – A wasza łaskawość dobrze się czuje?

– Co? A tak, tak. Nie, wszystko w porządku. U lady Sybil także. Zajrzałem do niej, zanim wyszedłem do ogrodu. Jest z nią pani Content. Twierdzi, że to jeszcze potrwa.

– Mimo to poleciłem w kuchni, żeby przygotowali dużo gorącej wody, wasza łaskawość. – Willikins pomógł Vimesowi zapiąć ten złoco... złowrogi półpancerz.

– Dobrze. Jak myślisz, po co im ta cała woda?

– Nie mam pojęcia, wasza łaskawość. Prawdopodobnie lepiej o to nie pytać.

Vimes przytaknął. Sybil dała mu do zrozumienia, wprawdzie delikatnie i taktownie, ale bardzo wyraźnie, że w tej konkretnej sprawie nie będzie potrzebny. Musiał przyznać, że przyjął to z ulgą.

Wręczył Willikinsowi gałązkę bzu. Kamerdyner wziął ją i bez słowa umieścił w małej srebrnej rurce z wodą, dzięki czemu kwiatki miały zachować świeżość przez długie godziny. Rurkę umocował do jednego z pasków pancerza.

– Czas szybko płynie, wasza łaskawość, nieprawdaż? – rzekł, omiatając go małą miotełką.

Vimes spojrzał na zegarek.

– Trudno zaprzeczyć. Słuchaj, po drodze do pałacu zajrzę do

Pseudopolis Yardu, podpiszę co trzeba i wrócę jak najszybciej. Dobrze?

Willikins obrzucił go wzrokiem pełnym zgoła niekamerdynerskiej troski.

– Jestem pewien, że lady Sybil nic nie grozi, wasza łaskawość – oświadczył. – Oczywiście, nie jest, nie jest...

– ...młoda – dokończył Vimes.

– Powiedziałbym, że jest bogatsza latami niż wiele innych *primi-gravidae* – odparł gładko Willikins. – Ale jest damą dobrze zbudowaną, jeśli wybaczy mi pan tę śmiałą uwagę, a w jej rodzie tradycyjnie nie było poważniejszych kłopotów w dziedzinie rodzenia dzieci...

– Primi co?

– Nowe matki, wasza łaskawość. I z całą pewnością lady Sybil wolałaby wiedzieć, że wasza łaskawość ściga złoczyńców, zamiast wydeptywać dziury w bibliotecznym dywanie.

– Chyba masz rację, Willikins. Ehm... Aha, tak. Pewna młoda dama pływa pieskiem w starym dole kloacznym.

– Rozumiem, wasza łaskawość. Poślę tam zaraz jakiegoś kuchcika z drabiną. I wiadomość do Gildii Skrytobójców?

– Dobry pomysł. Będzie potrzebowała czystego ubrania i kąpieli.

– Myślę, że może szlauch w starej komórce byłby bardziej odpowiedni, wasza wysokość. Przynajmniej na początek.

– Słuszne spostrzeżenie. Zajmij się tym. A teraz muszę już iść.

W zatłoczonej sali głównego komisariatu Straży Miejskiej w Pseudopolis Yardzie sierżant Colon z roztargnieniem poprawił gałązkę bzu, którą umocował do hełmu jak pióropusz.

– Dziwni się robią, Nobby – stwierdził, obojętnie przerzucając poranne raporty. – Typowe dla glin. Też mi się zdarzyło, kiedy miałem dzieciaki. Człowiek robi się zacięty.

– Co to znaczy: zacięty? – zapytał kapral Nobbs, prawdopodobnie najlepszy żyjący dowód, że istniało płynne przejście ewolucyjne między zwierzętami i ludźmi.

– No wiesz... – Colon rozparł się na krześle. – To jest tak... że kiedy jesteś w naszym wieku... – Zawahał się. Nobby od lat już podawał swój wiek jako „prawdopodobnie 34"; rodzina Nobbsów nie była dobra w rachunkach. – To znaczy, kiedy człowiek osiąga... pewien wiek – zaczął znowu – uświadamia sobie, że świat nigdy nie będzie doskonały. I przyzwyczaja się, że jest trochę... trochę...

– Do kitu? – podpowiedział Nobby. Za jego uchem, w miejscu zarezerwowanym zwykle dla papierosa, tkwiła gałązka więdnącego bzu.

– Otóż to. Znaczy, nigdy nie będzie doskonały, więc radzisz sobie jak możesz, tak? Ale kiedy dzieciak jest w drodze, rozumiesz, nagle wszystko wygląda inaczej. Człowiek myśli: moje dziecko będzie musiało dorastać w tym bałaganie. Pora tu sprzątnąć. Pora, by urządzić tutaj Lepszy Świat. I robi się taki... zapalony. Ostry. Kiedy usłyszy o Wręcemocnym, będzie tu naprawdę gorąco... dzień dobry, panie Vimes.

– Rozmawialiście o mnie, tak? – rzucił Vimes, przechodząc obok.

Colon i Nobbs stanęli na baczność. Tak naprawdę Vimes nie słyszał ich rozmowy, ale z twarzy sierżanta Colona można było czytać jak z książki, a on już wiele lat temu nauczył się jej na pamięć.

– Zastanawiałem się tylko, czy to szczęśliwe wydarzenie... – zaczął Colon, podążając za komendantem, który pokonywał po dwa stopnie naraz.

– Jeszcze nie – odparł krótko Vimes. Pchnął drzwi do swojego gabinetu. – Dzień dobry, Marchewa.

Kapitan Marchewa poderwał się i zasalutował.

– Dzień dobry, sir. Czy lady...

– Nie, Marchewa. Jeszcze nie. Coś się działo w nocy?

Marchewa przesunął wzrokiem po gałązce bzu.

– Nic dobrego, sir. Kolejny funkcjonariusz zamordowany.

Vimes znieruchomiał.

– Kto? – spytał.

– Sierżant Wręcemocny, sir. Zabity na Kopalni Melasy. Znowu Carcer.

Vimes zerknął na zegarek. Mieli dziesięć minut, by dotrzeć do pałacu. Ale nagle przestał się czasem przejmować. Usiadł przy biurku.

– Świadkowie?

– Tym razem trzech, sir.

– Aż tylu?

– Wszyscy to krasnoludy. Wręcemocny nie był nawet na służbie, sir. Wyszedł z komendy, kupił w barze zapiekankę ze szczura i frytki, a potem wpadł prosto na Carcera. Ten drań dźgnął sierżanta w szyję i uciekł. Pewnie pomyślał, że go znaleźliśmy.

– Szukamy gościa od tygodni! A on wpada na biednego Wręcemocnego, kiedy ten krasnolud myśli tylko o śniadaniu? Angua podjęła trop?

– W pewnym sensie, sir – odparł zakłopotany Marchewa.

– Dlaczego tylko w pewnym sensie?

– On... zakładamy, że to Carcer... rzucił bombę anyżową na placu Sator. Prawie czysty olejek.

Vimes westchnął. Zadziwiające, jak ludzie szybko się adaptują. Straż ma wilkołaka. Wiadomość o tym rozeszła się dość dyskretnie i przestępcy wyewoluowali tak, by przetrwać w społeczeństwie, gdzie prawo dysponuje bardzo czułym nosem. Rozwiązaniem okazały się bomby zapachowe. Nie wymagały dramatycznych efektów. Wystarczyło rzucić buteleczkę mięty czy anyżu gdzieś na ulicy, gdzie przejdzie mnóstwo ludzi, i nagle sierżant Angua miała przed sobą tysiące krzyżujących się tropów i szła do łóżka z potwornym bólem głowy.

Ponuro słuchał, jak Marchewa melduje o ludziach ściągniętych z urlopów, o podwójnych dyżurach, naciskanych informatorach, gołębiach posłanych na parapety, przeczesywanych trawach, palcach wystawianych na wiatr, uszach przykładanych do bruku... I wiedział, jak mało to przynosi. Wciąż mieli w straży niecałą setkę ludzi, wliczając w to bufetową. A w mieście był milion mieszkańców i miliardy kryjówek. Ankh-Morpork stało na kryjówkach. Poza tym Carcer to prawdziwy koszmar.

Vimes przyzwyczaił się już do różnych szaleńców – takich, którzy zachowują się całkiem normalnie aż do chwili, gdy nagle wstaną i pogrzebaczem rozwalą głowę komuś, kto za głośno wydmuchał nos. Ale Carcer był inny. Miał dwie osobowości, lecz nie były w konflikcie, raczej współzawodniczyły ze sobą. Na obu ramionach siedziały mu demony i zachęcały się wzajemnie do działania.

A przy tym... cały czas się uśmiechał, z sympatią i wesoło. I zachowywał się jak drobny złodziejaszek, który zarabia na marne życie, handlując złotymi zegarkami, które po tygodniu zielenieją. Wydawał się przekonany, ale to całkowicie przekonany, że nigdy nie zrobił nic złego. Nawet stojąc wśród trupów, z krwią na rękach i kradzioną biżuterią w kieszeniach, pytałby z wyrazem urażonej niewinności: „Ja? Co ja takiego zrobiłem?”.

W dodatku można mu było uwierzyć... dopóki człowiek nie spojrzał w te bezczelnie wesołe oczy i nie zobaczył spoglądających z głębi demonów...

...tylko że nie należało patrzeć mu w oczy zbyt długo, gdyż to oznaczało, że człowiek nie uważał na jego ręce, a przez ten czas jedna z nich trzymała nóż.

Przeciętni gliniarze nie radzili sobie z kimś takim. Spodziewali się, że ludzie, otoczeni przez przeważające siły, raczej się poddadzą, spróbują dogadać, a przynajmniej przestaną się ruszać. Nie oczekiwali, że ktoś zabije z powodu zegarka za pięć dolarów (zegarek za sto dolarów to już całkiem inna sprawa – w końcu żyli w Ankh-Morpork).

– Czy Wręcemocny był żonaty? – zapytał.

– Nie, sir. Mieszkał z rodzicami przy Nowej Szewskiej.

Rodzice, pomyślał Vimes. Jeszcze gorzej.

– Ktoś ich już zawiadomił? Tylko mi nie mów, że Nobby. Nie chcemy przecież powtarzać tego idiotyzmu z „Założę się o dolca, że jest pani wdową Jackson”.

– Ja tam poszedłem, sir. Gdy tylko dostaliśmy wiadomość.

– Dziękuję. Jak to przyjęli?

– No... z powagą, sir.

Vimes jęknął w duchu. Mógł sobie wyobrazić ich twarze.

– Napiszę do nich oficjalny list – zdecydował, otwierając szufladę biurka. – Niech ktoś go zaniesie, dobrze? I powie, że później sam się zjawię. Może to nie jest właściwa pora... – Nie, zaraz, to przecież krasnoludy. A krasnoludy nie lekceważą kwestii finansowych. – Nie tak. Niech powie, że dostarczymy wszystkie szczegóły renty po nim i tak dalej. Zginął na służbie... no, prawie. To oznacza dodatkową premię. Wszystko się dodaje... – Pogrzebał w szafce. – Gdzie jego akta?

– Tutaj, sir. – Marchewa wręczył mu teczkę. – Mamy być w pałacu o dziesiątej, sir. Komitet Straży Miejskiej. Ale na pewno zrozumieją – dodał szybko, widząc minę Vimesa. – Pójdę sprzątnąć szafkę Wręcemocnego, sir. Sądzę, że chłopcy zrobią składkę na kwiaty i resztę...

Gdy kapitan wyszedł, Vimes pochylił się nad czystą kartką firmowego papieru. Akta... musiał zaglądać do tych nieszczęsnych akt... Ale ostatnio mieli tylu strażników...

Składka na kwiaty. I trumnę. Nie wolno zapominać o swoich. Sierżant Dickins to powtarzał wiele lat temu...

Vimes nie radził sobie ze słowami, zwłaszcza takimi do zapisania. Kilka razy zajrzał jednak do teczki, żeby odświeżyć sobie pamięć, i spisał najlepsze, co mu przyszło do głowy.

To były dobre słowa, a także – mniej więcej – prawdziwe. Ale szczerze mówiąc, Wręcemocny był zwyczajnym przyzwoitym krasnoludem, któremu płacili za bycie gliną. Zaciągnął się, bo w tych czasach wstąpienie do straży było niezłym wyborem kariery. Straż płaciła nieźle, dawała sensowną emeryturę i doskonałą opiekę medyczną tym, którym wystarczało siły woli, by poddać się zabiegom Igora w piwnicy. A po około roku wyszkolony w Ankh-Morpork strażnik mógł wyjechać z miasta i dostać pracę w straży gdzie indziej, na całych równinach, a do tego natychmiastowy awans. Tak działo się bez przerwy. Nazywali ich Samsi – nawet w miejscach, gdzie nigdy nie słyszeli o Samie Vimesie. Sams oznaczał strażnika, który potrafi myśleć bez poruszania ustami, nie bierze łapówek – w każdym razie nieczęsto, a i wtedy tylko na poziomie piwa i pączków, co nawet Vimes uznawał za smar pozwalający sprawom gładko się toczyć – i, ogólnie biorąc, godnego zaufania. Przynajmniej dla danej wartości „zaufania".

Tupot biegnących nóg sugerował, że sierżant Detrytus prowadzi najnowszych rekrutów z porannej przebieżki. Vimes słyszał piosenkę, jakiej Detrytus ich nauczył. Nietrudno było odgadnąć, że ułożył ją troll.

Głupią piosenkę śpiewamy!
I przy śpiewaniu biegamy!
Po co śpiew ten my nie wiemy!
Słowa nie chcą się porządnie rymować!

– Koniec śpiewu!
– Raz! Dwa!
– Koniec śpiewu!
– Dużo! Mnóstwo!

– Koniec śpiewu!

– E... Co?

Vimesa ciągle irytowało, że mały ośrodek szkoleniowy w starej fabryce lemoniady wypuszczał tylu strażników, którzy wyjeżdżali z miasta, jak tylko zakończyli okres próbny. Ale miało to swoje zalety. Samsi służyli prawie po granice Überwaldu, a wszyscy szybko się wspinali po drabinach awansów. Pomagało pamiętanie ich imion, a także pamiętanie, że nosiciele tych imion zostali nauczeni, by mu salutować. Meandry i zakola polityki oznaczały często, że miejscowi władcy nie rozmawiali ze sobą, ale Samsi – przez wieże semaforowe – rozmawiali przez cały czas.

Kończył już list, kiedy ktoś zapukał do drzwi.

– Prawie gotowy! – zawołał.

– To ja, fir – oznajmił funkcjonariusz Igor, zaglądając do środka. I dodał: – Igor, sir.

– Tak, Igorze? – zapytał Vimes.

Zastanowił się już nie pierwszy raz, po co przedstawia się ktoś, kto ma szwy dookoła głowy*.

– Chcę tylko powiedzieć, fir, że mogłem postawić młodego Wręcemocnego na nogi, fir – oświadczył Igor z wyrzutem.

Vimes westchnął. Twarz Igora wyrażała troskę z pewną sugestią rozczarowania. Nie pozwolono mu na wykonywanie swej... sztuki. Oczywiście, że był rozczarowany.

– Już rozmawialiśmy na ten temat, Igorze. To nie to samo co przyszyć z powrotem nogę. A krasnoludy absolutnie się temu sprzeciwiają.

– Nie ma w tym nic nadprzyrodzonego, fir. Jestem wyznawcą filozofii naturalnej! A on był jeszcze ciepły, kiedy go przynieśli...

– Takie są zasady, Igorze. Ale dziękuję ci. Wiemy, że serce masz we właściwym miejscu...

– Serca we właściwych miejscach, sir – poprawił go Igor.

– O to mi właśnie chodziło – zapewnił Vimes, nie wahając się ani przez moment, tak jak Igor nigdy się nie wahał.

* Igor, zatrudniony w Straży Miejskiej jako patolog i asystent medyczny, był dość młody (o ile można to stwierdzić u Igora, jako że użyteczne kończyny i inne organy Igory przekazywały sobie tak, jak inni kieszonkowe zegarki) i bardzo nowoczesny. Czesał się w kaczy kuper z wydłużoną grzywką, nosił buty na grubej gumowej podeszwie i czasami zapominał seplenić.

– Och... No trudno, sir. – Igor zrezygnował. Odczekał chwilę, nim zapytał: – Jak się czuje lady Sybil, sir?

Vimes się tego spodziewał. To straszne, kiedy umysł robi właścicielowi coś takiego, ale jego umysł zaprezentował mu już ideę Igora i Sybil w tym samym zdaniu. Nie to, że Vimes Igora nie lubił. Wręcz przeciwnie. Paru strażników patrolujących w tej chwili ulice nie miałoby nóg, gdyby nie geniusz Igora przy igle. Ale...

– Świetnie. Czuje się świetnie – zapewnił.

– No bo słyszałem, że pani Content się trochę niepo...

– Igorze, są pewne dziedziny, w które... Słuchaj, czy ty w ogóle wiesz cokolwiek o... o kobietach i dzieciach?

– Nie tak dokładnie, sir, ale przekonałem się, że jak już kogoś położę na stole i trochę w nim, no wie pan, trochę pogmeram, to jakof fobie poukładam więkfofć rzeczy...

W tym momencie wyobraźnia Vimesa odmówiła dalszych działań.

– Dziękuję ci, Igorze – zdołał odpowiedzieć bez drżenia głosu. – Ale pani Content jest bardzo doświadczoną akuszerką.

– Jefli pan tak twierdzi, sir... – odparł Igor, lecz zwątpienie dźwięczało w jego słowach.

– Muszę już iść – oświadczył Vimes. – Czeka mnie długi dzień...

Zbiegł po schodach, rzucił list Colonowi, skinął na Marchewę i szybkim krokiem ruszyli do pałacu.

Gdy tylko drzwi się zamknęły, jeden ze strażników uniósł głowę znad biurka, przy którym zmagał się z raportem i trudem zapisania – jak to u policjantów – tego, co powinno się wydarzyć.

– Sierżancie?

– Tak, kapralu Ping?

– Dlaczego niektórzy z was noszą fioletowe kwiatki, sierżancie?

Nastąpiła subtelna zmiana w atmosferze, wyssanie dźwięku wywołane uważnym nasłuchiwaniem wielu par uszu. Wszyscy funkcjonariusze w pokoju przestali pisać.

– Bo wie pan, sierżancie – ciągnął Ping – widziałem, że pan, Reg i Nobby nosiliście je w zeszłym roku o tej porze, więc pomyślałem, że może wszyscy powinniśmy...

Ping się zająknął. Zwykle przyjazne oczy sierżanta Colona zmrużyły się nagle, przesyłając jasne ostrzeżenie: mój chłopcze, stąpasz po cienkim lodzie, który zaczyna trzeszczeć...

– No bo moja gospodyni ma ogród i mógłbym szybko podskoczyć i ściąć... – ciągnął Ping w nietypowym dla siebie usiłowaniu samobójstwa.

– Chciałbyś dzisiaj nosić bez, tak? – zapytał Colon cicho.

– To znaczy, gdyby pan chciał, to mógłbym...

– A byłeś tam? – Colon wstał z takim rozmachem, że przewrócił krzesło.

– Spokojnie, Fred – mruknął Nobby.

– Przecież ja nie... – zaczął Ping. – To znaczy... gdzie byłem, sierżancie?

Colon oparł się o blat i przysunął swą okrągłą, poczerwieniałą twarz na cal od nosa Pinga.

– Skoro nie wiesz, gdzie było to „tam", to tam nie byłeś – oświadczył tym samym cichym głosem. Znów się wyprostował. – A teraz ja i Nobby wychodzimy. Spocznij, Ping.

– E...

To nie był dobry dzień dla kaprala Pinga.

– Tak? – rzucił Colon.

– No bo... regulamin, sierżancie. Pan jest najwyższy stopniem, a ja jestem dzisiaj funkcjonariuszem dyżurnym. Inaczej bym nie pytał, ale... Jeśli pan wychodzi, sierżancie, musi mi pan powiedzieć, dokąd pan idzie. Rozumie pan, na wypadek gdyby ktoś chciał się z panem skontaktować. Muszę to zapisać w dzienniku. Piórem i w ogóle... – dodał.

– Wiecie, jaki dziś dzień, Ping? – spytał Colon.

– No... dwudziesty piąty maja, sierżancie.

– A wiecie, Ping, co to oznacza?

– No...

– Oznacza – wtrącił Nobby – że każdy tak ważny, że może spytać, dokąd idziemy...

– ...wie, dokąd poszliśmy – dokończył Fred Colon.

Drzwi zamknęły się za nimi z trzaskiem.

Cmentarz pod wezwaniem Pomniejszych Bóstw służył ludziom, którzy nie wiedzieli, co będzie potem. Nie mieli pojęcia, w co wierzą, czy istnieje życie po śmierci, a często też co ich zabiło. Szli przez życie uprzejmie niepewni, aż w końcu chwytała ich pewność największa ze wszystkich. Wśród miejsc spoczynku w mieście ten cmentarz odpowiadał szufladzie oznaczonej „Różne"; ludzie leżeli tutaj we wspaniałym oczekiwaniu na nic specjalnego.

Tutaj chowano większość strażników. Po kilku latach policjanci przekonywali się, że nawet w ludzi ciężko im uwierzyć, a co dopiero w coś, czego nie widać.

Przynajmniej raz nie padało. Lekki wiatr szeleścił okopconymi topolami przy murze.

– Powinniśmy przynieść jakieś kwiaty – zauważył Colon, kiedy szli przez wysoką trawę.

– Mogę zwinąć trochę z paru świeżych grobów, sierżancie – zaproponował Nobby.

– To nie jest coś, co chciałbym od ciebie usłyszeć w takiej chwili, Nobby – upomniał go surowo Colon.

– Przepraszam, sierżancie.

– W takiej chwili człowiek powinien myśleć o swojej duszy nieśmiertelnej wi-za-wi nieskończonej i potężnej rzeki, która jest historią. Tym bym się zajął na twoim miejscu.

– Racja, sierżancie. Tak zrobię. I widzę, że ktoś już się tym zajmuje.

Pod murem rosły krzaki bzu. To znaczy, kiedyś w przeszłości ktoś posadził tu bez, który wyrósł – jak to bez – w setki giętkich pędów. W rezultacie to, co było dawniej jedną łodygą, zmieniło się w gąszcz. Każdą gałązkę pokrywały bladoliliowe kwiaty.

Pod splątaną roślinnością wciąż widać było groby. A przed nimi stał Gardło Sobie Podrzynam Dibbler, najbardziej pechowy biznesmen w Ankh-Morpork. I miał gałązkę bzu na kapeluszu.

Zauważył dwóch strażników i skinął im głową. Oni skinęli mu w odpowiedzi. Potem we trzech stanęli obok siebie, patrząc na siedem grobów. Tylko jeden z nich był dobrze utrzymany. Marmurowy nagrobek lśnił, oczyszczony z mchu, trawę przystrzyżono, kamienne obramowanie aż się skrzyło.

Mech porósł drewniane tabliczki sześciu pozostałych, ale ktoś wyczyścił tę na środkowym, odsłaniając imię:

JOHN KEEL

A pod spodem, wyryty przez kogoś, kto zadał sobie sporo trudu, widniał napis

Jakże się wznoszą

Na grobie leżał duży wieniec bzu związanego fioletową wstążką. A na nim, także obwiązane kawałkiem fioletowej wstążki – jajko.

– Pani Palm, pani Battye i kilka dziewcząt już tu było – wyjaśnił Dibbler. – I oczywiście madame zawsze pilnuje, żeby nie zapomnieć o jajku.

– To miło, że pamiętają – uznał sierżant Colon.

Stali w milczeniu. Nie należeli do ludzi, których słownictwo jest dostosowane do takich chwil. Po pewnym czasie Nobby uznał jednak, że należy coś powiedzieć.

– Dał mi kiedyś łyżkę – oznajmił, zwracając się ogólnie w powietrze.

– Tak, wiem – odparł Colon.

– Tato zwinął mi ją, kiedy wyszedł z więzienia, ale to była moja łyżka – ciągnął Nobby. – Dla dzieciaka wiele znaczy taka własna łyżka.

– To właśnie on pierwszy raz awansował mnie na sierżanta – dodał Colon. – Wywalili mnie potem, oczywiście, ale wiedziałem, że to potrafię. To był dobry glina.

– Kupił ode mnie pasztecik, w pierwszym tygodniu, jak tylko zaczynałem – dodał Dibbler. – I zjadł cały. Niczego nie wypluł.

Znowu nastało milczenie…

Po chwili sierżant Colon odchrząknął, dając sygnał, że swego rodzaju odpowiedni moment właśnie dobiegł końca. Nastąpiło ogólne rozluźnienie mięśni.

– Wiecie, powinniśmy przyjść tu kiedyś z nożem ogrodniczym i oczyścić te zarośla – uznał Colon.

– Zawsze pan to mówi, sierżancie, rok w rok, i nigdy nic nie robimy – zauważył Nobby, kiedy już odchodzili.

– Gdybym dostawał dolara za każdy pogrzeb gliniarza, w jakim tu uczestniczyłem – stwierdził Colon – to miałbym… dziewiętnaście dolarów i pięćdziesiąt pensów.

– Pięćdziesiąt pensów? – zdziwił się Nobby.

– To było wtedy, kiedy kapral Hildebiddle obudził się w ostatniej chwili i zaczął tłuc o wieko. Zanim jeszcze do nas przyszedłeś, oczywiście. Wszyscy powtarzali, że to naprawdę cudowne ozdrowienie.

– Panie sierżancie!

Trzej mężczyźni obejrzeli się. Szybkim, choć nierównym krokiem zbliżał się do nich Prawowity Pierwszy, urzędujący grabarz.

Colon westchnął.

– O co chodzi, Prawik?

– Dzień dobry, słodki... – zaczął grabarz, ale sierżant pogroził mu palcem.

– Przestań natychmiast! Sam wiesz, że już cię uprzedzaliśmy. Żadnych zagrań „komicznego grabarza". To wcale nie jest zabawne ani mądre. Powiedz po prostu, co masz do powiedzenia. Bez głupich żartów.

Prawik był załamany.

– Ależ szlachetni panowie...

– Prawik, znamy się przecież od lat – westchnął Colon ze znużeniem. – Spróbuj, co?

– Diakon chce rozkopać te groby, Fred – oznajmił nadąsany Prawik. – Minęło już ponad trzydzieści lat. Dawno powinni się znaleźć w kryptach...

– Nie – odparł Fred Colon.

– Ale wiesz, mam dla nich taką miłą półeczkę – przekonywał Prawik. – Zaraz przy wejściu. A potrzebne nam miejsce, Fred! Tutaj musimy już chować na stojąco, nie ma co ukrywać! Nawet robaki ustawiają się w kolejce! Przy samym wejściu, Fred, gdzie będę mógł z nimi pogadać przy herbacie! Co na to powiesz?

Strażnicy i Dibbler porozumieli się wzrokiem. Większość mieszkańców miasta widziała krypty Prawika, jeśli tylko wystarczyło im odwagi. I dla większości prawdziwym szokiem było odkrycie, że uroczysty pogrzeb to nie rozwiązanie na wieczność, tylko na kilka lat, żeby – jak określał to Prawik – „mali wijący się pomocnicy" wykonali swoją robotę. Potem ostatnim miejscem ostatniego spoczynku były krypty – i wpis w wielkich rejestrach.

Prawik mieszkał w kryptach. Jak twierdził, był jedynym chętnym i lubił towarzystwo.

Powszechnie uważano go za dziwaka, ale bardzo sumiennego.

– To nie jest twój pomysł, prawda? – zapytał Colon.

Prawik spuścił głowę.

– Nowy diakon jest trochę jakby... nowy. Wiecie... gorliwy. Wprowadza zmiany.

– Powiedziałeś mu, dlaczego nie zostali wykopani? – upewnił się Nobby.

– On uważa, że to już historia. Mówi, że wszyscy powinniśmy zapomnieć o przeszłości.

– A uprzedziłeś, że musi to załatwić z Vetinarim?

– Tak. I on uważa, że jego lordowska mość jest z pewnością człowiekiem postępowym, który nie będzie trwał przy reliktach przeszłości – odparł Prawik.

– Wygląda na to, że faktycznie jest nowy – zauważył Dibbler.

– Zgadza się – przyznał Nobby. – I raczej się tu nie zestarzeje. No dobra, Prawik, możesz powiedzieć, że nas pytałeś.

– Dzięki, Nobby. – Grabarz odetchnął z ulgą. – I chciałbym tylko zaznaczyć, panowie, że kiedy nadejdzie wasz czas, traficie na dobrą półkę z widokiem. Wpisałem wasze nazwiska do swojego rejestru, dla tych, co przyjdą tu po mnie.

– Tego, nooo... To ładnie z twojej strony – zapewnił Colon, zastanawiając się, czy rzeczywiście.

Ze względu na brak miejsca kości w krypcie magazynowano według rozmiarów, nie według właścicieli. Były tam sale żeber. Były aleje kości udowych. I długie półki czaszek, oczywiście przy wejściu, bo krypta bez mnóstwa czaszek nie jest porządną kryptą. Jeśli niektóre religie miały rację i pewnego dnia nastąpi cielesne zmartwychwstanie, myślał Fred, to zrobi się straszne zamieszanie i bałagan.

– Mam doskonałe miejsce... – zaczął Prawik i urwał nagle. Gniewnie wskazał bramę cmentarza. – Wiecie, że nie życzę sobie, żeby on tu przychodził!

Odwrócili się. Kapral Reg Shoe maszerował wolno główną aleją. Miał przywiązany do hełmu cały bukiet bzu, a na ramieniu niósł łopatę z długim trzonkiem.

– To tylko Reg – powiedział Colon. – Ma prawo tu być, Prawik. Wiesz o tym.

– On jest martwy! Nie życzę sobie martwych na moim cmentarzu!

– Przecież jest ich pełny – zauważył Dibbler, próbując uspokoić grabarza.

– Tak, ale cała reszta nie wychodzi i nie wraca!

– Daj spokój, Prawik, co roku robisz takie sceny – rzekł Colon. – Przecież to nie jego wina, że go zabili. A to, że ktoś jest zombi, jeszcze nie znaczy, że jest złą osobą. To pracowity gość. A tutaj o wiele porządniej by wyglądało, gdyby każdy tak dbał o swoją działkę. Dzień dobry, Reg.

Reg Shoe, szary na twarzy, ale uśmiechnięty, skinął im głową i poszedł dalej.

– I jeszcze przynosi własną łopatę – mruczał Prawik. – Obrzydliwość.

– Zawsze uważałem, że to... no wiesz, to ładnie z jego strony, że robi to, co robi – stwierdził Fred. – Nie zaczepiaj go, Prawik. Bo jeśli znów zaczniesz w niego rzucać kamieniami, jak dwa lata temu, komendant Vimes dowie się o wszystkim i będą kłopoty. Ostrzegam. Porządny z ciebie facet i sprawny z...

– ...ze zwłokami – podpowiedział Nobby.

– ...Ale... no wiesz, Prawik, nie było cię tam. I to jest najważniejsze. A Reg był. Nie ma co gadać, Prawik. Jeśli cię tam nie było, to nie zrozumiesz. A teraz uciekaj już i przelicz swoje czaszki. Wiem, że to lubisz. Trzymaj się, Prawik.

Prawowity Pierwszy przyglądał się, jak odchodzą. Sierżant Colon czuł, że jest mierzony wzrokiem.

– Zawsze mnie zastanawiało jego imię. – Nobby obejrzał się i pomachał. – No wiecie... Prawowity?

– Nie można się matce dziwić, że była dumna, Nobby – odparł Colon.

– O czym jeszcze powinienem dziś wiedzieć? – zapytał Vimes, kiedy razem z Marchewą przepychali się przez ulice.

– Przyszedł list od Czarnowstążkowców*, sir. Sugerują, że wielkim krokiem na drodze do harmonii międzygatunkowej w tym mieście byłoby dostrzeżenie przez pana zalet...

– Chcą mieć w straży wampira?

* Überwaldzka Liga Wstrzemięźliwości, złożona z byłych wampirów, które nosiły teraz czarne wstążeczki jako znak, że całkiem zrezygnowały z tej lepkiej cieczy, tak, słowo daję, a teraz preferują miłe wspólne śpiewy i zdrową partyjkę tenisa stołowego.

– Tak, sir. Jak się zdaje, wielu członków Komitetu Straży Miejskiej uważa, że mimo pańskich zastrzeżeń w tej kwestii byłby to dobry...

– Czy wyglądam, jakbym już był trupem?

– Nie, sir.

– A więc odpowiedź brzmi: nie. Co jeszcze?

Marchewa przerzucił plik kartek w notatniku. Podbiegał, by dotrzymać kroku Vimesowi.

– W „Pulsie" piszą, że Borogravia zaatakowała Mouldavię – oznajmił.

– To dobrze? Nie pamiętam, gdzie one leżą.

– Oba należały niegdyś do Imperium Mroku, sir. Tuż obok Überwaldu.

– Po czyjej stronie stoimy?

– „Puls" twierdzi, że powinniśmy pomagać Mouldavii w walce z najeźdźcą, sir.

– Już mi się podoba Borogravia – burknął Vimes.

W zeszłym tygodniu „Puls" zamieścił jego wyjątkowo niepochlebną – jego zdaniem – karykaturę, a co gorsza, Sybil zażądała oryginału i kazała go oprawić w ramki.

– Co z tego dla nas wynika? – zapytał.

– Prawdopodobnie więcej uchodźców, sir.

– Na bogów, przecież nie mamy już miejsca! Dlaczego oni wciąż tu przybywają?

– Szukają lepszego życia, sir. Tak myślę.

– Lepszego życia? – zdumiał się Vimes. – Tutaj?

– Podejrzewam, że tam, skąd przychodzą, sprawy wyglądają gorzej – odparł Marchewa.

– O jakich uchodźcach mowa?

– W większej części ludzkich, sir.

– Chcesz powiedzieć, że większa część z nich to ludzie, czy też każdy osobnik jest w większej części człowiekiem? – zapytał Vimes.

Po jakimś czasie spędzonym w Ankh-Morpork człowiek uczył się formułować takie pytania.

– Ehm... Poza ludźmi słyszałem tylko o jednym gatunku, który tam żyje. To kwecze. Zamieszkują głębokie lasy i są porośnięte sierścią.

– Naprawdę? No cóż, pewnie dowiemy się o nich czegoś więcej, kiedy ktoś nas poprosi, żeby jednego z nich zatrudnić w straży – mruknął kwaśno Vimes. – Co dalej?

– Dość optymistyczne wieści, sir – uśmiechnął się Marchewa. – Pamięta pan Hoomów? Ten gang uliczny?

– Co z nimi?

– Przyjęli do siebie pierwszego trolla.

– Co? Miałem wrażenie, że biegają po ulicach i biją trolle! Myślałem, że na tym to polega!

– Najwyraźniej młody Kalcyt też lubi bić inne trolle.

– I to dobrze?

– W pewnym sensie, sir. W każdym razie to krok we właściwym kierunku.

– Zjednoczeni w nienawiści, chcesz powiedzieć?

– Tak wygląda, sir – przyznał Marchewa. Przerzucił kartki w jedną i w drugą stronę. – Co jeszcze tu mamy... A tak. Łódź patrolu rzecznego znowu zatonęła...

Coś zrobiłem nie tak, myślał Vimes, gdy litania ciągnęła się bez końca. Kiedyś byłem gliną. Prawdziwym gliną. Ścigałem ludzi. Byłem łowcą. To właśnie robiłem najlepiej. Rozpoznawałem uliczny bruk w całym mieście, dotykając tylko kamieni podeszwami butów. A teraz popatrzcie na mnie! Diuk! Komendant straży! Zwierzę polityczne! Muszę wiedzieć, kto z kim walczy o tysiąc mil stąd, bo to może prowadzić do zamieszek tutaj.

Kiedy ostatni raz byłem na patrolu? W zeszłym tygodniu? Czy w zeszłym miesiącu? A i tak nie był to właściwy patrol kontrolny, bo sierżanci wściekle pilnują, żeby wszyscy wiedzieli, kiedy opuszczam budynek, więc zanim gdziekolwiek dotrę, każdy przeklęty funkcjonariusz aż cuchnie pastą do polerowania i zdąży się ogolić, nawet jeśli przemykam bocznymi uliczkami (ale ta myśl przynajmniej łączyła się z pewną dumą, ponieważ dowodziła, że nie zatrudnia głupich sierżantów). Nigdy nie stoję przez całą noc na deszczu, nie walczę o życie, tarzając się w rynsztoku z jakimś zbirem, nigdy nie chodzę szybciej niż spacerem. To wszystko mi odebrano. A co mam w zamian?

Wygody, władzę, pieniądze i cudowną żonę...

Hm...

...co oczywiście jest dobre, jasna sprawa, ale... mimo wszystko...

Do demona! Nie jestem już gliną! Jestem menedżerem. Muszę rozmawiać z jakimś przeklętym komitetem, jakbym mówił do dzieci. Chodzę na bankiety i muszę nosić ten idiotyczny ozdobny pancerz. Tylko polityka i papierkowa robota... Wszystko zrobiło się zbyt wielkie...

Gdzie się podziały te czasy, kiedy wszystko było proste?

Wyblakły jak ten bez, pomyślał.

Wkroczyli do pałacu i głównymi schodami wspięli się na piętro, do Podłużnego Gabinetu.

Kiedy weszli, Patrycjusz Ankh-Morpork wyglądał przez okno. Był w pokoju sam.

– Ach, Vimes – powiedział, nie odwracając głowy. – Przypuszczałem, że się pan spóźni. Wobec zaistniałych okoliczności przesunąłem spotkanie komitetu. Bardzo nimi wstrząsnęła, podobnie jak mną, wiadomość o Wręcemocnym. Nie wątpię, że pisał pan oficjalny list...

Vimes rzucił Marchewie zdziwione spojrzenie. Marchewa tylko przewrócił oczami i wzruszył ramionami. Vetinari szybko się o wszystkim dowiadywał.

– Tak, w samej rzeczy – potwierdził Vimes.

– I to w taki piękny dzień... Chociaż, jak się zdaje, nadchodzi burza...

Vetinari odwrócił się. Do czarnej szaty miał przypiętą gałązkę bzu.

– U lady Sybil wszystko przebiega normalnie?

– Wie pan tyle co ja...

– Nie wątpię, że pewnych rzeczy nie da się przyspieszyć – stwierdził Vetinari i przerzucił jakieś papiery. – Niech sprawdzę, zaraz, było kilka drobiazgów, jakie należałoby omówić... Ach, jak zwykle list od naszych religijnych przyjaciół ze świątyni Pomniejszych Bóstw. – Starannie wyjął go ze stosu i odłożył na bok. – Myślę, że zaproszę nowego diakona na herbatkę i wytłumaczę mu, jak stoją sprawy. O czym to ja... Aha, sytuacja polityczna w... Tak?

Otworzyły się drzwi. Wszedł Drumknott, główny sekretarz.

– Wiadomość dla jego łaskawości – oznajmił, choć wręczył kartkę Vetinariemu.

Patrycjusz bardzo uprzejmie przekazał ją Vimesowi, który przeczytał szybko.

– To z sekarów! – zawołał. – Mamy Carcera otoczonego w Nowym Holu! Muszę tam iść natychmiast!

– Jakież to ekscytujące. – Vetinari wstał gwałtownie. – Wezwanie do pościgu. Ale czy konieczne jest, by wasza łaskawość uczestniczył w nim osobiście?

Vimes rzucił mu ponure spojrzenie.

– Tak – odparł. – Bo jeśli nie, widzi pan, to jakiś nieszczęsny dureń, którego sam wyszkoliłem, żeby robił to, co należy, spróbuje drania aresztować. – Zwrócił się do Marchewy. – Kapitanie, nie ma czasu do stracenia! Sekary, gołębie, kurierzy, wszystko... Wszyscy mają odpowiedzieć na to wezwanie, jasne? Ale nikomu, powtarzam, nikomu nie wolno próbować go zatrzymywać bez silnego wsparcia! Jasne? I niech Swires startuje. Ożeż...

– Co się stało, sir? – zapytał Marchewa.

– Wiadomość jest od Tyłeczek. Wysłała ją prosto tutaj. Ale co ona tam robi? Przecież nie jest z patroli, tylko z kryminologii! Będzie to załatwiać regulaminowo!

– A nie powinna? – zdziwił się Vetinari.

– Nie. Carcer wymaga strzały w nogę, żeby tylko zwrócić jego uwagę. Przy nim najpierw się strzela...

– ...a potem zadaje pytania?

Vimes zatrzymał się w progu.

– Nie ma nic, o co chciałbym go zapytać – oświadczył.

Przy placu Sator Vimes musiał się zatrzymać dla złapania oddechu i to było okropne. Kilka lat temu tutaj dopiero nabierałby tempa! Ale burza sunąca nad równinami pchała przed sobą falę upału, a nie wypadało, żeby komendant dotarł na miejsce zasapany. Zresztą i tak, choć ukrył się za ulicznym straganem i odetchnął kilka razy, wątpił, czy stać go będzie na jakieś dłuższe zdanie.

Ku jego niewyobrażalnej uldze przy murze uniwersytetu czekała absolutnie cała i zdrowa kapral Cudo Tyłeczek. Zasalutowała.

– Melduję się, sir – powiedziała.

– Mm – mruknął Vimes.

– Zauważyłam dwa trolle kierujące ruchem drogowym. Więc posłałam je na Most Wodny. Potem zjawił się sierżant Detrytus i kazałam... to znaczy poradziłam mu, żeby wszedł na uniwersytet główną bramą i spróbował się dostać jak najwyżej. Przybyli sierżant Colon i Nobby, wysłałam ich na Most Spory...

– Dlaczego? – przerwał jej Vimes.

– Bo nie sądzę, żeby naprawdę próbował tamtędy uciekać – wyjaśniła Cudo ze starannym wyrazem niewinności na twarzy. Vimes musiał się powstrzymywać od potakiwania. – Kiedy dotrą następni, rozstawię ich dookoła. Ale przypuszczam, że wszedł wysoko i tam zostanie.

– Dlaczego?

– Bo jak zdoła się przebić przez tylu magów, sir? Ma najwięcej szans, kiedy spróbuje przekraść się po dachach i zejść na dół w jakimś spokojnym miejscu. Kryjówek jest dosyć, a nie schodząc na ziemię, może stąd dotrzeć aż na Zapiekanki Brzoskwiniowej.

Kryminologia, pomyślał Vimes. Ha! A jeśli mamy szczęście, to on nic nie wie o Buggym.

– Dobrze pomyślane – pochwalił.

– Dziękuję, sir. Czy zechciałby pan stanąć trochę bliżej muru, sir?

– Po co?

Coś stuknęło o bruk. Vimes rozpłaszczył się nagle na murze.

– On ma kuszę, sir – ostrzegła Cudo. – Sądzimy, że zabrał ją Wręcemocnemu. Ale nie strzela celnie.

– Brawo, kapralu – powiedział Vimes słabym głosem. – Dobra robota.

Rozejrzał się po placu. Wiatr szarpał markizami straganów, a kupcy, zerkając na niebo, okrywali swoje towary.

– Ale nie możemy mu pozwolić tam siedzieć – mówił dalej. – Zacznie strzelać na ślepo i w końcu kogoś trafi.

– Dlaczego miałby to robić, sir? – zdziwiła się Cudo.

– Carcer nie musi mieć powodów. Wystarczy mu pretekst.

Jakieś poruszenie w górze zwróciło jego uwagę. Uśmiechnął się. Wielki ptak wzbijał się coraz wyżej nad miastem.

Czapla, stękając cicho, wznosiła się w szerokich, powolnych kręgach. Miasto zawirowało wokół kaprala Buggy'ego Swiresa, kiedy mocniej ścisnął kolanami, a potem wprowadził ptaka w lot nurkowy i wylądował chwiejnie na szczycie Wieży Sztuk, najwyższego budynku w Ankh-Morpork.

Zrzucił przenośny semafor – starczyło wyćwiczonym ruchem przeciąć sznurek – po czym zeskoczył na warstwę gnijących liści bluszczu i kruczych gniazd, które pokrywały szczyt wieży.

Czapla przyglądała mu się z okrągłooką głupotą. Buggy poskromił ją zwykłą metodą gnomów: należy pomalować się na zielono, jak żaba, i rechocząc, chodzić po mokradłach. Potem, kiedy czapla spróbuje go zjeść, trzeba wbiec jej po dziobie, przyłożyć z główki i zanim odzyska zmysły, dmuchnąć jej w nozdrza specjalnym olejkiem, którego przygotowywanie trwało cały dzień, a smród opróżniał budynek komendy. Wtedy wystarczy już, że raz na gnoma spojrzy, a wierzy, że jest jej mamą.

Czapla była przydatna. Mogła przenosić sprzęt. Ale dla kontroli ruchu na ulicach Buggy wolał krogulca, bo lepiej potrafi zawisnąć w powietrzu.

Wsunął przenośne ramiona semafora do mechanizmu, który w tajemnicy zamontował tu wiele tygodni temu. Potem z juków czapli wyjął malutką lunetę i przymocował na brzegu kamienia, skierowaną niemal pionowo w dół. Lubił takie chwile. To jedyna okazja, gdy wszyscy inni byli mniejsi od niego.

– No to... zobaczmy, co da się zobaczyć – mruknął.

Oto budynki Niewidzialnego Uniwersytetu. Tam wznosi się wieża zegarowa ze Starym Tomem, a dalej łatwo rozpoznawalna bryła sierżanta Detrytusa wspinającego się między kominami. Żółte światło nadchodzącej burzy rozbłyskiwało na hełmach biegnących po ulicach strażników. A tam, skradający się za parapetem...

– Mam cię – szepnął Buggy i sięgnął do uchwytów semafora.

– D... T... R... T... S... pauza P... R... Z... pauza S...T...A...R... pauza T... M – odczytała Cudo.

Vimes kiwnął głową. Detrytus był na dachu w pobliżu wieży Starego Toma. A Detrytus niósł kuszę oblężniczą – takiej trzech ludzi nie mogło udźwignąć – którą przerobił, by wyrzucała grubą wiązkę strzał. W większości rozpadały się w powietrzu od działających na nie sił, a w cel trafiała rozszerzająca się chmura płonących odłamków. Vimes zakazał używania jej przeciw ludziom, ale znakomicie ułatwiała wchodzenie do budynków. Potrafiła otworzyć drzwi frontowe i kuchenne jednocześnie.

– Przekaż mu, żeby oddał strzał ostrzegawczy – polecił. – Jeśli trafi tym Carcera, nie znajdziemy nawet zwłok.

Chociaż bardzo bym chciał znaleźć zwłoki, dodał do siebie.

– Tak jest, sir.

Cudo wyjęła zza pasa dwie pomalowane na biało łopatki, spojrzała na szczyt wieży i wysłała krótki sygnał. Buggy z daleka potwierdził odbiór.

– D... T... R... T... S... pauza S... T... R... Z... L... pauza O... S... T... R... Z... G... – mruczała do siebie, przekazując treść rozkazu.

Z góry nadano kolejne potwierdzenie. Po chwili z wieży strzeliła czerwona flara i rozprysnęła się wysoko. Był to skuteczny sposób zwracania powszechnej uwagi. Potem Vimes zobaczył, że nadawane jest jego polecenie.

Strażnicy wokół uniwersytetu, którzy także odczytali przekaz, skoczyli do bram. Znali kuszę Detrytusa.

Minęło kilka sekund potrzebnych trollowi, by rozpracować pisownię, potem nastąpił stłumiony, głuchy stuk, odgłos jakby roju piekielnych pszczół, wreszcie trzask pękających dachówek i cegieł. Odłamki dachówek posypały się gęsto na plac. Cały komin z unoszącą się z niego smużką dymu runął na bruk o kilka sążni od Vimesa.

Zabębniły kawałki drewna i kamieni. Spadł delikatny deszcz gołębich piór.

Vimes strącił z hełmu kilka odłamków tynku.

– No tak. Myślę, że został ostrzeżony.

Obok komina wylądowała połówka kurka wiatrowskazu.

Cudo zdmuchnęła z lunety kilka piórek i znów spojrzała na wieżę.

– Buggy melduje, sir, że przestał się poruszać.

– Naprawdę? Zaskakujesz mnie. – Vimes dociągnął pas. – A teraz daj mi swoją kuszę. Wchodzę tam.

– Mówił pan, sir, że nikomu nie wolno próbować aresztowania! Dlatego wysłałam panu sygnał!

– Zgadza się. Bo to ja go aresztuję. Zaraz. Dopóki wciąż przelicza części ciała, żeby sprawdzić, czy jeszcze je ma. Przekaż Detrytusowi, co robię, bo nie chcę skończyć jako sto sześćdziesiąt funtów przekąski koktajlowej. I nie otwieraj tak ust. Zanim zorganizujemy osłonę i wsparcie, zanim wszystkich rozstawimy, on zagrzebie się gdzie indziej.

Ostatnie słowa rzucił już w biegu.

Wpadł do budynku. W Nowym Holu mieszkali studenci, ale że było dopiero wpół do jedenastej, większość leżała jeszcze w łóżkach. Kilka twarzy wyjrzało z pokojów, gdy Vimes przebiegł korytarzem do klatki schodowej, która doprowadziła go – już wolniejszym krokiem i mniej pewnego co do przyszłości – na najwyższe piętro. Chwileczkę, przecież kiedyś już tu był... Tak, tam są uchylone drzwi, a za nimi widoczne mopy i wiadra, sugerujące, że to komórka, w której woźny trzyma swoje narzędzia pracy.

A na jej drugim końcu – drabina prowadząca na dach.

Vimes starannie załadował kuszę.

Czyli Carcer też ma teraz kuszę strażniczą. To były dobre, klasyczne jednostrzałowe modele, ale ponowne ładowanie wymagało czasu. Jeśli strzeli do Vimesa i chybi, nie będzie już miał drugiej szansy. Potem... nie da się niczego zaplanować.

Vimes wspiął się na drabinę i wtedy powróciła piosenka.

– Podnoszą swe stopy, swe stopy, swe stopy... – mruczał pod nosem.

Zatrzymał się tuż poniżej krawędzi otwartej klapy na dach. Carcer nie da się nabrać na starą sztuczkę z hełmem na kiju – nie wtedy, gdy ma do dyspozycji tylko jeden strzał. Trzeba zaryzykować.

Vimes wysunął głowę, rozejrzał się błyskawicznie, schylił się na chwilę, a potem wyskoczył przez otwór. Przetoczył się niezgrabnie, gdy uderzył o dachówki, i stanął w przysiadzie. Nikogo nie zauważył. Nadal żył.

Odetchnął.

Pochyły dach wznosił się obok. Vimes przekradł się wzdłuż niego, oparł o komin z powbijanymi drewnianymi drzazgami i spojrzał na wieżę.

Niebo nad nią miało głęboki ciemnoniebieski kolor. Burze nabierały charakteru, gdy przetaczały się nad równinami, a ta zapowiadała się na rekordzistkę. Lecz jaskrawe promienie słońca padały na Wieżę Sztuk, a tam na maleńkie punkciki gorączkowych sygnałów Buggy'ego.

O... O... O...

Strażnik w Kłopotach. Coś grozi któremuś z Braci.

Vimes odwrócił się błyskawicznie, ale nikt się do niego nie skradał. Wyjrzał ostrożnie i tam – wciśnięty między kominy, niewidoczny dla nikogo prócz Vimesa i podniebnego Buggy'ego – tkwił Carcer.

Mierzył z kuszy.

Vimes obejrzał się, by znaleźć cel.

Trzydzieści sążni od niego, po dachu uniwersyteckiego budynku Magii Wysokich Energii, przesuwał się wolno Marchewa.

Ten dureń nigdy nie potrafił się ukrywać. Jasne, schylał się i skradał, ale wbrew logice, tym łatwiej było go wtedy zauważyć. Nie zdołał opanować sztuki stawania się niewidzialnym. I teraz szedł, ukradkowo przedzierając się przez śmieci na dachu, widoczny wyraźnie jak kaczka w małej balii. W dodatku przyszedł bez żadnego wsparcia.

Dureń...

Carcer celował starannie. Dach budynku MWE stanowił prawdziwy labirynt porzuconego sprzętu, a Marchewa przesuwał się za podwyższeniem, na którym stały wielkie kule z brązu, znane w całym mieście jako Magiczne Jaja. Uwalniały nadmiarową magię, jeśli – a raczej kiedy – coś źle poszło podczas przeprowadzanych w budynku eksperymentów. Osłonięty nimi Marchewa nie był zbyt łatwym celem.

Vimes uniósł kuszę.

Grom... zagrzechotał. Był to grzechot gigantycznej żelaznej kostki toczącej się po schodach bogów – trzask i grzmot, który rozdarł niebo na połowy i wstrząsnął budynkiem.

Carcer uniósł głowę i zobaczył Vimesa.

– Co pan robi, sefie?

Buggy nie odsunął się od lunety. W tej chwili nawet łomem nie dałoby się go oderwać.

– Nie przeszkadzać, głupie ptaszyska! – mruknął.

W dole obaj ludzie strzelili i obaj chybili, gdyż obaj próbowali równocześnie strzelać i się uchylać.

Coś twardego stuknęło Buggy'ego w ramię.

– Co się dzieje, sefuniu? – Głos był bardziej natrętny.

Gnom się obejrzał. Za nim stało kilkanaście liniejących kruków. Wyglądały jak starzy ludzie w niedopasowanych czarnych płaszczach. Ptaki z Wieży Sztuk. Setki pokoleń w silnym polu magicznym podniosło poziom inteligencji tych już i tak dość pojętnych istot. Ale choć kruki były inteligentne, te akurat nie należały do zbyt mądrych.

Dysponowały po prostu bardziej upartym rodzajem głupoty. Zresztą czego można oczekiwać od ptaków, dla których ekscytująca panorama miasta w dole jest czymś w rodzaju porannej telewizji?

– Wynocha! – wrzasnął Buggy i wrócił do teleskopu.

Tam uciekał Carcer, Vimes go gonił, a teraz spadł grad...

Przesłonił świat bielą. Stukał o cegły wokół i brzęczał o hełm. Kulki gradu, wielkie jak głowa Buggy'ego, odskakiwały od kamieni i uderzały od dołu. Przeklinając i osłaniając twarz rękami, bombardowany przez rozpadające się kryształowe kule, z których każda wróżyła ból w przyszłości, Gnom ślizgał się i sunął po lodowych grudach. Dotarł do przesłoniętego bluszczem łuku między dwiema małymi wieżyczkami, gdzie już wcześniej ukryła się jego czapla. Rykoszetujące zmrożone odłamki nadal wpadały tu i siekły skórę, ale przynajmniej mógł widzieć i oddychać.

Dziób ukłuł go mocno w kark.

– A teraz co się dzieje, sefie?

Carcer wylądował ciężko na dachu przejścia między holem studenckim a głównymi budynkami. Poślizgnął się na dachówkach i zawahał przez moment. Strzała strażnika z dołu drasnęła go w nogę.

Vimes zeskoczył za nim i wtedy uderzył grad.

Klnąc i ślizgając się, jeden mężczyzna popędził za drugim po dachu. Carcer dopadł zarośli bluszczu pnącego się na dach Biblioteki i wspiął się szybko, rozrzucając za sobą lód.

Gdy znikał już za krawędzią płaskiego dachu, Vimes złapał bluszcz. Obejrzał się, słysząc trzask za plecami – to Marchewa próbował przedostać się tutaj wzdłuż muru z budynku Magii Wysokich Energii. Grad tworzył wokół niego aureolę drobinek lodu.

– Zostań tam! – wrzasnął Vimes.

Wśród szumu nie usłyszał odpowiedzi Marchewy. Zamachał rękami, ale ześliznęła mu się stopa, więc znowu chwycił się bluszczu.

– Zostań tam, do demona! – ryknął. – To rozkaz! Bo spadniesz!

Ruszył w górę po mokrych, zimnych pnączach.

Wiatr ucichł. Ostatnie kulki gradu odbiły się od dachówek.

Vimes zatrzymał się blisko granicy bluszczu, pewnie ustawił stopy w poskręcanych, starych łodygach, po czym sięgnął w górę i znalazł mocny uchwyt.

Pchnął się w górę, wystawiając lewą rękę, pochwycił sunący ku niemu but i wysuwał się dalej; Carcer stracił równowagę i upadł. Rozciągnął się na plecach na śliskim dachu, spróbował wstać i znów się pośliznął. Vimes wciągnął się na dach, zrobił krok i poczuł, że rozjeżdżają mu się nogi. Obaj, on i Carcer, wstali, spróbowali się ruszyć i upadli jeszcze raz.

Leżąc, przestępca trafił Vimesa kopniakiem w ramię i obaj rozjechali się w przeciwnych kierunkach. Wtedy Carcer odwrócił się i na czworakach odbiegł za wielką kopułę Biblioteki ze szkła i metalu. Złapał pordzewiałą ramę, podciągnął się na nogi i wydobył nóż.

– No chodź, złap mnie – powiedział.

Znowu zahuczał grom.

– Wcale nie muszę – odparł Vimes. – Wystarczy, że poczekam.

Przynajmniej dopóki nie odzyskam tchu, pomyślał.

– Dlaczego się mnie czepiacie? Niby co ja takiego zrobiłem?

– Parę morderstw z czymś ci się kojarzy?

Gdyby urażona niewinność była pieniędzmi, twarz Carcera byłaby warta fortunę.

– Nic nie wiem o żadnych...

– Nie mam ochoty na żarty, Carcer. Daj sobie spokój.

– Wasza łaskawość chce mnie wziąć żywcem?

– Wiesz, że nie chcę. Ale ludziom się wydaje, że tak będzie bardziej elegancko.

Po lewej stronie posypały się dachówki i zabrzmiał głośny stuk, kiedy kusza oblężnicza wsparła się o brzeg sąsiedniego dachu. Zza niej wysunęła się głowa Detrytusa.

– Przepraszam, panie Vimes. Ciężko się wspinać w takim gradzie. Niech się pan cofnie.

– Pozwoli pan, żeby to coś mnie zastrzeliło? – Carcer odrzucił nóż. – Nieuzbrojonego człowieka?

– Przy próbie ucieczki – stwierdził Vimes.

Ale sytuacja zaczęła się pogarszać. Wyczuwał to.

– Ja? Ja przecież tylko tu stoję, haha.

No i właśnie... Ten przeklęty śmiech jako dodatek do tego pogardliwego grymasu. Zawsze można było na niego liczyć. Zresztą „haha" nie oddawało należnej mu niesprawiedliwości. Chodziło raczej o swego rodzaju modulację głosu, irytująco protekcjonalnego chichotu, który sugerował, że wszystko to jest jakoś zabawne, tyle że rozmówca nie zrozumiał żartu.

Kłopot polegał na tym, że nie można kogoś zastrzelić tylko z powodu irytującego śmiechu. A on zwyczajnie stał. Gdyby uciekał, można by do niego strzelić. Owszem, strzelałby Detrytus, a choć jego kusza teoretycznie mogła strzelać tak, by tylko zranić, ci zranieni ludzie znajdowaliby się pewnie w sąsiednim budynku.

A Carcer po prostu stał i czekał, obrażając świat swoim istnieniem.

Chociaż w rzeczywistości już wcale nie czekał. Jednym ruchem wciągnął się na dolne regiony zbocza bibliotecznej kopuły. Szklane panele – a przynajmniej te szklane panele, które przetrwały grad – zatrzeszczały w żelaznych ramach.

– Stój! – krzyknął Vimes. – I złaź stamtąd!

– Ale gdzie mógłbym uciec? – Carcer uśmiechnął się do niego. – Czekam tylko, aż mnie aresztujecie, prawda? Ho, ho, widzę stąd twój dom!

Co jest pod kopułą? – myślał Vimes. Jak wysoko sięgają regały? W Bibliotece są przecież wyższe piętra, prawda? Na przykład galerie? Ale na pewno z poziomu gruntu można spojrzeć przez szklaną kopułę, zgadza się? Jeśli człowiek jest ostrożny, może rozhuśtać się na brzegu kopuły i przeskoczyć na galerię... To ryzykowne, ale jeśli wie, że i tak będzie się huśtał...

Przesuwając się ostrożnie, dotarł na brzeg kopuły. Carcer wspiął się wyżej.

– Ostrzegam cię, Carcer...

– To tylko ekscytacja, panie Łaskawość, haha! Nie możesz mieć pretensji do człowieka, który próbuje jak najlepiej spędzić swoje ostatnie minuty wolności.

„Widzę stąd twój dom..."

Vimes wciągnął się na kopułę. Carcer zaklaskał.

– Brawo, wasza Vimesowość – rzucił i wspiął się bliżej wierzchołka.

– Nie denerwuj mnie, Carcer, bo źle to się dla ciebie skończy!

– Gorzej, niż i tak ma się skończyć? – Carcer zajrzał do środka przez wybitą szybę. – Daleka stąd droga w dół, panie Vimes. Myślę sobie, że jeśli ktoś spadnie taki kawał, zginie na miejscu.

Vimes spojrzał w dół. Carcer skoczył.

Nie poszło mu tak, jak sobie zaplanował. Po chwili komplikacji leżał na żelaznej kratownicy, jedną rękę miał pod sobą, drugą wyciągniętą w bok, a Vimes z całej siły tłukł nią o metal. Nóż, który w niej tkwił, zsunął się po kopule.

– Bogowie, bierzesz mnie chyba za idiotę – warknął Vimes. – Nie odrzuciłbyś noża, gdybyś nie miał przy sobie drugiego!

Przysunął twarz do twarzy Carcera – tak blisko, że mógł spojrzeć w oczy nad tym beztroskim uśmieszkiem i zobaczyć, jak z głębi machają do niego demony.

– Robisz mi krzywdę, a to niedozwolone!

– Och, naprawdę nie chciałbym, żeby cokolwiek ci się stało, Carcer – zapewnił Vimes. – Chcę zobaczyć, jak stajesz przed jego lordowską mością. Chcę usłyszeć, jak przynajmniej raz się do czegoś przyznajesz. I chcę widzieć, jak ten przeklęty bezczelny uśmieszek znika z twojej gęby. Detrytus!

– Sir! – odkrzyknął troll z sąsiedniego dachu.

– Daj sygnał. Potrzebuję tu ludzi. Ja i Carcer zostaniemy tutaj, cicho i spokojnie, żeby nie próbował robić żadnych sztuczek.

– Tajest, sir!

Znów zagrzechotały nieszczęsne dachówki i troll zniknął.

– Nie powinieneś odsyłać kapitana Marchewy – mruknął Carcer. – On nie lubi, jak strażnicy znęcają się nad niewinnymi obywatelami...

– To prawda, że musi jeszcze opanować niektóre trudniejsze elementy praktycznego utrzymywania porządku. – Vimes nie poluzował uścisku. – Zresztą przecież nie robię ci krzywdy. Ochraniam cię. Nie chciałbym, żebyś spadł stąd aż na dół.

Znowu zagrzechotał grom. Niebo nie miało już tylko czarnej barwy. Pojawiły się róże i fiolety, jakby chmury były posiniaczone. Vimes widział, że poruszają się niczym węże w worku, do wtóru niekończącego się głuchego grzmotu. Zastanowił się, czy magowie nie zaczęli majstrować przy pogodzie.

Coś działo się w powietrzu, które smakowało rozgrzanym metalem i krzemieniem. Kurek na szczycie kopuły zaczął wirować.

– Nie myślałem, że jesteś głupi, panie Vimes.

– Co?

Vimes spojrzał uważnie. Carcer uśmiechał się radośnie.

– Mówię, że nie myślałem, że jesteś głupi, panie Vimes. Taki chytry glina musiał się domyślić, że mam dwa noże.

– Tak, słusznie.

Vimes czuł, że włosy próbują stanąć mu dęba. Małe błękitne gąsienice światła strzelały nad kratownicą kopuły, a nawet na jego pancerzu.

– Panie Vimes...

– Co? – burknął Vimes.

Łożyska kurka na kopule zaczęły dymić.

– Mam trzy noże, panie Vimes – oświadczył Carcer i podniósł rękę.

Uderzyła błyskawica.

Okna wpadły do wnętrza, żelazne rynny się roztopiły. Dachy uniosły się w powietrze i opadły z powrotem, budynki zadygotały.

Ta burza sunęła z daleka nad równinami i pchała przed sobą naturalne tło magiczne. Teraz wyładowała je w jednym impulsie.

Mówili potem, że błyskawica trafiła w warsztat zegarmistrzowski na ulicy Chytrych Rzemieślników i w tej samej chwili zatrzymały się wszystkie zegary w mieście. Ale to jeszcze nic. Przy Piekarskiej dwie osoby, które nigdy wcześniej się nie widziały, poczuły tak gwałtowną wzajemną atrakcję elektrycznej natury, że po dwóch dniach były zmuszone się pobrać, by nie naruszać publicznego poczucia przyzwoitości. Główny zbrojmistrz Gildii Skrytobójców zaczął potężnie – a że przebywał wówczas w zbrojowni, również tragicznie – przyciągać metal. Jajka smażyły się w koszykach, jabłka się piekły na ladach straganów. Świece same się zapalały. Rozpadały się koła wozów. Ozdobna blaszana wanna nadrektora Niewidocznego Uniwersytetu została uniesiona z podłogi, skwiercząc, przeleciała przez jego gabinet, wyfrunęła z balkonu i wylądowała na trawniku ośmiobocznego dziedzińca kilka pięter niżej, nie wylewając przy tym więcej niż kubka piany.

Nadrektor Ridcully znieruchomiał ze szczotką na długim trzonku w połowie pleców. Rozejrzał się.

Dachówki rozbijały się o ziemię. W pobliskiej rzeźbionej fontannie wrzała woda.

Ridcully uchylił się przed wypchanym borsukiem, którego pochodzenie nigdy nie zostało wyjaśnione. Borsuk przeleciał nad trawnikiem i przebił szybę w oknie.

Nadrektor skrzywił się, gdy spadł na niego przelotny i niewytłumaczalny deszcz małych kółek zębatych, które zasypały trawnik dookoła.

Patrzył, jak kilkunastu strażników wpadło na ośmiobok i pobiegło po schodach do Biblioteki.

Wreszcie chwycił brzegi wanny i wstał. Spieniona woda ściekała z niego kaskadami, niby z jakiegoś pradawnego lewiatana wynurzającego się z morskiej głębiny.

– Panie Stibbons! – ryknął, a jego głos odbił się echem od wspaniałych murów. – Gdzie do jest mój kapelusz?

Usiadł znowu i czekał.

Minęło kilka minut ciszy. Potem Myślak Stibbons, szef niewskazanych zastosowań magii i praelektor Niewidocznego Uniwersytetu, wybiegł z głównego budynku, niosąc spiczasty kapelusz nadrektora.

Ridcully wyrwał mu go i wcisnął sobie na głowę.

– A teraz mo pan powie, co dzieje do ? I czemu ry Tom bez dzwoni?

– ąpiło wy e magii! Poślę do mechanizmu! – zawołał Myślak, przekrzykując zabijające dźwięki uderzenia ciszy*.

Od strony wieży zegarowej dobiegł cichnący metaliczny zgrzyt. Myślak i Ridcully odczekali kilka sekund, ale od strony miasta słyszeli normalne hałasy, takie jak rozsypywanie się murów i odległe wrzaski.

– No dobrze... – mruknął Ridcully, jakby niechętnie wystawiał światu pozytywną ocenę za wytrwałe próby. – O co tu chodzi, Stibbons? I co robi policja w Bibliotece?

– Silna burza magiczna, nadrektorze! Rzędu kilku gigathaumów. Wydaje mi się, że straż ściga przestępcę.

– Ale przecież nie mogą tak sobie tu wbiegać bez pytania – stwierdził Ridcully. Wyszedł z wanny i ruszył przed siebie. – Po coś w końcu płacimy podatki!

– Ehm... Prawdę mówiąc, nie płacimy podatków, nadrektorze. – Myślak pobiegł za nim. – System działa tak, że obiecujemy zapła-

* Stary Tom, szacowny zegar uniwersytecki, wybijał nie dźwięki, ale ciszę. Nie były to takie zwykłe chwile ciszy, ale okresy chłonącego głosy nie-dźwięku wypełniającego świat donośną bezdźwięcznością.

cić te podatki, jeśli tylko miasto nas o to poprosi, pod warunkiem że miasto obieca nigdy nas nie prosić. Dokonujemy dobrowolnej...

– Ale w każdym razie mamy umowę, Stibbons.

– Tak jest, nadrektorze. Czy mogę zauważyć, że pan...

– A to znaczy, że muszą prosić o zgodę. Trzeba zachowywać elementarną przyzwoitość! – oświadczył stanowczo Ridcully. – A ja jestem najwyższą władzą tej uczelni!

– Jeśli mowa o tej, no... przyzwoitości, nadrektorze, to nie ma pan...

Przez otwarte drzwi Ridcully wkroczył do Biblioteki.

– Co się tu dzieje? – zapytał.

Strażnicy obejrzeli się i wytrzeszczyli oczy. Duża gruda piany, która do tej chwili rzetelnie wypełniała obowiązek dbania o elementarną przyzwoitość, spłynęła wolno na podłogę.

– Co jest? – warknął Ridcully. – Maga nie widzieliście czy co?

Jeden ze strażników stanął na baczność i zasalutował.

– Kapitan Marchewa, sir. Nigdy, ehm... nigdy nie widzieliśmy tak dużo maga, sir.

Ridcully rzucił mu tępe spojrzenie, często wykorzystywane przez osoby z ostrą przypadłością deficytu szybkiego pojmowania.

– O czym on mówi, Stibbons? – zapytał kącikiem ust.

– Jest pan, no... niedostatecznie ubrany, nadrektorze.

– Co? Mam przecież kapelusz, prawda?

– No tak, nadrektorze...

– Kapelusz = mag, mag = kapelusz. Cała reszta to fatałaszki. Zresztą nie mam wątpliwości, że wszyscy tu jesteśmy ludźmi światowymi... – Ridcully rozejrzał się i po raz pierwszy dostrzegł pewne cechy strażników. – I krasnoludami światowymi... ach, i trollami światowymi, naturalnie... a także... kobietami światowymi, jak widzę... ehm... – Nadrektor zamilkł na chwilę. – Panie Stibbons...

– Tak, nadrektorze?

– Będzie pan uprzejmy pobiec do moich pokojów i przynieść stamtąd moją szatę?

– Oczywiście, nadrektorze.

– A tymczasem proszę mi pożyczyć swój kapelusz...

– Ale przecież nosi pan już własny kapelusz, nadrektorze – zauważył Myślak.

– W istocie, w istocie... – przyznał Ridcully, uśmiechając się nieruchomo. – Ale teraz, panie Stibbons, i to natychmiast, chciałbym, aby pan, w samej rzeczy, pożyczył, to znaczy mnie pożyczył swój kapelusz, jeśli mogę prosić.

– Och... – westchnął Myślak. – No... tak.

Kilka minut później dokładnie umyty, przyzwoity i ubrany nadrektor stał na samym środku Biblioteki i spoglądał na uszkodzoną kopułę. Obok niego Myślak Stibbons – który z jakiegoś powodu postanowił chwilowo zrezygnować z kapelusza, choć otrzymał go z powrotem – przyglądał się ponuro kilku magicznym instrumentom.

– Zupełnie nic? – spytał Ridcully.

– Uuk – powiedział bibliotekarz*.

– Wszędzie szukałeś?

– W tej bibliotece nie można szukać „wszędzie", nadrektorze – przypomniał Myślak. – Zajęłoby to więcej czasu, niż realnie może zaistnieć. Ale wszystkie rzeczywiste półki tak, naturalnie. Hm.

– Co to znaczy „hm", sir, jeśli wolno spytać? – zapytał Myślaka Marchewa.

– Rozumie pan, że to magiczna biblioteka? A to oznacza, że nawet w zwykłych okolicznościach nad półkami występują obszary o wysokim potencjale magicznym.

– Byłem tu już kiedyś – przypomniał Marchewa.

– W takim razie wie pan, że czas w bibliotekach jest... jakby bardziej elastyczny? A wobec dodatkowej energii z burzy jest możliwe, że...

– Chce pan powiedzieć, że przeniósł się w czasie? – przerwał strażnik.

Myślak był pod wrażeniem. Nie wychowano go w wierze, że strażnicy bywają bystrzy. Starał się jednak tego nie okazywać.

– Gdyby to było takie proste... – Westchnął. – Jednakże, hm, wydaje się, że błyskawica dodała losową składową boczną...

* Który był orangutanem przemienionym z wcześniejszej ludzkiej postaci w wyniku dawno zapomnianego wypadku magicznego. Wypadek był zapomniany tak dokładnie, że ludzie nie pamiętali już, że bibliotekarz jest orangutanem. Wydaje się to dość trudne, ponieważ nawet mały orangutan potrafi bez trudu wypełnić sobą całą bezpośrednio dostępną przestrzeń, ale dla magów i większości obywateli był on teraz po prostu bibliotekarzem i tyle. Co więcej, gdyby ktoś kiedyś dał znać, że w Bibliotece jest orangutan, magowie pewnie zwróciliby się do bibliotekarza z pytaniem, czy nie widział zwierzaka.

– Co takiego? – spytał Ridcully.

– Chce pan powiedzieć, że w czasie i w przestrzeni? – odgadł Marchewa.

Myślak zaczynał tracić równowagę. Niemagowie nie powinni być tacy szybcy.

– Nie... dokładnie... – powiedział i poddał się. – Muszę nad tym jeszcze popracować, nadrektorze. Niektóre z odczytów, jakie tu uzyskałem, w żaden sposób nie mogą być poprawne.

Vimes wiedział, że się obudził. Był świadomy ciemności, deszczu i strasznego bólu na twarzy.

Potem na karku zapłonęło jeszcze jedno ognisko bólu. Pojawiło się uczucie, że ktoś ciągnie go w tę i w tamtą stronę.

I wreszcie błysnęło światło.

Widział je przez zamknięte powieki. W każdym razie przez lewą. Po drugiej stronie twarzy nie działo się nic prócz bólu. Nie otwierał oka, za to wytężył słuch.

Ktoś się poruszał. Brzęknął metal. Zabrzmiał kobiecy głos:

– Obudził się.

– Jesteś pewna? – spytał głos męski. – Skąd wiesz?

– Bo umiem poznać, kiedy mężczyzna śpi.

Vimes otworzył oko. Leżał na ławie czy jakimś stole. Obok niego stała młoda kobieta; jej suknia, zachowanie, sposób opierania się o ścianę wystarczyły policyjnemu umysłowi Vimesa do szybkiej kwalifikacji: szwaczka, ale jedna z tych mądrzejszych. Mężczyzna miał długi czarny fartuch i zabawny miękki kapelusz, a kwalifikacja brzmiała: Ratunku! Jestem w rękach lekarza!

Usiadł natychmiast.

– Spróbuj mnie choćby dotknąć, a oberwiesz! – krzyknął i chciał spuścić nogi ze stołu. Połowa głowy stanęła w ogniu.

– Na twoim miejscu bym się tak nie szarpał – rzekł lekarz i delikatnie pchnął go na plecy. – To było paskudne cięcie. I nie dotykaj opatrunku!

– Cięcie? – zdziwił się Vimes. Musnął palcami sztywną tkaninę opaski na oku. Wspomnienia się połączyły. – Carcer! Ktoś go dorwał?

– Ten, kto cię napadł, uciekł.

– Po takim upadku? Musiał przynajmniej utykać! Słuchajcie, muszę...

I wtedy dopiero zauważył wszystkie pozostałe elementy. Przez cały czas odbierał sygnały o nich, ale dopiero teraz jego podświadomość przedstawiła pełną listę.

Nie miał na sobie własnego ubrania...

– Co się stało z moim mundurem? – zapytał. I spostrzegł skierowany do lekarza grymas kobiety, stwierdzający wyraźnie: A nie mówiłam?

– Ten, kto cię napadł, rozebrał cię do kalesonów i zostawił na ulicy – wyjaśniła. – Znalazłam ci jakieś rzeczy u siebie. Zadziwiające, co ludzie czasem zostawiają.

– Kto zabrał mój pancerz?

– Nigdy nie znam nazwisk – odparła kobieta. – Ale widziałam kilku uciekających mężczyzn, którzy coś nieśli.

– Zwykli złodzieje? Zostawili pokwitowanie?

– Nie! – zaśmiała się. – A powinni?

– Czy my też możemy zadawać pytania? – wtrącił lekarz, składając narzędzia.

Nic tu się nie zgadzało...

– No więc, znaczy... bardzo dziękuję. Tak – rzekł Vimes.

– Jak się nazywasz?

Dłoń Vimesa zatrzymała się w połowie drogi do twarzy.

– Chcesz powiedzieć, że mnie nie znacie?

– A powinniśmy? – zdziwił się lekarz.

Nic się nie zgadzało...

– Jesteśmy w Ankh-Morpork, prawda?

– No tak... – Lekarz zwrócił się do kobiety. – Rzeczywiście oberwał w głowę, ale nie sądziłem, że aż tak mocno...

– Tracę tu czas – uznała kobieta. – Kim jesteś?

Wszyscy w mieście znali przecież Vimesa... A już na pewno Gildia Szwaczek. Lekarz też nie wyglądał na głupca. Może więc chwila nie była odpowiednia dla całkowitej szczerości. Mógł się znaleźć w miejscu, gdzie policjant nie jest tym, kim dobrze jest być. Bycie Vimesem może się okazać niebezpieczne, a w tej chwili nie miał dość sił, by sobie z tym poradzić.

– Keel – odparł.

To nazwisko samo wpadło mu do głowy, dryfowało tuż pod powierzchnią myśli przez cały dzień, od bzu.

– Tak, akurat... – Kobieta się uśmiechnęła. – Wymyślisz jeszcze imię?

– John – oświadczył Vimes.

– Odpowiednie. No więc... John, sytuacja wygląda tak. Goli faceci leżący na ulicy nie są czymś niezwykłym. W dodatku, to naprawdę zabawne, zwykle wolą, żeby nikt nie poznał ich prawdziwych nazwisk ani adresów. Nie jesteś pierwszym, którego połatał obecny tu doktor Lawn. Ja mam na imię Rosie. I należy nam się niewielka opłata. Obojgu.

– Jasne, jasne, wiem, jak to działa. – Vimes uniósł ręce. – To są Mroki, prawda? – Oboje przytaknęli. – No więc dobrze. Dziękuję. Nie mam przy sobie pieniędzy, to chyba oczywiste, ale jak tylko wrócę do domu...

– Odprowadzę cię, dobrze? – Kobieta podała mu źle uszyty płaszcz i parę bardzo starych butów. – Nie chciałabym, żeby znowu coś cię napadło. Na przykład gwałtowna utrata pamięci.

Vimes żachnął się, ale bardzo ostrożnie. Bolała go twarz, wszędzie był posiniaczony, a na sobie miał ubranie cuchnące jak wychodek. Na komendzie wymyje się, przebierze, napisze krótki raport i pójdzie do domu. Ta młoda dama może spędzić noc w celi, a rano przekażą ją Gildii Szwaczek. Gildia mocno tępiła takie wymuszenia. Nie służyły interesom.

– Zgoda.

Wciągnął buty. Podeszwy miały z cienkiej, wilgotnej tektury. I były za ciasne.

Doktor Lawn machnął ręką w geście pożegnania.

– Jest twój, Rosie. Proszę na parę dni zostawić opatrunek, panie Keel, a przy odrobinie szczęścia zachowa pan działające oko. Ktoś chlasnął pana ostrym nożem. Zrobiłem, co mogłem, szwy trzymają, ale zostanie paskudna blizna.

Vimes znów uniósł dłoń do policzka.

– I proszę nie rozdrapywać! – warknął Lawn.

– Chodźmy... John – powiedziała Rosie. – Pójdziemy do domu.

Wyszli na ulicę. Woda kapała z dachów, ale deszcz ustał.

– Mieszkam w Pseudopolis Yard – poinformował Vimes.

– Prowadź – odparła Rosie.

Nie dotarli nawet do końca uliczki, gdy Vimes uświadomił sobie, że podążają za nimi dwie mroczne postacie. Już miał się odwrócić, gdy Rosie położyła mu dłoń na ramieniu.

– Nie zaczepiaj ich, to one też nie będą cię zaczepiać. Idą za nami jako ochrona.

– Czyja? Twoja czy moja?

– Jedno i drugie – roześmiała się.

– Tak jest. Niech pan idzie spokojnie, drogi panie, a będziemy ciche jak małe myszki – odezwał się piskliwy głos z tyłu.

A drugi, trochę niższy, dodał:

– Zgadza się, kochaniutki. Bądź grzecznym chłopczykiem, a ciocia Dotsie nie będzie musiała otwierać torebki.

– To Dotsie i Sadie! – zawołał Vimes. – Ciotki Cierpienia! No więc one na pewno wściekle dobrze wiedzą, kim jestem!

Odwrócił się.

Ciemne postacie, obie w staromodnych słomkowych kapelusikach, cofnęły się równocześnie. Z mroku zabrzmiało kilka metalicznych dźwięków, a Vimes z pewnym trudem zdołał zachować spokój. Mimo że stały – mniej więcej – po tej samej stronie co straż, wobec Ciotek Cierpienia człowiek nigdy nie był pewien, gdzie stoi. Oczywiście, właśnie dlatego były takie użyteczne. Każdy klient, który naruszał spokój jednego z miejscowych domów o dobrej reputacji, lękał się Ciotek o wiele bardziej niż straży. Straż miała swoje reguły. Straż nie miała torebki Dotsie. A Sadie potrafiła dokonać strasznych rzeczy parasolką z rączką w kształcie papuziej główki.

– Co jest? – rzucił. – Dotsie? Sadie? Nie róbmy takich numerów, co?

Coś stuknęło go w pierś. Spojrzał w dół. I zobaczył wyrzeźbioną na tym czymś główkę papugi.

– Powinien pan iść dalej, drogi panie – powiedziała jedna Ciotka.

– Póki masz jeszcze palce u nóg, kochaniutki – dodała druga.

– To chyba całkiem dobry pomysł – stwierdziła Rosie i pociągnęła go za rękę. – Ale widzę, że zrobiłeś na nich wrażenie.

– Skąd wiesz?

– Bo nie jesteś zgięty wpół i nie bulgoczesz. No, idziemy, tajemniczy przybyszu.

Vimes patrzył przed siebie, wyglądając niebieskiej latarni przy Pseudopolis Yardzie. Tam wszystko nabierze sensu.

Ale kiedy dotarli na miejsce, w bramie nie paliło się żadne niebieskie światło. Było tylko kilka oświetlonych okien na piętrze.

Vimes dobijał się do drzwi, aż uchyliły się odrobinę.

– Co się tu dzieje, do demona? – zwrócił się gniewnie do nosa i jednego oka, tworzących widzialną całość otwierającego. – I zejdź mi z drogi!

Pchnął drzwi i wszedł do wnętrza.

To nie była komenda. Owszem, widział znajome schody, ale główną salę przedzielała ściana, były dywany na podłodze, gobeliny na ścianach... i pokojówka trzymająca tacę, patrząca na niego, upuszczająca tacę i wrzeszcząca...

– Gdzie są wszyscy moi ludzie?! – ryknął Vimes.

– Proszę natychmiast wyjść! Słyszy pan? Nie można tak się wdzierać do domu! Proszę się wynosić!

Vimes odwrócił się i stanął przed staruszkiem, który otworzył mu drzwi. Wyglądał na kamerdynera i trzymał pałkę. Może z powodu zdenerwowania, a może ze względu na typowe w tym wieku drżenie, czubek pałki chwiał się i kołysał przed nosem Vimesa. Vimes chwycił ją i cisnął na podłogę.

– Co tu się dzieje? – zapytał.

Staruszek wydawał się nie mniej zdumiony od niego.

Vimes poczuł, jak wzbiera w nim dziwna, tępa zgroza. Wyskoczył przez otwarte drzwi w wilgotną ciemność. Rosie i Ciotki rozpłynęły się w mroku, jak zwykle ludzie nocy wobec nadciągających kłopotów, ale Vimes biegł do Królewskiej Drogi i dalej; odpychał na bok przechodniów, odskakiwał przed nieczęstymi powozami...

Chwytał już drugi oddech, gdy dotarł na aleję Scoone'a i skręcił na podjazd swojego domu. Nie był pewien, co tam zastanie, ale wszystko wyglądało całkiem normalnie. Po obu stronach drzwi płonęły pochodnie. Znajomy żwir chrzęścił pod nogami.

Już chciał walnąć w drzwi pięścią, ale powstrzymał się z wysiłkiem i zadzwonił. Po chwili otworzył mu kamerdyner.

– Dzięki bogom! – rzucił Vimes. – To ja, człowieku! Trafiłem w bójkę. Nie ma się czym przejmować. Jak się...

– Czego pan sobie życzy? – zapytał chłodno kamerdyner. Cofnął się o krok, przez co stanął w pełnym świetle lamp w korytarzu.

Vimes nigdy przedtem go nie widział.

– Gdzie się podział Willikins?

– Ten pomocnik w kuchni? – Ton kamerdynera stał się lodowaty. – Jeśli jest pan krewnym, sugeruję, by zapytał pan z drugiej strony, przy wejściu dla dostawców. Powinien pan wiedzieć, że nie należy dzwonić do drzwi frontowych.

Vimes próbował się zastanowić, co zrobić w tej sytuacji, ale jego pięść nie chciała marnować czasu. Czystym ciosem powaliła kamerdynera na podłogę.

– Nie mam czasu na zabawy – stwierdził, przestępując nad ciałem. Stanął pośrodku głównego holu i uniósł dłonie do ust. – Pani Content! Sybil! – krzyknął, czując, jak groza zwija się wewnątrz niego i splątuje w węzły.

– Tak?

Odpowiedź dobiegła z pokoju, który Vimes zawsze nazywał Upiornie Różowym Salonikiem. Wyszła stamtąd Sybil.

Tak, Sybil... Głos był prawidłowy, oczy też, i to, jak stała. Tylko wiek się nie zgadzał. To była dziewczyna, o wiele za młoda na Sybil...

Przyjrzała się najpierw jemu, potem nieruchomemu kamerdynerowi.

– Czy ty zrobiłeś to Forsythe'owi? – spytała.

– Ja... tego... no... to jest... to nieporozumienie... – mamrotał Vimes.

Cofnął się.

Ale Sybil już zdejmowała ze ściany miecz. Nie wisiał tam tylko na pokaz. Vimes nie pamiętał, czy jego żona uczyła się kiedyś szermierki, ale kilka stóp ostrej broni wygląda dostatecznie groźnie nawet w ręku rozgniewanego amatora. Amatorzy mają czasem szczęście.

Wycofał się szybko.

– To pomyłka... nie ten dom... pomyliłem nazwisko...

Potknął się o leżącego kamerdynera, ale zdołał jakoś wystartować do chwiejnego biegu za drzwi i po schodach w dół.

Chłostany przez mokre gałęzie, dobrnął przez krzaki do bramy. Tam oparł się o mur i dyszał ciężko.

Ta przeklęta Biblioteka! Czy nie słyszał kiedyś, jak to człowiek może tam przejść gdzieś w czasie czy coś w tym rodzaju? Wiele zebranych razem magicznych ksiąg robiło coś dziwnego...

Sybil była taka młoda... Wyglądała na szesnaście lat! Nic dziwnego, że w Pseudopolis Yardzie nie znalazł komendy straży! Przeprowadzili się tam ledwie kilka lat temu!

Woda przesiąkała przez tani płaszcz. W domu... gdzieś... wisiała jego obszerna skórzana peleryna, dobrze wysmarowana olejem i ciepła jak grzanka...

Myśl, myśl... Nie pozwól, żeby kierowała tobą groza...

Może pójść i wytłumaczyć wszystko Sybil... W końcu to przecież Sybil, prawda? Dobra dla różnych zmokłych stworzeń? Ale nawet najbardziej miękkie serce stwardnieje, kiedy jakiś zdesperowany typ ze świeżą blizną i w nędznym ubraniu wedrze się do domu i zacznie dziewczynę przekonywać, że będzie jej mężem. Dziewczyna może to całkiem opacznie zrozumieć, a tego by nie chciał, zwłaszcza póki ona trzyma miecz. Poza tym lord Ramkin prawdopodobnie żył jeszcze, a o ile Vimes pamiętał, był bardzo krwiożerczy.

Oparł się o mur, sięgnął po cygaro i znowu szarpnęła nim groza.

W kieszeni nie było nic. Zupełnie nic. Żadnych cienkich Panatelli Pantweeda, ale co ważniejsze, żadnej cygarnicy...

Była wykonana na zamówienie. Miała lekkie wygięcie. Dostał ją od Sybil i zawsze nosił przy sobie. Bez niej czuł się... niekompletny.

„Jesteśmy tutaj i to jest teraz", mawiał czasem funkcjonariusz Wizytuj, dogmatyczny wyznawca religii omniańskiej, cytując ich świętą księgę. Vimes rozumiał, że oznacza to – w mniej podniosłych słowach – że należy zająć się robotą, którą człowiek ma przed sobą.

Jestem tutaj, pomyślał, ale to jest wtedy. A jakaś głębiej ukryta część umysłu dodała: Nie masz tutaj przyjaciół. Nie masz tutaj domu. Nie masz celu. Jesteś tu sam.

Nie... nie sam, odparła inna część, która tkwiła bardzo głęboko, głębiej nawet niż groza, i zawsze trzymała straż.

Ktoś go obserwował.

Jakaś postać oderwała się od plamy wilgotnego mroku ulicy i zbliżyła się do niego. Vimes nie dostrzegał twarzy, ale to nie miało znaczenia. Wiedział, że twarz ta rozciągnięta jest w tym szczególnym uśmiechu drapieżcy, który wie, że ma ofiarę pod łapą, wie, że ofiara też o tym wie, a także wie, że ofiara będzie rozpaczliwie udawać, że to zwykła przyjazna rozmowa, bo ofiara tak bardzo by chciała, by była to prawda...

Nie chciałbyś tutaj zginąć, odezwała się głęboka, mroczna część Vimesowego umysłu.

– Ma pan ognia, szefuniu? – zapytał drapieżnik. Nie pofatygował się nawet, by pomachać niezapalonym papierosem.

– Co? A tak, oczywiście – odpowiedział Vimes.

Zrobił ruch, jakby chciał poklepać się po kieszeni, ale uderzył z obrotu i trafił w ucho człowieka, który skradał się od tyłu. Potem skoczył na pytającego o ogień i powalił go, przyciskając rękę do krtani.

Udałoby mu się. Później był pewien, że powinno się udać. Gdyby nie to, że w mroku czaiło się jeszcze dwóch, udałoby się na pewno. A tak... Zdołał jeszcze kopnąć jednego w kolano, zanim poczuł na szyi garotę.

Napastnik szarpnięciem postawił go na nogi. Blizna eksplodowała bólem, gdy Vimes usiłował chwycić palcami sznur.

– Przytrzymaj go – usłyszał. – Patrz, co zrobił Jezowi. Niech to demon! Zaraz przykopię mu w...

Cienie się zakotłowały. Vimes, walczący o oddech, z załzawionym jedynym zdrowym okiem, tylko niejasno orientował się w wydarzeniach. Dotarło do niego kilka stęknięć, kilka stłumionych, acz dziwnych odgłosów, i ucisk na szyi nagle zelżał.

Upadł do przodu, a po chwili wstał chwiejnie. Dwaj mężczyźni leżeli na bruku. Jeden klęczał zgięty wpół i bulgotał. A w dali cichł tupot biegnących stóp.

– Całe szczęście, że znalazłyśmy pana na czas, drogi panie – odezwał się ktoś tuż obok Vimesa.

– Dla niektórych wcale nie takie szczęście, kochaniutka – sprostował drugi ktoś.

Z mroku wynurzyła się Rosie.

– Sądzę, że powinieneś wrócić z nami – powiedziała. – Nie możesz tak biegać po mieście, bo w końcu ktoś zrobi ci krzywdę. Chodźmy. Oczywiście nie zabiorę cię do siebie...

– ...oczywiście – mruknął Vimes.

– ...ale Mossy znajdzie ci pewnie jakieś miejsce, gdzie mógłbyś złożyć głowę.

– Mossy Lawn! – zawołał Vimes, którego nagle olśniło. – Doktorek! Przypomniałem sobie. – Spróbował skupić na młodej kobiecie spojrzenie jednego zmęczonego oka. Tak, struktura kości była właściwa. Ten podbródek... Bardzo rzeczowy podbródek. Taki podbródek mógł człowieka daleko zaprowadzić. – Rosie... jesteś panią Palm!

– Panią? – powtórzyła zimno, a Ciotki Cierpienia zachichotały piskliwie. – Raczej nie.

– Chciałem powiedzieć... – zająknął się.

Oczywiście, tylko starsze, zasłużone przedstawicielki profesji przyjmowały „pani" jako tytuł honorowy. A ona nie była starsza. Nawet gildia jeszcze nie istniała.

– I nigdy cię nie widziałam – dodała Rosie. – Tak samo jak Dotsie i Sadie, a one mają zadziwiającą pamięć do twarzy. Ale ty nas znasz i zachowujesz się, jakbyś był tu kimś ważnym, Johnie Keel.

– Naprawdę?

– Naprawdę. Chodzi o to, jak stoisz. Tak stoją oficerowie. Dobrze się odżywiasz. Może nawet trochę za dobrze, mógłbyś zrzucić parę funtów. Masz blizny na całym ciele, widziałam u Mossy'ego. Twoje nogi są opalone od kolan w dół, a to oznacza strażnika, bo oni chodzą z gołymi nogami. Ale znam wszystkich strażników w mieście i ty do nich nie należysz, więc może jesteś wojskowym. Walczysz instynktownie i nieczysto. Zatem jesteś przyzwyczajony do walki w tłumie, a to dziwne, bo jak dla mnie oznacza to szeregowca, nie oficera. Podobno chłopcy zdjęli z ciebie piękny pancerz. Czyli oficer. Ale nie nosisz pierścieni, zatem szeregowiec. Pierścienie zaczepiają o różne rzeczy i jeśli ktoś nie uważa, może stracić palec. No i jesteś żonaty.

– Jak to poznałaś?

– Każda kobieta by poznała – odparła gładko Rosie Palm. – A teraz idź sprężyście. Już po godzinie strażniczej. Nami straż nie będzie się przejmować, ale tobą tak.

Godzina strażnicza, pomyślał Vimes. To było dawno temu. Vetinari nigdy nie ograniczał ruchu na ulicach – to przeszkadzało w interesach.

– Może straciłem pamięć wskutek napadu – powiedział.

Brzmi nieźle, uznał. Tak naprawdę potrzebował teraz jakiegoś spokojnego miejsca, żeby się zastanowić.

– Może. A może ja jestem królową Hersheby – odparła Rosie. – Pamiętaj, mój drogi, nie dlatego to robię, że jestem tobą zainteresowana, choć muszę się przyznać do pewnej makabrycznej fascynacji zagadką, jak długo tu przeżyjesz. Gdyby noc nie była taka mokra i zimna, zostawiłabym cię na drodze. Jestem dziewczyną pracującą i nie potrzebuję kłopotów. Ale wyglądasz na kogoś, kto potrafi zorganizować parę dolarów. Zapewniam, że wystawię rachunek.

– Zostawię pieniądze na toaletce – burknął Vimes.

Mocny policzek rzucił nim o mur.

– Uznaj to za dowód mojego całkowitego braku poczucia humoru – oświadczyła Rosie. Potrząsnęła ręką, by przywrócić do życia obolałe palce.

– Ja... przepraszam – powiedział Vimes. – Nie chciałem... to znaczy... Dziękuję ci za wszystko. Szczerze. Ale to dla mnie ciężka noc.

– Tak, to widzę.

– Gorsza, niż ci się wydaje. Możesz mi wierzyć.

– Wszyscy mamy swoje problemy. Możesz mi wierzyć.

Kiedy szli przez Mroki, Vimes cieszył się z towarzystwa Ciotek Cierpienia. To były stare Mroki, a Lawn mieszkał o szerokość ulicy od nich. Straż nigdy tu nie docierała. Prawdę mówiąc, nowe Mroki nie były o wiele lepsze, ale tutejsi nauczyli się przynajmniej, co się dzieje, kiedy ktoś zaatakuje strażnika. Ciotki to całkiem inna sprawa. Nikt nie napadał Ciotek.

Gdybym mógł dobrze się wyspać, myślał Vimes. Może rano by się okazało, że to wszystko się nie zdarzyło.

– Nie było jej tam, prawda? – spytała po chwili Rosie. – Twojej żony? To był dom lorda Ramkina. Masz z nim jakiś konflikt?

– Nigdy w życiu go nie spotkałem – odparł z roztargnieniem Vimes.

– Miałeś szczęście, że ktoś nam powiedział, gdzie jesteś. Ci ludzie byli pewnie opłacani przez kogoś wysoko postawionego. W Ankh sami stanowią prawo. Jakiś zaniedbany typ, włóczący się tam bez żadnych rzemieślniczych narzędzi... No więc trzeba go usunąć z terenu, a jeśli przy okazji okradną go ze wszystkiego, kogo to obchodzi?

Tak, pomyślał Vimes. Tak właśnie było. Przywilej, co oznacza właśnie prywatne prawo. Dwa typy ludzi śmieją się z prawa: ci, którzy je łamią, i ci, którzy je tworzą. Teraz jest inaczej...

...ale ja teraz nie jestem w „teraz". Niech piekło pochłonie tych magów...

Magowie! Racja! Zaraz rano pójdę do nich i wytłumaczę wszystko! To łatwe! Oni zrozumieją! Na pewno potrafią odesłać mnie z powrotem na miejsce! Tam jest cały uniwersytet pełen ludzi, którzy umieją sobie z tym radzić! No, teraz to już nie jest mój problem!

Ulga wypełniła mu umysł niczym ciepła różowa mgła. Musiał tylko przetrwać jakoś noc...

Ale po co czekać? Przecież mają tam otwarte całą noc, prawda? Magia się nie zamyka. Vimes pamiętał nocne patrole, kiedy widział blask w niektórych oknach. Może teraz...

Zaraz, zaraz... W jego umyśle wznosiła się wolno myśl policjanta. Ciotki nie biegają. Znane są z tego, że nie biegają. Doganiają człowieka powoli. Każdy, kto był – jak one to określają – „bardzo niegrzecznym chłopczykiem", sypiał wyjątkowo niespokojnie, wiedząc, że Ciotki są na jego tropie i zbliżają się powoli, przystając tylko na herbatę ze śmietanką albo przy jakiejś interesującej wyprzedaży. A Vimes przecież biegł, biegł całą drogę do alei Scoone'a, w ciemności, wśród powozów i tłumów ludzi spieszących do domów, by zdążyć przed godziną strażniczą. Ludzie nie zwracali na niego uwagi, a gdyby nawet, to na pewno nie widzieliby jego twarzy. Poza tym nie znał tutaj nikogo. Nie, to jego nikt nie znał, poprawił się w myślach.

– A kto wam powiedział, dokąd poszedłem? – rzucił obojętnie.

– Och, jeden z tych starych mnichów – odparła Rosie.

– Jakich starych mnichów?

– Kto to wie? Mały, łysy, w mnisiej szacie i z miotłą. Zawsze są gdzieś jacyś mnisi, którzy żebrzą albo śpiewają. To było na Drodze Fedry.

– I spytałyście go, gdzie jestem?

– Co? Nie. On tylko rozejrzał się i powiedział „Pan Keel pobiegł na aleję Scoone'a", a potem zamiatał dalej.

– Zamiatał?

– Tak, to jakieś ich święte powołanie. Żeby nie nadepnąć na mrówkę, o ile pamiętam. A może zmiatają wszystkie grzechy? Albo może lubią, kiedy jest czysto? Kogo obchodzi, co robią mnisi?

– I nic w tym nie wydało ci się dziwne?

– Dlaczego? Pomyślałam, że może jesteś z natury dobry dla żebraków! – burknęła Rosie. – Mnie to nie rusza. Ale Dotsie mówiła, że wrzuciła coś do tej jego miseczki.

– Co?

– A ty byś ją zapytał?

Większa część Vimesa pomyślała: Kogo obchodzi, co robią mnisi? To przecież mnisi. Właśnie dlatego są dziwaczni. Może któryś z nich doznał nagle objawienia albo co, oni lubią takie rzeczy. Co z tego? Idź do magów, opowiedz, co ci się zdarzyło, i zostaw im resztę.

Ale mniejsza część, będąca policjantem, myślała: A skąd ci mali mnisi wiedzą, że tutaj nazywam się Keel? Coś tu śmierdzi.

Większa część uznała: Jeśli nawet, to śmierdzi już od trzydziestu lat.

A policjant odpowiedział: Dlatego tak czuć.

– Słuchaj, muszę coś sprawdzić – oświadczył. – Wrócę... prawdopodobnie.

– Cóż, nie mogę cię zakuć w łańcuchy. – Rosie uśmiechnęła się ponuro. – To kosztuje ekstra. Ale jeśli nie wrócisz, a przy tym zamierzasz pozostać w mieście, Ciotki...

– Obiecuję ci: ostatnia rzecz, jaką chciałbym zrobić, to wyjechać z Ankh-Morpork.

– To naprawdę zabrzmiało przekonująco – uznała Rosie. – No to ruszaj. Jest już po godzinie strażniczej. Ale sama nie wiem, czemu mam wrażenie, że nie będzie ci to przeszkadzać.

Kiedy zniknął w ciemności, Dotsie podeszła bliżej do Rosie.

– Chcesz, żebyśmy za nim poszły, kochaniutka?

– Nie przejmujcie się.

– Powinnaś pozwolić Sadie, żeby go lekko szturchnęła, kochana. To ich zwykle spowalnia.

– Wydaje mi się, że bardzo wiele trzeba, aby spowolnić tego człowieka. A my nie chcemy kłopotów. Nie teraz. Jesteśmy już zbyt blisko.

– Co tu robicie o tej porze, obywatelu?

Vimes przestał się dobijać do bramy uniwersytetu i odwrócił głowę. Za nim stało trzech strażników. Jeden trzymał pochodnię. Drugi kuszę. Trzeci najwyraźniej uznał, że jego zadania na dzisiejszą noc nie przewidują noszenia ciężkich przedmiotów.

Vimes wolno podniósł ręce.

– Pewnie marzy o miłej chłodnej celi na nocleg – stwierdził ten z pochodnią.

No nie, pomyślał Vimes. Konkurs na Komika Roku... Gliniarze nie powinni tak żartować, ale wciąż to robią.

– Chciałem tylko złożyć wizytę na uniwersytecie – wyjaśnił.

– Ach tak? – odezwał się ten bez pochodni ani kuszy. Był dość tęgi i Vimes dostrzegł błysk światła na zaśniedziałych insygniach sierżanta. – Gdzie mieszkasz?

– Nigdzie. Dopiero przybyłem do miasta. I możemy od razu załatwić dalszy ciąg? Nie mam pracy i nie mam przy sobie pieniędzy. Ale żadna z tych rzeczy nie jest przestępstwem.

– Na ulicy po godzinie strażniczej? Bez widocznych środków utrzymania? – rzucił drwiąco sierżant.

– Mam dwie nogi.

– Chwilowo, he he he – wtrącił jeden ze strażników, ale pod spojrzeniem Vimesa umilkł.

– Chcę złożyć skargę, sierżancie – oznajmił Vimes.

– Na co?

– Na pana. I na tych tutaj braci Szczeżujów. Nie załatwiacie tego jak należy. Jeśli chcecie kogoś aresztować, róbcie to zgodnie z prawem. Macie odznaki i macie broń, zgadza się? A on ma ręce w górze i nieczyste sumienie. Każdy ma coś na sumieniu... No więc on się zastanawia, co wiecie i co zrobicie, a wy robicie tyle, że strzelacie w niego pytaniami, i to ostro. Nie rzucacie głupawych żartów, bo to sprawia, że stajecie się za bardzo ludzcy, nie pozwalacie mu odzyskać równowagi, żeby nie był w stanie wymyślić sensownego zdania, a przede wszystkim, sierżancie, nie pozwalacie mu poruszać się o tak, łapać pana za rękę i wykręcać tak, że kość ledwie wytrzymuje, bo wtedy może wyrwać pański miecz i przyłożyć panu do gardła, o tak. Niech pan każe swoim ludziom opuścić miecze. Tak nimi wymachują, że jeszcze zrobią komuś krzywdę.

Sierżant zabulgotał.

– Dobrze – pochwalił Vimes. – Aha, sierżancie... To ma być miecz? Pan go w ogóle czasem ostrzy? Do czego ma służyć? Żeby kogoś zatłuc na śmierć? No więc teraz zrobimy tak: wy wszyscy odłożycie broń na ziemię, o tutaj, a wtedy ja puszczę sierżanta i ucieknę tym zaułkiem, zgoda? A zanim znowu chwycicie broń... a naprawdę radzę wam zabrać broń i dopiero potem mnie gonić... ja zdążę już zniknąć. Koniec sprawy dla wszystkich. Jakieś pytania?

Trzej strażnicy milczeli. I wtedy Vimes usłyszał bardzo cichutki i bardzo bliski szelest – był to dźwięk poruszających się włosków na karku, kiedy tuż obok nich, do ucha, bardzo delikatnie i ostrożnie wsunął się grot strzały.

– Tak, proszę pana. Ja mam pytanie – odezwał się głos z tyłu. – Czy pan w ogóle słucha własnych rad?

Vimes czuł ucisk bełtu na czaszce i zastanawiał się, jak głęboko dotrze po naciśnięciu spustu. Już jeden cal to będzie za daleko.

– Może stanę pod ścianą w rozkroku, dobrze? – zaproponował.

– Tak – warknął sierżant. – Tak, to nam zaoszczędzi trochę czasu. Chociaż dla ciebie, kolego, mamy całą noc. Dobra robota, młodszy funkcjonariuszu. Zrobimy jeszcze z ciebie strażnika.

– Tak, dobra robota – przyznał Vimes, patrząc na młodego człowieka z kuszą.

Ale sierżant już przystępował do rozgrzewki.

Było później.

Vimes leżał na twardej pryczy w celi i starał się sprawić, żeby ból zniknął. Nie było aż tak źle, jak być mogło. Te pętaki nie potrafiły nawet porządnie komuś dołożyć. Nie rozumieli, jak człowiek może się przetaczać z ciosami, a w dodatku ciągle wchodzili sobie w drogę.

Czy to go bawiło? Nie, ból nie. Z bólu by się wycofał. Prawdę mówiąc, z bólu wycofała się jego świadomość. Ale była taka mała jego część, którą słyszał czasami przy męczących aresztowaniach po długim pościgu, ta część, która chciała bić i bić, choć ciosy już dawno odniosły pożądany skutek. Czuła wtedy radość. Nazywał tę cząstkę bestią. Pozostawała w ukryciu, dopóki nie była potrzebna, a potem, w razie potrzeby, wychodziła naprzód. Przywoływały ją ból i strach. Gołymi rękami zabijał wilkołaki, szalony z wściekłości i grozy, a głęboko we wnętrzu smakował krew bestii... a ona wąchała powietrze...

– Hej tam, panie Vimes, haha... Zastanawiałem się, kiedy się zbudzisz.

Usiadł gwałtownie. Cele miały kraty od strony korytarza, ale także między sobą, ponieważ ci zamknięci w klatkach powinni wiedzieć, że to klatki. A w sąsiedniej celi, z rękami pod głową, leżał na pryczy Carcer.

– No, spróbuj – powiedział wesoło. – Złap mnie przez te kraty. Chcesz sprawdzić, jak szybko zjawi się strażnik?

– Przynajmniej ciebie też wsadzili – mruknął Vimes.

– Nie na długo, nie na długo. Bo ja pachnę różami, haha. Przybysz, obcy w mieście, bardzo grzeczny dla straży, tak mu przykro, że zajmuje czas, tu coś dla panów za wszystkie kłopoty... Nie powinieneś przeszkadzać straży w braniu łapówek, panie Vimes. Wszystkim ułatwiały życie, haha.

– W takim razie załatwię cię jakoś inaczej, Carcer.

Carcer wcisnął palec do nosa, pogmerał chwilę, wyjął, krytycznie obejrzał urobek i pstryknął nim w sufit.

– No więc tutaj sprawa się komplikuje, panie Vimes. Bo widzisz, mnie tu nie przywlokło czterech gliniarzy. Nie atakowałem strażników, nie próbowałem wedrzeć się na uniwersytet...

– Stukałem tylko do drzwi!

– Wierzę ci, panie Vimes. Ale sam wiesz, jakie są gliny. Wystarczy krzywo na nich popatrzeć, a oskarżą człowieka o każde przestępstwo w książce. To straszne, co mogą przypisać uczciwemu obywatelowi, haha.

Vimes wiedział o tym.

– Czyli masz jakieś pieniądze – stwierdził.

– Pewnie, panie Vimes. Jestem kanciarzem. A najlepsze jest to, że o wiele łatwiej kantować, kiedy nikt nie wie, z kim ma do czynienia. Za to gliniarstwo zależy od tego, czy ludzie wierzą, że mają do czynienia z gliną. Niezły numer, co? Wiesz, że wróciliśmy do starych dobrych czasów?

– Na to wygląda – przyznał Vimes.

Nie podobała mu się rozmowa z Carcerem, ale w tej chwili wydawał się on jedyną rzeczywistą osobą.

– A gdzie wylądowałeś, jeśli wolno spytać?

– Na Mrokach.

– Ja też. Dwóch gości próbowało mnie tam obrobić. Mnie! Do czego to dochodzi, panie Vimes? Ale mieli przy sobie jakieś pieniądze, więc nie narzekam. Tak, wydaje mi się, że będę tutaj bardzo szczęśliwy. Aha, nadchodzi jeden z naszych dzielnych chłopców...

Strażnik przeszedł wolno korytarzem, machając pękiem kluczy. Był mocno wiekowy – typ gliny, któremu zleca się zadania, gdzie machanie kluczami jest o wiele bardziej prawdopodobne od machania pałką. Jego cechą szczególną był nos, dwa razy szerszy i o połowę krótszy od przeciętnego. Strażnik przez chwilę przyglądał się Vimesowi, po czym przeszedł do celi Carcera. Otworzył drzwi.

– Ty. Wyskakuj – polecił.

– Tak jest, proszę pana. Bardzo panu dziękuję. – Carcer podszedł szybko. Wskazał Vimesa. – Lepiej na niego uważać, wie pan... To zwierzę. Porządni ludzie nie powinni być zamykani razem z nim, proszę pana.

– Wyskakuj, mówię.

– Już wyskakuję, proszę pana. Bardzo dziękuję.

I Carcer, rzuciwszy Vimesowi złośliwy uśmieszek, wyskoczył.

Dozorca zwrócił się do Vimesa.

– A ty jak się nazywasz, hnah?

– John Keel – odparł Vimes.

– Tak?

– Tak, i już mi dokopali. Uczciwie trzeba przyznać. A teraz chciałbym już iść.

– Aha, chciałbyś sobie stąd iść, tak? Hnah! Chciałbyś, żebym dał ci te klucze, hnah, i jeszcze dołożył pięć pensów ze skarbonki na biednych za wszystkie, hnah, kłopoty, co?

Strażnik stał bardzo blisko krat, z uśmiechem człowieka, który uważa się za inteligentnego, a jest tylko półinteligentem. A gdyby Vimes był dostatecznie szybki, a nie miał wątpliwości, że jest, nawet w tym stanie, wystarczyłaby sekunda, żeby przyciągnąć starego durnia do prętów i jeszcze bardziej rozpłaszczyć mu nos na gębie. Trudno zaprzeczyć, że psychopaci mieli tu łatwe życie.

– Wystarczy mi sama wolność – odparł, walcząc z pokusą.

– Nigdzie stąd nie wyjdziesz, hnah – oświadczył dozorca. – Najwyżej po to, żeby zobaczyć kapitana.

– To będzie kapitan Tilden, zgadza się? – spytał Vimes. – Zgadłem? Pali jak ognisko? Ma mosiężne ucho i drewnianą nogę?

– Tak. I może kazać cię zastrzelić, hnah! I jak by ci posmakował taki banan?

Zagracone biurko pamięci Vimesa w końcu odsłoniło niedbale rzuconą pod filiżanką zapomnienia podkładkę wspomnień.

– Jesteś Ryjek! – powiedział. – Zgadza się? Jakiś typ złamał ci nos i nigdy nie nastawili go porządnie! A oczy ci bez przerwy łzawią i dlatego dali ci na stałe służbę w areszcie!

– Czy ja cię znam? – zdziwił się Ryjek, spoglądając na więźnia podejrzliwymi, załzawionymi oczami.

– Mnie? Nie, skąd! – zapewnił pospiesznie Vimes. – Ale ja słyszałem, jak ludzie o tobie opowiadają. Praktycznie to on rządzi posterunkiem, mówili. Uczciwy człowiek, mówili. Surowy, ale sprawiedliwy. Nigdy nie pluje do zupy i nie siusia do herbaty! Dba o swoje owoce!

Widoczna część twarzy Ryjka wykrzywiła się w urażonym grymasie kogoś, kto nie całkiem nadąża za scenariuszem.

– Ach tak? – rzucił wreszcie. – No więc, hnah, zawsze pilnuję czystości w celach, to szczera prawda. – Wydawał się trochę zakłopotany przebiegiem dyskusji, ale zdołał zademonstrować kolejny niechętny grymas. – Zostaniesz tutaj, a ja pójdę powiedzieć kapitanowi, żeś się już obudził.

Vimes wrócił na pryczę. Leżał na wznak, patrząc na nieortograficzne i anatomicznie niepoprawne graffiti na suficie. Przez dłuższą chwilę z góry dobiegał podniesiony głos i wtrącane od czasu do czasu „hnah" Ryjka.

Potem znowu usłyszał kroki dozorcy.

– No, no, no – powiedział Ryjek tonem osoby, która nie może się doczekać, aż ktoś inny dostanie, na co zasłużył. – Wychodzi na to, że kapitan chce z tobą porozmawiać natychmiast. No więc pozwolisz mi się zakuć, hnah, czy mam zawołać chłopaków?

Niech bogowie cię chronią, pomyślał Vimes. Może to prawda, że ten cios, który rozpłaszczył Ryjkowi nos na twarzy, pomieszał mu coś w mózgu. Bo trzeba być bardzo szczególnym idiotą, żeby samemu próbować założyć kajdanki niebezpiecznemu więźniowi. Gdyby na przykład spróbował z Carcerem, od pięciu minut byłby już martwym idiotą.

Dozorca otworzył drzwi, a Vimes podsunął mu wyciągnięte ręce. Po sekundzie wahania Ryjek go zakuł. Zawsze opłaca się być uprzejmym dla strażnika, bo wtedy może nie skuje człowieka z tyłu. Człowiek z obiema rękami przed sobą ma całkiem sporo swobody.

– Wchodzisz pierwszy. – Ryjek sięgnął po bardzo efektywną z wyglądu kuszę. – A jak spróbujesz tylko iść za szybko, hnah, strzelę ci tam, gdzie się długo umiera.

– Uczciwa propozycja. Bardzo uczciwa.

Vimes szedł po schodach powoli, słysząc za sobą ciężki oddech Ryjka. Jak wielu ludzi o ograniczonych możliwościach intelektualnych, Ryjek bardzo poważnie traktował to, co może zrobić. Na przykład gdyby przyszło mu pociągnąć za spust, wykazałby się zadziwiającym brakiem skrupułów.

Na szczycie schodów Vimes przypomniał sobie, by się zawahać.

– Hnah, na lewo – rzucił z tyłu Ryjek.

Vimes w myślach pokiwał głową. A potem pierwsze drzwi po prawej… Wszystko wracało teraz do niego potężną falą. Był na Kopalni Melasy. To jego pierwszy posterunek. Tutaj zaczynał.

Drzwi do kapitana były otwarte. Zmęczony starszy mężczyzna za biurkiem uniósł wzrok.

– Siadaj – polecił zimno. – Dziękuję, Ryjek.

Wspomnienia o kapitanie były dość niejednoznaczne. Tilden służył w wojsku, zanim dali mu to stanowisko jako coś w rodzaju emerytury, a u oficera policji to nie jest dobra cecha. Oznaczała, że oglądał się na Władzę, czekał na rozkazy i wykonywał je; tymczasem Vimes się przekonał, że najlepiej jest oglądać się na Władzę i czekać na rozkazy, a potem przecedzać je przez gęste sito zdrowego rozsądku, dodając solidną porcję kreatywnego niezrozumienia, a w razie potrzeby także zaczątki głuchoty. Bo Władza nigdy się nie zniżała do poziomu ulicy. Tilden zbytnio dbał o błyszczące pancerze i sprężysty krok na paradach. To naturalnie prawda, że jedno i drugie w pewnym zakresie bywa ważne. Nie można pozwolić, żeby ludzie chodzili niechlujni. Ale choć Vimes nigdy nie powiedział tego publicznie, lubił widzieć wokół siebie trochę pogiętych pancerzy. To znaczyło, że ktoś je pogiął. A podczas czajenia się w mroku lepiej nie błyszczeć.

Na ścianie wisiała flaga Ankh-Morpork. Czerwień na niej wyblakła do bladego pomarańczu. Plotka głosiła, że Tilden co rano fladze salutuje. Dużą część blatu biurka zajmował bardzo duży srebrny kałamarz z pozłacanym godłem regimentu. Co rano Ryjek polerował go do połysku. Tilden nigdy tak całkiem nie opuścił armii.

Mimo to Vimes wspominał Tildena z sympatią. Stary był w zasadzie dobrym żołnierzem: zwykle walczył po zwycięskiej stronie i zabił więcej wrogów dzięki skutecznej, choć nieciekawej taktyce, niż swoich ludzi dzięki taktyce złej, za to ekscytującej. Był na swój sposób człowiekiem dobrym i rozsądnie sprawiedliwym; ludzie w straży często załatwiali sprawy po swojemu, a on nigdy tego nie dostrzegał.

Teraz Tilden rzucał Vimesowi Długie Spojrzenie z Towarzyszącą Dokumentacją. Powinno dawać do zrozumienia: wiemy o tobie wszystko, więc może sam o sobie opowiesz? Ale prawdę mówiąc, wcale mu ono nie wychodziło.

W odpowiedzi Vimes przyglądał mu się tępo.

– Mówisz, że jak się nazywasz? – odezwał się w końcu Tilden, rozumiejąc, że Vimes jest lepszy w tym wzrokowym starciu.

– Keel – odparł Vimes. – John Keel. – W końcu... co tam. – Przecież ma pan tam tylko jeden papier, który w ogóle cokolwiek mówi, to znaczy raport tego sierżanta. Zakładając, że sierżant umie pisać.

– Prawdę mówiąc, mam tu dwa dokumenty – oświadczył kapitan. – Ten drugi dotyczy śmierci Johna Keela. Co ty na to?

– Co? Za tę drobną bójkę ze strażą?

– W obecnej napiętej sytuacji to by całkiem wystarczyło do kary śmierci. – Tilden się pochylił. – Ale może w tym przypadku nie będzie konieczna, ponieważ John Keel od wczoraj nie żyje. Pobiłeś go i okradłeś, co? Zabrałeś mu pieniądze, ale zostawiłeś papiery, bo tacy jak ty i tak nie umieją czytać, co? Dlatego pewnie nie wiesz, że John Keel był policjantem, co?

– Co?

Vimes wpatrywał się w tę chudą twarz z tryumfalnie zjeżonym wąsikiem i trochę wyblakłymi niebieskimi oczami.

I wtedy zabrzmiał szelest pracowitego zamiatania korytarza za drzwiami. Kapitan spojrzał ponad ramieniem więźnia i cisnął piórem.

– Wyrzućcie go stąd! – warknął. – Co ten mały drań w ogóle tu robi o tej porze?

Vimes odwrócił głowę. W drzwiach stał niski, chudy, pomarszczony człowiek, łysy jak kolano. Uśmiechał się głupawo i ściskał miotłę.

– Jest tani, sir, hnah, no i lepiej, że przychodzi, kiedy jest, hnah, spokój – wymamrotał Ryjek, chwytając człowieczka za kościsty łokieć. – No już, wychodzimy, panie Luzak...

Czyli w tej chwili kusza nie celowała w Vimesa. A on miał na przegubach parę funtów żelaza, albo – inaczej to ujmując – jego ręce były jak młot. Zaczął podrywać się z krzesła...

Vimes obudził się i spojrzał na sufit. Gdzieś z bliska dochodził niski turkot. Kołowrót? Młyńskie koło?

To będzie banalna odzywka, ale pewne rzeczy jednak trzeba wiedzieć.

– Gdzie jestem? – zapytał. – W tej chwili?

– No, brawo – odezwał się ktoś stojący obok. – Od przytomności do sarkazmu w pięć sekund!

Pomieszczenie było spore, sądząc po atmosferze, a gra świateł na ścianach sugerowała, że za Vimesem pali się świeca.

– Chciałbym, żebyś uważał mnie za przyjaciela – oświadczył ten ktoś.

– Przyjaciela? Czemu? – spytał Vimes.

W powietrzu unosił się zapach dymu z papierosa.

– Każdy powinien mieć przyjaciela. Aha, zauważyłeś, jak widzę, że nadal jesteś skuty...

Ten ktoś powiedział to, gdyż Vimes jednym ruchem zeskoczył ze stołu i rzucił się przed siebie...

Vimes obudził się i spojrzał na sufit. Gdzieś z bliska dochodził niski turkot. Kołowrót? Młyńskie koło? I nagle jego myśli zapętliły się w wyjątkowo niemiły sposób.

– Co się właśnie zdarzyło? – zapytał.

– Pomyślałem, że może zechcesz spróbować jeszcze raz, mój chłopcze – wyjaśnił niewidzialny przyjaciel. – Znamy tu kilka drobnych sztuczek, jak sam się przekonasz. Po prostu usiądź. Wiem, że dużo przeszedłeś, ale nie mamy czasu na zabawy. To się stało szybciej, niż planowałem, ale uznałem, że lepiej wyciągnąć cię stamtąd, zanim wszystko naprawdę się posypie... panie Vimes.

Vimes zamarł.

– Kim jesteś? – spytał.

– Oficjalnie Lu-Tze, panie Vimes. Ale może mnie pan nazywać sprzątaczem, bo przecież jesteśmy przyjaciółmi.

Vimes ostrożnie usiadł i rozejrzał się wokół.

Pogrążone w mroku ściany pokrywało... pismo, na pewno pismo, uznał, ale ten rodzaj, jakiego używają w krainach osiowych – tylko jeden krok dzieli je od bycia rzędami małych obrazków.

Świeca stała na spodeczku. Kawałek za nią, ledwie widoczne w ciemności, zauważył dwa walce, grube jak człowiek i dwa razy tak długie, umieszczone – jeden nad drugim – na masywnych poziomych łożyskach. Oba obracały się wolno i sprawiały wrażenie większych, niżby wynikało ze zwykłych rozmiarów. Ich turkot wypełniał pomieszczenie. Otaczała je dziwna fioletowa mgiełka.

Przy walcach krzątali się dwaj ludzie w żółtych szatach, jednak wzrok Vimesa ściągał ku sobie trzeci – chudy, łysy, niski, siedzący obok świecy na odwróconej skrzynce. Palił paskudnego skręta – z rodzaju tych, jakie lubił Nobby – i wyglądał na cudzoziemskiego mnicha. A raczej wyglądał dokładnie tak jak mnisi, których Vimes widywał czasem z żebraczymi miseczkami na ulicach.

– Jest pan w niezłej formie, panie Vimes – stwierdził sprzątacz.

– To ty byłeś na posterunku, tak? – upewnił się Vimes. – Ryjek nazywał cię Luzakiem!

– Tak, panie Vimes. Lu-Tze. Zamiatałem u nich co noc już od dziesięciu dni. Dostaję za to dwa pensy i tyle kopniaków, przed iloma nie zdołam odskoczyć. Czekałem na pana.

– I to ty powiedziałeś Rosie Palm, dokąd poszedłem? Ty byłeś tym mnichem na moście?

– Znowu pan zgadł. Nie miałem pewności, czy zdąży.

– A skąd wiesz, kim jestem?

– Proszę się nie podniecać, panie Vimes – odparł spokojnie Lu-Tze. – Jestem tu, żeby pomóc... waszej łaskawości. A jestem pańskim przyjacielem, ponieważ jestem jedynym człowiekiem na świecie, który prawdopodobnie uwierzy we wszystko, co pan opowiada o różnych, no, burzach z piorunami i upadkach... tego typu sprawach. A przynajmniej – dodał – jedynym zdrowym na umyśle.

Obserwował, jak Vimes siedzi nieruchomo przez pół minuty.

– Dobrze, panie Vimes – pochwalił. – Myślenie. Cenię je u ludzi.

– To magia, prawda? – zapytał w końcu Vimes.

– Coś w tym rodzaju, rzeczywiście – przyznał sprzątacz. – Na przykład przed chwilą cofnęliśmy pana w czasie. Tylko o parę sekund. Żeby nie zrobił pan czegoś, czego później by pan żałował. Ale nie dziwię się, że po tym wszystkim, co pana spotkało, chciałby się pan na kimś wyładować. My z kolei nie chcemy, by stała się panu jakaś krzywda.

– Co? Jeszcze moment i złapałbym cię za gardło!

Sprzątacz uśmiechnął się. To był rozbrajający uśmiech.

– Zapali pan?

Sięgnął pod szatę i wyjął pogniecionego, ręcznie skręconego papierosa.

– Dziękuję, ale mam swoje... – zaczął odruchowo Vimes.

Dłoń znieruchomiała w połowie drogi do kieszeni.

– No tak – rzekł sprzątacz. – Srebrna cygarnica. Prezent ślubny od Sybil, prawda? Szkoda, że zginęła.

– Chcę do domu – powiedział Vimes. Właściwie szepnął. Przez ostatnie dwanaście godzin nie spał, tylko próbował odzyskać przytomność.

Tym razem sprzątacz siedział w milczeniu. W ciszy turkotały walce.

– Jest pan policjantem, panie Vimes – rzekł po chwili. – No więc chciałbym, by pan uwierzył... przynajmniej na chwilę... że ja również jestem swego rodzaju policjantem. Dobrze? Ja i moi koledzy pilnujemy... żeby wydarzenia następowały. Albo nie następowały. Proszę na razie nie zadawać pytań. Wystarczy, że pan kiwnie głową.

Zamiast tego Vimes wzruszył ramionami.

– Dobrze. No więc powiedzmy, że podczas naszego patrolu znaleźliśmy pana, można metaforycznie powiedzieć, leżącego w rynsztoku w sobotnią noc i śpiewającego sprośną piosenkę o taczkach.

– Nie znam żadnej sprośnej piosenki o taczkach!

Sprzątacz westchnął.

– O jeżu? O budyniu? O skrzypcach z jedną struną? To naprawdę nie ma znaczenia. W każdym razie znaleźliśmy pana daleko od miejsca, gdzie powinien pan być, i chcielibyśmy dostarczyć pana do domu, ale to nie takie łatwe, jak mógłby pan przypuszczać.

– Cofnąłem się w czasie, tak? To ta przeklęta Biblioteka! Wszyscy wiedzą, że tamtejsza magia powoduje dziwne zdarzenia!

– No, owszem. Owszem, to główna przyczyna. Ale bliższe prawdy jest stwierdzenie, że został pan, hm... wplątany w poważną sytuację.

– Czy ktoś może odesłać mnie z powrotem? Czy ty możesz odesłać mnie z powrotem?

– No... – Sprzątacz wyglądał na zakłopotanego.

– Jeśli wy nie, to magowie potrafią – oświadczył Vimes. – Wracam i pójdę do nich zaraz rano.

– Pójdzie pan, tak? Chciałbym przy tym być. To nie są magowie, którymi dowodzi porządny stary Ridcully, wie pan... Jeśli będzie pan miał szczęście, tylko pana wyśmieją. Zresztą nawet gdyby chcieli pomóc, zderzą się z tym samym problemem.

– To znaczy jakim?

– Nie da się tego zrobić. Jeszcze nie. – Po raz pierwszy w ciągu tej rozmowy sprzątacz wydawał się zażenowany. – Poważny problem, jaki stoi przede mną, panie Vimes, polega na tym, że muszę powiedzieć panu o kilku sprawach, o jakich nie wolno mi panu mówić w żadnych okolicznościach. Ale jest pan człowiekiem, który nie zazna spokoju, dopóki nie dowie się o wszystkich faktach. Szanuję to. Zatem... jeśli zdradzę panu wszystko, czy zechce mi pan poświęcić, no, dwadzieścia minut? To może uratować panu życie.

– Zgoda – rzekł Vimes. – Ale co...

– Dobiliśmy targu – przerwał mu sprzątacz. – Zakręćcie nimi, chłopcy!

Turkot wielkich walców na moment przyspieszył i Vimes poczuł bardzo delikatny wstrząs, wrażenie, jakby całe jego ciało zawibrowało.

– Dwadzieścia minut – rzekł sprzątacz. – Odpowiem na każde pytanie. A potem, panie Vimes, cofniemy pana o dwadzieścia minut z przyszłości do teraz i przekaże pan sobie to, co pan i ja uznamy, że powinien pan wiedzieć. Prawdę mówiąc, będzie to chyba prawie wszystko. Jest pan człowiekiem, który umie dotrzymywać tajemnicy. Zgoda?

– Tak, ale... – zaczął Vimes.

Wirujące walce zmieniły nieco ton.

Sam Vimes zobaczył siebie stojącego na środku pomieszczenia.

– To ja!

– Zgadza się – przyznał sprzątacz. – A teraz niech go pan posłucha.

– Witaj, Sam – odezwał się drugi Vimes, nie patrząc wprost na niego. – Nie widzę cię, ale zapewnili mnie, że ty możesz mnie widzieć. Pamiętasz zapach bzu? Myślałeś o tych, którzy odeszli. A potem kazałeś Willikinsowi opłukać tę dziewczynę wodą ze szlauchu. I jeszcze, hm... czasami czujesz ból w piersi, co trochę cię niepokoi, ale jeszcze nikomu o tym nie powiedziałeś... To chyba wystarczy. Wiesz, że jestem tobą. No więc są pewne sprawy, o których nie mogę ci powiedzieć. A ja mogłem je poznać, bo jestem... – Przerwał i odwrócił głowę, jakby słuchał instrukcji kogoś poza sceną. – Jestem w zamkniętej pętli. No... można powiedzieć, że jestem dwudziestoma minutami twojego życia, których sobie nie przypominasz. Pamiętasz to...

...wrażenie, jakby całe jego ciało zawibrowało.

Sprzątacz wstał.

– Nie znoszę tego robić – stwierdził. – Ale jesteśmy w świątyni i możemy w dużej części wytłumić paradoksy. Do roboty, panie Vimes. Teraz powiem panu wszystko.

– Mówiłeś, że nie możesz!

Sprzątacz się uśmiechnął.

– Potrzebuje pan pomocy z tymi kajdankami?

– Co, z tymi starymi capstickami model pierwszy? Nie, wystarczy mi gwóźdź i parę minut. Skąd się wziąłem w świątyni?

– Ja pana tu ściągnąłem.

– Jak to? Niosłeś mnie?

– Nie. Szedł pan ze mną. Z zawiązanymi oczami, naturalnie. A kiedy już pan tu dotarł, podałem panu coś do picia...

– Nie pamiętam tego!

– Oczywiście. Taki był cel tego napoju. Niezbyt jest mistyczny, ale spełnia swoje zadanie. Nie chcemy przecież, żeby pan tutaj wracał, prawda? To miejsce utrzymujemy w tajemnicy...

– Grzebaliście w mojej pamięci? – Vimes zaczął wstawać. – To nie jest...

– Proszę się nie martwić. Nie ma powodu. Ten napój... sprawił tylko, że zapomniał pan parę minut.

– Ile tych minut?

– Tylko kilka, nie więcej. I miał w sobie zioła. Zioła są zdrowe. Potem daliśmy panu zasnąć. Proszę się nie martwić, nikt nas nie ściga. Nigdy się nie dowiedzą, że pan zniknął. Widzi pan ten aparat?

Sprzątacz podniósł ażurową skrzynkę leżącą przy jego siedzeniu. Miała pasy, jak plecak, a wewnątrz Vimes dostrzegł walec.

– Nazywa się prokrastynator – wyjaśnił mnich. – Jest zmniejszoną wersją tych tam... Tych, co wyglądają jak babcina wyżymaczka. Nie chcę wchodzić w techniczne szczegóły, ale kiedy wiruje, przemieszcza czas wokół nosiciela. Zrozumiał pan, co właśnie powiedziałem?

– Nie!

– No dobrze. To magiczna skrzynka. Teraz lepiej?

– Mów dalej – mruknął Vimes.

– Nosił pan taki, kiedy przeprowadziłem pana tutaj z posterunku straży. A że miał go pan na sobie, był pan, można tak to określić, poza czasem. I kiedy już skończymy tę naszą pogawędkę, odprowadzę pana na posterunek, a stary kapitan niczego nie zauważy. Dopóki jesteśmy w świątyni, w zewnętrznym świecie czas nie płynie. Prokrastynatory o to dbają. Jak już mówiłem, przesuwają czas dookoła. A dokładniej działa to tak, że przesuwają nas w czasie do tyłu z taką samą szybkością, z jaką czas przesuwa nas do przodu. Mamy ich tutaj więcej. Przydają się, żeby zachować świeżą żywność. Co jeszcze mógłbym powiedzieć... Aha, łatwiej się zorientować w tym wszystkim, jeśli myśli pan o ciągu kolejnych wydarzeń. Może mi pan wierzyć.

– To jest jak sen – stwierdził Vimes.

Brzęknęło i jego kajdanki się otworzyły.

– Rzeczywiście, jak sen – zgodził się sprzątacz obojętnie.

– A czy twoja magiczna skrzynka może mnie zabrać do domu? Przemieścić mnie w czasie tam, gdzie powinienem być?

– Ta? Nie. Działa wyłącznie w małej skali...

– Proszę posłuchać, panie Sprzątaczu, dziś walczyłem na dachu z prawdziwym sukinsynem, potem byłem dwa razy pobity i raz pozszywany... no tak, mam nawet szwy. Odnoszę wrażenie, że powinienem ci za coś być wdzięczny, ale niech mnie demony porwą, jeśli wiem za co. Lecz żądam jasnych odpowiedzi. Jestem komendantem straży w tym mieście!

– To znaczy będzie pan...

– Nie. Mówiłeś, że pomaga, kiedy myśli się o ciągu kolejnych wydarzeń. Wczoraj... moje wczoraj... byłem komendantem straży, więc do wszystkich demonów, nadal jestem komendantem straży. I nie obchodzi mnie, co sądzą inni. Nie dysponują wiedzą o wszystkich faktach.

– Tej myśli proszę się trzymać. – Sprzątacz wstał. – No dobrze, komendancie. Chce pan faktów... Przejdźmy się do ogrodu, zgoda?

– Możecie zabrać mnie do domu?

– Jeszcze nie. Jako profesjonalista podejrzewam, że znalazł się pan tutaj z ważnego powodu.

– Powodu? Spadłem przez tę przeklętą kopułę!

– To pomogło, istotnie. Spokojnie, panie Vimes. To było trudne doświadczenie, rozumiem.

Sprzątacz wyprowadził go z sali. Na zewnątrz minęli wielkie biuro wypełnione szumem cichej, ale celowej krzątaniny. Tu i tam, między starymi odrapanymi biurkami, Vimes zauważył następne walce, podobne do widzianych w tamtej komorze.

Niektóre obracały się wolno.

– Nasza sekcja w Ankh-Morpork jest bardzo zapracowana – wyjaśnił sprzątacz. – Musieliśmy wykupić warsztaty po obu stronach. – Z kosza przy jednym z biurek wyjął zwój pergaminu, rzucił okiem na zawartość i z westchnieniem wrzucił z powrotem. – Siedzimy tu przez cały czas. A kiedy mówię „cały czas", to wiem, o czym mowa.

– Ale co konkretnie robicie? – zapytał Vimes.

– Pilnujemy, by wydarzenia następowały.

– A czy one nie następują i tak?

– Zależy, jakie wydarzenia uznamy za ważne. Jesteśmy mnichami historii, panie Vimes. I dbamy o to, żeby ona się działa.

– Nigdy o was nie słyszałem, a znam to miasto jak własną kieszeń.

– Słusznie. A jak często pan dokładnie ogląda wnętrze swojej kieszeni, panie Vimes? Jesteśmy przy Glinianej Alei, żeby już nie musiał się pan zastanawiać.

– Co? Ci pomyleni mnisi w swoim śmiesznym cudzoziemskim budynku między lombardem a sklepem ze starzyzną? Ci, którzy tańczą na ulicach, walą w bębny i wrzeszczą?

– Brawo, panie Vimes. Zabawne, jak dyskretnie można się przemieszczać, kiedy jest się pomylonym mnichem, który tańczy po ulicach i wali w bęben.

– Kiedy byłem jeszcze dzieciakiem, większość moich ciuchów pochodziła ze sklepu ze starzyzną przy Glinianej Alei – powiedział Vimes. – Wszyscy kupowali ubrania w sklepie ze starzyzną. Prowadził go jakiś cudzoziemiec z zabawnym imieniem.

– Brat Szum Śni Sen. Nie bardzo oświecony agent, ale geniusz, jeśli idzie o wycenę szmat z czwartej ręki.

– Koszule tak wytarte, że widać było przez nie światło dnia, i spodnie błyszczące jak szkło... A pod koniec tygodnia połowa tych rzeczy trafiała do lombardu.

– Zgadza się – przyznał sprzątacz. – Zastawiało się ubrania w lombardzie, ale nigdy nie kupowało się ubrań z lombardu, bo pewne Zasady jednak obowiązują, prawda?

Vimes przytaknął. Kiedy człowiek znalazł się na samym dole drabiny, szczeble tkwiły już bardzo blisko siebie, ale och, jak kobiety na nie uważały... Na swój sposób były dumne jak księżne. Człowiek nie miał wiele, ale miał Zasady. Ubranie mogło być tanie i stare, ale musiało być wyprane. Za drzwiami mogło nie być nic wartego kradzieży, ale próg musiał być wyczyszczony, że dało się z niego jeść obiad, jeśli kogoś było stać na obiad. I nikt nigdy nie kupował ubrań w lombardzie, bo to by znaczyło, że trafił na samo dno. Nie, ubrania kupowało się od pana Sena w sklepie z używaną odzieżą, nie pytając nigdy, skąd je bierze.

– Do mojej pierwszej prawdziwej pracy poszedłem w ubraniu ze sklepu ze starzyzną – powiedział. – Wydaje się, że całe wieki temu.

– Nie – poprawił go sprzątacz. – To było w zeszłym tygodniu.

Cisza rozrastała się jak balon. Jedynym dźwiękiem był pomruk rozstawionych w sali walców.

Po chwili sprzątacz dodał:

– Musiało to przyjść panu do głowy.

– Dlaczego? Przez większość czasu byłem bity, nieprzytomny albo próbowałem wrócić do domu! Chcesz powiedzieć, że gdzieś tam jestem?

– O tak. I nocą to właśnie pan zapewnił sukces swojemu patrolowi, mierząc z kuszy do niebezpiecznego złoczyńcy, który atakował pańskiego sierżanta.

Tym razem cisza rozrosła się jeszcze bardziej. Zdawało się, że wypełnia cały wszechświat.

W końcu odezwał się Vimes:

– Nie. To się nie zgadza. Coś takiego nigdy się nie zdarzyło. Zapamiętałbym. A wiele pamiętam z tych pierwszych tygodni pracy.

– Interesujące, prawda? Ale czyż nie jest napisane: „Wiele się dzieje wydarzeń, o których nie mamy pojęcia"? Panie Vimes, potrzebna panu krótka wizyta w Ogrodzie Wewnętrznego Spokoju Miasta.

To rzeczywiście był ogród, podobny do wielu innych ogrodów spotykanych w takich okolicach jak Gliniana Aleja. Szara gleba w rzeczywistości stanowiła głównie stary pył ceglany, zaschnięte kocie odchody i na wpół przegniłe śmieci. Na drugim końcu ogrodu stała trzyoczkowa wygódka. Jak zwykle takie przybytki w ogrodach, zbudowano ją przy bramie na tylną uliczkę, żeby ludzie wywożący nieczystości nie musieli wchodzić za daleko. Jednak przy tej obracał się nieduży kamienny walec, a bramę zatrzaśnięto na głucho.

Nie docierało tutaj zbyt wiele porządnego światła. Do takich ogrodów nigdy nie dociera. Mają do dyspozycji tylko światło używane, kiedy już skończą z nim bogatsi mieszkańcy wyższych domów. Niektórzy hodują na swoich kawałkach ziemi gołębie, króliki, świnie, niektórzy wbrew wszelkiemu doświadczeniu sadzą jakieś warzywa. Ale chyba tylko magiczna fasola mogłaby w takim ogrodzie sięgnąć do prawdziwego słonecznego światła.

Mimo wszystko ktoś włożył w ten ogród sporo pracy. Większa część pustego terenu została wysypana żwirem różnych rozmiarów, starannie zagrabionym w pętle i linie faliste. Tu i tam, najwyraźniej po głębokich przemyśleniach, umieszczono pojedyncze kamienie.

Vimes wpatrywał się w ten skalny ogród, rozpaczliwie szukając czegoś, co zajęłoby myśli.

Zdawało mu się, że widzi, co zaplanował projektant, tylko że efekt został zmarnowany. Znajdowali się przecież w wielkim mieście. Śmieci trafiały wszędzie. Głównym sposobem pozbywania się ich było przerzucanie za mur. Wcześniej czy później ktoś pewnie je sprzeda, a możliwe, że zje.

Młody mnich starannie grabił żwir. Z szacunkiem pokłonił się sprzątaczowi.

Staruszek usiadł na kamiennej ławie.

– Rzuć to, mały, i przynieś nam po kubku herbaty, co? – powiedział. – Dla mnie zielona z masłem jaka, a pan Vimes chce pomarańczową i wygotowaną w bucie murarza, z dwoma kostkami cukru i wczorajszym mlekiem. Zgadza się?

– Taką lubię – potwierdził słabym głosem Vimes i usiadł także.

Sprzątacz odetchnął głęboko.

– A ja lubię budować ogrody – rzekł. – Życie powinno być ogrodem.

Vimes wpatrywał się tępo w to, co rozpościerało się przed nimi.

– No dobrze – powiedział. – Żwir i kamienie rozumiem, owszem. Szkoda, że tyle tu śmieci. Ale zawsze się jakoś pojawią, prawda...

– Rzeczywiście – zgodził się Lu-Tze. – Są elementem wzorca.

– Jak to? Stare pudełko po papierosach?

– Tak jest. Reprezentuje żywioł powietrza.

– Kocie kupy?

– Przypominają nam, że dysharmonia, podobnie jak koty, przedostaje się wszędzie.

– Głąby z kapusty? Używany sonky*?

– Wielce ryzykujemy, zapominając o roli, jaką w powszechnej harmonii gra to, co organiczne. To, co na pozór przypadkowo zjawia się w tym wzorcu, jest elementem wyższej struktury, którą jedynie niejasno pojmujemy. To bardzo poważny fakt i ma znaczenie dla pańskiego przypadku.

– I butelka po piwie?

Po raz pierwszy od ich spotkania mnich zmarszczył czoło.

– Wie pan, jakiś pętak zawsze wrzuci taką przez mur, kiedy wraca z knajpy w piątkową noc. Gdyby to nie było zakazane, poczułby siłę mojej ręki, nie ma co!

– Nie jest elementem wyższej struktury?

– Możliwe. I co z tego? Takie numery działają na moje *thungas*, naprawdę. – Sprzątacz wyprostował się i oparł dłonie na kolanach. Znów napłynął spokój. – Do rzeczy, panie Vimes. Wie pan, że wszechświat zbudowany jest z bardzo małych elementów?

– Co?

– Musimy stopniowo dojść do sedna, panie Vimes. Jest pan bystrym człowiekiem. Nie mogę wciąż panu powtarzać, że wszystko dzieje się magicznie.

– Naprawdę też tu jestem? W mieście? To znaczy, ten młodszy ja?

– Oczywiście. Dlaczego nie? Co to ja... A tak. Zbudowany z bardzo małych elementów, więc...

– To nie jest dobra pora, żeby służyć w straży! Przypominam sobie! Obowiązuje godzina strażnicza, a to dopiero początek!

* Nazwany tak od Wallace'a Sonky'ego – człowieka, bez którego eksperymentów z cienką gumą palące braki na rynku mieszkaniowym Ankh-Morpork zmieniłyby się w prawdziwe pożary.

– Małych elementów, panie Vimes – przerwał mu ostro sprzątacz. – Musi pan to wiedzieć.

– Och, niech będzie. Jak małych?

– Bardzo, bardzo małych. Tak małych, że przejawiają bardzo dziwaczne zachowania.

Vimes westchnął.

– A ja teraz mam spytać: jakież to zachowania? Tak?

– Cieszę się, że zadał pan to pytanie. Przede wszystkim mogą znajdować się w wielu miejscach równocześnie. Proszę myśleć, panie Vimes.

Vimes próbował się skupić na czymś, co było prawdopodobnie odrzuconym opakowaniem po rybie z frytkami, zanurzonym w Nieskończoności. Dziwne, ale przy tak wielu strasznych myślach tłoczących się w jego głowie z ulgą przyjął możliwość, by zepchnąć je na bok i rozważyć słowa mnicha. Mózg czasem tak się zachowywał. Vimes pamiętał, jak kiedyś oberwał nożem i wykrwawiłby się na śmierć, gdyby sierżant Angua w porę go nie znalazła, a kiedy tak leżał, odkrył, że z wielkim skupieniem obserwuje deseń na dywanie. Zmysły mówiły sobie: zostało nam jeszcze parę minut, więc rejestrujmy wszystko w najdrobniejszych szczegółach...

– To niemożliwe – oświadczył. – Jeśli ta ława jest zbudowana z masy malutkich elementów, które mogą być w wielu miejscach równocześnie, jak to się dzieje, że nadal tu stoi?

– Dać mu małe cygaro! – zawołał uradowany sprzątacz. – To bardzo istotny problem, panie Vimes. A rozwiązanie, według słów opata, jest takie, że ława naprawdę znajduje się w wielu miejscach równocześnie. Aha, oto nasze herbaty. A żeby mogła znaleźć się w wielu miejscach równocześnie, multiwersum złożone jest z ogromnej liczby alternatywnych wszechświatów. Gazyliona gazylionów. Największej liczby, jaką w ogóle można pomyśleć. Kiedykolwiek. Po to, żeby mogło przyjąć wszystkie kwanty. Czy mówię za szybko?

– Ach, to – mruknął Vimes. – O tym wiem. To wtedy, kiedy człowiek podejmie decyzję w tym wszechświecie, a całkiem inną decyzję w drugim. Na jakimś eleganckim przyjęciu słyszałem, jak magowie o tym rozmawiają... Oni... kłócili się o Chwalebny Dwudziesty Piąty Maja.

– I co mówili?

– No, te stare teorie... Że wszystko potoczyłoby się inaczej, gdyby rebelianci należycie pilnowali bram i mostów, że nie można przełamać oblężenia frontalnym atakiem... Ale tłumaczyli, że w pewnym sensie wszystko się gdzieś wydarza...

– Uwierzył im pan?

– Brzmi to jak kompletne *thungas*. Ale niekiedy człowiek się zastanawia, co by się stało, gdyby postąpił inaczej...

– Jak wtedy, kiedy zabił pan swoją żonę?

Sprzątaczowi zaimponował brak reakcji Vimesa.

– To jest próba, zgadza się?

– Szybko się pan uczy, panie Vimes.

– Ale możesz mi wierzyć, że w jakimś innym wszechświecie przyłożyłem ci solidnie.

I znowu sprzątacz rzucił mu ten swój irytujący uśmieszek, sugerujący, że wcale mu nie wierzy.

– Nie zabił pan swojej żony – zapewnił. – Nigdzie. To znaczy nigdzie, niezależnie od wielkości multiwersum, Sam Vimes, jakim jest obecnie, nie zamordował lady Sybil. Ale teoria stwierdza jasno, że jeśli cokolwiek może się zdarzyć bez naruszania praw fizyki, to musi się zdarzyć. A jednak nie... Mimo to teoria wielości wszechświatów sprawdza się. Bez niej nikt nie mógłby podjąć żadnej decyzji.

– No więc?

– No więc to, co ludzie robią, ma znaczenie! Ludzie wynajdują inne prawa. To, co robią, jest ważne! Opat był tym bardzo podniecony. O mało co nie udławił się sucharkiem. Wynika z tego, że multiwersum nie jest nieskończone i ludzkie wybory są o wiele bardziej istotne, niż się wydaje. Swoim postępowaniem ludzie mogą zmienić wszechświat. – Sprzątacz obrzucił Vimesa uważnym spojrzeniem. – Panie Vimes, myśli pan sobie: cofnąłem się w czasie i niech to demon, pewnie skończę tu jako ten sierżant, który uczy mnie wszystkiego, co umiem. Prawda?

– Zastanawiałem się. Straż w tych czasach dawała robotę każdemu wyrzutkowi z rynsztoka. To z powodu tej godziny strażniczej i szpiegowania. Pamiętam Keela. Rzeczywiście, miał bliznę i opaskę na oku, ale jestem piekielnie pewny, że nie był mną.

– Zgadza się. Wszechświat nie działa w taki sposób. Pan istotnie znalazł się pod skrzydłami niejakiego Johna Keela, strażnika z Pseudopolis, który przeniósł się do Ankh-Morpork, bo tutaj miał dostać lepszą pensję. Był prawdziwy. Nie był panem. Ale pamięta pan, czy wspominał, że w chwilę po tym, jak wysiadł z dyliżansu, napadło go dwóch ludzi?

– Do demona... Faktycznie. Jacyś rabusie. Stąd miał tę mo... stąd miał bliznę. Dobre, tradycyjne ankhmorporskie powitanie. Ale to był twardy gość. Rozprawił się z oboma bez większych kłopotów.

– Tym razem było ich trzech – oznajmił sprzątacz.

– No, z trójką gorsza sprawa, naturalnie, ale...

– Jest pan policjantem. Sam pan odgadnie, kim był ten trzeci, panie Vimes.

Vimes nie musiał się nawet zastanawiać. Odpowiedź wypłynęła z głębi najczarniejszych podejrzeń.

– Carcer?

– Szybko się zadomowił, to fakt.

– Ten drań siedział w sąsiedniej celi! Powiedział mi nawet, że zdobył jakieś pieniądze!

– I obaj tu utknęliście, panie Vimes. To już nie jest pańska przeszłość. Nie tak dokładnie. To jest... jakaś przeszłość. A przed nami czeka przyszłość. To może być pańska przyszłość. Ale nie musi. Chce pan teraz wrócić do domu, zostawić tutaj Carcera i zabitego prawdziwego Johna Keela? Tylko że jeśli zdoła pan to zrobić, nie będzie już żadnego domu. Ponieważ wtedy młody Sam Vimes nie odbierze przyspieszonego kursu podstaw służby policyjnej od przyzwoitego człowieka. Będzie pobierał nauki od takich ludzi jak sierżant Stuk, kapral Quirke i młodszy kapral Colon. A może przecież być jeszcze gorzej. O wiele gorzej.

Vimes zamknął oczy. Pamiętał, jaki był wtedy naiwny. A Fred... no cóż, Fred Colon nie był taki zły, pod trochę sztuczną bojaźliwością i brakiem wyobraźni... Za to Quirke był na swój sposób wrednym sukinsynem. Co do Stuka, no tak, Stuk był nauczycielem Freda, a uczeń nawet się nie umywał do mistrza. Czego Sam Vimes nauczył się od Keela? Żeby być czujnym, myśleć samodzielnie, zachować w umyśle trochę miejsca wolnego od Stuków i Quirke'ów tego świata, i nie wahać się przed brudną walką, jeśli jest konieczna, by jutro także móc walczyć.

Często miał wrażenie, że dawno już byłby trupem, gdyby nie...

Spojrzał ostro na mnicha.

– Nie mogę powiedzieć, panie Vimes – stwierdził Lu-Tze. – Z powodu kwantów nic nie jest pewne.

– Ale przecież wiem, że moja przyszłość się wydarzyła, bo w niej byłem!

– Nie, przyjacielu. Mamy tu do czynienia z interferencją kwantową. To coś dla ciebie znaczy? Nie… No więc może ujmę to w taki sposób: jest jedna przeszłość i jedna przyszłość. Ale dwie teraźniejszości. Jedna, w której pojawiłeś się ty i twój zły przyjaciel, i druga, w której się nie pojawiliście. Potrafimy przez kilka dni utrzymać te dwie teraźniejszości biegnące równolegle. Wymaga to mnóstwa czasu roboczego, ale jest możliwe. Potem znowu złączą się w jedno. Jaka nastąpi przyszłość, zależy od ciebie. Wolelibyśmy taką, w której Vimes jest dobrym gliną. Nie tę drugą.

– Przecież ta przyszłość już nastąpiła! Mówię, że ją pamiętam! Byłem w niej wczoraj!

– Niezły argument. Ale nic nie znaczy – stwierdził mnich. – Może mi pan wierzyć. Owszem, zdarzyła się panu, lecz nawet jeśli tak, to może jednak nie, z powodu kwantów. W tej chwili nie ma w przyszłości otworu o kształcie komendanta Vimesa, w który pan się wpasuje. Przyszłość jest oficjalnie nieoznaczona. Ale może przestać być, jeśli załatwi pan wszystko jak należy. Jest pan to sobie winien, komendancie. W tej chwili gdzieś tam Sam Vimes uczy się, jak być bardzo niedobrym gliną. A uczy się szybko.

Mnich wstał.

– Pozwolę panu się nad tym zastanowić – rzekł.

Vimes skinął głową, wpatrzony w żwirowy ogród.

Sprzątacz wycofał się dyskretnie i wrócił do świątyni. Przeszedł na drugą stronę biura. Zdjął z szyi klucz o niezwykłym kształcie i wsunął go do zamka niskich drzwi. Otworzyły się. Przed nim rozbłysło jaskrawe światło słońca. Ruszył naprzód; jego sandały opuściły zimną kamienną podłogę i stąpały po dobrze udeptanej ziemi w jasny, upalny dzień.

Tak daleko w przeszłości rzeka płynęła innym korytem, a dzisiejsi mieszkańcy Ankh-Morpork zdziwiliby się, widząc, jaka piękna była siedemset tysięcy lat temu. Hipopotamy wygrzewały się na piaszczystej mieliźnie wśród nurtu; według Qu, stawały się ostatnio natrętne. Nocami ustawiał wokół obozowiska niewielkie ogrodzenie temporalne, tak że każdy hipopotam, który chciałby pomyszkować między namiotami, z bólem głowy znajdował się nagle z powrotem w rzece.

Sam Qu, w szerokim słomkowym kapeluszu od słońca, nadzorował swoich asystentów w ogrodzonym gałęziami terenie. Lu-Tze westchnął, zbliżając się do niego.

Nastąpią eksplozje. Wiedział o tym.

Nie o to chodzi, że nie lubił Qu, klasztornego mistrza urządzeń. Człowiek ten był mechanicznym odpowiednikiem opata. Opat brał tysiącletnie idee i przepuszczał przez umysł na nowe sposoby, aż w rezultacie multiwersum otwierało się przed nim niby kwiat. Qu z drugiej strony korzystał ze starożytnej technologii prokrastynatorów, które potrafią przechowywać i odzyskiwać czas, i wykorzystywał ją do praktycznych, codziennych zastosowań, takich jak – owszem – odstrzeliwanie ludziom głów. Czegoś takiego Lu-Tze starał się unikać. Ludzkie głowy mają wiele ciekawszych zastosowań.

Gdy Lu-Tze się zbliżył, zobaczył rząd radosnych, roztańczonych mnichów sunących krętą linią po bambusowej makiecie ulicy. Puszczali sztuczne ognie i uderzali w gongi. Kiedy skręcali za róg, ostatni w rzędzie odwrócił się i w wyciągnięte ręce słomianego manekina lekko rzucił niewielki bębenek.

Powietrze zamigotało i postać zniknęła z krótkim grzmotem.

– Miło zobaczyć coś, co nie odstrzeliwuje nikomu głowy – zauważył Lu-Tze, opierając się o pnącze ogrodzenia.

– O... witaj, sprzątaczu – odparł Qu. – Tak. Zastanawiam się, co się nie udało. Widzisz, ciało powinno przesunąć się o mikrosekundę naprzód, zostawiając głowę na miejscu. – Sięgnął po megafon. – Dziękuję wszystkim! Zająć miejsca do następnego przejścia! Soto, przejmij kierowanie.

Odwrócił się do Lu-Tze.

– I co?

– Zastanawia się.

– Wielkie nieba, Lu-Tze! To całkowicie nieautoryzowana akcja! Powinniśmy przycinać takie dzikie pętle historii, a nie wydatkować ogromne ilości czasu, by je podtrzymać!

– Ale ta jest ważna. Jesteśmy to winni temu człowiekowi. To nie jego wina, że mieliśmy poważne wstrząsy temporalne akurat wtedy, kiedy spadał przez kopułę.

– Dwie linie czasowe biegnące równolegle! – jęknął Qu. – To niedopuszczalne, sam wiesz. Muszę wykorzystywać całkowicie nieprzetestowane techniki.

– Owszem, ale tylko przez kilka dni.

– A co z Vimesem? Czy jest dość silny? Nie ma żadnego przeszkolenia.

– On odruchowo wraca do bycia gliną. A glina to glina, gdziekolwiek się znajdzie.

– Naprawdę nie wiem, dlaczego w ogóle cię słucham, Lu-Tze. Naprawdę. – Qu spojrzał na teren testów i szybko chwycił megafon. – Nie trzymaj tego w tę stronę! Mówię, nie trzymaj...

Zagrzmiało. Lu-Tze nawet się nie obejrzał.

Qu znowu podniósł megafon do ust.

– Trudno, niech ktoś pójdzie i ściągnie tu brata Kai. Proszę. Zacznijcie szukać, no... może ze dwa wieki temu. – I dodał, zwracając się do Lu-Tze: – Nawet nie używasz tych użytecznych konstrukcji, które, hm... konstruuję.

– Nie muszę – odparł sprzątacz. – Mam mózg. Zresztą używam przecież temporalnej toalety, prawda?

– Wygódka, która przerzuca odchody dziesięć milionów lat w przeszłość, to jednak nie był dobry pomysł, sprzątaczu. Żałuję, że pozwoliłem ci się przekonać.

– Dzięki temu oszczędzamy cztery pensy tygodniowo na chłopakach od wiader Harry'ego Króla, a to nie do pogardzenia. Czyż nie jest bowiem napisane: „Ziarnko do ziarnka, a zbierze się miarka"? Poza tym wszystko i tak ląduje w wulkanie. Absolutnie higienicznie.

Znów coś eksplodowało. Qu odwrócił się i podniósł megafon.

– Nie uderzajcie w tamburyn więcej niż dwa razy! – huknął. – To ma być pac-pac-rzut-unik! I uważajcie, proszę!

Wrócił do sprzątacza.

– Jeszcze najwyżej cztery dni, Lu-Tze – oznajmił. – Przykro mi, ale potem nie ukryję już tego w papierach. I zdziwię się, jeśli twój człowiek zdoła to wytrzymać. Wcześniej czy później wpłynie to na jego umysł, choćbyś uważał go za nie wiadomo jak twardego. Znalazł się w niewłaściwym czasie.

– Ale przecież dużo się uczymy – upierał się Lu-Tze. – Wskutek całkowicie logicznego łańcucha zdarzeń Vimes trafił do przeszłości, wyglądając całkiem jak Keel. Opaska na oku i blizna! Czy to Przyczynowość Narracyjna, Imperatyw Historyczny czy zwykły niesamowity przypadek? Czy wracamy do starej teorii o samokorygującej się historii? Czy przypadki nie istnieją, jak twierdzi opat? Czy każdy przypadek to element planu wyższego poziomu? Bardzo chciałbym się tego dowiedzieć.

– Cztery dni – powtórzył Qu. – Trochę dłużej, a cały ten mały eksperyment wyjdzie na jaw i opat bardzo się na nas pogniewa.

– Jak sobie życzysz, Qu – zgodził się sprzątacz pokornie.

Pogniewa się, jeśli będzie musiał to wykryć, myślał, wracając do drzwi stojących w powietrzu. Wyraził się bardzo precyzyjnie. Opat mnichów historii (Ludzi w Szafranie, Nie Ma Takiego Klasztoru... mieli wiele imion) nie mógł pozwalać na coś takiego i dlatego wyraźnie zakazał Lu-Tze podobnych działań. Dodał również: „Ale gdyby jednak, spodziewam się, że wygra Imperatyw Historyczny".

Sprzątacz wrócił do ogrodu i znalazł Vimesa wpatrzonego w pustą puszkę uniwersalnej jedyności po fasoli.

– I co, komendancie? – zapytał.

– Czy naprawdę jesteście takimi... policjantami czasu?

– No, w pewnym sensie.

– Czyli... pilnujecie, żeby wydarzyło się to, co dobre?

– Nie, nie to, co dobre. To, co właściwe – wyjaśnił sprzątacz. – Ale prawdę mówiąc, ostatnio pracujemy głównie nad tym, żeby wydarzyło się cokolwiek. Kiedyś uważaliśmy, że czas jest jak rzeka: można powiosłować z prądem, pod prąd i wrócić w to samo miejsce. Potem odkryliśmy, że zachowuje się jak morze, więc można także płynąć na boki. Potem okazało się, że jest jak kula wody, można się przemieszczać także w górę i w dół. Obecnie uważamy, że jest jak... no, jak bardzo wiele zwiniętych przestrzeni. Są też przeskoki czasowe, ześlizgi czasowe, ludzie przy nim majstrują, zyskując go albo marnując... No i są kwanty, oczywiście. – Mnich westchnął. – Zawsze te przeklęte kwanty. No i jak się zbierze jedno z drugim, to uważamy, że całkiem dobrze sobie radzimy, jeśli wczoraj wydarza się przed jutrem. Pan, panie Vimes, został pochwycony w pewne... zdarzenie. Nie możemy tego naprawić. My nie możemy. Pan może.

Vimes wyprostował się.

– Nie mam wyboru, prawda? – zapytał. – Jak zwykł mawiać mój dawny sierżant... zajmij się robotą, którą masz przed sobą. – Zawahał się. – I to mam być ja, tak? To ja nauczyłem mnie wszystkiego, co wiem...

– Nie. Tłumaczyłem.

– Nie zrozumiałem tego. Ale może wcale nie muszę.

Sprzątacz usiadł.

– Dobrze. A teraz, panie Vimes, wrócimy razem, podam panu trochę danych na temat sierżanta i omówimy, o czym z tego wszystkiego powinien się pan dowiedzieć. Potem ustawimy małą pętlę, żeby mógł pan sobie to przekazać. Tylko żadnych adresów!

– A co się stanie ze mną? – zainteresował się Vimes. – Tym mną, który siedzi tu teraz? Ten... no, ten inny ja sobie pójdzie, a ja, ten ja, sam rozumiesz... Co się stanie?

Sprzątacz przyjrzał mu się w zamyśleniu.

– Wie pan – rzekł – bardzo trudno jest mówić o kwantach, używając języka, który powstał, żeby jedna małpa mogła przekazać innym małpom, gdzie są dojrzałe owoce. Potem? No więc będzie pan. Tyle z pana, ile jest teraz, więc kto mógłby powiedzieć, że to nie pan? To spotkanie stanie się... tak jakby pętlą w czasie. W pewnym sensie nigdy się nie skończy. W innym będzie...

– Jak sen – dokończył ze znużeniem Vimes.

Sprzątacz się rozpromienił.

– Bardzo dobrze! Nie jest to prawda, ale bardzo, bardzo dobre kłamstwo!

– Wiesz, mogłeś zwyczajnie powiedzieć mi wszystko – stwierdził Vimes.

– Nie. Nie potrafiłbym powiedzieć wszystkiego, a pan, panie Vimes, nie jest w nastroju do takich gier. Natomiast w ten sposób ktoś, komu pan ufa, to znaczy pan, przekaże panu tyle prawdy, ile powinien pan poznać. Potem zajmiemy się na chwilę tym, co młodzi akolici nazywają „krojeniem i klejeniem", i pan Vimes wróci na ulicę Kopalni Melasy trochę mądrzejszy.

– A jak chcecie dostarczyć go... mnie z powrotem na posterunek? I nawet nie myśl o tym, że znów mi podasz jakiś napój.

– Nie. Zawiążemy panu oczy, zakręcimy w miejscu, wybierzemy trasę dookoła i zaprowadzimy tam pana. Obiecuję.

– Jeszcze jakieś rady? – spytał Vimes ponuro.

– Niech pan będzie sobą. Rozejrzy się. Nadejdzie czas, kiedy spojrzy pan za siebie i zobaczy, że wszystko to ma sens.

– Doprawdy?

– Nie okłamałbym pana. To będzie moment perfekcji. Proszę mi wierzyć.

– Ale… – Vimes się zawahał.

– Tak?

– Musisz wiedzieć, że jeśli mam zostać sierżantem Keelem, pojawia się jeszcze jeden drobny problem. Przypomniałem sobie, jaki to dzień. I wiem, co się wydarzy.

– Tak – zgodził się sprzątacz. – Ja też wiem. Porozmawiamy o tym?

Kapitan Tilden zamrugał.

– Co się tutaj stało? – zapytał.

– Gdzie? – zdziwił się Vimes, walcząc z mdłościami.

Powracający czas pozostawił w nim okropne uczucie, że w rzeczywistości jest dwoma różnymi ludźmi, z których żaden nie czuje się dobrze.

– Rozmyłeś się, człowieku!

– Może mam już tego trochę dosyć. – Vimes wziął się w garść, obaj. – Proszę posłuchać, kapitanie. Jestem John Keel. Potrafię tego dowieść, jasne? Niech mnie pan o coś zapyta. Ma pan moje dokumenty, prawda? Ukradli mi je.

Tilden wahał się przez chwilę. Był człowiekiem o umyśle tak ociężałym, że miał sporą bezwładność; jego myśli z trudem zmieniały kierunek.

– No dobrze. Kto jest komendantem straży w Pseudopolis? – zapytał.

– Szeryf Macklewheet – odparł Vimes.

– Aha! Błąd! Padłeś już na pierwszej przeszkodzie, co? W rzeczywistości, ty głupcze, szeryf Pearlie…

– Hnah, jeśli pan pozwoli, sir… – wtrącił nerwowo Ryjek.

– Tak? O co chodzi?

– Hnah, bo to naprawdę Macklewheet, sir. Pearlie zginął w zeszłym tygodniu. Słyszałem o tym, hnah, w karczmie.

– Po pijanemu wpadł do rzeki – wyjaśnił uprzejmie Vimes.

– Tak właśnie słyszałem, hnah, sir.

Tilden był wyraźnie wściekły.

– Mogłeś się tego dowiedzieć, co? – oświadczył. – To niczego nie dowodzi.

– Więc proszę spytać o coś innego. Proszę spytać, co Macklewheet o mnie mówił. – Vimes miał nadzieję, że dobrze zapamięta odpowiedzi.

– No?

– Powiedział, że jestem najlepszym funkcjonariuszem pod jego komendą i żałuje, że odchodzę. Powiedział, że mam dobry charakter. Powiedział, że chciałby móc mi płacić miesięcznie te dwadzieścia pięć dolarów, które mam dostawać tutaj...

– Nigdy ci nie proponowałem...

– Nie. Zaproponował mi pan dwadzieścia, ale teraz, kiedy widziałem, jaki tu panuje bałagan, nie wezmę ich. – Vimes był zadowolony: Tilden nie nauczył się nawet, jak kontrolować przebieg rozmowy. – Jeśli płaci pan Stukowi dwadzieścia dolarów, jest panu winien dziewiętnaście reszty. Ten człowiek nie potrafiłby równocześnie mówić i żuć gumy. I proszę spojrzeć na to!

Rzucił na biurko swoje kajdany. Jak magnes ściągnęły ku sobie wzrok Ryjka i Tildena.

Niech tam, pomyślał Vimes, wstał i wyjął z rąk Ryjka kuszę. Wszystko to w jednym ruchu. Jeśli człowiek zachowuje się pewnie, zyskuje dodatkową sekundę czy dwie. Pewność siebie jest najważniejsza.

Wystrzelił bełt w podłogę i oddał kuszę.

– Dzieciak potrafiłby otworzyć te kajdanki, a obecny tu Ryjek wprawdzie doskonale dba o czystość aresztu, ale jest całkiem bezużyteczny jako strażnik. Trzeba tu trochę wszystkim potrząsnąć.

Oparł kostki palców o blat biurka, a twarz zbliżył na kilka cali do drżących wąsów.

– Dwadzieścia pięć dolarów albo natychmiast wyjdę przez te drzwi.

Było to prawdopodobnie zdanie, jakiego nigdy, ale to nigdy nie wymówił żaden więzień na świecie.

– Dwadzieścia pięć dolarów – wymruczał Tilden jak zahipnotyzowany.

– I otrzymam stopień sierżanta sztabowego. Nie sierżanta. Nie mam zamiaru słuchać rozkazów kogoś takiego jak Stuk.

– Sierżant sztabowy – powtórzył zamyślony Tilden.

Vimes zauważył w jego głosie nutę aprobaty. Tytuł brzmiał dobrze, wojskowo i nadal występował w regulaminach. Właściwie była to historyczna, przedpolicyjna funkcja z czasów, kiedy sądy zatrudniały potężnego mężczyznę z wielkim kijem, który doprowadzał złoczyńców przed cały sztab prawników. Vimes zawsze podziwiał prostotę tego rozwiązania.

– No cóż, ehm, szeryf Macklewheet, ehm, rzeczywiście wystawił wam znakomitą opinię – przyznał kapitan, przerzucając papiery na biurku. – Wręcz wspaniałą. Mamy tu pewne trudności, odkąd straciliśmy sierżanta Wi...

– A wypłatę za pierwszy miesiąc dostanę z góry, jeśli można. Potrzebuję ubrania, solidnego posiłku i miejsca na nocleg...

Tilden odchrząknął.

– Wielu nieżonatych strażników mieszka w barakach na Taniosze...

– Ale nie ja – przerwał mu Vimes. – Zatrzymam się u doktora Lawna przy Migotliwej.

Przecież Rosie Palm wspominała, że lekarz ma wolny pokój...

– Ten dziwaczny doktorek, hnah? – zdziwił się Ryjek.

– Tak. Dbam o to, w jakim towarzystwie się obracam. Poza tym to zaraz za rogiem.

Vimes zdjął dłonie z biurka, odstąpił i zasalutował z niemal parodystyczną sprężystością... Tilden zawsze kochał takie gesty.

– Stawię się na służbę o trzeciej jut... dziś po południu, sir. Dziękuję, sir.

Tilden siedział jak zaczarowany.

– Jeszcze dwadzieścia pięć dolarów, sir, o ile dobrze pamiętam – dodał Vimes, nie opuszczając ręki.

Kapitan wstał i podszedł do starego zielonego sejfu w kącie. Starannie zasłaniał obroty tarczy, ale był to zbędny wysiłek. Sejf nadal stał w tym gabinecie, kiedy Vimes został kapitanem, a do tego czasu wszyscy już wiedzieli, że kombinacja zamka to 4-4-7-8 i nikt nie ma pojęcia, jak ją zmienić. Warto tam było trzymać tylko herbatę, cukier oraz papiery, jeśli komuś szczególnie zależało, żeby Nobby je przeczytał.

Tilden wrócił z niedużym skórzanym mieszkiem i wolno odliczył pieniądze. Tak dał się zagadać, że nawet nie poprosił o pokwitowanie.

Vimes wziął wypłatę, znowu zasalutował i wyciągnął drugą rękę.

– Odznaka, sir – przypomniał.

– Co? A tak, oczywiście...

Całkiem wyprowadzony z równowagi kapitan pogrzebał w górnej szufladzie biurka i wyciągnął zmętniałą miedzianą tarczę. Gdyby był spostrzegawczy, zauważyłby, jak chciwie się w nią Vimes wpatruje.

Nowy sierżant sztabowy ostrożnie wziął odznakę i znowu zasalutował.

– Klątwa, sir – powiedział.

– Och, jeszcze ona... Chyba gdzieś miałem ją zapisaną...

Vimes nabrał tchu. To chyba nie był najlepszy pomysł, ale nic nie mogłoby go teraz powstrzymać.

– Ja przecinek nawias kwadratowy imię rekruta zamknąć nawias przecinek uroczyście przysięgam na nawias kwadratowy bóstwo do wyboru rekruta zamknąć nawias przestrzegać Praw i Przepisów Porządkowych Miasta Ankh-Morpork przecinek nie zawieść publicznego zaufania i chronić poddanych Jego łamane przez Jej nawias niepotrzebne skreślić zamknąć nawias Wysokości nawias imię panującego Monarchy zamknąć nawias bez trwogi przecinek korzyści ani dbałości o własne bezpieczeństwo średnik ścigać złoczyńców i osłaniać niewinnych przecinek a w razie konieczności własne życie złożyć dla wspomnianej Sprawy, tak mi dopomóż nawias wyżej wymienione bóstwo zamknąć nawias kropka Bogowie chrońcie Króla łamane przez Królową nawias niepotrzebne skreślić zamknąć nawias kropka.

– Słowo daję, doskonale – przyznał Tilden. – Przybyliście tu dobrze przygotowani, sierżancie.

– A teraz Królewski Szyling, sir – nie ustępował Vimes szybujący na skrzydłach brawury.

– Co?

– Muszę dostać Królewski Szyling, sir.

– Ehm... Czy mamy...

– Jest, hnah, w dolnej szufladzie, sir – podpowiedział Ryjek. – Na sznurku.

– A rzeczywiście. – Tilden się rozpromienił. – Wiele czasu minęło, odkąd ostatni raz go używaliśmy, co?

– Doprawdy? – mruknął Vimes.

Po krótkich poszukiwaniach Tilden wyjął monetę. Był to prawdziwy stary szyling, wart teraz może z pół dolara za samo zawarte w nim srebro. Zatem, ponieważ gliniarze są tylko gliniarzami, rzucano pieniądz na dłoń rekruta i zabierano szybko, zanim ktoś go ukradł.

Vimes składał już raz klątwę. Zastanawiał się, czy złożenie jej po raz drugi kasuje rezultat. Ale trzeba było to zrobić, i trzeba było szylinga przynajmniej dotknąć. Poczuł ciężar w dłoni i doznał skromnej, wstydliwej rozkoszy, zaciskając na nim palce, nim kapitan zdążył wyciągnąć mu go z ręki. Wtedy, po tej demonstracji, rozłożył dłoń.

Raz jeszcze zasalutował i klepnął Ryjka po ramieniu.

– Za zgodą kapitana, chciałbym pogadać z wami na zewnątrz.

Po czym wyszedł.

Ryjek popatrzył na Tildena, który wciąż siedział jak zahipnotyzowany; szyling zwisał mu z ręki.

– Porządny gość – wykrztusił kapitan w końcu. – Bardzo porządny. Ma kręgosłup.

– Hnah, to ja może pójdę i sprawdzę, czego chce, sir – rzucił Ryjek i wysunął się za drzwi.

Przy końcu korytarza ktoś chwycił go w mroku i przyciągnął bliżej.

– Warto się z tobą zaprzyjaźnić, Ryjek – syknął Vimes. – Znam się na tym.

– Tajest, sir! – odparł Ryjek, stojąc prawie na palcach.

– Zawsze masz ucho przy ziemi, co?

– Tajest!

– W każdej norze jest ktoś taki, kto wie o wszystkim, co się dzieje, i potrafi zdobyć praktycznie wszystko. I myślę, że ty jesteś tym człowiekiem, Ryjek.

– Hnah, tajest, sir!

– Więc słuchaj uważnie – ciągnął Vimes. – Buty rozmiar osiem, hełm rozmiar siedem i ćwierć, porządna skórzana peleryna. Buty powinny być solidne, ale używane.

– Używane?

– Tak. Podeszwy prawie całkiem starte.

– Podeszwy prawie całkiem starte, hnah, jasne – potwierdził Ryjek.

– Pancerz ma być bez rdzy, ale parę wgnieceń nie zaszkodzi. Dobry miecz, Ryjek, a wierz mi, umiem poznać dobry miecz, kiedy wezmę go do ręki. Co do reszty, to wiem, Ryjek, że ktoś taki jak ty potrafi zorganizować najlepszy sprzęt. I dostarczyć do mieszkania doktora Lawna na Migotliwej dzisiaj przed dziesiątą rano. Dostaniesz coś za fatygę.

– A co takiego, sir? – Uścisk dłoni Vimesa zaczynał być niewygodny.

– Moją dozgonną przyjaźń. A w tej okolicy będzie to niezwykle cenna moneta, zapewniam.

– Się zrobi, sierżancie – obiecał Ryjek. – A chce pan też dzwonek?

– Dzwonek?

– Żeby nim dzwonić i krzyczeć „wszystko w porządku", sierżancie.

Vimes się zastanowił. Dzwonek. Każdy glina dostawał dzwonek, tak było zapisane w regulaminie, ale on zakazał ich używania poza oficjalnymi ceremoniami.

– Nie, nie potrzebuję dzwonka, Ryjek. Sądzisz, że wszystko jest w porządku?

Ryjek przełknął ślinę.

– Różnie można o tym mówić, sierżancie – wykrztusił.

– Rozsądny z ciebie człowiek. Zobaczymy się później.

Na niebie jaśniał już świt, gdy Vimes wyszedł w końcu na ulicę. Miasto wciąż jednak pokrywała szachownica cieni.

W kieszeni czuł uspokajający ciężar odznaki. A w głowie ogromną, wspaniałą wolność, jaką dawała klątwa. Kolejni władcy nie zorientowali się, jak chytrze jest sformułowana.

Szedł w miarę równym krokiem w stronę ulicy Migotliwej. Dwaj strażnicy próbowali go zatrzymać, ale pokazał im odznakę. Co ważniejsze, miał teraz... miał głos, który do niego powrócił. Była noc, a on szedł po ulicach, posiadał te ulice na własność... i to dało się usłyszeć w sposobie mówienia. Odeszli szybko. Nie był pewien, czy mu uwierzyli, ale przynajmniej udawali, że wierzą. Głos zdradził im, że może być takim problemem, za których rozwiązywanie zbyt mało im płacą.

W pewnym momencie musiał zejść na bok, kiedy bardzo chudy koń przeciągnął po bruku wielki, znajomy czterokołowy powóz. Zza metalowych pasów, pokrywających wóz prawie w całości, spoglądały wystraszone twarze. Po chwili zniknęły w mroku.

Godzina strażnicza zbierała swój nocny plon.

To nie był dobry czas. Wszyscy wiedzieli, że lord Winder jest obłąkany. A potem jakiś równie szalony dzieciak próbował go załatwić i pewnie by mu się udało, gdyby Winder nie poruszył się w niewłaściwym momencie. Jego lordowska mość oberwał strzałą w ramię i mówili – „oni" mówili, ci bezimienni ludzie, których każdy spotyka w oberży – że rana go zatruła i uczyniła jeszcze gorszym. Zaczął podejrzewać wszystkich, w każdym kącie widział skrytobójcę. Plotka głosiła, że co noc budził się zlany potem, gdyż przedostawali się nawet do jego snów.

Na jawie też widział wszędzie spiski i szpiegostwo, więc posyłał swoich ludzi, by je wykarczowali. Jednak przy karczowaniu spisków i szpiegostwa okazuje się zwykle, że nawet jeśli z początku żadnych realnych spisków nie było, wkrótce wręcz się roi od spiskowców i szpiegów.

Dobrze przynajmniej, że nocna straż nie musiała się zajmować karczowaniem. Oni tylko zatrzymywali pionki. Długim ramieniem lordowskiej paranoi stał się specjalny urząd na ulicy Kablowej.

Sekcja Specjalna – tak brzmiała ich oficjalna nazwa, ale o ile Vimes pamiętał, określano ich jako Niewymownych. To oni podsłuchiwali w każdym mrocznym kącie, oni podglądali przez każde okno. Takie przynajmniej sprawiali wrażenie. Z pewnością jednak to właśnie oni walili w drzwi w środku nocy.

Vimes zatrzymał się w ciemności. Krople deszczu ściekały mu po brodzie, tanie ciuchy całkiem przemokły, w butach chlupotało i był bardzo daleko od domu. A jednak, w jakiś zdradziecki sposób, to właśnie był jego dom. Większość swego życia spędził na nocnych patrolach. Chodzenie po mokrych ulicach śpiącego miasta – to był jego żywioł.

Natura nocy uległa zmianie, ale natura bestii pozostała taka sama.

Sięgnął do wystrzępionej kieszeni i dotknął odznaki.

W mroku, gdzie latarnie były nieliczne i stojące daleko od siebie, zastukał do drzwi. W jednym z okien na parterze paliło się światło – Lawn zapewne jeszcze nie spał.

Po chwili w drzwiach odsunęła się malutka klapka.

– Ach... To pan.

Chwila ciszy, a potem zgrzytnęły odsuwane rygle.

Doktor Lawn w ręku trzymał bardzo długą strzykawkę, która z nieodpartą siłą przyciągała wzrok Vimesa. Kropla czegoś fioletowego spłynęła z igły i rozprysnęła się na podłodze.

– I co by pan zrobił? Zastrzyknął mnie na śmierć?

– Tym? – Lawn sprawiał wrażenie, jakby nie pamiętał, co trzyma w dłoni. – Och... Staram się rozwiązać drobny problem. Pacjenci zjawiają się o każdej porze.

– Nie wątpię. Ehm... Rosie mówiła, że ma pan wolny pokój. Mogę zapłacić – dodał Vimes szybko. – Mam pracę. Pięć dolarów miesięcznie? Nie będę go długo zajmował.

– Po schodach i na lewo. Porozmawiamy o tym rano.

– Nie jestem szalonym zbrodniarzem – zapewnił Vimes.

Zastanawiał się, czemu o tym mówi i kogo właściwie stara się uspokoić.

– Nie szkodzi, szybko się pan dostosuje – odparł Lawn.

Zza drzwi gabinetu dobiegł cichy jęk.

– Pościel nie jest przewietrzona, ale wątpię, żeby to panu przeszkadzało – poinformował doktor. – A teraz pan wybaczy...

Nie była przewietrzona i Vimesowi to nie przeszkadzało. Nie pamiętał nawet, jak się położył.

Obudził się raz, przerażony, i usłyszał turkot wielkiego czarnego wozu na ulicy. Po chwili dźwięk płynnie wtopił się w koszmar.

O dziesiątej rano Vimes znalazł przy łóżku tacę z kubkiem zimnej herbaty, a na podłodze koło drzwi zobaczył stos ubrań i półpancerz. Przeglądał je, popijając herbatę.

Dobrze ocenił Ryjka. Ten człowiek przetrwał, bo orientował się, z której strony wieje wiatr. A w tej chwili wiatr wiał do Vimesa. Ryjek dostarczył nawet czyste skarpety i gatki, choć nie zostały wymienione w zapotrzebowaniu. Bardzo zapobiegliwy gest. Pewnie nikt za nie nie zapłacił. Zostały „uzyskane" – to przecież dawna Straż Nocna.

Ale na szczęście ten sapiący szperacz wyszukał coś jeszcze. Nad trzema paskami sierżanta błyszczała mała złota korona. Vimes instynktownie nie lubił koron, ale tę cenił wysoko.

Zszedł na dół, dopinając po drodze pas, i zderzył się z wychodzącym z gabinetu Lawnem, który wycierał ściereczką ręce. Lekarz uśmiechnął się z roztargnieniem i dopiero wtedy zauważył mundur. Uśmiech nie tyle zbladł, ile raczej spłynął z jego twarzy.

– Zaszokowany? – spytał Vimes.

– Zdziwiony – odparł doktor. – Rosie pewnie nie będzie. Ale wie pan, nie robię niczego nielegalnego.

– Więc nie ma się pan czego obawiać.

– Doprawdy? To tylko dowodzi, że przybył pan z daleka – stwierdził Lawn. – Chce pan jakieś śniadanie? Mam nerki. – Tym razem uśmiech spłynął z twarzy Vimesa. – Baranie – dodał lekarz.

W malutkiej kuchni zdjął pokrywę z wysokiego kamiennego garnka i wyjął z niego blaszaną bańkę. Spływała z niej para.

– Lód – wyjaśnił. – Dostaję go z przeciwka. Jedzenie dłużej jest świeże.

Vimes zmarszczył czoło.

– Z przeciwka? To znaczy z kostnicy?

– Bez obaw, nie był używany. – Lawn postawił rondel na piecu. – Pan Garnish parę razy w tygodniu podrzuca mi głowę lodu z wdzięczności za wyleczenie go z przypadłości analogicznej części ciała.

– Ale pracuje pan głównie dla dam o... powiedzmy, negocjowalnym afekcie?

Lawn spojrzał na niego badawczo, by sprawdzić, czy nie żartuje, ale twarz Vimesa nawet nie drgnęła.

– Nie tylko dla nich – wyjaśnił. – Mam też innych pacjentów.

– Ludzi, którzy wchodzą tylnymi drzwiami. – Vimes rozejrzał się po kuchni. – Ludzi, którzy z tych czy innych powodów nie chcą odwiedzać... bardziej znanych lekarzy?

– Albo ich nie stać. Ludzi, którzy pojawiają się bez żadnych dokumentów. A o coś konkretnie panu chodzi... John?

– Nie, nie, tylko pytałem. – Vimes przeklął się w myślach, że w ogóle zaczął tę rozmowę. – Byłem ciekawy, gdzie się pan kształcił.

– Dlaczego?

– Tacy ludzie, którzy wchodzą tylnymi drzwiami, to zwykle tacy, którzy oczekują wyników. Tak sądzę.

– Ha... Cóż, uczyłem się w Klatchu. Mają tam dość nowatorskie podejście do medycyny. Uważają na przykład, że dobrym pomysłem jest zadbanie, by pacjent poczuł się lepiej. – Lawn odwrócił nerki widelcem. – Prawdę mówiąc, sierżancie, jestem całkiem podobny do pana. Robimy to, co zrobić trzeba, działamy w... no, w niepopularnych regionach i podejrzewam, że obaj wytyczamy gdzieś granicę. Nie jestem rzeźnikiem. Rosie twierdzi, że pan też nie. Ale wykonuje pan robotę, jaką ma pan przed sobą, bo inaczej ludzie giną.

– Zapamiętam to – obiecał Vimes.

– A kiedy się dobrze zastanowić – dodał Lawn – są na świecie gorsze zajęcia niż mierzenie kobietom pulsu.

Po śniadaniu sierżant sztabowy John Keel wyszedł na światło pierwszego dnia reszty swojego życia.

Przez chwilę stał nieruchomo, po czym zakręcił obiema stopami jednocześnie, jak człowiek, który próbuje zdeptać dwa niedopałki naraz. Na jego twarzy z wolna wykwitł szeroki uśmiech. Ryjek znalazł mu odpowiedni rodzaj butów. Ostatnio... to znaczy kiedyś w przyszłości Willikins i Sybil wspólnie spiskowali, by nie pozwolić mu na noszenie starych, dobrze wytartych butów; wykradali je nocą i posyłali do szewca, by naprawił podeszwy. A tak dobrze było znowu poczuć suchymi stopami ulice... Po wielu latach patroli naprawdę je rozpoznawał. Były różne rodzaje bruku: kocie łby, trollowe łby, bochny, brukowce długie i krótkie, okrąglaki, morporskie szóstaki, osiemdziesiąt siedem odmian kostki brukowej, czternaście odmian kamiennych płyt oraz dwanaście typów kamieni nigdy nieprzeznaczonych do brukowania, ale używanych w tym celu mimo wszystko; miały swoje specyficzne wzorce zużycia, były też kamyki i żwir, i różne sposoby napraw, poza tym trzynaście rodzajów klap do piwnic i dwadzieścia rodzajów pokryw ściekowych...

Podskoczył lekko, jakby sprawdzał twardość podłoża.

– Wiązów – stwierdził. Podskoczył znowu. – Skrzyżowanie z Migotliwą. Tak.

Wrócił.

Niedługi spacer doprowadził go do Kopalni Melasy, a kiedy skręcił w stronę posterunku, jego uwagę zwróciła plama koloru.

Niedaleko, ponad ogrodowym murem... W mieście rosło wiele krzewów bzu. To roślina odporna i trudna do usunięcia. Pączki kwiatów nabrzmiały już wyraźnie.

Stał i patrzył jak na dawne pole bitwy.

...podnoszą swe rączki, swe rączki, swe rączki...

Jak to było? Myśl o ciągach kolejnych wydarzeń. Nie zakładaj, że wiesz, co się wydarzy, bo wcale nie musi. Bądź sobą.

A ponieważ był sobą, dokonał kilku drobnych zakupów w małych sklepikach wśród ciasnych zaułków. I poszedł do pracy.

Komenda Straży Nocnej przy ulicy Kopalni Melasy koło południa była właściwie pusta, ale Vimes wiedział, że znajdzie tam przynajmniej Ryjka. Był Uporczywym Bywalcem, tak jak Nobby i Colon, Marchewa, a jeśli się zastanowić, to również Vimes. Bycie na służbie to dla nich regularny stan istnienia. Kręcili się wokół posterunku, nawet gdy mieli wolne, ponieważ tam działo się ich życie. Bycie gliną to nie jest coś, co zostawia się na wieszaku po powrocie do domu.

Ale obiecuję, że teraz będę mądrzejszy, myślał Vimes. Kiedy wrócę, wszystko się zmieni.

Okrążył budynek i wszedł do środka drzwiami od stajni. Nie były nawet zamknięte. Zarobiliście tu grubą krechę, chłopcy.

Wóz z żelazną kratą stał pusty na bruku.

Za nim było to, co teraz nazywali stajnią. W rzeczywistości stajnia zajmowała tylko najniższy poziom czegoś, co byłoby częścią historii ankhmorporskiego przemysłu, gdyby ktoś kiedyś tak o tym pomyślał. Ludzie jednak myśleli o tym jak czymś zbyt ciężkim, by to wywieźć. Kiedyś było fragmentem maszyny wyciągowej kopalni melasy, opuszczonej już wiele lat temu. Wciąż pozostała jedna z oryginalnych kadzi wydobywczych, przyklejona do podłogi ostatnim ładunkiem gęstej, lepkiej, nierafinowanej melasy, która – gdy już zastygła – stawała się twardsza od cementu i wodoodporna jak smoła. Vimes pamiętał, jak dzieckiem będąc, żebrał u górników o odpryski melasy; jedna jej bryłka, sącząca słodycz prehistorycznej trzciny cukrowej, mogła przez tydzień utrzymać chłopcu radośnie zamknięte usta*.

W stajni, pod uszczelnianym melasą dachem, koń żuł trochę marnego siana. Vimes wiedział, że to koń, gdyż miał wszystkie nie-

* Tym samym sposobem, w jaki pradawne drzewa zmieniły się w węgiel, dawne pola trzciny cukrowej, pod ciśnieniem tysiącleci, stały się substancją określaną w różnych okolicach Dysku jako twarde lody czy skalna melasa. Wymagała jednak gotowania i oczyszczania, nim powstał z niej gęsty złocisty syrop będący miodem mieszkańców miast. Ostatnio dostawy przybywały do Ankh-Morpork z łatwiej dostępnych złóż toffi koło Quirmu.

zbędne elementy: cztery kopyta, ogon, łeb z grzywą, jasnobrązową sierść. Z innego punktu widzenia było to pół tony kości utrzymywanych razem końskim włosiem.

Vimes poklepał zwierzę delikatnie, gdyż jako człowiek o naturze pieszego, nigdy nie czuł się dobrze w towarzystwie koni. Odczepił z gwoździa brudny notatnik i przerzucił stronice. Znów się rozejrzał po podwórzu. I rozejrzał się raz jeszcze. Tilden nigdy tego nie robił. Vimes popatrzył na chlewik w rogu, gdzie Stuk trzymał swoją świnię, potem na wybieg dla kur, na gołębnik i krzywo zbite klatki królików. Dokonał kilku obliczeń.

Stary posterunek straży!! Wszystko stało na miejscu, jak w dniu, gdy przyszedł tu po raz pierwszy. Kiedyś były to dwa osobne budynki, z których jeden mieścił biura kopalni melasy. Wszystko w mieście kiedyś było czymś innym. W rezultacie powstał prawdziwy labirynt zablokowanych drzwi, starych okien i ciasnych pokoików.

Vimes chodził dookoła jak gość w muzeum. Tutaj wisiał na kiju stary hełm do ćwiczeń strzeleckich! A tu stał fotel z połamanymi sprężynami, na którym sierżant Stuk siadywał w słoneczne popołudnia!

Wewnątrz unosił się zapach: wosk do podłóg, stary pot, pasta do polerowania zbroi, nieprane ubrania, atrament, nuta smażonej ryby oraz wszechobecny tutaj śladowy aromat melasy.

Straż Nocna. Wrócił.

Kiedy pierwsi funkcjonariusze Straży Nocnej przybyli na posterunek, zobaczyli człowieka całkiem rozluźnionego, który siedział oparty na krześle i z nogami na biurku. Człowiek ów miał dystynkcje sierżanta i budził skojarzenie z niezatrzaśniętą pułapką. W dodatku w ogóle nie zwracał uwagi na przybyłych, a zwłaszcza na pewnego chudego młodszego funkcjonariusza, tak nowego, że próbował nadać trochę połysku swojemu półpancerzowi.

Rozeszli się do swoich biurek, rozmawiając przyciszonymi głosami.

Vimes znał ich dobrze. Znaleźli się w Straży Nocnej, ponieważ byli zbyt niechlujni, brzydcy, niekompetentni, niezgrabni albo tępi, by trafić do Dziennej. Byli uczciwi, w szczególnym policyjnym sensie tego słowa. To znaczy, że nie kradli rzeczy zbyt ciężkich, by je unieść. A mieli morale wilgotnego piernika.

Wczoraj zastanawiał się, czy nie wygłosić na powitanie jakiejś zachęcającej przemowy, ale zrezygnował. Byli może i fatalnymi, ale jednak glinami, a gliny nie reagują dobrze na podejście typu Szczęśliwej Rodziny: „Cześć, chłopcy, mówcie mi Chris, moje drzwi zawsze stoją otworem, na pewno będzie się nam dobrze pracować, zaprzyjaźnimy się i będziemy jak jedna wielka szczęśliwa rodzina". Zbyt wiele widzieli rodzin, by uwierzyć w te brednie.

Ktoś odchrząknął z wyraźną niechęcią. Vimes uniósł głowę i spojrzał w twarz sierżanta „Stukacza" Stuka. Przez ułamek sekundy musiał powstrzymywać odruch salutowania, ale zaraz przypomniał sobie, jaki był Stuk.

– Tak? – zapytał.

– Pan siedzi przy moim biurku, sierżancie.

Vimes westchnął i wskazał małą koronę na rękawie.

– Widzicie to, sierżancie? Jest to, jak kiedyś mówiono, oznaka władzy.

Małe, szczurze oczka Stuka zogniskowały się na koronie. Potem przesunęły się ku twarzy Vimesa i otworzyły szeroko, zaszokowane.

– Niech to szlag – szepnął Stuk.

– Raczej: „Niech to szlag, sir" – poprawił go Vimes. – Ale wystarczy „sierżancie". W większości przypadków. A to wasza ekipa, tak? Na bogów… No dobrze, zaczniemy.

Zdjął nogi z biurka i wstał.

– Przeglądałem rachunki za karmę dla Marilyn – oznajmił. – Ciekawa lektura, chłopcy. Według moich przybliżonych wyliczeń koń, który tak dużo zjada, powinien być mniej więcej kulisty. Tymczasem jest tak chudy, że gdybym miał dwie pałeczki i jakieś nuty, mógłbym wam na nim zagrać.

Odłożył papiery.

– Niech wam się nie wydaje, że nie wiem, gdzie trafia pasza. I domyślam się, kto trzyma tu kury, króliki i gołębie. I świnię – dodał. – A kapitan na pewno wierzy, że tuczą się resztkami.

– Tak, ale… – zaczął ktoś.

Vimes uderzył dłonią o blat.

– Wy tutaj głodzicie nawet konia! – rzekł. – Od tej chwili koniec z tym! I z wieloma innymi rzeczami. Wiem, jak to działa, jasne? Darmowe piwo i pączek to element bycia gliną. Kto wie, może jest w tym mieście parę garkuchni tak szczęśliwych, kiedy widzą gliniarza, że dobrowolnie dają mu darmowe żarcie. Ale podkradanie paszy Marilyn ma się skończyć natychmiast! I jeszcze coś. Stoi tutaj, że więźniarka miała wczoraj ośmiu pasażerów. O dwóch wiem, bo jednym z nich musiałem być ja, a drugiego spotkałem w celi. Ale dziś rano areszt jest pusty. Gdzie się podziało sześciu? Sierżancie Stuk?

Sierżant nerwowo oblizał wargi.

– Odstawiłem ich na Kablową na przesłuchanie, oczywiście – wyjaśnił. – Zgodnie z instrukcją.

– Dostaliście pokwitowanie?

– Co?

– Wasi ludzie złapali sześć osób, które za długo przebywały na ulicach, i przekazali ich Niewymownym – powiedział Vimes ze spokojem, który zwiastuje burzę. – Czy tamci podpisali, że przejmują więźniów? Czy znacie chociaż ich nazwiska?

– Mamy rozkaz tylko ich przekazać. – Stuk próbował stawiać opór. – Przekazać i zostawić.

Vimes zapamiętał to sobie na przyszłość.

– No cóż... Ja tam nie trafiłem, gdyż nastąpiło między nami drobne... nieporozumienie – powiedział. – Jak widzicie, było to większe nieporozumienie, niż wam się wydawało, Stuk, ponieważ nie siedzę teraz w Tantach i nie liczę karaluchów. Nic z tego. – Zbliżył się o kilka kroków. – Stoję teraz przed wami, Stuk. Czy to właśnie robię?

– Tak jest, sierżancie – odparł Stuk, pobladły ze strachu i wściekłości.

– Tak jest, sierżancie – powtórzył Vimes. – Ale w areszcie siedział ze mną inny człowiek i teraz też go nie ma. Chcę tylko wiedzieć, ile i komu? Nie chcę żadnych anielsko niewinnych spojrzeń. Nie chcę żadnych „Nie wiem, o czym pan mówi, sir". Ile? I komu?

Na obliczach przed nim osiadł obłok zaczerwienionej, niechętnej solidarności. Ale nikt nie musiał nic mówić. Vimes pamiętał. Kapral Quirke zawsze miał dodatkowe dochody z łapówek, przypominał trochę Nobby'ego Nobbsa, ale bez jego sympatycznej niekompetencji. Był jak skuteczny Nobby Nobbs, a do tego można jeszcze dorzucić dręczenie słabszych, lizusostwo i radość z drobnych świństw.

Vimes przesunął wzrokiem na Quirke'a.

– Wiem, że byliście nocą na wozie, kapralu – stwierdził. – Wy i młodszy funkcjonariusz, ehm... Vimes. Tak mam tu zapisane.

– Nie warto robić kłopotów przyzwoitym ludziom – mówił Quirke.

A on zapytał:

– A skąd mamy wiedzieć, że są przyzwoici, kapralu?

– No, patrzymy, na ile ich stać.

– To znaczy, że wypuszczamy ich, jeśli są bogaci?

– Tak już toczy się świat, mój mały, tak się toczy. I nie ma powodu, żebyśmy nie mieli z tego swojej działki, nie? Widziałeś jego sakiewkę? Pięć dolarów powinno wystarczyć. Cztery dla mnie, a jeden dla ciebie, bo dopiero się uczysz. To prawie trzydniowa pensja, twoja mamusia się ucieszy, a kto na tym traci?

– Ale przypuśćmy, że on zwinął komuś te pieniądze, kapralu...

– A przypuśćmy, że księżyc jest zrobiony z sera. Chciałbyś plasterek?

– Myślę, że to było pięć dolarów, kapralu – oświadczył Vimes.

Zauważył, że gadzie oczka kaprala zerkają w stronę młodszego funkcjonariusza.

– Nie. Ten gość w areszcie wygadał – skłamał Vimes. – Powiedział, że byłem idiotą, że się nie wykupiłem. Czyli, panie Quirke, jest tak. W Straży Dziennej płaczą o dobrych ludzi, ale jeśli nie stanie pan za blisko światła, jakoś pan przejdzie. I niech pan do nich biegnie, ale już!

– Wszyscy to robią! – wybuchł Quirke. – To tylko takie premie!

– Wszyscy? – zapytał Vimes. – Ktoś jeszcze bierze tu łapówki?

Przesuwał wzrokiem od twarzy do twarzy, co sprawiało, że większa część grupy natychmiast zaczęła grać role Zespołu Synchronicznej Obserwacji Podłogi i Sufitu. Tylko trzech ludzi patrzyło mu w oczy. Był wśród nich młodszy kapral Colon, który zapewne trochę powoli kojarzył. Był pewien młodszy funkcjonariusz, którego oblicze stało się maską grozy. I był ciemnowłosy funkcjonariusz o okrągłej twarzy, który wydawał się trochę zamyślony, jakby próbował sobie coś przypomnieć, ale mimo to spoglądał pewnym, spokojnym wzrokiem prawdziwego kłamcy.

– Najwyraźniej nie – ocenił Vimes.

Quirke podniósł rękę i drżącym palcem wskazał młodego Sama Vimesa.

– On też wziął! Podzieliliśmy się! – zawołał. – Niech pan go zapyta!

Vimes wyczuł, jak szok wstrząsnął całym oddziałem. Quirke właśnie popełnił samobójstwo. Owszem, można wspólnie stawiać się oficerom, ale kiedy sprawa się sypie, nie wolno Pakować Kogoś w Bagno. Śmieją się z samej myśli o honorze strażnika, a jednak, w jakimś pokrętnym i ponurym sensie, on istnieje. Nie Pakuje się Swoich Kumpli w Bagno. A już zwłaszcza nie robi się tego zielonemu nowicjuszowi, który nie ma o niczym pojęcia.

Vimes po raz pierwszy zwrócił się do młodego człowieka, którego dotąd unikał.

Bogowie, czy naprawdę byłem kiedyś taki chudy? – myślał. Czy miałem taką wystającą grdykę? Czy rzeczywiście próbowałem polerować rdzę?

Oczy młodego człowieka skryły się niemal pod czaszką, ukazując jedynie białka.

– Młodszy funkcjonariusz Vimes? – zapytał cicho.

– Tajest, sir – wychrypiał Sam.

– Spocznijcie, funkcjonariuszu. Czy rzeczywiście wzięliście część łapówki?

– Tajest, sir. Dolara, sir!

– Nakłoniony przez kaprala Quirke'a?

– Ee... sir?

– Czy wam to zaproponował? – przetłumaczył Vimes.

Obserwował własną agonię. Nie Pakuje się Kogoś w Bagno.

– No dobrze – powiedział w końcu. – Porozmawiamy później. Jeszcze tu jesteś, Quirke? Jeśli chcesz się poskarżyć kapitanowi, proszę bardzo. Ale jeśli w ciągu dziesięciu minut nie usuniesz z szafki swoich rzeczy, niech mnie demony, obciążę cię czynszem!

Quirke rozejrzał się, szukając niemoralnego wsparcia, ale nie znalazł. Posunął się za daleko. Straż umiała rozpoznać burzę bagienną, która zawisła nad głowami, i nie miała ochoty narażać się dla kogoś takiego jak Quirke.

– Tak zrobię – zagroził. – Poskarżę się kapitanowi. Zobaczycie! Zobaczycie! Mam za sobą cztery lata dobrej służby, mam...

– Nie, to były cztery lata unikania wykrycia – odparł Vimes. – Wynoś się.

Kiedy kroki Quirke'a ucichły, Vimes zwrócił się do pozostałych.

– Dobry wieczór, chłopcy, nazywam się John Keel – powiedział. – I do demona, lepiej, żebyśmy się dogadali. A teraz wypucować się, inspekcja kapitana za dwie minuty, rozejść się. Sierżancie Stuk, jedno słowo, jeśli można.

Ludzie rozbiegli się szybko. Stuk podszedł bliżej, próbując nie całkiem skutecznie ukryć zdenerwowanie. W końcu jego bezpośrednim przełożonym okazał się człowiek, którego poprzedniej nocy kopnął w worek. I zdążył już trochę pomyśleć.

– Chciałem tylko wyjaśnić, sir, w sprawie zeszłej nocy... – zaczął.

– Zeszła noc jest nieistotna.

– Nie?

– Czy zarekomendujecie Freda Colona na kaprala? Będę wdzięczny za waszą opinię.

– Naprawdę?

– Oczywiście. Sprawia wrażenie solidnego.

– Sprawia? To znaczy tak, jest solidny. Bardzo dokładny. – Ulga unosiła się nad Stukiem niczym para. – Nie działa pochopnie. Chce wstąpić do któregoś z regimentów.

– W takim razie wypróbujemy go, póki jeszcze jest z nami. A to znaczy, że potrzebny będzie nowy młodszy kapral. Kim był ten młodziak obok Colona?

– Coates, sir. Ned Coates. Bystry chłopak, czasami mu się wydaje, że jest najmądrzejszy, ale przecież wszyscy tacy byliśmy, prawda?

Vimes skinął głową. Wyraz jego twarzy absolutnie nie zdradzał faktu, że jego zdaniem istnieją stworzenia czepiające się dolnych gałęzi, które są mądrzejsze od sierżanta Stuka.

– W takim razie dobrze mu zrobi, jeśli posmakuje odpowiedzialności – uznał.

Stuk przytaknął, gdyż w tej chwili zgodziłby się na absolutnie wszystko. A mowa jego ciała głosiła wyraźnie: jesteśmy przecież sierżantami, nie? Rozmawiamy o sierżanckich sprawach, jak to sierżanci. Nie przejmujemy się tym, że ktoś oberwał kopniaka w worek, nie? To nie my, bo my jesteśmy sierżantami.

Szeroko otworzył oczy i zasalutował, kiedy do pokoju wszedł Tilden. Strażnicy także zaczęli salutować, choć bez entuzjazmu. Kapitan odpowiedział sztywno i zerknął nerwowo na Vimesa.

– Ach, to wy, sierżancie – powiedział. – Instalujecie się?

– Tak jest, sir. Żadnych problemów.

– Bardzo dobrze. Tak trzymać.

Gdy kapitan zniknął na skrzypiących schodach, Vimes ponownie zwrócił się do Stuka.

– Sierżancie, nie przekazujemy aresztowanych bez pokwitowania, zrozumiano? Nigdy! Co się z nimi dzieje później? Wiecie?

– Są przesłuchiwani – odparł Stuk. – Zawozimy ich tam na przesłuchanie.

– A na jakie pytania mają odpowiadać? Ile czasu zajmuje dwóm ludziom wykopanie połowy studni?

– Co? – Stuk zmarszczył czoło.

– Od tej chwili albo ktoś z Kablowej podpisuje odbiór aresztantów, albo przywozimy ich z powrotem tutaj – oznajmił Vimes. – To przecież elementarne reguły, sierżancie. Przekazujecie ich, dostajecie dokument. Czy nie tak się to załatwia w Tantach?

– No tak, oczywiście, ale... Znaczy, na Kablowej... Nie wie pan, co się tam dzieje, to rozumiem, ale z Niewymownymi na Kablowej lepiej nie...

– Słuchajcie, przecież nie każę wam wywalić drzwi z krzykiem „Odłóżcie natychmiast te zgniatacze palców!". Tłumaczę tylko, że musimy pilnować, co się dzieje z więźniami. Kiedy kogoś aresztujecie, Ryjek podpisuje odbiór, tak? Kiedy delikwent wychodzi, Ryjek albo strażnik dyżurny wypisują go z aresztu. To najprostsze zasady dozoru! Więc jeśli przekazujecie aresztanta na Kablową, ktoś stamtąd musi podpisać odbiór. Jasne? Nie może być tak, że więzień po prostu znika.

Stuk zrobił minę człowieka, który w najbliższej przyszłości widzi mniej okazji do osobistego zysku, a wielkie ryzyko ostrych nagan.

– I żeby mieć pewność, że wszyscy dobrze zrozumieli, sam pojadę dziś więźniarką – oświadczył Vimes. – Ale najpierw wezmę tego chłopaka, Vimesa, na krótki spacer i spróbuję trochę nim potrząsnąć.

– Przyda mu się – uznał Stuk. – Nie może się czasem zdecydować. Sprawny w rękach, ale wszystko mu trzeba mówić po dwa razy.

– No to może pokrzyczę. Vimes!

Młodszy funkcjonariusz Vimes z ociąganiem stanął na baczność.

– Pójdziemy się przejść, chłopcze. Pora, żebyś się dowiedział, co jest czym.

Skinął Stukowi, wziął za ramię swoje młodsze ja i wyszedł.

– Co pan o nim myśli, sierżancie? – zapytał Coates.

Zbliżył się, kiedy Stuk spoglądał niechętnie na plecy odchodzących.

– Lubi cię – stwierdził z goryczą sierżant. – O tak... Jesteś grdyką jego oka. Jego starym kumplem. Awansował cię na młodszego kaprala.

– Myśli pan, że długo wytrzyma?

– Daję mu parę tygodni. Widywałem już takich. Ważniacy z małych miasteczek, co to przyjeżdżają tutaj i uważają się za nie wiadomo kogo. Szybko go przytemperujemy. A ty jak myślisz?

– Nie wiem, sierżancie – mruknął Coates. – Jeszcze się nie namyśliłem.

– Ale zna się na robocie, trzeba przyznać – dodał Stuk. – Tylko trochę zarozumiały. Nauczy się. Nauczy. Są sposoby. Pokażemy mu. Ustawimy na właściwym miejscu. Zrozumie, jak się tutaj działa...

Vimes zawsze preferował spacery tylko we własnym towarzystwie. A teraz było ich dwóch, idących tylko we własnym towarzystwie. Budziło to dziwne uczucia oraz wrażenie, że spogląda przez maskę.

– Nie, nie tak – powiedział. – Zawsze muszę ludzi uczyć, jak się chodzi. Kołyszesz stopą, o tak. Zapamiętaj, a będziesz mógł tak chodzić cały dzień. Nie spiesz się. Nie chciałbyś czegoś przeoczyć.

– Tak, sierżancie – odparł młody Sam.

Nazywało się to patrolowaniem. Vimes przepatrolował ulicę Kopalni Melasy i czuł się... wspaniale. Oczywiście, czekały go różne problemy, ale tutaj i teraz miał tylko patrolować, i był z tym szczęśliwy. W dawnej straży nie musieli wypisywać tylu dokumentów; jeśli się zastanowić, to chyba podwoił ilość papierkowej roboty. Ale w tej chwili wykonywał swoje obowiązki, których został nauczony. Miał tylko być sobą.

Młody Sam się nie odzywał. Co dowodziło rozsądku.

– Widzę, że nosisz dzwonek, mój chłopcze – rzekł po chwili Vimes.

– Tak, sierżancie.

– Regulaminowy?

– Tak, sierżancie. Dał mi go sierżant Stuk.

Mogłem się założyć, pomyślał Vimes.

– Kiedy wrócimy, zamień go z innym. Nieważne czyim. Nikt nic nie powie.

– Tak, sierżancie. – Vimes odczekał chwilę. – Ale dlaczego, sierżancie? Dzwonek to dzwonek.

– Nie ten. Ten waży trzy razy tyle co normalny. Dają go żółtodziobom, żeby sprawdzić, jak się zachowają. Skarżyłeś się?

– Nie, sierżancie.

– I bardzo dobrze. Bądź cicho i jak tylko wrócimy, podłóż go jakiemuś innemu draniowi. Tak się zachowują gliny. Dlaczego przyszedłeś do tej pracy?

– Mój kumpel Iffy wstąpił do straży w zeszłym roku. Mówił, że dostaje się darmowe jedzenie i mundur, a można też czasem tu i tam dorobić jakiegoś dolara.

– To pewnie będzie Iffy Scurrick z posterunku na Siostrach Dolly – stwierdził Vimes. – I dorabiałeś te dolary, co?

Przez chwilę szli w milczeniu. Potem odezwał się Sam.

– Czy muszę oddać tego dolara, sierżancie?

– Czy jesteś wart dolara? – spytał Vimes.

– Oddałem go mamie, sierżancie.

– Powiedziałeś, jak go zarobiłeś?

– Nie chciałem go wziąć! Ale kapral Quirke powiedział...

– Warto było go słuchać?

– Nie wiem, sierżancie.

– Nie wiesz? Założę się, że twoja mama nie tak cię wychowywała – oświadczył Vimes.

Nie, zupełnie nie tak, pomyślał. Gdyby się dowiedziała, że to lewy dolar, wygarbowałaby ci skórę, nieważne, czy jesteś strażnikiem.

– Nie, sierżancie. Ale wszyscy tak kombinują, sierżancie. Nie mówię o chłopakach, sierżancie, ale wystarczy rozejrzeć się po mieście. Czynsz idzie w górę, podatki idą w górę, cały czas wymyślają jakieś nowe, a wszystko to jest okrutne, sierżancie, zwyczajnie okrutne. Winder sprzedał nas swoim wspólnikom i nie ma co zaprzeczać, sir.

– Hmm... – mruknął Vimes.

No tak. Hodowla podatków. Bardzo sprytny wynalazek. Dobry stary Winder. Opchnął prawo zbierania podatków tym, którzy oferowali najwięcej. Doskonały pomysł, prawie tak dobry, jak zakazywanie ludziom noszenia broni po zmroku. Dobry, ponieważ a) pozwalał zaoszczędzić na poborcach i całym systemie podatkowym, b) dawał górę pieniędzy z góry. Oraz c) sprawa poboru podatków przechodziła w ręce potężnych, choć dziwnie powściągliwych ludzi, którzy trzymali się w cieniu. Zatrudniali jednak ludzi, którzy nie tylko stawali w świetle, ale całkiem je przesłaniali. I zadziwiające, jakie ci ludzie znajdowali rzeczy, które można opodatkować, w tym Gapienie się na Mnie, Koleś. Co powiedział kiedyś Vetinari? „System podatkowy to po prostu wyrafinowana metoda wymuszania pieniędzy groźbami". No więc hodowcy podatków nie byli zbyt wyrafinowani w metodach, jakich używali, by zagwarantować zwrot inwestycji.

Pamiętał tamte... te czasy. Miasto nigdy nie wyglądało bardziej nędznie, ale na bogów, wpływało wiele podatków.

Trudno wyjaśnić takiemu dzieciakowi jak Sam, dlaczego wzięcie dolara na lewo miałoby być takie złe.

– Powiedzmy w ten sposób, młodszy funkcjonariuszu – rzekł. – Czy wypuściłbyś mordercę za tysiąc dolarów?

– Nie, sir!

– Ale przecież za tysiąc dolarów mógłbyś ulokować swoją mamę w jakimś wygodnym mieszkaniu w dobrej części miasta.

– Niech pan da spokój, sierżancie. Nie jestem taki.

– Byłeś, kiedy brałeś tego dolara. Cała reszta to tylko targowanie się o cenę.

Szli w posępnym milczeniu. I wreszcie:

– Czy wyrzucą mnie ze straży, sierżancie? – spytał młodszy funkcjonariusz.

– Za jednego dolara? Nie.

– Właściwie to bym wolał, żeby mnie wyrzucili, sierżancie, wielkie dzięki – odparł młody Sam wyzywająco. – W zeszły piątek musieliśmy rozbić jakieś spotkanie niedaleko uniwersytetu. Oni tylko rozmawiali! I musieliśmy przyjmować rozkazy od jakiegoś cywila, a ci z Kablowej byli trochę brutalni i... przecież ci ludzie nie mieli broni ani nic! Nie powie mi pan, że to właściwe, sierżancie. Potem zapakowaliśmy niektórych do powozu, za samo gadanie. Chłopak pani Owlesly, Elson, od tamtej nocy nie wrócił już do domu. Podobno zawlekli go do pałacu, bo powiedział, że jego lordowska mość jest wariatem. A teraz na naszej ulicy dziwnie na mnie patrzą.

Na bogów, pamiętam to, pomyślał Vimes. Myślałem wtedy, że chodzi tylko o ściganie ludzi, którzy rezygnują po przebiegnięciu ulicy i mówią „Czysta sportowa walka, panie władzo". Wydawało mi się, że już po tygodniu dostanę medal.

– Musisz uważać, co mówisz, mały – ostrzegł.

– No tak, ale nasza mama mówi, że to w porządku, jeśli zwijają podżegaczy i dziwaków, ale nie powinno być tak, że zabierają zwyczajnych ludzi.

Czy to naprawdę ja? – zastanowił się Vimes. Czy naprawdę miałem świadomość polityczną wszy?

– Zresztą on naprawdę jest wariatem. Snapcase to człowiek, którego nam trzeba.

...i instynkt samozachowawczy leminga?

– Mały, udzielę ci pewnej rady. W tym mieście, w tej chwili, jeżeli nie wiesz, z kim gadasz... to nie gadaj.

– Ale Snapcase mówi...

– Słuchaj. Gliniarz nie kłapie paszczą. Nie zdradza się z tym, co wie. Nie mówi, co myśli. Nie. Obserwuje i słucha, uczy się i gra na czas. Jego umysł pracuje jak szalony, ale twarz jest nieruchoma. Dopóki nie będzie gotów. Zrozumiałeś?

– Zrozumiałem, sierżancie.

– No to dobrze. Potrafisz używać tego miecza, który nosisz?

– Tak, odbyłem przeszkolenie.

– Świetnie. Świetnie. Przeszkolenie. Doskonale. Czyli jeśli zaatakuje nas banda worków słomy zawieszonych na belce, mogę na tobie polegać. A do tego czasu zamknij się, nadstawiaj uszu, szeroko otwieraj oczy i ucz się czegoś.

Snapcase to człowiek, który nas uratuje, myślał ponuro. Tak, wierzyłem w to. Wielu wierzyło. Tylko dlatego, że jeździł czasem po ulicach otwartym powozem, zapraszał do siebie ludzi i rozmawiał z nimi, przy czym poziom konwersacji sięgał mniej więcej „Czyli jesteś stolarzem, tak? Cudownie! A czego wymaga taka praca?". Tylko dlatego, że publicznie oświadczył, iż może podatki są odrobinę za wysokie. Tylko dlatego, że przyjaźnie machał ręką.

– Był pan tu kiedyś, sierżancie? – zapytał Sam, kiedy skręcili za róg.

– Och, każdy odwiedzał Ankh-Morpork, mój chłopcze – odparł jowialnie Vimes.

– Tylko że idealnie robimy trasę patrolu przez Wiązów, a pozwoliłem panu prowadzić.

Szlag... W takie właśnie kłopoty potrafią wpakować człowieka własne stopy. Jakiś mag mówił kiedyś Vimesowi, jak to w okolicach

Osi żyją potwory tak wielkie, że nogi mają zbyt oddalone od głowy i muszą mieć w nich dodatkowe mózgi. A glina na patrolu hoduje sobie mózgi w nogach, to pewne.

Ulica Wiązów, w lewo na Zacele, znów w lewo na Szory... To pierwszy patrol, jaki mu wyznaczono; potrafił pokonać tę trasę całkiem bezmyślnie. I zrobił to bezmyślnie.

– Odrobiłem pracę domową – wyjaśnił.

– Poznał pan Neda?

Może i lepiej, że pozwalał stopom robić, co chciały, bo w całym mózgu rozdzwoniły mu się nagle sygnały alarmowe.

– Neda?

– No bo on mówił, jeszcze zanim pan przyjechał, że pamięta pana z Pseudopolis – odparł Sam nieświadomy reakcji Vimesa. – Służył w dziennej straży, zanim do nas przyszedł, bo tu ma lepsze szanse na awans. Wielki gość, mówił.

– Chyba go nie pamiętam – odparł ostrożnie Vimes.

– Nie jest pan taki wielki, sierżancie.

– Wiesz, w tamtych czasach Ned był zapewne niższy – stwierdził Vimes.

A jego myśli krzyczały: Zamknij się, dzieciaku! Ale ten dzieciak był... no cóż, był nim. Rozgrzebywał drobne detale. Wyciągał rzeczy, które nie pasowały. Właściwie to był policjantem. Vimes powinien chyba czuć się dumny ze swego młodszego ja... ale jakoś się nie czuł.

Nie jesteś mną, myślał. Chyba nigdy nie byłem taki młody jak ty. Jeśli masz kiedyś stać się mną, czeka cię mnóstwo pracy. Trzydzieści przeklętych lat wykuwania na kowadle życia, biedaku. Wszystko jeszcze przed tobą...

Gdy wrócili na posterunek, Vimes od niechcenia podszedł do szafy Dowodów i Rzeczy Znalezionych. Miała wielki zamek, który jednak nigdy nie był zamknięty. Szybko znalazł to, czego szukał. Niepopularny glina musi działać z wyprzedzeniem, a zamierzał być niepopularny.

Potem zjadł szybką kolację i popił kubkiem gęstego, ciemnego kakao, które napędzało straż. Kiedy skończył, zabrał Sama do więźniarki.

Zastanawiał się, jak strażnicy to rozegrają, i bez zdziwienia odkrył, że zastosowali starą sztuczkę: z radosną złośliwością wykonywali rozkazy co do litery. Już na pierwszym przystanku młodszy kapral Coates i funkcjonariusz Waddy czekali z czterema ponurymi albo protestującymi, zapewne cierpiącymi na bezsenność aresztantami.

– Czterech, sir! – Coates zasalutował podręcznikowo. – Wszyscy, których zatrzymaliśmy, sir. Wszyscy spisani na tej liście, którą w tej chwili panu przekazuję, sir!

– Dobra robota, młodszy kapralu – odparł Vimes oschle. Wziął papiery, podpisał jedną kopię i oddał Coatesowi. – Na Strzeżenie Wiedźm możecie liczyć na pół dnia wolnego i przekażcie wyrazy szacunku swojej babci. Pomóż mi z nimi, Sam.

– Zwykle mamy tylko czterech, może pięciu na nockę – szepnął Sam, kiedy już odjeżdżali. – Co zrobimy?

– Wykonamy kilka kursów.

– Ale chłopaki sika... chichotali, sir! Śmiali się!

– Godzina strażnicza minęła – odparł Vimes. – Takie jest prawo.

Kapral Colon i funkcjonariusz Wiglet czekali z kolejną trójką niegodziwców. Jednym z nich okazała się panna Palm.

Vimes przekazał Samowi lejce, zeskoczył, otworzył drzwi powozu i rozłożył schodek.

– Przykro mi, że widzę tu panienkę – rzekł.

– Najwyraźniej jakiś nowy sierżant zaczął się rzucać – odparła Rosie Palm głosem jak blok lodu. Dumnie nie skorzystała z podanej ręki i wspięła się do powozu.

Vimes zauważył, że wśród zatrzymanych jest jeszcze jedna kobieta. Niższa od Rosie, spoglądała na niego wyzywająco. W ręku trzymała duży, obszyty pikowaną tkaniną koszyk do robótek. Vimes odruchowo sięgnął po niego, by pomóc jej wsiąść.

– Przykro mi, panienko... – zaczął.

– Nie dotykaj tego!

Wyrwała mu koszyk i zniknęła wewnątrz.

– Przepraszam – powiedział Vimes.

– To panna Battye – wyjaśniła Rosie, siedząca na ławeczce w więźniarce. – Jest szwaczką.

– Myślałem, że...

– Szwaczką, mówię – powtórzyła z naciskiem panna Palm. – Z igłami i nitką. Specjalizuje się w szydełku.

– To jakaś specjalna...

– To rodzaj robótek na drutach – wyjaśniła z mroku panna Battye. – Zabawne, że pan o tym nie wie.

– To znaczy, że ona jest prawdziwą... – domyślił się w końcu Vimes, lecz Rosie zatrzasnęła drzwi powozu.

– Jedźmy już – rzuciła. – Ale kiedy znów się spotkamy, Johnie Keel, zamienimy kilka przykrych słów.

Z mroku w powozie dobiegł krótki chichot, a potem skowyt. Tuż przedtem zabrzmiał jeszcze odgłos wbijanego w czyjąś stopę wysokiego obcasa.

Vimes podpisał brudny papier, wręczony mu przez Freda Colona, i oddał go z nieruchomą, kamienną twarzą, która wzbudziła u kaprala pewien niepokój.

– Gdzie teraz, sierżancie? – zapytał Sam, gdy już ruszyli.

– Na Kablową.

Lękliwy pomruk rozległ się wśród ludzi w klatce za nimi.

– To nie w porządku – mruknął Sam.

– Gramy według reguł – odparł Vimes. – Musicie się jeszcze nauczyć, po co istnieją reguły, młodszy funkcjonariuszu. I nie wgapiajcie się tak we mnie. Gapili się już na mnie zawodowcy, a wy wyglądacie, jakbyście musieli biec do wychodka.

– No tak, jasne, ale wszyscy wiedzą, że oni torturują ludzi – wymamrotał Sam.

– Naprawdę? – spytał Vimes. – Więc dlaczego nikt nic nie zrobi w tej sprawie?

– Bo oni torturują ludzi.

Aha, pomyślał Vimes. Wreszcie zacząłem chwytać podstawy dynamiki społecznej.

Na koźle obok zapanowało posępne milczenie. Powóz turkotał po bruku, Vimes słyszał jednak za sobą ciche szepty. Nieco głośniejszy od tła, zabrzmiał syk Rosie Palm:

– Nic z tego! Mogę się założyć.

Po kilku sekundach męski głos, trochę bełkotliwy z powodu alkoholu i o wiele bardziej bełkotliwy z powodu ściskającej pęcherz grozy, zdołał wykrztusić:

– Ehm, sierżancie... my, tego... o ile wiemy, stawka to pięć tych... dolarów?

– Nie wydaje mi się, drogi panie – odparł Vimes, wpatrzony w wilgotną nawierzchnię ulicy.

Rozległy się gorączkowe szepty, po czym znów się odezwał ten sam głos:

– Mam bardzo ładny złoty pierścień.

– Miło mi to słyszeć – zapewnił Vimes. – Każdy powinien mieć coś ładnego.

Poklepał się po kieszeni, szukając srebrnej cygarnicy, i przez chwilę czuł większy gniew niż rozpacz i większy smutek niż gniew. Istniała przyszłość. Musiała istnieć. Pamiętał ją. Ale istniała tylko jako wspomnienie, delikatniejsza niż odbicie w mydlanej bańce. I może równie łatwo mogła pęknąć.

– No... Mógłbym jeszcze dodać...

– Jeśli jeszcze raz zaproponuje mi pan łapówkę, mój panie – rzekł Vimes, gdy powóz skręcił w Kablową – osobiście spuszczę panu lanie. Został pan ostrzeżony.

– Może jest jakieś inne... – zaczęła Rosie Palm, kiedy w polu widzenia zajaśniały światła posterunku.

– Nie polecimy też na tanią dziurkę – rzucił Vimes i usłyszał zaszokowane syknięcie. – Zamknijcie się teraz wszyscy.

Szarpnął lejce, a kiedy Marilyn się zatrzymała, zeskoczył i wyjął spod siedzenia papiery.

– Mamy siódemkę – zwrócił się do opartego o drzwi strażnika.

– No? – odpowiedział strażnik. – Otwieraj i dawaj ich.

– Jasne. – Vimes przerzucił dokumenty. – Żaden problem. – Podsunął strażnikowi kartkę. – Podpisz tutaj.

Strażnik Niewymownych odskoczył, jakby Vimes podał mu węża.

– Co to znaczy: podpisz? – zapytał. – Dawaj ich.

– Musisz podpisać – odparł Vimes drewnianym głosem. – Takie są przepisy. Więźniowie przekazywani z jednego aresztu do drugiego, wymagany jest podpis. Nie będę ryzykował roboty dla braku podpisu.

– Twoja robota nie jest warta splunięcia – burknął strażnik i chwycił papier.

Popatrzył na niego tępo, a Vimes wręczył mu ołówek.

– Gdybyś potrzebował pomocy przy trudniejszych literach, wystarczy poprosić.

Strażnik burknął niechętnie, nabazgrał coś i wcisnął papier Vimesowi.

– A teraz otwieraj... p-roszę.

– Oczywiście. – Vimes zerknął na podpis. – Teraz jeszcze chciałbym zobaczyć jakiś dowód tożsamości. Będę wdzięczny.

– Co?!

– To nie mój pomysł, rozumiesz. Ale wyobraźmy sobie, że pokażę mojemu kapitanowi tę kartkę papieru, a on mnie zapyta: Vi... Keel, skąd właściwie wiesz, że to naprawdę Henry Chomik? Wtedy, rozumiesz, będę trochę speszony. Może nawet zakłopotany.

– Słuchaj no! Nie podpisujemy tu odbioru więźniów!

– Nie ma podpisu, nie ma więźniów.

– I ty nam nie pozwolisz ich zabrać, tak? – Henry Chomik postąpił kilka kroków naprzód.

– Dotknij tylko tych drzwiczek – ostrzegł Vimes – a ja...

– Odrąbiesz mi rękę, co?

– ...aresztuję cię – dokończył Vimes. – Utrudnianie pełnienia służby na początek wystarczy, ale na posterunku wymyślimy pewnie jeszcze kilka zarzutów.

– Aresztujesz mnie? Jestem gliną, tak samo jak ty!

– Znów błąd.

– Z czym mamy kłopot... tutaj? – odezwał się nowy głos.

W świetle pochodni pojawiła się niska, chuda postać. Henry Chomik cofnął się o krok i przyjął pozę wyrażającą pewien szacunek.

– Funkcjonariusz nie chce przekazać osób naruszających godzinę strażniczą, sir – oznajmił.

– To jest ten funkcjonariusz? – zapytał przybysz i dziwnie rozchwianym krokiem pokuśtykał w stronę Vimesa.

– Tajest, sir.

Vimes trafił pod chłodne, badawcze i nie tak otwarcie wrogie spojrzenie bladego człowieka o zmrużonych oczach pokojowego szczura.

– Aha... – Człowiek ten otworzył małą puszkę i wyjął z niej zieloną pastylkę na gardło. – Przypadkiem nie jesteś Keel? Zdarzyło mi się... słyszeć o tobie.

Głos tego człowieka był tak samo niepewny jak jego chód. Przerwy trafiały w niewłaściwe miejsca.

– Szybko zdarza się panu słyszeć o takich rzeczach, sir.

– Zwykle na miejscu byłby teraz salut, sierżancie.

– Nie widzę nic, czemu powinienem salutować, sir – stwierdził Vimes.

– Słusznauwaga. Słusznauwaga. Jesteście nowi, oczywiście. Ale widzicie, mytutaj, w Sekcji Specjalnej... często musimy z konieczności chodzić... pocywilnemu.

Na przykład w gumowych fartuchach, o ile sobie przypominam, pomyślał Vimes, ale powiedział tylko:

– Tak jest, sir.

To dobra fraza. Może mieć kilkanaście różnych znaczeń albo zupełnie żadnego. Była tylko znakiem interpunkcyjnym, pauzą.

– Jestem kapitan Swing – przedstawił się niski mężczyzna. – Złapkatiusz Swing. Jeśli sądzicie, że imię jest zabawne, uśmiechnijciesię... i miejmy to za sobą. Teraz możecie zasalutować.

Vimes zasalutował. Kąciki ust Swinga uniosły się na moment.

– Dobrze. To wasza pierwsza noc w więźniarce, sierżancie?

– Sir.

– I dotarliście tak wcześnie. W dodatku z pełnym ładunkiem. Może sięprzyjrzymy... waszym pasażerom? – Zerknął przez kraty. – Aha. No tak. Dobry wieczór, panno Palm. I współpracowniczka, jak widzę...

– Szydełkuję!

– ...oraz osobnicy, którzy wyglądają na wracających z przyjęcia. No tak. – Swing odstąpił. – Co za mali nicponie z tych waszych funkcjonariuszy na patrolach, nie ma co. Rzeczywiście przeczesali ulice. Uwielbiają te swoje... drobneżarty, sierżancie.

Swing oparł dłoń na klamce drzwiczek i rozległ się cichy odgłos, który jednak w ciszy zabrzmiał jak uderzenie gromu. Był to dźwięk miecza przesuwającego się lekko w pochwie.

Swing przez chwilę stał nieruchomo, a potem delikatnie wrzucił pastylkę do ust.

– Aha. Myślę sobie, że ten skromny połów można spokojnie... wypuścić zpowrotem, nie sądzicie? Nie chcemy tuwystawiać prawa na... pośmiewisko. Zabierzcie ich, sierżancie.

– Tak jest, sir.

– Ale jeszcze jednąchwilę, sierżancie. Proszę to dla mnie zrobić. To takie moje małe hobby.

– Sir?

Swing sięgnął do kieszeni przydługiego płaszcza i wyjął bardzo duży stalowy cyrkiel. Vimes drgnął, kiedy ramiona cyrkla rozsunęły się i zmierzyły mu szerokość głowy, szerokość nosa i długość brwi. Potem do ucha przyciśnięto mu metalową linijkę.

Robiąc to wszystko, Swing mamrotał coś pod nosem. Wreszcie z trzaskiem zamknął cyrkiel i wsunął go do kieszeni.

– Muszę wam pogratulować, sierżancie, pokonywania swych istotnych naturalnych wad. Wiedzieliście, że macie oko masowego mordercy? Nigdy się niemylę... w takich sprawach.

– Nie, sir. Nie wiedziałem o tym, sir. Postaram się trzymać je zamknięte, sir – powiedział Vimes.

Swing nawet się nie uśmiechnął.

– Jednakże jestem pewien, że kiedy już się tu zadomowicie, między wami a kapralem... aha, Chomikiem, cieplejsze uczucia rozgorzeją jakpożar.

– Jak pożar. Tak jest, sir.

– Niebędęwas... zatrzymywał, sierżancie Keel.

Vimes zasalutował. Swing skinął głową, odwrócił się w miejscu, jakby był zamontowany na osi, i pomaszerował na posterunek. A raczej poskakał chwiejnie. Chodził w tym samym stylu, w jakim mówił – z dziwacznym połączeniem różnych prędkości. Całkiem jakby był napędzany sprężynami; kiedy poruszał ręką, przez pierwsze kilka cali niemal rozmywała się od szybkości, a potem dryfowała wolno aż do spotkania z zamierzonym celem. Zdania wyrzucał przerywanymi strumieniami. Nie miał w sobie żadnego rytmu.

Vimes wspiął się na kozioł, nie zwracając uwagi na zirytowanego kaprala.

– Zawróćcie, młodszy funkcjonariuszu – polecił. – Dobranoc, Henry.

Sam odczekał, aż koła zadudniły po bruku. Dopiero wtedy zwrócił się do Vimesa. Oczy miał szeroko otwarte.

– Chciał pan wyciągnąć na niego miecz, prawda? – zapytał. – Zrobiłby pan to, sierżancie, tak?

– Uważajcie na drogę, młodszy funkcjonariuszu.

– Przecież to był kapitan Swing, osobiście! A kiedy kazał pan temu człowiekowi udowodnić, że jest Henrym Chomikiem, myślałem, że się posi... udławię! Wiedział pan, że nie zechcą podpisać, prawda, sierżancie? Bo jeśli istnieje papier, gdzie jest zapisane, że kogoś dostali, to gdyby ktoś chciał go znaleźć...

– Prowadźcie, młodszy funkcjonariuszu.

Ale chłopak miał rację. Z jakiegoś powodu Niewymowni jednocześnie kochali dokumenty i się ich bali. Bez wątpienia generowali mnóstwo papierów. Wszystko zapisywali. Ale nie lubili występować w dokumentach innych ludzi. To ich niepokoiło.

– Nie mogę uwierzyć, sierżancie, że uszło nam to na sucho!

Bo prawdopodobnie nie uszło, pomyślał Vimes. Ale Swing ma chwilowo inne problemy. Nie przejmuje się wielkim głupim sierżantem.

Odwrócił się i stuknął w pręty.

– Przepraszam za niedogodności, panie i panowie, ale okazuje się, że Niewymowni dziś w nocy nie pracują. Wygląda na to, że będziemy sami musieli was przesłuchać. Nie jesteśmy w tym doświadczeni, więc mam nadzieję, że niczego nie pomylimy. Czy ktoś z was jest ważnym spiskowcem planującym obalenie rządu?

W powozie panowało zaszokowane milczenie.

– Proszę nie utrudniać – ciągnął Vimes. – Nie mamy do dyspozycji całej nocy. Czy ktoś chce obalić siłą lorda Windera?

– No... nie? – odezwał się głos panny Palm.

– Albo szydełkiem?

– Słyszałam to! – zabrzmiał ostro inny żeński głos.

– Nikt? Szkoda. No cóż, jak dla mnie to wystarczy. Czy wam też wystarczy, młodszy funkcjonariuszu?

– Eee... Tak jest, sierżancie.

– W takim razie wysadzimy państwa po drodze, a mój czarujący asystent młodszy funkcjonariusz Vimes pobierze od każdego, no... po pół dolara na koszty transportu. Każdy z państwa dostanie pokwitowanie na tę sumę. Dziękujemy za skorzystanie z usług naszej firmy, mam nadzieję, że zechcą państwo wybrać naszą więźniarkę we wszelkich przyszłych przedsięwzięciach naruszania godziny strażniczej.

Vimes słyszał za plecami pełne zaskoczenia szepty. Nie tak załatwiało się sprawy w tych czasach.

– Sierżancie... – zagadnął go młodszy funkcjonariusz Vimes.

– Tak?

– Czy naprawdę ma pan oko masowego mordercy?

– Tak, w kieszeni drugiej marynarki.

– Ha... – Sam milczał przez chwilę, a kiedy znowu się odezwał, wyraźnie myślał już o czymś innym. – Ehm... sierżancie...

– Tak, mój chłopcze?

– Co to jest tania dziurka?

– Taki pączek z dżemem. Twoja mama nigdy ich nie robi?

– Robi, sierżancie. Sierżancie?

– Słucham, chłopcze.

– Wydaje mi się, że to znaczy również coś innego, sierżancie. – Sam zachichotał. – Coś trochę... niegrzecznego...

– Całe życie to proces nauki, młodszy funkcjonariuszu.

Dziesięć minut później powóz stanął na dziedzińcu i Vimes wiedział już, że nowa plotka zatacza kręgi po mieście. Młody Sam szeptał coś innym strażnikom, kiedy wysadzali zatrzymanych, a nikt nie plotkuje tak jak gliny. Strażnicy nie lubili Niewymownych. Jak wszyscy drobni przestępcy, szczycili się tym, że są takie głębiny, na które na pewno się nie zapadną. Musiało być coś poniżej nich, choćby tylko błotne glisty.

Rosie Palm zaryglowała drzwi mieszkania, oparła się o nie i spojrzała na Sandrę.

– Kim on jest? – spytała Sandra, stawiając na stole koszyk z robótką. Coś wewnątrz brzęknęło. – Jest po naszej stronie?

– Słyszałaś chłopaków! – warknęła Rosie. – Żadnych łapówek! Wiezie nas do tych drani Swinga, a potem nie chce nas oddać! Mogłabym go zabić! Wyciągnęłam go z rynsztoka, załatwiłam, żeby Mossy go połatał, a on teraz zaczyna wielkie głupie gierki!

– Tak, a co to jest tania dziurka? – zapytała Sandra z ciekawością.

Panna Palm urwała. Dosyć lubiła towarzystwo Sandry, a dodatkowy czynsz bardzo się przydawał, ale czasami naprawdę się zastanawiała, czy a) powinna poważnie z Sandrą porozmawiać, czy też b) ktoś tu z niej delikatnie pokpiwa. Podejrzewała to drugie, ponieważ w większości przypadków Sandra dostawała więcej pieniędzy niż ona. To zaczynało być krępujące.

– Rodzaj pączka z dżemem – wyjaśniła. – A teraz lepiej idź i ukryj...

Ktoś zapukał do drzwi za jej plecami. Skinieniem odesłała Sandrę za zasłonę z paciorków, odczekała chwilę, by się opanować, i uchyliła odrobinę.

W korytarzu stał niski staruszek.

Wszystko w nim beznadziejnie opadało ku dołowi. Siwe wąsy wyglądały jak odebrane morsowi albo ogarowi, który właśnie usłyszał bardzo złe wieści. Ręce zwisały apatycznie. Nawet części twarzy zdawały się przegrywać bitwę z grawitacją.

Nerwowo obracał w dłoniach czapkę.

– Tak? – spytała Rosie.

– No, na szyldzie stoi wypisane „szwaczka" – wymamrotał staruszek. – A odkąd, znaczy, moja żona zmarła, wie panienka, jak tak przyszło co do czego, nigdy mi to nie wychodziło samemu...

Rzucił Rosie spojrzenie pełne czystego, bezradnego zakłopotania.

Zerknęła w dół, na worek u jego stóp. Zajrzała – był pełen bardzo czystych, ale bardzo znoszonych skarpet. Każda z nich miała dziury w palcach i na pięcie.

– Sandra! – zawołała Rosie. – Ten pan do ciebie...

Był jeszcze tak bardzo wczesny ranek, że późna noc właściwie się nie skończyła. Biała mgła wisiała nad ulicami i skraplała się niczym maleńkie perły na koszuli Vimesa, który przygotowywał się do złamania prawa.

Jeśli stanąć na dachu wychodka przy posterunku straży i przytrzymać się rynny, jedno z okien na piętrze odskoczy i stanie otworem, kiedy uderzy się w nie dłonią dokładnie we właściwym miejscu.

To była użyteczna informacja. Vimes zastanawiał się, czy przekazać ją młodemu Samowi. Każdy porządny glina powinien wiedzieć, jak można się włamać na własny posterunek.

Tilden już dawno pokuśtykał do domu. Vimes szybko przeczesał jego gabinet. Z satysfakcją stwierdził, że nie znalazł w nim tego, czego nie spodziewał się znaleźć. Na dole kilku co bardziej sumiennych strażników kończyło służbę. Odczekał w mroku, aż drzwi zatrzasnęły się po raz ostatni i przez kilka minut nie słyszał żadnych kroków. Dopiero wtedy zszedł po schodach do szatni.

Otrzymał klucz do własnej służbowej szafki. Mimo to z małej buteleczki naoliwił zawiasy i dopiero wtedy ją otworzył. Niczego tu jeszcze nie wkładał. Ale cóż to? Na podłodze leżał pomięty worek. Vimes podniósł go...

Brawo, chłopcy...

Wewnątrz był srebrny kałamarz kapitana Tildena.

Vimes wyprostował się i przyjrzał szafkom z ich dawno wyrytymi na drzwiczkach inicjałami i niekiedy zadrapaniami od noża. Wyjął z kieszeni małe czarne zawiniątko, które wcześniej zabrał z szafy z dowodami. W szarym świetle poranka błysnęły wytrychy. Vimes nie był geniuszem od haczyków i dźwigienek, ale tanie i starte zamki w drzwiczkach szafek nie stanowiły poważnego wyzwania.

Właściwie była to tylko kwestia wyboru.

A potem odszedł w mgłę.

Z przerażeniem odkrył, że znowu czuje się świetnie. To uczucie było niemal zdradą wobec Sybil, przyszłej straży, a nawet jego łaskawości sir Samuela Vimesa, który musiał myśleć o polityce dalekich krajów i o sile roboczej niezbędnej do wydobycia tej przeklętej łodzi, którą Wydział Rzeczny stale zatapiał. I tak, bardzo chciał wrócić – albo do przodu, albo poprzez czy jak tam jeszcze. Naprawdę chciał. Chciał wrócić do domu tak bardzo, że niemal czuł w ustach smak tęsknoty. Oczywiście. Ale nie mógł, jeszcze nie; na razie był tutaj i jak powiedział doktor Lawn, trzeba zająć się robotą, którą ma się przed sobą. W tej chwili robota polegała na tym, by przetrwać na ulicy w wielkiej grze w durniów. A Vimes wiedział o niej wszystko, o tak... I budziła w nim dreszcz podniecenia. Taka była natura bestii.

Dlatego szedł przed siebie, zatopiony w myślach, kiedy nagle z mrocznego zaułka wyskoczyli na niego jacyś ludzie.

Pierwszy dostał kopniaka w brzuch, ponieważ bestia nie walczy czysto. Vimes odstąpił na bok i chwycił drugiego. Poczuł, że nóż przejechał mu po pancerzu, kiedy opuszczał głowę; mocno szarpnął napastnika na swój hełm.

Mężczyzna złożył się równo na bruku.

Vimes odwrócił się natychmiast do pierwszego z napastników, który stał zgięty wpół i rzęził. Nie upuścił jednak noża, wymachiwał nim przed sobą jak jakimś talizmanem. Ostrze kreśliło w powietrzu nierówne ósemki.

– Rzuć to – poradził Vimes. – Drugi raz nie poproszę.

Potem westchnął i z tylnej kieszeni wyjął pewien przedmiot. Rozszerzał się, był czarny i zrobiony ze skóry wypełnionej ołowianymi kulkami. W nowej straży Vimes zakazał używania tych pałek, ale zdawał sobie sprawę, że niektórzy funkcjonariusze zdobyli takie; jeśli oceniał, że ktoś jest rozsądny, to nie wiedział, że ma coś takiego. Czasami trzeba było szybko zakończyć dyskusję, a istniały gorsze możliwości.

Opuścił pałkę na rękę napastnika, jednakże z pewną dozą ostrożności. Usłyszał skowyt i nóż odbił się od bruku.

– Twojego kumpla zostawimy tutaj, żeby sobie to odespał – oświadczył. – Ale ty, Henry, idziesz ze mną do lekarza. Pójdziesz spokojnie?

Kilka minut później doktor Lawn otworzył tylne drzwi. Vimes przecisnął się obok niego. Na ramionach dźwigał bezwładne ciało.

– Opatruje pan wszystkich, prawda?

– W granicach rozsądku, ale...

– Ten tutaj to Niewymowny – oświadczył Vimes. – Próbował mnie zabić. Potrzebuje lekarstwa.

– A czemu jest nieprzytomny? – spytał lekarz. Miał na sobie długi gumowy fartuch i gumowe buty.

– Nie chciał wziąć lekarstwa.

Lawn westchnął. Ręką, w której trzymał mopa, wskazał Vimesowi wewnętrzne drzwi.

– Niech pan go wniesie od razu do gabinetu. Niestety, w tej chwili sprzątam poczekalnię po panu Salciferousie.

– Czemu? Co zrobił?

– Pękł.

Naturalna ciekawość Vimesa nagle przestała go nękać. Wniósł ciało do wewnętrznego sanktuarium Lawna. Wyglądało inaczej, niż je zapamiętał z poprzedniej wizyty, ale wtedy ledwie był zdolny zauważać szczegóły. Stał tutaj stół, warsztat, a wzdłuż jednej ze ścian ciągnęły się półki zastawione butelkami. Żadne dwie nie były tego samego rozmiaru. W jednej czy dwóch coś pływało.

Na drugiej ścianie wisiały instrumenty.

– Kiedy umrę – odezwał się Lawn, oglądając pacjenta – zamierzam polecić, żeby na moim nagrobku umocować dzwonek. Z wielką rozkoszą nie będę wstawał, kiedy ktoś zadzwoni. Niech pan go tu położy. Wygląda mi to na poważny wstrząs.

– To skutek uderzenia przeze mnie – wyjaśnił uczynnie Vimes.

– I to pan złamał mu rękę?

– Zgadza się.

– Czyściutka robota. Łatwo nastawić i zagipsować. Coś się stało?

Vimes wpatrywał się w instrumenty.

– Używa pan wszystkich? – zapytał.

– Tak. Chociaż niektóre są eksperymentalne. – Lawn zajął się leżącym na stole.

– Nie ścierpiałbym chyba, gdyby użył pan czegoś takiego na mnie. – Vimes podniósł dziwne narzędzie, podobne do związanych sznureczkiem dwóch małych łopatek.

– Sierżancie, to narzędzie w żadnych okolicznościach nie nadaje się do użycia na panu. To instrument... kobiecej natury.

– Dla szwaczek? – domyślił się Vimes, pospiesznie odkładając szczypce.

– To? Nie, obecnie królowe nocy chlubią się, że nigdy czegoś takiego nie potrzebują. Moja praca z nimi jest natury, powiedzmy, prewencyjnej.

– Uczy je pan używać naparstków i tego typu rzeczy?

– Tak. Zadziwiające, jak daleko można pociągnąć metaforę, prawda?

Vimes znowu dotknął łopatek. Budziły niepokój.

– Jest pan żonaty, sierżancie? – zapytał Lawn. – Rosie miała rację?

– Tak. Jednak moja żona przebywa... gdzie indziej. – Znowu chwycił instrument i natychmiast upuścił go z brzękiem.

– No cóż, zawsze warto zdawać sobie sprawę, że poród nie wygląda jak łuskanie grochu.

– Mam wściekle wielką nadzieję, że nie!

– Co prawda muszę zaznaczyć, że akuszerki rzadko się do mnie zwracają. Mówią, że mężczyźni nie powinni grzebać tam, gdzie nie jest ich miejsce. Równie dobrze moglibyśmy nadal żyć w jaskiniach. – Doktor Lawn przyjrzał się pacjentowi. – Jak mawiał filozof Sceptum, twórca mojej profesji: czy ktoś mi za to zapłaci?

Vimes zbadał sakiewkę u pasa nieprzytomnego.

– Sześć dolarów wystarczy? – spytał.

– Dlaczego Niewymowni mieliby pana napadać, sierżancie? Jest pan policjantem.

– Ja tak, ale oni nie. Nie wie pan o nich?

– Opatrywałem czasem ich gości, owszem – przyznał Lawn, a Vimes zauważył jego czujność. W tym mieście nie warto było wiedzieć zbyt wiele. – Osoby z dziwnymi zwichnięciami, oparzeniami od gorącego wosku... takie sprawy.

– No więc miałem wczoraj w nocy drobną dyskusję z kapitanem Swingiem – wyjaśnił Vimes. – Co prawda zachowywał się w tej kwestii uprzejmie jak demony, ale postawię swoje buty, że wiedział o wyprawie na mnie tego gościa i jego kolegi. To jego styl. Pewnie chciał się przekonać, co zrobię.

– Nie on jedyny się panem interesuje – oświadczył Lawn. – Dostałem wiadomość, że Rosie Palm chce się z panem zobaczyć. To znaczy zakładam, że chodziło jej o pana. Użyła określenia „ten niewdzięczny sukinsyn".

– Chyba jestem jej winien jakieś pieniądze... ale nie mam pojęcia ile.

– Mnie proszę nie pytać. – Lawn wygładził dłonią gips. – Zwykle z góry wyznacza cenę.

– Chodziło mi o znaleźne, czy jak to nazwać!

– Tak, wiem. Ale niestety, nie potrafię pomóc.

Przez chwilę Vimes przyglądał się, jak lekarz pracuje.

– Wie pan coś o pannie Battye? – zapytał.

– Tej szwaczce? Jest tu od niedawna.

– Naprawdę jest szwaczką?

– Dla większej precyzji nazwijmy ją krawcową – rzekł doktor Lawn. – Jak rozumiem, usłyszała, że w wielkim mieście jest dużo pracy dla szwaczek, i przeżyła jedno czy dwa zabawne nieporozumienia, zanim ktoś jej wytłumaczył, o co chodzi. Jedno z nich, w zeszłym tygodniu, wymagało potem ode mnie usunięcia szydełka z ucha pewnego mężczyzny. Teraz po prostu trzyma się razem z pozostałymi dziewczętami.

– Dlaczego? – zdziwił się Vimes.

– Bo zarabia fortunę. Dlatego. Nie przyszło panu do głowy, sierżancie, że czasami ludzie chodzą na przykład do salonu masażu, szukając prawdziwego masażu? W całym mieście mieszkają damy mające na drzwiach dyskretne tabliczki „Naprawa spodni na poczekaniu" czy coś w tym stylu, a niewielka, ale znacząca liczba mężczyzn popełnia ten sam błąd co Sandra. Wielu pracuje w mieście, a żony zostawiają w domu. I czasem, rozumie pan, mężczyznę ogarnia takie... pożądanie. Choćby żądza skarpetki bez dziur albo koszuli mającej więcej niż jeden guzik. Owe damy przekazują Sandrze klientów. Jak się zdaje, w tym mieście naprawdę trudno znaleźć dobrą krawcową. Nie lubią być mylone z... no, ze szwaczkami.

– Zastanawiałem się tylko, dlaczego włóczy się po ulicach po godzinie strażniczej z wielkim koszem narzędzi do szycia.

Lawn wzruszył ramionami.

– Nie mam pojęcia. No dobrze, skończyłem z tym dżentelmenem. Lepiej by było, gdyby przez jakiś czas poleżał nieruchomo. – Wskazał rząd butelek za plecami. – A jak długo chciałby pan, żeby leżał nieruchomo?

– Potrafi pan to zrobić?

– O tak. Nie jest to działanie praktykowane w Ankh-Morpork, ale że praktyka medyczna w Ankh-Morpork polegałaby na walnięciu go w głowę drewnianym młotkiem, i tak na tym wygra.

– Nie, chodziło mi o to, że lekarze nie powinni robić ludziom krzywdy, prawda?

– Jedynie w wyniku normalnej niekompetencji. Ale nie przeszkadza mi posłanie go na kolejne dwadzieścia minut do krainy snów. Oczywiście jeśli chce pan przyłożyć mu młotkiem, nie mogę pana powstrzymać. Ostatni gość Swinga, jakiego tu opatrywałem, miał kilka palców sterczących w całkiem niewłaściwych kierunkach. Więc jeśli ma pan chęć dołożyć mu parę razy na szczęście, mogę wskazać kilka czułych punktów...

– Nie, dziękuję. Zawlokę go tylko z powrotem i zostawię.

– To wszystko?

– Nie. Potem... podpiszę mu się na tym gipsie. Wielkimi literami, które się nie zetrą. Niech zobaczy moje nazwisko, jak tylko się obudzi.

– To właśnie nazywam czułym punktem – stwierdził Lawn. – Jest pan ciekawym człowiekiem, sierżancie. Tworzy pan sobie wrogów jak prawdziwy fachowiec.

– Nigdy nie interesowałem się krawiectwem – powiedział Vimes, zarzucając sobie rannego na ramię. – Ale co może nosić krawcowa w koszu z przyborami? Jak pan sądzi?

– Och, nie wiem. Igły, nici, nożyczki, wełnę... i takie podobne.

– Czyli raczej nic bardzo ciężkiego?

– Chyba nie. Czemu pan pyta?

– Bez powodu. – Vimes zanotował wszystko w pamięci. – Coś mi wpadło do głowy. Ale teraz odniosę naszego przyjaciela, póki mogę jeszcze ukryć się we mgle.

– Świetnie. Kiedy pan wróci, zrobię śniadanie. Mam wątróbkę. Cielęcą.

Bestia pamięta. Tym razem Vimes spał mocno.

Zawsze łatwiej mu się spało w dzień. Dwadzieścia pięć lat nocnej służby wyryło nocne bruzdy w jego mózgu. Ciemność była jakoś łatwiejsza. Umiał stać nieruchomo – talent dostępny tylko nielicznym – i wiedział, jak się wtapiać w cienie. Jak pełnić straż i widzieć, nie będąc widzianym.

Pamiętał Złapkatiusza Swinga. Wiele z tego stało się historią. Rewolta wydarzyłaby się ze Swingiem albo bez niego, ale był on, jak się okazało, czubkiem wrzodu.

Wykształcił się w Gildii Skrytobójców i nigdy nie powinno się go przyjmować do straży. Jak na gliniarza miał za dużo rozumu. A w każdym razie za dużo niewłaściwej odmiany rozumu. Ale swoimi teoriami zrobił na Winderze wrażenie, więc wzięli go na sierżanta, a potem natychmiast awansowali na kapitana. Vimes nie miał pojęcia dlaczego, lecz prawdopodobnie inni funkcjonariusze czuli się urażeni, widząc tak znakomitego dżentelmena polerującego krawężniki razem z tępakami. Poza tym miał słabe płuca czy coś w tym rodzaju.

Vimes nie był przeciwnikiem intelektu. Każdy, kto miał dość rozumu, by obsłużyć klamkę, mógł za dawnych dni być prawdziwym postrachem ulic, ale żeby dojść powyżej sierżanta, człowiek potrzebował worka chytrości, przebiegłości i ulicznego sprytu, które w marnym oświetleniu mogły ujść za „inteligencję".

Swing jednak zaczął od złej strony. Nie rozglądał się, nie obserwował i nie uczył, by w końcu powiedzieć: „Tacy są ludzie. Jak sobie z tym radzić?". Nie. On usiadł i pomyślał: „Tacy powinni być ludzie. Jak ich zmienić?". Co jest myślą całkiem dobrą dla kapłana, ale nie dla policjanta, ponieważ cierpliwy, pedantyczny system działania Swinga postawił całą policyjną robotę na głowie.

Na początek pojawiło się Prawo o Broni. Broni użyto w tak wielu przestępstwach, że – jak rozumował Swing – zmniejszenie ilości broni musi zmniejszyć skalę przestępczości.

Vimes zastanawiał się, czy Swing, kiedy coś takiego mu się przyśniło, usiadł w środku nocy na łóżku i sam się wyściskał. Skonfiskować całą broń, a zmniejszy się przestępczość... To miało sens. I pewnie by się nawet udało, gdyby tylko w mieście pracowało więcej gliniarzy – powiedzmy, że trzech na każdego obywatela.

Zadziwiające, ale naprawdę zdano sporo broni. Błąd jednak w tym rozumowaniu, który jakoś całkiem Swingowi umknął, był taki: przestępcy nie przestrzegają prawa. To właściwie zasadnicza kwalifikacja w tym fachu. Nie są też szczególnie zainteresowani, by ulice były bezpieczniejsze dla kogokolwiek prócz nich samych. Nie mogli więc uwierzyć w swoje szczęście. To jakby codziennie wypadało Strzeżenie Wiedźm.

Niektórzy obywatele wyznawali nierozsądny pogląd, że coś tu mocno nie pasuje, jeśli tylko niedobrzy ludzie mają broń. I ci obywatele licznie trafiali do aresztu. Przeciętny glina, który o jeden raz za wiele oberwał kopniaka w worek, przejawia zrozumiałą tendencję do zatrzymywania osób, które nie dźgną go nożem – zwłaszcza jeśli przy tym trochę zadzierają nosa i noszą ubrania, na jakie ów glina nie może sobie pozwolić. Liczba aresztowań poszła ostro w górę, a Swing był z tego bardzo zadowolony.

Trzeba przyznać, że część z tych aresztowań dotyczyła noszenia broni po zmroku, ale całkiem sporo także czynnej napaści na funkcjonariusza straży przez rozgniewanego obywatela. Był to Atak na Urzędnika Miejskiego, zbrodnia haniebna i podła, a jako taka – o wiele ważniejsza od wszystkich kradzieży, które działy się bez przerwy.

Nie chodzi o to, że Ankh-Morpork było miastem bezprawia. Miało bardzo wiele praw. Po prostu nie dawało możliwości, by ich nie łamać. Swing jakoś nie przyswoił idei, że celem systemu jest wyłapywanie przestępców, po czym w jakiś zgrubny i prosty sposób przekształcanie ich w uczciwych obywateli. Zamiast tego system przerabiał uczciwych obywateli na przestępców. A straż, jeśli się chwilę zastanowić, w jeszcze jedną bandę.

I kiedy tygiel zaczynał już wrzeć, Swing wymyślił kraniometrię.

Źli gliniarze zawsze mieli swoje metody wykrywania, czy ktoś jest winien. Za dawnych czasów – ha... to znaczy teraz – metody te obejmowały zgniatacze kciuków, młotki, małe zaostrzone kawałki drewna oraz, oczywiście, typową szufladę biurka, zawsze prawdziwy dar dla policjanta, który się spieszy. Swing tego nie potrzebował. Umiał powiedzieć, czy ktoś jest winien, badając jego brwi.

Mierzył ludzi. Używał cyrkla i metalowej linijki. Spokojnie zapisywał wyniki, dokonywał pewnych obliczeń, takich jak podzielenie długości nosa przez obwód głowy, a potem pomnożenie wyniku przez odstęp między oczami. I dzięki takim liczbom potrafił nieomylnie stwierdzić, że ktoś jest przebiegłym i kłamliwym urodzonym kryminalistą. A kiedy ów ktoś spędził dwadzieścia minut w towarzystwie jego podwładnych i ich nie tak wyrafinowanych narzędzi badawczych, okazywało się – zadziwiające – że Swing miał rację.

Każdy jest czemuś winny. Vimes wiedział o tym. Każdy policjant to wie. Na tym opiera się autorytet – każdy człowiek się obawia, że policjant zobaczy wypisane na jego czole jakieś mroczne sekrety. Nie mógł zobaczyć, oczywiście. Ale też nie powinien wlec ludzi z ulicy do cel i miażdżyć im palców młotkiem, dopóki mu tych sekretów nie zdradzą.

Swing pewnie skończyłby z twarzą w rynsztoku w jakimś zaułku, gdyby Winder nie uznał go za użyteczne narzędzie. Nikt tak jak Swing nie umiał wywąchiwać spisków. Dlatego też skończył jako dowódca Niewymownych, a w porównaniu z większością z nich sierżant Stuk wyglądał jak Dobry Glina Miesiąca. Vimes zawsze się zastanawiał, jak Swing potrafi ich kontrolować, ale może to dlatego, że ci bandyci jakimś zwierzęcym instynktem rozpoznawali umysł, który dotarł do bandytyzmu okrężną drogą i w imię rozumu potrafił wymyślić takie okropności, o jakich szaleństwo może jedynie śnić.

Życie w przeszłości nie jest łatwe. Nie można nikomu przyłożyć za to, co zrobi dopiero kiedyś, ani za to, o czym świat dowie się później. I nie można ludzi ostrzec. Nie wiadomo, co może zmienić przyszłość, ale jeśli Vimes dobrze wszystko zrozumiał, historia ma tendencję powracania do dawnych kolein. Można zmienić tylko coś na krawędziach, jakieś drobne szczegóły. Nic nie da się zrobić w sprawach wielkich. Bez musi zakwitnąć. Rewolucja musi wybuchnąć.

No… coś w rodzaju rewolucji. Prawdę mówiąc, nie istniało dla niej właściwe określenie. Istniała Ludowa Republika Ulicy Kopalni Melasy (Prawda! Sprawiedliwość! Wolność! Miłość w Przystępnych Cenach! I Jajko na Twardo!), przetrwała całe długie kilka godzin – jak niezwykła świeca, która płonęła zbyt krótko i zgasła jak fajerwerk. Było też oczyszczenie domu cierpienia, było…

Zresztą... Trzeba wykonywać robotę, którą ma się przed sobą, jak zawsze policjanci bez wyobraźni.

Wstał koło pierwszej po południu. Lawn siedział w swoim gabinecie i robił coś, co skutkowało czyimiś głośnymi jękami. Vimes zastukał do drzwi.

Po chwili uchyliły się odrobinę. Lawn miał maskę na twarzy i trzymał w ręku bardzo długie szczypce.

– Tak?

– Wychodzę – poinformował Vimes. – Jakieś kłopoty?

– Niezbyt poważne. Ślizgacz Harris miał w nocy pecha przy kartach, to wszystko. Zagrał asem.

– To jest pechowa karta?

– Jest, o ile Duży Tony wie, że mu jej nie rozdał. Ale zaraz ją usunę. Jeśli ma pan zamiar dzisiaj kogoś uszkodzić, niech pan to zrobi, zanim położę się spać, dobrze? Będę wdzięczny.

Lawn zamknął drzwi.

Vimes skinął w stronę drewnianych desek i wyszedł na ulicę, by rozprostować nogi i znaleźć coś do zjedzenia. To coś czekało na niego na tacy, zawieszonej na szyi pewnego człowieka.

Całkiem młodego człowieka, trzeba przyznać. Miał jednak wyraz twarzy szczura, który się spodziewa, że zaraz za zakrętem czeka na niego ser. I który spodziewał się sera za poprzednim zakrętem, i jeszcze poprzednim... A chociaż świat okazywał się jak dotąd pełen zakrętów, ale całkiem pozbawiony sera, szczur był jednak absolutnie przekonany, że tuż za najbliższym zakrętem ser właśnie na niego czeka.

Vimes patrzył. Ale właściwie czemu się dziwił? Odkąd pamiętał, w tym mieście zawsze był ktoś, kto sprzedawał mocno podejrzane i chemicznie regenerowane produkty wieprzowe. Sprzedawca był znajomy. Tyle że... młodszy.

Rozpromienił się na widok obcej twarzy. Lubił spotykać ludzi, którzy nie kosztowali jeszcze jego pasztecików.

– Witam, sierżancie... Zaraz, co znaczy ta mała korona?

– Sierżant sztabowy – wyjaśnił Vimes. – Taki sierżant ze wszystkimi dodatkami.

– No więc, sierżancie, czy mógłbym pana zainteresować tą wyjątkową kiełbaską w bułce? Gwarantuję, że bez szczurów. Produkt w stu procentach organiczny. Wieprzowina dokładnie ogolona przed mieleniem.

Czemu nie, pomyślał Vimes. Jego żołądek, wątroba, nerki i jelita na całej długości natychmiast dostarczyły mu powodów, ale mimo to sięgnął do kieszeni po drobne.

– Ile płacę, panie... ehm... – Powstrzymał się w ostatniej chwili i demonstracyjnie spojrzał na wypisane z przodu tacy nazwisko. – Panie Dibbler?

– Cztery pensy, sierżancie.

– I pewnie gardło pan sobie podrzyna, co? – zażartował Vimes.

– Słucham? – zdziwił się Dibbler.

– Mówię, że z taką ceną to jakby pan sobie gardło podrzynał.

– Podrzynam sobie...?

– Gardło – podpowiedział z desperacją Vimes.

– Hm... – Dibbler się zastanowił. – Tak. Zgadza się. Tak robię. Szczera prawda, nie ma co. Więc zje pan coś?

– Zauważyłem, że na tacy jest „Przedsiębiorstwa Dibblera, Rok zał.". Czy nie powinno być napisane, kiedy zostały założone?

– Powinno? – Dibbler zerknął na tacę.

– Jak długo prowadzi pan interes? – spytał Vimes, wybierając paszteciki.

– Pomyślmy... Jaki mamy rok?

– Eee... Chyba Tańczącego Psa.

– W takim razie od wtorku – stwierdził Dibbler. I rozpromienił się. – Ale to dopiero początek, drogi panie. Tylko żeby zebrać fundusze. Za rok czy dwa będę w tym mieście ważnym człowiekiem.

– Wierzę panu. Naprawdę wierzę.

Vimes odszedł powoli, a Dibbler znów popatrzył na swoją tacę.

– Gardło sobie podrzynam, gardło sobie podrzynam... – mruczał cicho. Brzmienie tych słów wyraźnie mu się podobało. Ale po chwili skupił uwagę na zawartości tacy i zbladł. – Sierżancie! – wykrzyknął. – Proszę tego nie jeść!

Kilka kroków dalej Vimes znieruchomiał z pasztecikiem w połowie drogi do ust.

– A co z nim jest nie tak? – zdziwił się. – Och, przepraszam. Chciałem zapytać, co z nim jest jakoś wyjątkowo nie tak?

– Nic! To znaczy... te są lepsze.

Vimes zaryzykował spojrzenie na tacę. Jego zdaniem wszystkie paszteciki były zupełnie takie same. Paszteciki Dibblera często wyglądały apetycznie. Na tym polegał ich jedyny urok.

– Nie dostrzegam żadnej różnicy – oświadczył.

– Ależ jest różnica – zapewnił go Dibbler. Krople potu wystąpiły mu na czoło. – Widzi pan? Na tym, który pan wziął, jest taki rządek świnek z ciasta. A na pozostałych są kiełbaski. Nie chciałbym, żeby pan pomyślał, no wie pan, że biorę pana za świnię czy coś... Więc jeśli go pan odda, chętnie poczęstuję pana, eee, innym, ten nie jest dobry, to znaczy jest, ale tego... ze świnią i w ogóle...

Vimes spojrzał mu prosto w oczy. Dibbler musiał się jeszcze nauczyć tego czystego, niewinnego spojrzenia, jakie pojawiło się po trzydziestu latach handlu czysto organicznymi produktami spożywczymi.

I teraz patrzył ze zgrozą, jak klient nadgryza pasztecik.

Pasztecik zawierał w sobie wszystko, czego Vimes się spodziewał, i nic, co potrafiłby zidentyfikować.

– Mniam – rzekł.

I z niejakim skupieniem, wpatrując się w nieszczęsnego sprzedawcę, zjadł pasztecik do końca.

– Całkiem możliwe, że nikt inny nie robi takich pasztecików, panie Dibbler – oświadczył i oblizał palce na wypadek, gdyby później chciał może uścisnąć komuś dłoń.

– Zjadł pan całego?

– A to źle?

Ulga unosiła się nad Dibblerem jak dym nad świeżym drewnem.

– Co? Nie! Znakomicie! Doskonale! Może jeszcze jednego, na drugą nogę? Za pół ceny?

– Nie, nie. Jeden wystarczy aż nadto. – Vimes się cofnął.

– Nie zostawił pan ani kawałka? – upewnił się Dibbler.

– To chyba dobrze, nie?

– Oczywiście. Pewno. Jasna sprawa.

– Muszę już iść – oświadczył Vimes. – Z przyjemnością znowu pana spotkam, kiedy będę miał mniejszy apetyt.

Odszedł tak daleko, by zniknąć z pola widzenia, po czym kilka razy przypadkowo skręcił w sieci zaułków. Wreszcie stanął w cieniu bramy i wsunął palec do ust, by wydobyć kawałek pasztecika zaskakująco trudny do przeżucia, nawet według pasztecikowych standardów.

Zwykle, kiedy w Słynnych Dibblerowych Pasztecikach trafiało się coś nietypowo twardego czy chrupkiego, sztuczka polegała na tym, żeby albo przełknąć to w całości i mieć nadzieję na szczęśliwe zakończenie, albo wypluć z zamkniętymi oczami. Tym razem jednak Vimes sięgnął między dziąsło a policzek, po czym wydobył złożony kawałek papieru, poplamiony niezidentyfikowanymi sokami.

Rozwinął go. Wypisane ołówkiem litery – rozmazane, ale ciągle czytelne – głosiły: *Ul. Morficzna, godz. 9 dziś wieczorem. Hasło: ryba miecz.*

Ryba miecz? Każde hasło brzmiało „ryba miecz"! Kiedy tylko ktoś próbował wymyślić słowo, jakiego nikt inny nie odgadnie, zawsze wpadał na rybę miecz. Był to jeden z tych dziwacznych kaprysów ludzkiego umysłu.

Ale to przynajmniej wyjaśniało zdenerwowanie Dibblera. Spisek. Kolejny nieszczęsny spisek w mieście rojącym się od spisków. Czy w ogóle powinien coś wiedzieć o spiskach? Zresztą o tym akurat wiedział. Ulica Morficzna. Słynny Spisek z Morficznej. Ha.

Wcisnął zatłuszczony świstek do kieszeni i zawahał się.

Ktoś zachowywał się bardzo cicho. Nałożona na hałasy dalekiej ulicy tkwiła jakby mielizna dźwięku, wypełniona powolnym oddechem. Vimesowi włosy na karku zaczęły się jeżyć.

Ostrożnie wyjął z tylnej kieszeni pałkę.

Jakie miał możliwości? Był gliną, a ktoś się do niego podkradał. Jeśli nie był gliną, to źle robił (ponieważ Vimes był gliną). Jeśli także był gliną, to należał do oddziału Swinga, a to także źle (ponieważ Vimes był lepszym gliną niż oni, podobnie zresztą jak obiekty spływające rynsztokiem). A zatem szybkie zanurzenie tego kogoś w sadzawce ciemności nie miało żadnych widocznych wad.

Z drugiej strony złodzieje, skrytobójcy i ludzie Swinga niewątpliwie często podkradali się do innych i zapewne całkiem dobrze opanowali tę umiejętność. Tymczasem osoba, która śledziła Vimesa, trzymała się tak blisko muru, że niemal słychać było szuranie. To znaczy, że prawdopodobnie była kimś całkiem zwyczajnym, komu ciążyła jakaś myśl. Nie miał ochoty z błahych powodów dodawać do tego ciężaru kilku uncji ołowianych kulek (ponieważ nie był tego rodzaju gliną).

Zdecydował się na wejście do zaułka i powiedzenie:

– Tak?

Chłopiec popatrzył na niego. To musiał być chłopiec. Natura nie byłaby aż tak okrutna, by coś takiego zrobić dziewczynce. Żaden pojedynczy jego rys nie był bardziej niż znośnie brzydki, ale kombinacja stanowiła więcej niż tylko sumę części. Dochodził jeszcze zapach. Nie to, że jakoś paskudny, ale po prostu nie całkiem ludzki. Było w nim coś dzikiego.

– Ehm... – odezwał się. – Słuchaj no, szefie. Powiesz mi, gdzie idziesz, a ja przestanę za tobą łazić. Stoi? To wyjdzie tylko pensa, szefie; cena specjalna. Niektórzy płacą o wiele więcej, żebym za nimi nie łaził.

Vimes nadal patrzył. Stworzenie nosiło za wielką wieczorową marynarkę, błyszczącą od brudu i zielonkawą od wieku, oraz cylinder, na który musiał kiedyś nadepnąć koń. Ale fragmenty widoczne między nimi wydawały się niestety znajome.

– Och, nie... – jęknął. – Nie, nie, nie...

– Dobrze się czujesz, szefie?

– Nie, nie, nie... Na bogów, to musiało się zdarzyć, no tak...

– Mam iść i sprowadzić Mossy'ego, szefie?

Vimes oskarżycielsko wyciągnął palec.

– Jesteś Nobby Nobbs, tak?

Urwis się cofnął.

– Możliwe. A co? To jakaś zbrodnia?

Odwrócił się i rzucił do ucieczki, ale dłoń Vimesa opadła mu ciężko na ramię.

– Niektórzy tak sądzą. Jesteś Nobby Nobbs, syn Maisie Nobbs i Sconnera Nobbsa?

– Zapewne, zapewne! Ale nic nie zrobiłem, szefie!

Vimes schylił się i spojrzał w oczy wyglądające na świat spod maski brudu.

– A co powiesz na rwanie słomianek, sypanie dzwonków, ściąganie witek, świstanie kurków i wianie draki?

Nobby ze szczerym zdziwieniem zmarszczył brwi.

– Co to jest ściąganie witek? – zapytał.

Vimes rzucił mu podobne spojrzenie. Uliczna gwara mocno się zmieniła przez trzydzieści lat.

– To kradzież drobnostek... niewielkich przedmiotów. A nie?

– Nie, nie, szefie. To wychwianie fantów. – Nobby odprężył się. – Ale nieźle sobie radzisz jak na nowego. Co to jest olej aniołów?

Pamięć odsłoniła kartę.

– Łapówka – odparł Vimes.

– A ściemniak? – Nobby wyszczerzył zęby.

– Łatwe. Może być żebrak, a może przystojny mężczyzna.

– Dobra. Ale założę się, szefie, że byś nie umiał zapchlić szkapy.

I znowu z zakurzonych zakątków wysunęły się wspomnienia. To akurat trzymało się mocno.

– Coś takiego... I ty to wiesz? Przykre u kogoś tak młodego. To jest wtedy, kiedy sprzedajesz zajeżdżonego konia, ale chcesz, żeby trochę brykał przed kupującymi, więc bierzesz trochę świeżego, surowego, ostrego imbiru, podnosisz mu ogon i wciskasz ten imbir...

– Ożeż... – To Nobby'emu zaimponowało. – Wszyscy mówią, że szybko się uczysz, szefie. Szczera prawda. Jakbyś się tu urodził.

– Dlaczego za mną chodzisz, Nobby Nobbsie? – spytał Vimes.

Urwis wyciągnął brudną dłoń. Pewne elementy języka ulicy nigdy się nie zmieniają.

Vimes rzucił mu sześciopensówkę. Błyszczała na dłoni Nobby'ego niczym brylant w uchu kominiarza.

– Jest wśród nich dama – oświadczył chłopak z uśmiechem. Dłoń pozostała wyciągnięta.

– To, co ci dałem przed chwilą, to było sześć pensów, do demona – warknął Vimes.

– Tak, ale muszę myśleć o...

Vimes chwycił Nobby'ego za klapy brudnej marynarki i uniósł w powietrze. Pewnym wstrząsem okazało się odkrycie, że chłopak prawie nic nie waży.

Uliczny urwis, pomyślał. Żyje na obrzeżu – jak na brzegu morza: kolczasty, lepki i lekko cuchnący gnijącymi wodorostami. Są ich tu setki, wyrywających z marginesów środki do życia, a o ile pamiętam, Nobby był jednym z najsprytniejszych. I tak godnych zaufania jak czekoladowy młotek. Ale to nie szkodzi. Są sposoby, jak sobie z takimi radzić.

– Ile by kosztowało, żebyś pracował dla mnie? – zapytał. – Przez cały czas?

– Muszę pamiętać o swoich klientach... – zaczął chłopak.

– Owszem, ale to ja trzymam cię w górze jedną ręką. Prawda?

Nobby rozważył swoje położenie, z za dużymi butami dyndającymi o stopę nad ziemią.

– Cały czas?

– Tak.

– Eee... Za coś takiego musiałbym codziennie oglądać jego lordowską mość.

– Dolara? Próbuj dalej.

– No to... pół dolara?

– Nie ma szans. Dolara tygodniowo plus dodatkowo nie zmienię twojego życia w pasmo nieszczęść, a zapewniam cię, mój Nobby, że potrafię to zrobić na tak wiele drobnych sposobów...

Wciąż wisząc, Nobby próbował jakoś się w tym zorientować.

– Czyli... byłbym takim jak gdyby gliną, tak? – zapytał, uśmiechając się chytrze.

– Tak jakby.

– Pierwszy Podejrzany mówi, że dobrze jest być gliną, bo można zwijać towar i nikt człowieka nie wykryje.

– Ma rację – przyznał Vimes.

– I jeszcze mówi, że jak ktoś cię wkurzy, możesz mu przywalić i wrzucić na Tanty – ciągnął Nobby. – Jak urosnę, chciałbym zostać gliną.

– Kto to jest Pierwszy Podejrzany?

– Tak nasza mama nazywa Sconnera, naszego tatę. Ehm... Forsa z góry, tak? – dodał z nadzieją.

– A jak myślisz?

– Aha. No tak. Czyli nie.

– Brawo. Ale coś ci powiem... – Vimes opuścił Nobby'ego na ziemię. Lekki jak piórko, pomyślał. – Chodź ze mną, mały.

Ankh-Morpork było pełne mężczyzn żyjących na kwaterach. Każdy, kto miał wolny pokój, wynajmował go. A oprócz cerowania i łatania – co czyniło pannę Battye jedną z najlepiej zarabiających szwaczek w mieście – potrzebowali jeszcze czegoś, czego tradycyjnie dostarczały kobiety. Potrzebowali karmienia.

Nie brakowało więc szybkich jadłodajni. Do jednej z nich zmierzał teraz Vimes. Podawano tam proste jedzenie dla prostych ludzi. Nie miały menu. Człowiek brał, co przed nim postawili, zjadał szybko i był zadowolony, że to dostał. Czy smakowało? A kto by się tym przejmował! Dania miały nazwy typu gulasz, gotowane węgorze, potrawka na sucharach, mokre nelli, opadek, billy z melasą... – solidne potrawy, które trzymały się żeber i po których trudno było wstać z krzesła. Zwykle zawierały sporo rzepy, nawet jeśli nie powinny.

Wlokąc za sobą Nobby'ego, Vimes przecisnął się do kontuaru. Na desce wypisano kredą „Ile Potrafisz Zjeść w Dziesięć Minut – 10 p".

Tęga kobieta z obnażonymi ramionami stała za ladą przy kociołku, gdzie w szarej mazi pływały nierozpoznawalne składniki. Przyjrzała mu się badawczo i zerknęła na jego rękaw.

– Co mogę dla pana zrobić, sierżancie? – spytała. – A co się stało z sierżantem Stukiem?

– Często tu bywa, prawda? – odgadł Vimes.

– Na obiad i na kolację.

Jej mina mówiła wszystko: bierze dokładki i nigdy nie płaci.

Vimes podniósł Nobby'ego.

– Widzi go pani?

– To małpka? – zdziwiła się kobieta.

– Ha, ha, ha, bardzo śmieszne – stęknął Nobby, gdy Vimes znów go postawił.

– Będzie tu przychodził raz dziennie na jeden solidny posiłek. Tyle, ile potrafi zjeść za dziesięć pensów.

– Tak? A kto zapłaci, jeśli wolno spytać?

– Ja. – Vimes położył na ladzie pół dolara. – To za pięć dni z góry. Co dziś pani poleca? Gulasz? Od tego wyrosną mu włosy na piersi, kiedy już będzie miał pierś. Proszę mu podać pełną miskę. Może pani stracić na tym interesie.

Pchnął Nobby'ego na ławę, postawił przed nim miskę z czymś tłustym, a sam usiadł naprzeciwko.

– Powiedziałeś, że dama – rzekł. – Nie próbuj mnie wykiwać, Nobby.

– Muszę się tym dzielić, sierżancie? – Nobby sięgnął po drewnianą łyżkę.

– Wszystko dla ciebie. Pilnuj, żeby nie zostawić ani odrobiny. Później może czeka cię próba – odparł Vimes. – Kobieta, mówiłeś.

– Lady Meserole, sierżancie – oświadczył niewyraźnie Nobby z ustami pełnymi jarzyn i sosu. – Elegancka dama. Wszyscy nazywają ją madame. Parę miesięcy temu przyjechała z Genoi.

– A kiedy cię wynajęła?

– Dziś rano, sierżancie.

– Co? Po prostu zatrzymała cię na ulicy?

– Ehm... Mam z nią taką ogólną umowę, sierżancie.

Vimes spojrzał groźnie. To było lepsze niż słowa. Nobby zaczął wiercić się niespokojnie.

– Bo chodzi o to, sierżancie, że ona... no, przyłapała mnie w zeszłym miesiącu, jak obrabiałem jej torebkę. Niech to piekło, sierżancie, ma cios jak kopnięcie muła! Kiedy już wróciłem do siebie, zaczęliśmy gadać i ona powiedziała, że taki bystry chłopak jak ja może się przydać jako takie niby ucho na ulicy.

Vimes nadal patrzył groźnie, ale zrobiło to na nim wrażenie. Młody Nobby był utalentowanym kieszonkowcem. Każdy, kto przyłapał go na gorącym uczynku, musiał być naprawdę szybki. Podkręcił więc srogość spojrzenia.

– No dobra, sierżancie... Powiedziała, że odda mnie Dziennej Straży, jeśli się nie zgodzę – ustąpił Nobby. – A jeśli jakiś wysoko urodzony złoży skargę, to człowiek od razu trafia na Tanty.

To smutna rzeczywistość. Znowu prywatne prawa.

– Nie chcę siedzieć na Tantach, sierżancie. Tam jest Sconner.

A Sconner łamał ci ręce, przypomniał sobie Vimes.

– No więc czemu ta elegancka dama się mną interesuje, Nobby? – zapytał na głos.

– Proszę nie pytać. Opowiedziałem jej, sierżancie, o tej więźniarce, o Niewymownych i całej reszcie. Stwierdziła, że brzmi to fascynująco. A Rosie Palm płaci mi nędznego pensa dziennie, żeby mieć pana na oku. Aha, i jeszcze kapral Snubbs z Kablowej daje pół pensa, żeby pana obserwować, ale co to dzisiaj jest pół pensa, więc dość rzadko pana dla niego obserwuję. No i młodszy kapral Coates. Od niego też dostaję pensa.

– Czemu?

– Nie wiem. Poprosił mnie dzisiaj rano. Taka pensowa robótka. – Nobby czknął potężnie. – Lepsze przy wyjściu niż przy wejściu, co, sierżancie? A dla pana, sierżancie, kogo mam pilnować?

– Mnie – oświadczył Vimes. – Jeśli zdołasz mnie umieścić w swoim napiętym planie zajęć.

– Chce pan, żebym za panem chodził?

– Nie. Masz mi tylko powtarzać, co ludzie o mnie mówią. Uważać, kto jeszcze mnie śledzi. Tak jakby pilnować mi pleców.

– Jasne!

– Dobrze. I jeszcze jedno, Nobby.

– Tak, sierżancie? – Nobby nadal pracował łyżką.

– Oddaj mój notes, moją chusteczkę i cztery pensy, które zwinąłeś mi z kieszeni.

Nobby, pryskając gulaszem, otworzył usta, by zaprotestować, ale zauważył błysk w oku Vimesa. Bez słowa wyjmował kolejne przedmioty z licznych i strasznych kieszeni.

– No i dobrze. – Vimes wstał. – Z pewnością nie muszę ci tłumaczyć, Nobby, co się stanie, jeśli znów spróbujesz ze mną tej starej sztuczki? Prawda, Nobby?

– Nie, sierżancie – zapewnił Nobby ze spuszczoną głową.

– Chcesz jeszcze dolewkę? Nie krępuj się. Ja muszę wracać do pracy.

– Może pan na mnie polegać, sierżancie!

To zabawne, uznał Vimes, kiedy wracał na posterunek, ale zapewne naprawdę mogę na nim polegać. Nobby ukradnie wszystko i oszuka każdego, ale nie jest złym chłopakiem. Można mu powierzyć własne życie, lecz tylko głupek powierzyłby mu dolara.

Od ulicznego handlarza kupił cienkie panatelle Pantweeda. Noszenie ich w zwykłym tekturowym pudełku wcale nie wydawało się właściwe.

Kiedy wszedł na posterunek, w głównej sali panował gwar. Strażnicy stali w małych grupkach. Sierżant Stuk zauważył Vimesa i podszedł.

– Nieprzyjemna sprawa, sir – powiedział z najlżejszą tylko sugestią uśmieszku. – W nocy mieliśmy włamanie.

– Naprawdę? – spytał Vimes. – Co ukradli?

– Nie mówiłem, że coś ukradli, sir – zauważył niewinnie sierżant.

– No nie, nie mówiliście – zgodził się Vimes. – To tylko ja pospiesznie wyciągnąłem coś, co nazywamy wnioskiem. Czy zatem cokolwiek ukradli, czy włamali się, żeby zostawić pudełko czekoladek i grzecznościowy koszyk owoców?

– Ukradli srebrny kałamarz kapitana – wyjaśnił Stuk, nieczuły na sarkazm. – I to była robota kogoś stąd, jeśli chce pan poznać moją opinię. Drzwi na górę były wyważone, ale zewnętrzne nie. To musiał zrobić strażnik!

Vimesa zaskoczyła okazana fachowość w dziedzinie analizy śladów.

– Coś podobnego? Strażnik i kradzież?

– Tak, straszna historia – odparł z przejęciem Stuk. – Zwłaszcza że wczoraj pokazał nam pan właściwą drogę, żeby być uczciwym i w ogóle. – Spojrzał ponad ramieniem Vimesa i krzyknął: – Baczność! Oficer obecny!

Tilden schodził po schodach. Zapadła cisza i słychać było tylko jego niepewne kroki.

– Jakieś wieści, sierżancie? – zapytał.

– Jak dotąd nic, sir – odpowiedział Stuk. – Mówiłem właśnie sierżantowi Keelowi, jaka straszna rzecz się wydarzyła.

– Wiecie, był grawerowany – wyznał żałośnie Tilden. – Wszyscy w regimencie złożyli się po tyle, na ile było ich stać. To naprawdę... smutne.

– Tylko prawdziwy sukinsyn mógłby ukraść coś takiego. Prawda, sierżancie? – rzucił Stuk.

– Zgadzam się całkowicie – odparł Vimes. – Widzę, że dobrze zorganizowaliście poszukiwania. Sprawdzaliście wszędzie?

– Wszędzie oprócz osobistych szafek. To nie jest coś, co robimy bez wahania, takie przetrząsanie czyichś szafek. Ale teraz wszyscy jesteśmy już obecni i jest kapitan Tilden, który dopilnuje, żeby wszystko odbyło się jak należy. Więc choć to nieprzyjemne, muszę pana prosić, kapitanie, o zgodę na przetrząśnięcie.

– Tak, tak, jeśli trzeba... – Tilden westchnął. – Po prawdzie to niehonorowo, wiecie.

– W takim razie uważam, sir, dla pokazania, że działamy uczciwie, najpierw powinniśmy przeszukać szafki sierżantów, czyli nasze. W ten sposób nikt nam nie zarzuci, że nie traktujemy sprawy poważnie.

– Dajcie spokój, sierżancie. – Tilden uśmiechnął się lekko. – Nie sądzę, żeby ktoś was podejrzewał.

– Nie, sir. Sprawiedliwość musi być. Damy dobry przykład, co, sierżancie Keel?

Vimes wzruszył ramionami. Stuk wyszczerzył zęby, wyciągnął pęk kluczy i skinął na młodszego kaprala Coatesa.

– Czyń honory, Ned – polecił rozpromieniony. – Ja pierwszy, naturalnie.

Drzwiczki stanęły otworem. Zawartość szafki Stuka stanowiła zwykły brudny bałagan, typowy dla wszystkich szafek we wszystkich szatniach. Z całą pewnością nie było tu srebrnego kałamarza. Gdyby był, po jednym dniu by poczerniał.

– Dziękuję. A teraz sierżant Keel, Ned.

Stuk wpatrywał się w Vimesa z przyjaznym uśmiechem, gdy policjant grzebał kluczem w zamku. Vimes odpowiadał mu spojrzeniem tak pozbawionym wyrazu, jak czysta tablica. Drzwiczki zaskrzypiały i otworzyły się.

– Och, jej... Co my tu mamy? – rzucił Stuk, nie zadając sobie nawet trudu, by popatrzeć.

– To worek, sierżancie – zameldował Coates. – A w środku jest coś ciężkiego.

– Coś takiego... – Stuk wciąż wpatrywał się w Vimesa. – Otwórz go, mój chłopcze. Delikatnie. Nie chcemy przecież niczego uszkodzić, prawda?

Zaszeleścił jutowy materiał.

– Eee... To połówka cegły, sierżancie – oznajmił Coates.

– Co?

– Pół cegły, sir.

– Zbieram na dom – wyjaśnił Vimes.

Jeden czy dwóch ludzi zachichotało cicho, ale ci bystrzejsi nagle wyglądali na zaniepokojonych.

Wiedzą, pomyślał Vimes. No cóż, chłopcy, witajcie w ruletce Vimesa. Zakręciliście kołem, a teraz musicie zgadywać, gdzie potoczy się kulka.

– Jesteś pewny? – Stuk zajrzał do otwartej szafki.

– Zwykły worek, sierżancie – zapewnił Ned. – A w środku połówka cegły.

– Jest tam ruchomy panel albo co? – dopytywał się zdesperowany Stuk.

– Jak to, sierżancie? W worku?

– No, to nasze szafki mamy załatwione. – Vimes zatarł ręce. – Kto następny, sierżancie Stuk?

Kulka się toczy, któż odgadnie, gdzie stanie, w którą dziurkę wpadnie...

– Wie pan, osobiście uważam, że kapitan ma rację. Nie wydaje mi się, żeby ktoś z naszych ludzi mógł... – zaczął Stuk i urwał.

Spojrzeniem Vimesa można by wbijać nity.

– Sądzę, sierżancie, że skoro już zaczęliśmy, należy dokończyć – stwierdził Tilden. – Tego wymaga uczciwość.

Vimes podszedł do Coatesa i wyciągnął rękę.

– Klucze – powiedział.

Coates rzucił mu niechętne spojrzenie.

– Klucze, młodszy kapralu – powtórzył Vimes.

Wziął je z dłoni Coatesa i stanął przed rzędem szafek.

– No dobrze – rzucił. – Zacznijmy od dobrze znanego arcyzbrodniarza, młodszego funkcjonariusza Vimesa...

Otwierały się jedne drzwiczki po drugich. Szafki, być może interesujące dla kogoś studiującego zapach niepranych ubrań oraz drobnych organizmów wyrastających na zapomnianych skarpetach, nie ujawniły jednak ani jednego srebrnego kałamarza.

Odkryto za to „Miłosne przygody Molly Klaper" w szafce kaprala Colona. Vimes patrzył na prymitywne ryciny jak na dawno zapomnianych przyjaciół. Pamiętał tę książkę; krążyła po posterunku przez lata. Jako młody człowiek wiele się nauczył z tych ilustracji, choć wiele z tego, czego się nauczył, okazało się później błędne.

Na szczęście kapitan Tilden niczego nie zauważył. Vimes wcisnął wybrudzoną książkę na półkę i zwrócił się do Colona, którego uszy płonęły czerwienią.

– Studiujesz teorię, Fred? Bardzo słusznie. Nauka wiedzie do perfekcji.

W końcu stanął przed szafką Coatesa. Strażnik wpatrywał się w niego jak jastrząb.

Podrapane drzwiczki skrzypnęły. Wszyscy z ciekawością wyciągnęli szyje. W szafce był plik starych notesów, jakieś cywilne ubranie i nieduży worek czegoś, co – wysypane na podłogę – okazało się brudnymi ciuchami do prania.

– Zaskoczony? – zapytał młodszy kapral.

Nawet w połowie nie tak jak ty, pomyślał Vimes.

Mrugnął do Coatesa i odwrócił się.

– Czy mogę zamienić z panem słówko w pańskim gabinecie, kapitanie?

– Tak, sierżancie, chyba tak. – Tilden rozejrzał się po sali. – O bogowie...

Vimes dał dowódcy chwilę, by wspiął się na schody, po czym ruszył za nim i taktownie zamknął za sobą drzwi gabinetu.

– Słucham, sierżancie? – Tilden osunął się na fotel.

– Czy szukał pan wszędzie, sir?

– Oczywiście, człowieku!

– Chodzi mi o to, sir, że może schował pan go do szuflady? A może do sejfu?

– Na pewno nie! Czasami zamykam go do sejfu w weekendy, ale... jestem pewien, że wczoraj tego nie zrobiłem.

Vimes dostrzegł subtelną niepewność. Wiedział, że źle postępuje. Tilden miał już prawie siedemdziesiąt lat, a w tym wieku człowiek uczy się traktować swoją pamięć jak tylko przybliżony przewodnik po wydarzeniach.

– Przekonałem się, sir, że kiedy człowiek zapracowany ma bardzo wiele pilnych spraw, czasami robi coś, co potem wypada mu z pamięci.

Wiem, że ja tak mam, dodał w myślach. Mogę położyć klucze od domu w pustym pokoju i nie znaleźć ich trzydzieści sekund później.

– Ostatnio wszyscy pracujemy w wielkim napięciu – dodał.

Wiedział, że Tilden często popołudniami zasypia i śpi, dopóki Ryjek nie zakaszle bardzo głośno pod drzwiami, zanim poda mu kakao.

– Tak, to prawda. – Tilden spojrzał na niego zdesperowany. – Cała ta sprawa z godziną strażniczą... Bardzo nerwowa. Własnej głowy bym w końcu zapomniał, gdyby nie była mocno przytwierdzona, co?

Obejrzał się na zielony sejf.

– Mamy go dopiero od kilku miesięcy – wymruczał. – Przypuszczam, że... Odwróćcie się, sierżancie, dobrze? Lepiej od razu sprawdzę.

Vimes posłusznie stanął plecami do niego. Usłyszał stukanie, potem zgrzyt, a potem głośny oddech.

Tilden trzymał w dłoni srebrny kałamarz.

– Chyba zrobiłem z siebie głupka, sierżancie – powiedział.

Nie, to ja zrobiłem z ciebie głupka, pomyślał Vimes. Gorąco tego żałuję. Zamierzałem podrzucić kałamarz do szafki Coatesa, ale nie mogłem...

...nie po tym, co w niej znalazłem.

– Mam pomysł, sir. Możemy powiedzieć, że to była taka próba...

– Z zasady nie kłamię, Keel – oświadczył kapitan. – Ale jestem wdzięczny za tę sugestię. Zresztą zdaję sobie sprawę, że nie jestem już taki młody jak kiedyś. Może już czas przejść na emeryturę. – Westchnął. – Muszę powiedzieć, że rozważam to już od pewnego czasu.

– Och, proszę tak nie mówić, sir – odparł Vimes bardziej jowialnie, niż naprawdę się czuł. – Nie wyobrażam sobie pana na emeryturze.

– Tak, przypuszczam, że czas zamknąć sprawy – mruczał Tilden, wracając za biurko. – Wiecie, sierżancie, że niektórzy z naszych ludzi uważają pana za szpiega?

– Czyjego? – zdziwił się Vimes. Najwyraźniej Ryjek roznosił nie tylko kakao.

– Lorda Windera, jak sądzę.

– No cóż, wszyscy dla niego pracujemy, sir. Ale tylko panu składam meldunki, jeśli to może coś wyjaśnić.

Tilden ze smutkiem potrząsnął głową.

– Szpieg czy nie, Keel, powiem wam szczerze, że niektóre z rozkazów, jakie ostatnio dostajemy, nie są... nie są dobrze przemyślane, moim zdaniem, co?

Obrzucił Vimesa wyzywającym wzrokiem, jakby prowokował go, by tutaj i natychmiast wyjął rozgrzane do czerwoności zgniatacze kciuków.

Vimes widział, jak wiele kosztowało tego starszego człowieka przyznanie, że porwania, tortury oraz intrygi zmierzające do kryminalizacji uczciwych obywateli nie są na ogół akceptowalną polityką rządu. Tilden nie był przyzwyczajony do takiego myślenia. Wyruszał pod sztandarem Ankh-Morpork, by walczyć z serojadami z Quirmu albo z Rysiem Klatchysiem czy innym nieprzyjacielem, wskazanym mu przez wyższych rangą, i nigdy się nie zastanawiał nad słusznością Sprawy, bo takie myśli mogą utrudniać żołnierzowi działanie.

Tilden dorastał, wiedząc, że ci na górze mają rację. Właśnie dlatego są na górze. Brakowało mu mentalnego słownictwa, by myśleć jak zdrajca – ponieważ tylko zdrajcy myślą inaczej.

– Jestem tu za krótko, by wyrażać opinie, sir – oznajmił Vimes. – Nie wiem, jak tutaj załatwiacie swoje sprawy.

– Nie tak jak dawniej – mruknął Tilden.

– Skoro pan tak twierdzi, sir...

– Ryjek mówił, że zadziwiająco dobrze się pan orientuje w okolicy, sierżancie. Jak na kogoś nowego w mieście.

To zdanie miało na końcu haczyk, ale Tilden nie był doświadczonym wędkarzem.

– Jeden patrol niczym się właściwie nie różni od drugiego – wyjaśnił Vimes. – I oczywiście bywałem tutaj już wcześniej.

– Oczywiście, oczywiście – zapewnił pospiesznie Tilden. – No cóż... dziękuję, sierżancie. Gdybyście zechcieli, ehm... wyjaśnić ludziom, co zaszło, byłbym wdzięczny...

– Tak jest, sir. Naturalnie.

Vimes ostrożnie zamknął za sobą drzwi i zbiegł na dół, przeskakując po dwa stopnie. Strażnicy prawie się nie ruszyli. Zaklaskał, jak nauczyciel w szkole.

– Szybko, patrole czekają! Ruszać się! Ale nie wy, sierżancie Stuk! Proszę na podwórze na słowo!

Nie sprawdzał, czy Stuk za nim idzie. Wyszedł, oparł się o mur i czekał.

Gdyby był o dziesięć lat młodszy, z pewnością... Poprawka: gdyby był o dziesięć lat młodszy i trzeźwy, za pomocą kilku szybkich i dobrze wymierzonych ciosów nauczyłby Stuka, kto jest szefem. Takie zapewne panowały zwyczaje obecnie. Bójki między strażnikami nie były niczym niezwykłym, gdy Vimes służył jako zwykły funkcjonariusz. Ale sierżant Keel tak nie postępuje...

Stuk wyszedł na podwórze przepełniony obłąkaną, przerażoną brawurą.

Kiedy Vimes podniósł rękę, wyraźnie drgnął.

– Cygaro? – zaproponował Vimes.

– Eee...

– Nie piję – wyjaśnił Vimes. – Ale nic nie przebije dobrego cygara.

– Ja... tego... nie palę – wymamrotał Stuk. – Wie pan, co do tego kałamarza...

– A wiecie, sierżancie, że on go schował w tym swoim sejfie? – Vimes uśmiechnął się.

– Naprawdę?

– A potem całkiem zapomniał. Każdemu się to zdarza, Winsborough. Myśli zaczynają błądzić i człowiek nie jest już pewien, co zrobił. – Przyjazny uśmiech nie schodził mu z twarzy. Działał równie skutecznie jak grad uderzeń. W dodatku Vimes użył właściwego imienia Stuka. Sierżant nigdy go publicznie nie używał z obawy przed paniką, jaką mogłoby wywołać. – Pomyślałem tylko, że uspokoję cię w tej kwestii.

Sierżant Winsborough Stuk przestąpił niepewnie z nogi na nogę. Nie był pewien, czy udało mu się z czymś ujść, czy też wpadł głębiej w coś innego.

– Powiedz mi coś więcej o młodszym kapralu Coatesie – poprosił Vimes.

Twarz Stuka na moment wykrzywiła agonia kalkulacji. Potem jednak przyjął typową strategię: jeśli sądzisz, że ścigają cię wilki, zepchnij kogoś z sań.

– O Nedzie, sir? Ciężko pracuje, oczywiście, wykonuje swoje zadania... ale trochę za chytry, tak między nami.

– To znaczy? I nie musisz zwracać się do mnie „sir", Winsborough, kiedy jesteśmy sami.

– Uważa, że nie gorszy sługa od pana, obaj rozumiemy, o co mi chodzi. Sądzi, że dorównuje każdemu. Trochę sprawia kłopotów pod tym względem.

– Domorosły adwokat?

– Coś w tym rodzaju, tak.

– Rebelianckie sympatie?

Stuk niewinnie wzniósł oczy.

– Możliwe, sir. Ale oczywiście nie chciałbym, żeby chłopak miał kłopoty.

Uważasz, że szpieguję dla Niewymownych, pomyślał Vimes. I rzucasz mi Coatesa. A jeszcze wczoraj radziłeś go awansować. Ty mała glisto.

– Czyli warto mieć go na oku? – zapytał.

– Tajest, sir.

– Interesujące – mruknął Vimes.

To słowo zawsze jest niepokojące dla niepewnych. Z pewnością zaniepokoiło Stuka, a Vimes pomyślał: Na bogów, może Vetinari tak właśnie się czuje... Przez cały czas.

– Niektórzy z nas... zaglądają po służbie pod Pęknięty Bęben – powiedział Stuk. – Jest otwarty na okrągło. Nie wiem, czy...

– Nie piję – przypomniał Vimes.

– A tak. Mówił pan.

– A teraz lepiej zabiorę młodego Sama na patrol. Miło było z tobą pogawędzić, Winsborough.

Przeszedł obok, pilnując, żeby się nie obejrzeć. Sam wciąż czekał w głównej sali, ale został porwany podmuchem, gdy Vimes go mijał.

– No więc pytam: co to za kiecka siedzi u starego Folly'ego?

Prefekci unieśli głowy. Na podwyższonej platformie na końcu gwarnej sali doktor Follet, szef skrytobójców i z urzędu dyrektor szkoły gildii, toczył ożywioną rozmowę z... damą. Jaskrawy fiolet jej sukni tworzył plamę koloru w obszernej hali, gdzie dominowała czerń, a elegancka biel jego włosów lśniła w mroku jak latarnia.

Była to przecież Gildia Skrytobójców. Tutaj się nosi czerń. Noc jest czarna i oni także. No i czerń jest taka stylowa, a wszyscy się zgadzali, że skrytobójca bez stylu jest tylko wysoko opłacanym i aroganckim zbirem.

Wszyscy prefekci mieli już po osiemnaście lat, a zatem wolno im było odwiedzać te części miasta, o których młodsi chłopcy nie powinni nawet wiedzieć. Ich pryszcze nie strzelały już na widok kobiety. Nauczyli się już, że świat jest ostrygą, którą można otworzyć złotem, jeśli nie wystarcza sztylet.

– Prawdopodobnie ktoś z rodziców – uznał jeden z nich.

– Ciekawe, kto jest tym szczęściarzem.

– Wiem, kim ona jest – oświadczył „Ludo" Ludorum, głowa Domu Żmii. – Słyszałem, jak wykładowcy o niej mówią. To madame Roberta Maserole. Kupiła stary dom przy Łatwej. Podobno zarobiła stosy forsy w Genoi i chce się tutaj osiedlić. Pewnie szuka możliwości inwestycji.

– Madame? – powtórzył inny, nazwiskiem Downey. – Tytuł grzecznościowy czy funkcja zawodowa?

– W Genoi? Może być jednym i drugim – odparł ktoś i wszyscy wybuchnęli śmiechem.

– Folly częstuje ją szampanem – zauważył Downey. – Są przy trzeciej butelce. O czym oni tyle gadają?

– O polityce – stwierdził Ludo. – Wszyscy wiedzą że Winder nie zachowa się przyzwoicie, więc sprawa spada na nas. A Folly jest zły, bo straciliśmy tam już trzech chłopaków. Winder jest całkiem sprytny. Gdzie spojrzeć, stoją gwardziści i żołnierze.

– Winder to pętak – uznał Downey.

– Tak, Downey. Wszystkich nazywasz pętakami – odparł spokojnie Ludo.

– I mam rację.

Downey znów usiadł przodem do stołu i jakiś ruch – a raczej brak ruchu – zwrócił jego uwagę. W pobliżu dalszego końca młody skrytobójca czytał książkę, ułożoną przed talerzem na podstawce. Był pochłonięty lekturą, a pusty widelec znieruchomiał w połowie drogi do ust.

Downey mrugnął do kolegów, z tacy przed sobą wybrał jabłko, zamachnął się dyskretnie i wypuścił je ze złośliwą celnością.

Widelec poruszył się niczym język węża i nabił jabłko w powietrzu.

Czytający odwrócił kartkę. Potem, nie odrywając wzroku od książki, delikatnie przysunął widelec i nadgryzł owoc.

Wszyscy pozostali spojrzeli na Downeya. Dały się słyszeć jeden czy dwa chichoty. Młody człowiek zmarszczył czoło. Ponieważ atak się nie powiódł, zmuszony był odwołać się do zjadliwej drwiny, która sprawiała mu jednak poważne trudności.

– Naprawdę jesteś pętakiem, Zaczepiaczu Psów – oznajmił.

– Tak, Downey – odpowiedział spokojnie czytający, wciąż skupiony na lekturze.

– Kiedy masz zamiar zdać jakiś porządny egzamin, Zaczepiaczu Psów?

– Trudno powiedzieć, Downey.

– Nigdy nikogo nie zabiłeś, co, Zaczepiaczu Psów?

– Prawdopodobnie nie, Downey.

Czytający przewrócił następną kartkę. Cichy szelest rozzłościł Downeya jeszcze bardziej.

– A co takiego czytasz? – warknął. – Robertson, pokaż mi, co czyta Zaczepiacz Psów, dobrze? No już, podaj mi to!

Chłopiec siedzący obok tego, który obecnie znany był jako Zaczepiacz Psów, porwał książkę z podstawki i rzucił wzdłuż stołu.

Czytający westchnął i wyprostował się. Downey przerzucił kartki.

– No i patrzcie, chłopaki – powiedział. – Zaczepiacz Psów czyta książkę z obrazkami. – Uniósł ją otwartą do góry. – Sam ją pokolorowałeś? Farbkami czy kredkami, Zaczepiaczu Psów?

Były czytający wpatrywał się w sufit.

– Nie, Downey. Została ręcznie pokolorowana przez pannę Emelię Jane, siostrę lorda Winstanleigha Greville-Pipe, autora, według jego osobistych instrukcji. Zauważ, że jest to napisane na stronie tytułowej.

– A tu mamy śliczny obrazek tygrysa – brnął dalej Downey. – Dlaczego to wszystko oglądasz, Zaczepiaczu Psów?

– Ponieważ lord Winstanleigh miał pewne interesujące teorie na temat sztuki ukrywania się, Downey.

– Co? Czarno-pomarańczowy tygrys między zielonymi drzewami? – Downey z irytacją przewracał kartki. – Ruda małpa w zielonej dżungli? Czarno-biała zebra w żółtych trawach? Co to jest, podręcznik, jak tego nie robić?

Znowu rozległy się chichoty, jednakże nieco wymuszone. Downey miał przyjaciół, ponieważ był ważny i bogaty, ale czasem człowiek krępował się przebywać w jego towarzystwie.

– Prawdę mówiąc, lord Winstanleigh zaprezentował też pewne ciekawe uwagi o zagrożeniach intuicyjnego...

– Czy ta książka należy do gildii, Zaczepiaczu Psów? – przerwał mu Downey.

– Nie, Downey. Została wydana prywatnie jakiś czas temu, a mnie udało się odnaleźć egzemplarz w...

Downey machnął ręką. Książka pofrunęła, strasząc siedzących przy stole młodszych chłopców, i wylądowała w głębi kominka. Jedzący przy głównych stołach obejrzeli się, a potem bez zainteresowania wrócili do posiłku. Płomienie zaczęły lizać kartki. Przez jedną chwilę tygrys płonął łuną.

– To była rzadka książka, co? – Downey uśmiechnął się złośliwie.

– Myślę, że teraz można ją nazwać nieistniejącą – odparł Zaczepiacz Psów. – To był jedyny zachowany egzemplarz. Nawet grawerowane płyty drukarskie zostały przetopione.

– Czy ty się czasem denerwujesz, Zaczepiaczu Psów?

– Ależ tak, Downey – zapewnił były czytający. Odsunął krzesło i wstał. – A teraz myślę, że pójdę wcześniej spać. – Skinął głową siedzącym przy stole. – Dobranoc, Downey, panowie...

– Pętak z ciebie, Vetinari.

– Skoro tak twierdzisz, Downey.

Vimesowi łatwiej się myślało, kiedy jego stopy były w ruchu. Ta prosta aktywność uspokajała go i porządkowała myśli.

Poza pilnowaniem godziny strażniczej i trzymaniem warty przy bramach nocna straż nie miała wiele roboty. Po części dlatego, że była niekompetentna, a po części, ponieważ nikt od niej niczego więcej nie wymagał. Patrolowali ulice powoli, żeby każdemu niebezpiecznemu osobnikowi dać czas na odejście spacerkiem albo wtopienie się w mrok, a także dzwonili dzwonkami, by obwieścić pogrążonemu we śnie światu – a w każdym razie światu, który spał do tej chwili – że wbrew pozorom wszystko jest w porządku. Zatrzymywali też co spokojniejszych pijaków oraz łagodniejsze gatunki zbłąkanych zwierząt.

Uważają, że szpieguję dla Windera, myślał Vimes. Szpiegować strażników z posterunku przy Kopalni Melasy? To jakby szpiegować ciasto.

Vimes stanowczo odmówił noszenia dzwonka. Młody Sam zdobył sobie lżejszy, ale z szacunku dla stanowczo wyrażonych życzeń Vimesa owinął serce ściereczką.

– Czy powóz dzisiaj wyjeżdża, sir? – spytał, kiedy zmierzch pociemniał do nocy.

– Tak. Pojadą nim Colon i Waddy.

– I będą zabierać ludzi na Kablową?

– Nie. Kazałem im doprowadzić wszystkich na posterunek straży. Ryjek pobierze od nich po pół dolara kary i zapisze nazwiska i adresy. Może zorganizujemy loterię.

– Będziemy mieli kłopoty, sierżancie.

– Godzina strażnicza ma tylko nastraszyć ludzi. Nie ma wielkiego znaczenia.

– Nasza mama mówi, że niedługo zaczną się prawdziwe kłopoty – oświadczył Sam. – Słyszała w sklepie rybnym. Wszyscy mówią, że Snapcase zamieszka w pałacu. On słucha ludzi.

– Tak, akurat – mruknął Vimes.

A ja słucham piorunów, pomyślał. Ale nic w związku z tym nie robię.

– Nasza mama mówi, że kiedy Snapcase zostanie Patrycjuszem, każdy w mieście będzie miał prawo głosu – ciągnął Sam.

– Nie mów tak głośno, mały – upomniał go Vimes.

– Nadejdzie dzień, gdy rozgniewane masy powstaną i zrzucą agawy. Tak mówi handlarz ryb.

Gdybym szpiegował dla Swinga, ten handlarz miałby wyprute flaki, pomyślał Vimes. Ale z naszej mamy jest prawdziwa rewolucjonistka.

Zastanowił się, czy to możliwe, by udzielić temu idiocie kilku lekcji z podstaw polityki. Zawsze przecież o tym marzył: „Dlaczego wtedy nie wiedziałem tego, co wiem teraz?”. Ale kiedy człowiek się starzeje, odkrywa, że on teraz nie jest nim wtedy. Wtedy był dupkiem. Był tym, kim być trzeba, by wyruszyć kamienistą drogą zmierzającą do stania się sobą teraz, a jednym ze szczególnie nierównych odcinków tej drogi jest bycie dupkiem.

Wolałby nie wiedzieć teraz tego, czego nie wiedział wtedy. To by gwarantowało spokojniejsze sny.

– Co robi twój ojciec? – zapytał, jakby nie miał pojęcia.

– Już od dawna nie żyje, sierżancie – odparł Sam. – Odkąd byłem mały. Nasza mama mówi, że powóz go przejechał, kiedy przechodził przez ulicę.

I kłamać też umiała po mistrzowsku...

– Przykro mi to słyszeć.

– Ehm... Nasza mama mówi, że byłoby jej miło, gdyby kiedyś wpadł pan na herbatę, bo jest pan przecież całkiem sam w obcym mieście, sierżancie.

– Udzielić ci jeszcze jednej wskazówki, chłopcze? – zapytał Vimes.

– Proszę, sierżancie. Dużo się od pana uczę.

– Młodsi funkcjonariusze nie zapraszają sierżantów na herbatę. Nie pytaj dlaczego. Po prostu nie.

– Nie zna pan naszej mamy, sierżancie.

Vimes odkaszlnął.

– Mamy są wszystkie takie same, młodszy funkcjonariuszu. Nie lubią, kiedy mężczyźni radzą sobie samodzielnie, bo coś takiego mogłoby się przyjąć.

Poza tym wiem, że od dziesięciu lat leży na Pomniejszych Bóstwach. Wolałbym raczej położyć dłoń płasko na stole i dać Swingowi młotek, niż przejść dzisiaj ulicą Kogudziobną.

– W każdym razie – dodał Sam – powiedziała, że zrobi dla pana cierpiący pudding, sierżancie. Świetny cierpiący pudding robi nasza mama.

Najlepszy, myślał Vimes, wpatrując się niezbyt daleko przed siebie. O bogowie... Absolutnie najlepszy. Nikt jeszcze nie zrobił go lepiej.

– To byłoby... bardzo uprzejme z jej strony – wymamrotał.

– Sierżancie – odezwał się po chwili Sam. – Dlaczego patrolujemy Morficzną? To nie jest nasza trasa.

– Zamieniłem się. Powinienem obejrzeć jak największą część miasta.

– Na Morficznej niewiele jest do oglądania, sierżancie.

Vimes spojrzał w cienie.

– No, nie wiem – rzekł. – Zadziwiające, ile możesz zobaczyć, kiedy się skupisz.

Wciągnął Sama do bramy.

– Mów szeptem, mały – polecił. – A teraz popatrz na ten dom naprzeciwko. Widzisz to wejście w głębokim cieniu?

– Tak, sierżancie – szepnął Sam.

– A czemu ten cień jest taki głęboki? Jak myślisz?

– Nie wiem, sierżancie.

– Bo stoi w nim ktoś ubrany na czarno. No więc teraz przejdziemy sobie kawałek dalej, a na rogu skręcimy z powrotem. Wracamy na posterunek jak grzeczni chłopcy, bo kakao nam stygnie. Rozumiesz?

– Jasne, sierżancie.

Dotarli do rogu, skręcili, a Vimes przeszedł jeszcze ulicą tak daleko, by odgłos ich kroków ucichł w sposób naturalny.

– Dobrze, to wystarczy – uznał.

Trzeba Samowi przyznać, że umiał stać nieruchomo. Trzeba będzie jeszcze go nauczyć, jak się rozogniskować, żeby w pochmurny dzień niemal rozpływać się w tle. Czy Keel go tego uczył? W pewnym wieku rzeczywiście nie można już ufać pamięci...

Miejskie zegary wybiły trzy kwadranse.

– Od której jest godzina strażnicza? – szepnął Vimes.

– Od dziewiątej, sierżancie.

– To już chyba niedługo...

– Nie, dopiero minęła za kwadrans dziewiąta.

– No dobrze. Parę minut mi zajmie, zanim tam wrócę. Masz przekraść się za mną i czekać za rogiem. Kiedy się zacznie, wbiegniesz i zaczniesz dzwonić tym swoim dzwonkiem.

– Kiedy co się zacznie, sierżancie?

Ale Vimes już sunął bezszelestnie ulicą. Zanotował w pamięci, żeby wsunąć Ryjkowi dolara. Buty były jak rękawiczki na stopy.

Na skrzyżowaniu skwierczały pochodnie, pozbawiając zdolności widzenia w ciemności każdego, kto spojrzał w tym kierunku. Vimes przeszedł ostrożnie wzdłuż ciemnej strefy półcieni, przesunął się bokiem wzdłuż budynków po drugiej stronie, aż zrównał się z wnęką drzwi. Wtedy skoczył naprzód.

– Wpadłeś, koleś! – krzyknął głośno.

– ……! – odpowiedział mu mrok.

– Co za wulgarny język, mój panie! Nie chciałbym, żeby młodszy funkcjonariusz słyszał takie słowa!

Za sobą usłyszał, że nadbiega młodszy funkcjonariusz Vimes, jak szalony wymachuje dzwonkiem i wrzeszczy:

– Godzina dziewiąta i wszystko wcale nie jest w porządku!

Były też inne odgłosy – te, których Vimes nasłuchiwał: trzaśnięcie drzwi, oddalające się pospieszne kroki…

– Durniu! – zawołał człowiek w czerni. – Co ty wyprawiasz, do demona?

Pchnął Vimesa, który jednak chwycił go jeszcze mocniej.

– A to, mój panie, jest bezpośrednia napaść na funkcjonariusza straży – oświadczył.

– Ja też jestem funkcjonariuszem straży, durny krawężniku! Z Kablowej!

– A gdzie twój mundur?

– Nie nosimy mundurów!

– Gdzie twoja odznaka?

– I nie nosimy odznak!

– Trudno zrozumieć, drogi panie, czemu zatem nie miałbym pana uznać za zwykłego złodzieja. Obserwował pan ten dom, o tam. – Vimes był zachwycony swoją rolą wielkiego, tępego, ale przerażająco niewzruszonego gliny. – Widzieliśmy pana!

– Tam się miało odbyć spotkanie niebezpiecznych anarchistów!

– A cóż to za religia, mój panie? – Vimes sięgnął do pasa tego człowieka w czerni. – No, no, co my tu mamy? Bardzo paskudny sztylet. Widzicie, młodszy funkcjonariuszu Vimes? Broń, bez żadnych wątpliwości! A to wbrew prawu. Noszona po zmroku, co jest jeszcze bardziej wbrew prawu! I w dodatku to ukryta broń!

– Co to znaczy: ukryta?! Jest w swojej pochwie!

– W czarnej pochwie, więc ukryta – oświadczył Vimes. Wsunął rękę do kieszeni czarnego płaszcza. – Och… co to takiego? Mała rolka aksamitu, a w niej, jak się wydaje, pełny zestaw wytrychów? To Chodzenie z Ekwipunkiem do Włamań, jasna sprawa.

– Nie są moje i dobrze o tym wiesz! – warknął osobnik w czerni.

– Jest pan pewien?

– Tak. Bo moje trzymam w wewnętrznej kieszeni, ty tępaku!

– To Używanie Języka, mogące Naruszyć Spokój – oświadczył Vimes.

– Co? Wy idioci, wszystkich spłoszyliście! Niby czyj spokój naruszam?

– Mój na przykład. A bardzo bym tego nie chciał, drogi panie.

– Ty jesteś tym głupim sierżantem, o którym nam mówili, tak? Za tępy, żeby zrozumieć, o co chodzi? No to teraz się dowiesz...

Osobnik wyrwał się z chwytu Vimesa. W mroku zabrzmiały dwa metaliczne zgrzyty... Noże naręczne, pomyślał Vimes. Nawet skrytobójcy uważają, że to broń idioty.

Cofnął się o kilka kroków, a osobnik w czerni przetańczył ku niemu, przesuwając groźnie obie klingi.

– Czy na to też masz jakąś głupawą odpowiedź, dupku?

Ku swemu przerażeniu Vimes zobaczył za napastnikiem Sama, bardzo powoli wznoszącego dzwonek.

– Nie bij go! – krzyknął, a kiedy osobnik w czerni odwrócił głowę, kopnął mocno.

– Jeśli masz zamiar walczyć, walcz – powiedział, kiedy przeciwnik złożył się wpół i runął na bruk. – Jeśli masz zamiar gadać, gadaj. Nie próbuj walczyć i gadać równocześnie. A w tej chwili sugeruję, żebyś zrezygnował z jednego i drugiego.

– Mogłem go szybko załatwić, sierżancie – poskarżył się Sam, gdy Vimes wyjął swoje kajdanki i przyklęknął. – Mogłem go zdmuchnąć jak świeczkę.

– Urazy głowy bywają śmiertelne, młodszy funkcjonariuszu. A jesteśmy służbą zaufania publicznego.

– Ale pan go kopnął w intymne części, sierżancie!

Bo nie chcę, żebyś ty był celem, pomyślał Vimes, zatrzaskując kajdanki. A to znaczy, że nie walisz żadnego z nich w głowę. Stoisz w cieniu jako tępy pomocnik. W ten sposób przeżyjesz. A może przeżyję i ja.

– Nie musisz walczyć tak, jak ten drugi chce, żebyś walczył – powiedział, zarzucając sobie napastnika na ramię. – Pomóż mi z tym... I w górę. Dobrze. Trzymam go. Prowadź.

– Z powrotem na posterunek? – zdumiał się Sam. – Chce pan aresztować Niewymownego?

– Tak. Mam tylko nadzieję, że po drodze spotkamy któregoś z naszych chłopaków. Niech to będzie dla ciebie lekcja, mały. Nie ma żadnych zasad. Nie wtedy, kiedy ktoś wyciąga noże. Załatwiasz go. Jeśli to możliwe, bez hałasu, jeśli to możliwe, nie robiąc mu zbyt wielkiej krzywdy. Ale załatwiasz go. Idzie na ciebie z nożem, walisz go pałką po ręku. Idzie z gołymi rękami, używasz kolana, buta albo hełmu. Twoja praca to utrzymywanie porządku. I zaprowadzasz porządek najszybciej, jak tylko potrafisz.

– Tak jest, sir. Ale będziemy mieli kłopoty, sir.

– Zwykłe aresztowanie. Nawet gliny muszą przestrzegać prawa, jakiekolwiek by było...

– Tak, sierżancie, ale chodziło mi o to, że będziemy mieli kłopoty już teraz, sierżancie.

Przy końcu ulicy czekała na nich grupka niewyraźnych postaci. Wyglądali na ludzi mających jakiś cel; było coś takiego w ich postawie, w sposobie stania na drodze... Oczywiście rzadkie błyski światła na ostrzach broni też były pewną sugestią. Trzaskały klapki otwieranych ślepych latarni.

Oczywiście, tamten przecież nie przyszedł tu sam, skarcił się w myślach Vimes. Miał tylko obserwować, dopóki wszyscy nie wejdą do środka. Potem by się wymknął i wezwał grupę uderzeniową. Musi ich tu być kilkunastu... Spiorą nas na szarlotkę*!

– Co zrobimy, sierżancie?

– Dzwoń tym swoim dzwonkiem.

– Ale już nas zauważyli!

– Rusz tym przeklętym dzwonkiem, co? Idź spokojnie! I nie przestawaj dzwonić!

Niewymowni rozstawili się w linię, a idący ku nim Vimes zauważył, że kilka sylwetek przesuwa mu się za plecy. Tak chcą to załatwić... Jak te opryszki w alei Scoone'a: rozmawiali miło i przyjaźnie, choć ich oczy mówiły: Hej, wiesz, że nasi kumple są za tobą, a my wiemy, że wiesz, i zabawnie jest patrzeć, jak próbujesz udawać, że to tylko grzeczna rozmowa, kiedy zdajesz sobie sprawę, że lada moment zarobisz w nerki. Odczuwamy twój ból. I podoba się nam...

Stanął. Musiał, inaczej wpadłby na kogoś. Dookoła otwierały się drzwi i okna – dźwięki dzwonka budziły całą okolicę.

* Jak na kwaśne jabłko, tylko trwa o wiele dłużej.

– Dobry wieczór – powiedział.

– Dobry wieczór, wasza łaskawość – odezwał się głos z historii. – Miło jest spotkać starego przyjaciela, co?

Vimes jęknął w duchu. Najgorsze, co mogło się zdarzyć, właśnie się zdarzyło.

– Carcer?

– Dla ciebie: sierżant Carcer. Zabawne, jak życie się czasem układa, co? Okazało się, że jestem doskonałym materiałem na glinę, haha. Dali mi nowe ciuchy, miecz i dwadzieścia pięć dolarów miesięcznie, tak od razu. Chłopaki, to jest ten typ, o którym wam opowiadałem.

– A czemu nazywacie go waszą łaskawością, sierżancie? – spytała któraś z ciemnych sylwetek.

Wzrok Carcera nie opuszczał twarzy Vimesa.

– To taki żart. Tam, skąd przybyliśmy, wszyscy nazywali go Diukiem. – Wsunął dłoń do kieszeni i wyjął coś połyskującego jak mosiądz. – Taki przydomek, co... Diuk? Niech ten dzieciak przestanie tłuc tym piekielnym dzwonkiem, co?

– Dajcie już spokój, młodszy funkcjonariuszu – mruknął Vimes.

Zresztą hałas odniósł już skutek. Mała scenka miała teraz milczącą publiczność. Co nie znaczy, że ta publiczność stanowiła dla Carcera jakąkolwiek różnicę. Z przyjemnością zakłułby człowieka na śmierć pośrodku zatłoczonego placu, a potem rozejrzał się i zapytał: „Kto? Ja?". Ale jego ludzie byli trochę nerwowi, jak karaluchy, niepewne, kiedy zapali się światło.

– Nie martw się, Diuk – mówił Carcer, wsuwając na palce mosiężny kastet. – Opowiedziałem chłopakom o tobie i o mnie. Jak to się znamy już od bardzo dawna i w ogóle, haha.

– Tak? – mruknął Vimes. Nie była to mistrzowska riposta, ale Carcer wyraźnie miał ochotę na gadanie. – A jak ci się udało zostać sierżantem, Carcer?

– Usłyszałem, że szukają policjantów ze świeżymi pomysłami. Ten miły kapitan Swing porozmawiał ze mną i stwierdził, że nie ma żadnych wątpliwości: jestem uczciwym człowiekiem, który miał w życiu pecha. Zmierzył mnie dokładnie tymi swoimi cyrklami, linijkami i gemmetrią, a potem stwierdził, że to udowodnione: nie jestem typem przestępcy. Wszystko to wina środowiska, powiedział.

– Znaczy, te wszystkie trupy, które za sobą zostawiasz?

– Niezły żart, Diuk. Haha.

– I miałeś świeże pomysły, tak?

– No, w każdym razie jeden mu się spodobał. – Carcer zmrużył oczy. – Okazało się, że nie znał sztuczki z piwem imbirowym.

Sztuczka z piwem imbirowym. No tak, to było właściwie ukoronowanie wszystkiego. Oprawcy przez wieki nie odkryli sztuczki z piwem imbirowym, a Carcer podał ją na tacy takiemu patentowemu psychopacie jak kapitan Swing.

– Sztuczka z piwem imbirowym – powtórzył Vimes. – No brawo, Carcer. Właśnie kogoś takiego jak ty Swing szukał. Absolutnego sukinsyna.

Carcer wyszczerzył zęby, jakby otrzymał drobne wyróżnienie.

– Tak. Już im mówiłem, jak mnie prześladujesz za to, że ukradłem bochenek chleba.

– Daj spokój, Carcer. To do ciebie nie pasuje. Nigdy w życiu nie zwinąłeś bochenka chleba. Twój styl to raczej zamordować piekarza i ukraść piekarnię.

– Niezły z niego błazen, co? – Carcer mrugnął do swoich ludzi i skinął głową w stronę Vimesa.

A potem jednym płynnym ruchem odwrócił się w miejscu i wyprowadził cios w żołądek stojącego obok Niewymownego.

– I nie mów do mnie „sierżancie" – syknął. – Jestem panem sierżantem, zrozumiano?

Leżący stęknął.

– Przyjmuję, że to znaczy „tak", haha. – Carcer wsunął kastet do kieszeni. – A teraz... Diuk, sytuacja jest taka... Trzymasz na ramieniu jednego z moich ludzi, więc może oddasz go nam i nie będziemy już do tego wracać?

– Co się tu dzieje, sierżancie?

Głos zabrzmiał z tyłu. Vimes obejrzał się – nadchodzili Wiglet i Scutts. Wyglądali jak ludzie, którzy przed chwilą biegli, ale teraz starali się iść nonszalancko, rozkołysanym krokiem. Krok ten stał się jednak mniej nonszalancki i wyraźnie mniej rozkołysany, kiedy ujrzeli oddział Niewymownych.

Gorączkowy dźwięk dzwonka. Zawsze z niego korzystali. Wszyscy gliniarze, którzy go usłyszeli, biegli w tamtą stronę, ponieważ Funkcjonariusz był w Niebezpieczeństwie.

Oczywiście nie znaczy to, że pomagali mu w walce z tym niebezpieczeństwem, zwłaszcza jeśli stosunek sił nie był właściwy. To w końcu dawna straż. Ale przynajmniej mogli go wyłowić z rzeki albo odciąć i dopilnować, żeby miał odpowiedni pogrzeb.

W głębi ulicy zabrzmiał turkot i zza rogu wyjechała rozklekotana więźniarka. Fred Colon trzymał lejce, a funkcjonariusz Waddy siedział za nim. Vimes słyszał krzyki.

– Co się dzieje, Billy?

– To Keel z Vimesem – odpowiedział Wiglet. – Pospieszcie się!

Vimes starał się unikać wzroku Carcera, starał się zachowywać, jakby nic się nie stało, udawać, że świat nie pękł nagle, wpuszczając przez szczelinę lodowate wichry nieskończoności. Ale Carcer był bystry.

Zerknął na Vimesa, a potem przyjrzał się Samowi.

– Z Vimesem? – powtórzył. – Nazywasz się Sam Vimes, mój chłopcze?

– Nic nie powiem – odpowiedział z godnością młodszy funkcjonariusz Vimes.

– No, no, no, no, no… – rzucił zachwycony Carcer. – To dopiero miłe spotkanie, co? Człowiek naprawdę ma o czym myśleć, trudno zaprzeczyć, haha.

Więźniarka zahamowała ze zgrzytem. Carcer spojrzał na bladą, okrągłą twarz kaprala Colona.

– Zajmijcie się swoją pracą, kapralu – rzucił. – Odjedźcie stąd, ale już.

Colon przełknął ślinę. Vimes widział, jak podskakuje mu grdyka, próbująca się schować.

– Eeee… Słyszeliśmy dzwonienie – wykrztusił.

– Drobny wybuch entuzjazmu – wyjaśnił Carcer. – Szkoda fatygi. Wszyscy tu jesteśmy strażnikami, prawda? Naprawdę nie chcę robić problemów. Nastąpiło drobne nieporozumienie, nic więcej. Ten oto sierżant Keel miał właśnie oddać nam naszego kolegę. Prawda, sierżancie? I bez pretensji, co? Przypadkiem wpakowaliście się w naszą drobną operację. Lepiej o tym więcej nie wspominać. Oddajcie go nam i po sprawie.

Wszyscy popatrzyli na Vimesa.

Rozsądek nakazywał oddać im aresztanta. Wiedział o tym. Potem Carcer – prawdopodobnie – sobie pójdzie, a nie chciał przecież, żeby zbliżał się do młodego Sama, jeśli tylko można coś na to poradzić.

Lecz Carcer wróci. Tacy jak on zawsze wracają, zwłaszcza kiedy im się wydaje, że odkryli jakiś słaby punkt.

Jednak nie to było najgorsze. Najgorsze, że Vimes wprowadził zmiany.

Miał miejsce Spisek z Morficznej. Niewymowni rzeczywiście rozbili zebranie. Kilka osób zginęło, ale niektórzy uciekli, po czym nastąpiło kilka dni strasznego zamieszania, które skończyło się, kiedy...

Tylko że młody Sam Vimes tamtej nocy nie był nawet w pobliżu Morficznej. Keel uczył go polerować klamki po drugiej stronie Mroków.

Ale chciałeś być sprytny, Diuk. Chciałeś wetknąć kij w szprychy, przyłożyć komuś po łbie, prawda?

A teraz wmieszał się w to Carcer, ty zaś wypadłeś z podręczników historii i wędrujesz bez mapy...

Carcer wciąż uśmiechał się przyjaźnie. Tu i teraz Vimes – bardziej niż czegokolwiek na świecie – chciałby zobaczyć, jak znika ten uśmiech.

– Chętnie bym się dogadał... sierżancie – powiedział. – Naprawdę. Ale go aresztowałem, więc teraz muszę go zabrać na posterunek i załatwić papierkową robotę. Może potrafi nam pomóc w śledztwie w kilku nierozwiązanych sprawach.

– Takich jak...? – spytał Carcer.

– Nie wiem. Zależy, co tam mamy. Zamkniemy go w celi, damy kubek herbaty, pogawędzimy o tym i owym... Wiesz, jak to jest. Człowiek staje się rozmowny po herbacie. Albo napoju z bąbelkami, naturalnie, wedle gustu.

Wśród członków Straży Nocnej zabrzmiały ciche śmieszki, choć Vimes miał nadzieję, że żaden nie ma pojęcia, co znaczy ostatnie zdanie.

Uśmiech Carcera rozpłynął się bez śladu.

– Mówię, że to jeden z moich ludzi, w oficjalnej misji, i jestem sierżantem – powiedział.

– A ja jestem sierżantem sztabowym i ja mówię, że przekażemy go wam na posterunku, sierżancie Carcer. Oficjalnie.

Carcer skinął głową na młodszego funkcjonariusza, tak dyskretnie, że tylko Vimes to zauważył. I zniżył głos.

– Ale nagle to ja mam wszystkie asy, Diuk – mruknął.

– Tylko że nagle ja już nie gram w karty, Carcer. Owszem, możemy od razu urządzić sobie tutaj bójkę i powiem szczerze, nie wiem, jak by się skończyła. Ale jestem wściekle pewien, że jutro nie byłbyś już sierżantem. A jeśli uważasz, że masz wszystkie asy, to stać cię na podniesienie stawki.

Carcer przyglądał mu się przez chwilę. Potem mrugnął i obejrzał się.

– Mówiłem wam, jaki z niego numer, co? – zwrócił się do kolegów. Porozumiewawczo szturchnął Vimesa pod żebro. – Zawsze próbuje... No dobrze, sierżancie... sztabowy, załatwimy to po twojemu. Trzeba dać wam, mundurowym, coś do roboty, haha, co? Za godzinę czy dwie przyślę po niego paru chłopców.

Zgadza się. Chcesz mi dać czas, żebym się spocił, żebym myślał, czy zniknę nagle, kiedy poderżniesz chłopakowi gardło, myślał Vimes. Kłopot polega na tym, że naprawdę się pocę.

Wyprostował się i machnął na więźniarkę.

– Ja i moi chłopcy wszyscy zabierzemy go na posterunek – oznajmił. – Pora na przerwę na kakao, rozumiecie. Pomóż mi z nim, Waddy. Fred, masz tam jakichś pasażerów?

– Jeden pijak, sierżancie. Rzygał na całą ulicę.

– Dobrze. Wrzucimy więźnia do tyłu, a my złapiemy się z zewnątrz. – Skinął Carcerowi. – Na pewno wkrótce się spotkamy, sierżancie.

– Jasne. – Na twarzy Carcera znów pojawił się złośliwy uśmieszek. – Tylko uważaj na siebie, co?

Vimes wskoczył na stopień, gdy powóz przeturkotał obok. Nie obejrzał się nawet. Jedno trzeba Carcerowi przyznać – nie strzeli człowiekowi w plecy, jeśli uzna, że ma rozsądną szansę poderżnięcia mu gardła w niedalekiej przyszłości.

Po chwili dopiero odezwał się funkcjonariusz Wiglet wiszący obok na burcie rozkołysanego powozu.

– Co się tam działo, sierżancie? Zna pan tego typa?

– Tak. Zabił dwóch gliniarzy. Jednego, który próbował go aresztować, a drugiego, kiedy był już po służbie i jadł zapiekankę. Zabijał też innych ludzi.

– Przecież jest policjantem!

– Swing dał mu robotę, Wiglet.

Nagle turkot kół wydał się o wiele głośniejszy. Wszyscy strażnicy nasłuchiwali pilnie.

– Długo jesteście w straży, funkcjonariuszu? – zapytał Vimes.

– Dwa lata, sierżancie – odparł Wiglet. – Wcześniej nosiłem owoce na targu, ale pochorowałem się na krzyż i na płuca od tych zimnych poranków.

– Nigdy nie słyszałem o zabitych policjantach – wtrącił młodszy funkcjonariusz Vimes.

– To nie było tutaj, mały. To było bardzo daleko stąd.

– Był pan tam?

– Byli strażnicy, których znam.

I znowu nastrój na powozie uległ zmianie. Strażnicy nie wydali żadnego słyszalnego dźwięku, ale nad pojazdem zawisło słowo „A-haa".

– Czyli przyjechał pan, żeby go wyśledzić? – domyślił się Wiglet.

– Coś w tym rodzaju.

– Ale słyszeliśmy, że jest pan z Pseudopolis, sierżancie – wtrącił Sam.

– Bywałem w wielu miejscach.

– Rany...

– Zabił gliniarza, który jadł zapiekankę? – upewnił się z kozła Fred Colon.

– Tak.

– Drań! A jaka to była zapiekanka?

– Świadkowie nie mówili – skłamał Vimes.

To było dawne Ankh-Morpork. Krasnoludy stanowiły w tej chwili śladową mniejszość i wolały nie podnosić głów. No, właściwie raczej trzymały je niżej niż zwykle. I z pewnością nie działały tu całonocne bary z zapiekankami ze szczurów.

Wigleta wyraźnie dręczyła jakaś myśl.

– Oni przyjdą po tego typa, którego pan zamknął – powiedział.

– Chcecie wolne na resztę nocy, funkcjonariuszu? – zapytał Vimes.

Reszta oddziału zaśmiała się nerwowo. Biedaczyska z was, pomyślał Vimes. Wstąpiliście do straży, bo pensja była przyzwoita i nie trzeba nosić nic ciężkiego, aż tu nagle pojawiają się trudności...

– O co pan oskarży naszego aresztanta, sierżancie? – zainteresował się Sam.

– Próba ataku na strażnika. Widziałeś te noże.

– Ale za to pan go kopnął.

– Słusznie, zapomniałem. No to dołożymy mu jeszcze stawianie oporu podczas zatrzymania.

Znowu śmiechy. My, którzy sądzimy, że wkrótce zginiemy, potrafimy się śmiać ze wszystkiego.

Co za banda... Znam was dobrze, panowie. Szukaliście spokojnego życia i emerytury, nie lubicie się spieszyć, bo przecież niebezpieczeństwo może nadal czekać, kiedy dotrzecie na miejsce, a najgorsze, czego się dotąd spodziewaliście, to jakiś hałaśliwy pijak albo wyjątkowo uparta krowa. Większość z was nie jest nawet gliniarzami, nie w głębi duszy. W morzu przygody żerujecie w przydennym mule.

A teraz mamy wojnę... i wy stoicie pośrodku. Po żadnej ze stron. Jesteście małą, głupią bandą mundurowych. Jesteście poniżej pogardy. Ale uwierzcie mi, chłopcy – wzniesiecie się.

Przez minutę czy dwie na ulicy Morficznej panował spokój. Nic się nie poruszało, nic się nie działo.

Potem zza rogu wyjechała kareta, wyjątkowo elegancka i zaprzężona w dwa konie. Oświetlały ją pochodnie, a kiedy podskakiwała na nierównym bruku, zygzakujące płomienie pozostawiały jakby krótkotrwałe smugi w powietrzu i sprawiały wrażenie zamglonych.

O ile w ogóle coś ujawniały, to sugestię, że kareta ma barwę fioletu. I że osiada dość ciężko na kołach.

Zatrzymała się przy następnych drzwiach za tymi, gdzie Vimes dokonał aresztowania. Vimes, który uważał, że sporo wie o byciu cieniem, byłby zdumiony, widząc, że dwie ciemne sylwetki wychodzą z ciemnej wnęki i stają w świetle pochodni.

Drzwi karety się otworzyły.

– Niezwykłe wieści, droga pani – oznajmił jeden z cieni.

– Bardzo dziwne wieści, kochaniutka – dodał drugi.

Oba cienie wspięły się do powozu, który szybko odjechał.

Vimesowi zaimponowało sprawne działanie strażników na posterunku. Przecież nie wydawał im żadnych rozkazów.

Gdy tylko powóz wtoczył się na dziedziniec, Wiglet ze Scuttsem zeskoczyli i zamknęli bramę. Wewnątrz Colon i Waddy zatrzasnęli okiennice. Waddy poszedł do zbrojowni i wrócił z naręczem kusz. Wszystko to działo się szybko i – jak na tych ludzi – sprawnie.

Vimes szturchnął swoje młodsze ja.

– Zrób kakao, mały – poprosił. – Nie chcę stracić przedstawienia.

Usiadł przy biurku i oparł nogi o blat. Tymczasem Colon zamknął drzwi, a Waddy założył sztabę.

Tak się teraz dzieje, myślał, ale przedtem działo się inaczej. Tym razem spiskowcy z Morficznej zwiali. Nie wpadli w zasadzkę w czasie spotkania. Nie było starcia. Na widok tylu glin musieli się śmiertelnie przerazić. Zresztą nie byli specjalnie groźni – zwykli krzykacze, obiboki i gapie, ludzie, którzy stoją w tłumie za tym biednym durniem, co to jest ich przedstawicielem, krzyczą: „Tak, dobrze mówi!", a potem pryskają w boczne uliczki, kiedy tylko stróże prawa zaczynają się zachowywać bardziej stanowczo. Ale niektórzy zginęli w tej zasadzce, niektórzy walczyli, a potem jak zwykle jedno zdarzenie prowadziło do następnego... A tym razem żadnej zasadzki nie było, bo jakiś sierżant narobił hałasu...

Dwie różne teraźniejszości. Jedna przeszłość. I jedna przyszłość.

Nie wiem, co stanie się potem.

Jednak mogę się domyślić.

– Brawo, chłopcy – powiedział, wstając. – Wy skończcie blokować nas wewnątrz, a ja pójdę i powiem staremu, co się dzieje.

Wspinając się na schody, słyszał za plecami zdziwione pomruki.

Kapitan Tilden siedział przy biurku, wpatrzony w ścianę. Vimes zakaszlał głośno i zasalutował.

– Mieliśmy drobne... – zaczął.

I wtedy Tilden zwrócił ku niemu swą poszarzałą twarz. Wyglądał, jakby zobaczył ducha, i jakby to było w lustrze.

– Też o tym słyszeliście?

– Sir?

– Zamieszki na Siostrach Dolly – wyjaśnił Tilden. – Ledwie parę godzin temu.

Jestem za blisko, pomyślał Vimes, gdy dotarł do niego sens tych słów. Wszystkie te zdarzenia były tylko nazwami, zdawało się, że następowały prawie równocześnie. Siostry Dolly, tak... Zebrał się tam spory tłum napaleńców...

– Porucznik ze Straży Dziennej wezwał wojsko – ciągnął Tilden. – Do czego miał odpowiednie uprawnienia. Oczywiście.

– Który regiment? – zapytał Vimes dla zachowania pozorów. Nazwa była przecież w podręcznikach historii.

– Średnich Dragonów lorda Venturiego, sierżancie. Ten, w którym kiedyś służyłem.

Zgadza się, pomyślał Vimes. A kawaleria jest doskonale wyszkolona do kontroli cywilnego tłumu.

– I tego, no... było kilka... ehm, przypadkowych ofiar...

Vimesowi zrobiło się żal starego żołnierza. W rzeczywistości nigdy nie udowodniono, że wydano komuś rozkaz szarżowania na tłum, ale czy to ma znaczenie? Konie napierają, ludzie nie mogą się cofnąć z powodu ścisku za nimi... Dziecku aż nazbyt łatwo jest puścić dłoń opiekuna...

– Ale należy uczciwie zaznaczyć, że obrzucono oficerów różnymi obiektami, a jeden żołnierz został poważnie ranny.

Czyli wszystko w porządku, pomyślał Vimes.

– Jakie to były obiekty, sir?

– Owoce, jak rozumiem. Choć między nimi mogły się też znaleźć kamienie. – Vimes zauważył, że Tildenowi drży dłoń. – O ile mi wiadomo, rozruchy wybuchły z powodu cen chleba.

Nie. Protest dotyczył cen chleba, poprawił wewnętrzny głos Vimesa. Rozruchy to coś, co wybucha, kiedy ogarnięci paniką ludzie zostają ściśnięci między idiotami na koniach a innymi idiotami, którzy wrzeszczą „Tak, dobrze mówi!" i usiłują przecisnąć się do przodu, natomiast wszystkim tym rządzi dureń, któremu doradza maniak z metalową linijką.

– W pałacu panuje opinia – dodał wolno Tilden – że elementy rewolucyjne mogą zaatakować posterunki straży.

– Naprawdę, sir? Dlaczego?

– Bo tak się zwykle zachowują.

– Chcę poinformować, sir, że nasi ludzie właśnie zamykają okiennice i...

– Róbcie, co uznacie za konieczne, sierżancie. – Tilden machnął dłonią, w której trzymał nabazgrany list. – Nakazano nam dbać o przestrzeganie przepisów godziny strażniczej. To jest podkreślone.

Vimes milczał przez moment, nim się odezwał. Zdusił pierwszą nasuwającą się odpowiedź i rzucił jedynie:

– Bardzo dobrze, sir.

Po czym wyszedł.

Tilden nie był złym człowiekiem; musiały nim bardzo wstrząsnąć ostatnie wieści, inaczej nie wydałby tak głupiego i niebezpiecznego rozkazu. „Róbcie, co uznacie za konieczne”... Taki rozkaz przekazany komuś skłonnemu do paniki na widok grupy ludzi wymachujących pięściami daje w efekcie masakrę na Siostrach Dolly.

Zszedł po schodach. Oddział stał wokół z nerwowymi minami.

– Więzień w celi? – zapytał Vimes.

Kapral Colon przytaknął.

– Tajest, sierżancie. Ryjek mówił, że na Siostrach Dolly...

– Wiem. A teraz to, co uważam za konieczne. Zdejmiecie okiennice i sztabę, zostawicie drzwi otwarte i zapalicie wszystkie lampy. Dlaczego nie pali się ta niebieska nad wejściem?

– Nie wiem, sierżancie. Ale co będzie...

– Zapalcie ją, kapralu. A potem razem z Waddym staniecie na straży na zewnątrz, tak żeby było was widać. Jesteście przyjaźnie nastawionymi chłopakami z tej okolicy. Zabierzcie dzwonki, ale... i chcę, żeby to było całkiem jasne... żadnych mieczy. Zrozumiano?

– Bez mieczy?! – wybuchnął Colon. – A jeśli zza rogu wybiegnie wściekle wielki tłum, a ja będę nieuzbrojony?

Vimes zrobił dwa szybkie kroki i stanął z nim nos w nos.

– A jeśli będziesz miał miecz, to co zrobisz przeciwko wściekle wielkiemu tłumowi? Co powinni zobaczyć według ciebie? Bo ja chcę, żeby widzieli Grubego Colona, porządny chłopak, niezbyt bystry, znałem jego ojca, a ten obok to Waddy, pije w moim pubie... Jeśli zobaczą po prostu dwóch ludzi w mundurach i z mieczami, będziecie mieli kłopoty, a gdybyście dobyli tych mieczy, będziecie mieli prawdziwe kłopoty, a jeśli zupełnym przypadkiem, kapralu, dobędziecie dziś miecza i przeżyjecie, to pożałujecie, gdyż wtedy sobie z wami pogadam, jasne? I wtedy zrozumiecie, co znaczą kłopoty, bo wszystko, co się działo wcześniej, będzie się wydawało jakimś dniem na plaży! Zrozumiano?

Oczy Freda Colona wyszły z orbit. Tylko tak można to było określić.

– I niech mój łagodny, słodki głos wam nie sugeruje, że nie wydaję wam rozkazów – dodał Vimes i odwrócił się. – Vimes!

– Tak jest, sierżancie! – odpowiedział młody Sam.

– Mamy tu gdzieś piłę?

Wystąpił Ryjek.

– Mam skrzynkę z narzędziami, sierżancie.

– Gwoździe też?

– Tajest!

– Dobrze. Wyrwij drzwiczki z mojej szafki, wbij w nie dużo gwoździ na wylot, a potem połóż na podeście na piętrze, czubkami w górę. Ja wezmę piłę, bo idę do wychodka.

W ciszy, która zapadła, kapral Colon najwyraźniej uznał, że należy jakoś to skomentować. Odchrząknął.

– Jeśli ma pan kłopoty w takich sprawach, sierżancie – powiedział – pani Colon zna cudowne lekarstwo, które...

– To długo nie potrwa – przerwał mu Vimes.

W rzeczywistości potrwało cztery minuty.

– Załatwione – rzekł. Z szatni dobiegało stukanie młotka. – Pozwólcie ze mną, młodszy funkcjonariuszu. Pora na lekcję z techniki przesłuchań. Aha... i weźcie skrzynkę z narzędziami.

– Fredowi i Waddy'emu nie podoba się, że muszą stać na zewnątrz – poinformował Sam. – Pytają, co będzie, jeśli pojawi się banda Niewymownych.

– Nie muszą się martwić. Nasi przyjaciele z Kablowej nie należą do takich, co wchodzą od frontu.

Pchnął drzwi do aresztu. Więzień wstał i chwycił pręty kraty.

– No dobra. Przyszli po mnie, więc już mnie wypuśćcie – powiedział. – Pospieszcie się, to powiem o was dobre słowo.

– Nikt po ciebie nie przyszedł, mój drogi – oświadczył Vimes. Zamknął za sobą główne drzwi, a potem otworzył celę. – Pewnie mają dużo roboty – dodał. – Wybuchły jakieś zamieszki na Siostrach Dolly. Kilku zabitych. Może trochę potrwać, zanim ktoś tu po ciebie przyjdzie.

Więzień spojrzał z ukosa na skrzynkę narzędzi w ręku młodszego funkcjonariusza. Trwało to mgnienie oka, ale Vimes zauważył moment niepewności.

– Już łapię – oznajmił więzień. – Dobry glina i zły glina, tak?

– Jeśli chcesz. Ale brakuje nam trochę ludzi. Więc jeśli poczęstuję cię papierosem, będziesz uprzejmy sam siebie kopnąć w zęby?

– To taka gra, prawda? Wiecie przecież, że jestem z Sekcji Specjalnej. A ty jesteś nowy w mieście i chcesz na nas zrobić wrażenie.

No więc ci się udało. Dużo śmiechu, haha. Zresztą ja tylko stałem na czujce.

– Owszem, ale to przecież nie tak działa – odparł Vimes. – Teraz, kiedy cię mamy, możemy zdecydować, czemu jesteś winny. Wiesz, jak się to załatwia. Masz ochotę na piwo imbirowe?

Twarz więźnia znieruchomiała.

– Bo widzisz... – rzucił Vimes. – Po dzisiejszych rozruchach ostrzegli nas, że mamy się liczyć z atakami rewolucjonistów na posterunki straży. Otóż osobiście raczej się ich nie spodziewam. Spodziewam się za to, że przyjdzie sporo zwykłych ludzi, rozumiesz, bo przecież słyszeli, co się działo. Ale... i jeśli chcesz, możesz mnie nazywać panem Podejrzliwym... mam przeczucie, że wydarzy się coś o wiele gorszego. Rozumiesz, najwyraźniej mamy bardzo uważać na przestrzeganie przepisów o godzinie strażniczej. To znaczy, jak sądzę, że kiedy ludzie przyjdą się poskarżyć, że żołnierze zaatakowali bezbronnych obywateli, co moim zdaniem należy uznać za napad z użyciem niebezpiecznego narzędzia, powinniśmy ich aresztować. Uważam, że to dość...

Na górze wybuchło zamieszanie. Vimes gestem polecił młodemu Samowi pójść sprawdzić.

– Teraz, kiedy mój naiwny asystent wyszedł – dodał cicho – powiem jeszcze, że jeśli któryś z moich ludzi dzisiaj w nocy ucierpi, dopilnuję, żebyś do końca życia wył na widok butelki.

– Nic wam nie zrobiłem! Nawet mnie nie znasz!

– No i co z tego? Jak powiedziałem, załatwimy to w waszym stylu.

Sam wrócił pospiesznie.

– Ktoś wpadł do wychodka! – oznajmił. – Wspinał się na dach, który był podpiłowany i się załamał!

– To pewnie jeden z tych elementów rewolucyjnych – stwierdził Vimes, obserwując twarz więźnia. – Ostrzegali nas przed nimi.

– Mówi, że jest z Kablowej, sierżancie!

– Też bym mówił coś takiego, gdybym był elementem rewolucyjnym. No dobra, pójdziemy go sobie obejrzeć.

Na górze drzwi frontowe wciąż były otwarte. Na zewnątrz stało kilku ludzi, ledwie widocznych w kręgu światła lampy. Wewnątrz był za to sierżant Stuk, bardzo niezadowolony.

– Kto powiedział, że mamy tak wszystko otwierać? – pytał. – Na ulicach sytuacja wygląda paskudnie! Bardzo niebezpiecznie...

– Ja powiedziałem, że będzie otwarte – przerwał mu Vimes, wchodząc do środka. – To jakiś problem, sierżancie?

– No więc... sierżancie, po drodze słyszałem, że na Przyćmionej rzucają kamieniami w posterunek. – Stuk oklapł nieco. – Na ulicach są ludzie. Tłumy! Nie chcę nawet myśleć, co się dzieje poza centrum.

– I co?

– Jesteśmy policjantami! Powinniśmy się przygotować!

– Jak? Zaryglować drzwi i słuchać, jak kamienie stukają o dach? – zapytał Vimes. – A może wyjść stąd i wszystkich aresztować? Są ochotnicy? Nie? Coś wam powiem, sierżancie. Jeśli macie chęć na policyjną robotę, idźcie aresztować tego człowieka w wychodku. Pod zarzutem włamania...

Na górze rozległ się wrzask.

Vimes uniósł głowę.

– I tak sobie myślę, że jeśli pójdziecie na podest przy strychu, znajdziecie człowieka, który zeskoczył przez świetlik prosto na przypadkiem tam zapomniane nabijane gwoździami drzwiczki – dodał. Przyjrzał się zdumionej minie Stuka. – To chłopcy z Kablowej, sierżancie. Pomyśleli, że wejdą przez dach i wystraszą tępych mundurowych. Wsadźcie ich obu do cel.

– Aresztuje pan Niewymownych?

– Bez munduru. Bez odznaki. Uzbrojeni. Może zadbamy tu jednak o prawo, co? – rzucił Vimes. – Ryjek, gdzie to kakao?

– Pakujemy się w kłopoty! – krzyknął Stuk.

Vimes kazał mu czekać, aż zapali cygaro.

– I tak jesteśmy w kłopotach, Winsborough – powiedział, gasząc zapałkę. – Możemy tylko wybierać, które nam bardziej pasują. Dzięki, Ryjek.

Wziął od dozorcy kubek i skinął na Sama.

– Przejdźmy się na ulicę – zaproponował.

W pokoju zapadła nagła cisza. Zakłócały ją tylko bolesne jęki z góry i wrzaski z wychodka.

– Czemu tak stoicie dookoła, panowie? – zapytał. – Chcecie podzwonić swoimi dzwonkami? Ktoś ma ochotę krzyknąć, że wszystko jest w porządku?

I z tymi słowami, wiszącymi w powietrzu niczym wielki różowy obłok, Vimes wyszedł.

Ludzie kręcili się niedaleko – niewielkie grupki, trzy- lub czteroosobowe. Rozmawiali między sobą, od czasu do czasu oglądali się na posterunek.

Vimes usiadł na stopniach i wypił łyk kakao.

Równie dobrze mógłby spuścić spodnie. Grupki rozproszyły się, połączyły i zmieniły w publiczność. Jeszcze żaden człowiek pijący napój bezalkoholowy nie był ośrodkiem tak skupionej uwagi.

Miał rację. Zamknięte drzwi zachęcają do brawury. Człowiek pijący z kubka pod latarnią, najwyraźniej rozkoszujący się nocnym chłodem, to zachęta do przerwy.

– Wie pan, łamiemy godzinę strażniczą – oznajmił młody człowiek, błyskawicznie wysuwając się naprzód, a potem cofając z powrotem.

– Czy tak wolno? – spytał Vimes.

– To nas pan zaaresztuje?

– Nie ja – odparł z uśmiechem Vimes. – Mam teraz przerwę.

– Ach, tak... – Młody człowiek wskazał Colona i Waddy'ego. – Oni też?

– Teraz już tak. Kakao czeka, chłopcy. Ruszajcie. Ale nie musicie tak biegać, dla wszystkich wystarczy. I wracajcie tutaj, kiedy już dostaniecie swoje...

Kiedy ucichł szybki tupot butów, Vimes odwrócił się i uśmiechnął znowu.

– No a kiedy kończy pan przerwę? – zapytał młody człowiek.

Vimes przyjrzał mu się ze specjalną uwagą. Postawa go zdradzała. Był gotów walczyć, chociaż nie był typem wojownika. Gdyby znajdowali się w barze, barman zbierałby już z półek co droższe butelki, ponieważ amatorzy mają skłonność do rozbijania szkła. A tak... teraz zrozumiał, dlaczego przyszło mu do głowy porównanie z barem: z kieszeni młodego człowieka sterczała butelka. Wypił coś na odwagę.

– Och, myślę, że koło czwartku. – Vimes wciąż zerkał na butelkę.

Gdzieś w rosnącym tłumie rozległy się śmiechy.

– Czemu czwartku? – zdziwił się pijany.

– Bo w czwartek mam wolne.

Znowu śmiechy – tym razem więcej. Niewiele trzeba, by je wywołać, kiedy rośnie napięcie.

– Żądam, żebyście mnie aresztowali! – wykrzyknął pijany. – No już, próbujcie!

– Nie jesteś dość pijany – uznał Vimes. – Na twoim miejscu wróciłbym do domu i się przespał.

Palce pijaka zacisnęły się na szyjce butelki.

No to się zaczyna, pomyślał Vimes. Na oko sądząc, ma jedną szansę na pięć.

Na szczęście tłum nie był jeszcze zbyt liczny. W takich chwilach lepiej, żeby ludzie nie napierali z tyłu i nie dopytywali się, co się dzieje. A zapalone latarnie posterunku dobrze oświetlały zapaleńca.

– Przyjacielu, posłuchaj mojej rady i nawet o tym nie myśl – powiedział Vimes.

Znów wypił łyk kakao. Było już tylko letnie, ale razem z cygarem oznaczało, że ma zajęte obie ręce. To ważne. Nie trzyma broni. Nikt potem nie będzie mógł powiedzieć, że trzymał broń.

– Nie jestem waszym przyjacielem! – warknął młody człowiek i rozbił butelkę o mur przy schodach.

Szkło zadźwięczało na kamieniach. Vimes obserwował, jak wyraz twarzy tego człowieka zmienia się od napędzanej alkoholem wściekłości w ostre cierpienie... Patrzył, jak otwierają się usta...

Młody człowiek się zachwiał. Krew pociekła mu spomiędzy palców, a spomiędzy zębów wyrwał się niski, zwierzęcy odgłos.

Tak wyglądała scena w świetle: Vimes siedzi na stopniu, z zajętymi rękami, a kilka kroków od niego krwawiący młody człowiek. Żadnej walki, nikt nikogo nie dotknął... Wiedział, jak działa plotka, i chciał, by ten obraz utrwalił się w pamięci gapiów. Na końcu cygara był nawet słupek popiołu.

Po kilku sekundach wstał z bardzo zatroskaną miną.

– Niech ktoś mi pomoże, co?! – zawołał.

Zrzucił pancerz i ściągnął kolczugę. Złapał rękaw koszuli i urwał długi pas materiału.

Kilku innych, rozkazującym tonem wyrwanych z otępienia, przytrzymało zakrwawionego młodego człowieka. Jeden z nich sięgnął do zranionej dłoni.

– Zostaw – rzucił Vimes, zawiązując pas tkaniny na bezwładnym przegubie. – Ma całą rękę w tłuczonym szkle. Ułóżcie go jak najdelikatniej, ale niczego nie dotykajcie, dopóki nie założę mu opaski uciskowej. Sam, biegnij do stajni i przynieś dla tego chłopca derkę Marilyn. Ktoś tu zna doktora Lawna?

Jeden z oszołomionych gapiów przyznał, że zna, więc został po niego wysłany.

Vimes czuł na sobie spojrzenia tłumu. Zza drzwi wyglądali także strażnicy.

– Widziałem kiedyś coś takiego – powiedział głośno. A w myśli dodał „za dziesięć lat". – Pobili się w barze. Jeden złapał butelkę, nie umiał jej rozbić i skończył z odłamkami szkła w ręku, a drugi wtedy schylił się i ścisnął... – Tłum satysfakcjonująco stęknął. – Ktoś zna tego dzieciaka? – zapytał. – No przecież ktoś musi...

Jakiś człowiek z tłumu przyznał, że to może być Joss Gappy, uczeń szewski z warsztatu przy Nowej Szewskiej.

– No to miejmy nadzieję, że uda się uratować mu rękę – powiedział Vimes. – Przydałaby mi się nowa para butów.

To wcale nie było śmieszne, ale wzbudziło kolejny z tych śmiechów, jakie wybuchają z czystego wystraszonego zdenerwowania. A potem tłum się rozstąpił, żeby przepuścić Lawna.

– Aha – powiedział lekarz, klękając przy Gappym. – Wie pan, naprawdę nie rozumiem, po co mi łóżko. Początkujący mistrz butelki?

– Tak.

– Wygląda na to, że zrobiliście, co trzeba. Potrzebuję stołu i światła. Czy pańscy ludzie mogą go przenieść na posterunek?

Vimes miał nadzieję, że do tego nie dojdzie. Ale trudno, jakoś trzeba sobie poradzić...

Wskazał palcem kilku przypadkowych ludzi.

– Ty, ty, ty i ty, i pani też – rzekł. – Pomóżcie Fredowi i Waddy'emu zabrać tego chłopaka do środka, dobrze? Zostańcie z nim, a my zostawimy drzwi otwarte, zgoda? Wy wszyscy tutaj będziecie wiedzieli, co się dzieje. Nie mamy żadnych tajemnic. Wszyscy zrozumieli?

– No tak, ale pan jest gliną... – odezwał się ktoś.

Vimes skoczył do przodu i za koszulę wyciągnął z grupy młodego człowieka.

– Tak, jestem gliną – przyznał. – A widzisz tego dzieciaka, o tam? On też jest gliną. Nazywa się Sam Vimes. Mieszka ze swoją mamą na Kogudziobnej. A ten to Fred Colon, właśnie się ożenił, wynajmuje mieszkanie przy Starej Szewskiej. Eksponat C to Waddy, wszyscy tu znają Waddy'ego. Billy Wiglet, o tamten, urodził się na tej ulicy. Czy spytałem cię o nazwisko?

– N-nie – wymamrotał pytany.

– A wiesz dlaczego? Bo nie obchodzi mnie, kim jesteś. – Vimes puścił chłopaka i rozejrzał się. – Słuchajcie mnie wszyscy. Nazywam się John Keel! Nikt nie zostanie zabrany na ten posterunek, jeśli nie będę wiedział, z jakiego powodu! Wszyscy jesteście świadkami! Ci z was, których wskazałem, wejdziecie do środka, by się przekonać, że gramy uczciwie. Czy pozostali chcą tu czekać, żeby sprawdzić, co się stanie z Gappym? Doskonale, przyślę Ryjka, żeby przyniósł wam kakao. Albo możecie wracać do domów. Noc jest chłodna i powinniście leżeć w łóżkach. Ja na pewno chciałbym już spać w swoim. I tak, wiemy o Siostrach Dolly i wcale się nam to nie podoba, tak samo jak wam. I słyszeliśmy o Przyćmionej, i to też się nam nie podoba. To wszystko, co mam dziś do powiedzenia. A teraz... jeśli ktoś jeszcze chciałby dołożyć strażnikowi, może teraz wystąpić. Nie mam na sobie munduru. Załatwimy to od razu, tutaj, uczciwie, przy wszystkich. Są chętni?

Coś musnęło jego ramię i stuknęło o stopnie posterunku. Potem na dachu domu po drugiej stronie ulicy zgrzytnęły zsuwające się dachówki i jakiś człowiek runął z góry w krąg światła. Ludzie w tłumie syknęli, jeden czy dwóch krzyknęło głośno.

– Wygląda na to, że znalazł pan sobie ochotnika – zauważył ktoś.

Znów zabrzmiały te straszne, nerwowe chichoty.

Ludzie odsunęli się, by przepuścić Vimesa do nowo przybyłego.

Ten człowiek nie żył. Jeśli nawet nie był trupem, kiedy spadał z dachu, to stał się nim po uderzeniu o ziemię, ponieważ żadna szyja nie może normalnie tak wyglądać. Razem z nim spadła kusza.

Vimes przypomniał sobie podmuch przy ramieniu i wrócił do wejścia na posterunek. Nie musiał długo szukać bełtu, który połamał się na kilka kawałków.

– Ktoś zna tego człowieka?

Reakcja tłumu – nawet tych jego członków, którzy nie zdołali dobrze się przyjrzeć martwemu strzelcowi – sugerowała całkowitą ignorancję.

Vimes przeszukał kieszenie zabitego. Wszystkie były puste, co stanowiło wystarczający dowód tożsamości.

– Wygląda na to, że czeka nas długa noc – stwierdził i dał znak Colonowi, żeby to ciało także wniósł do środka. – Muszę wracać do pracy, panie i panowie. Jeśli ktoś ma ochotę zostać, a prawdę mówiąc, byłbym wdzięczny, gdybyście zostali, przyślę tu paru chłopców, żeby rozpalili ognisko. Bardzo dziękuję za cierpliwość.

Podniósł z ziemi swoją kolczugę i pancerz, po czym wszedł do budynku.

– Co robią? – zapytał Sama, nie oglądając się za siebie.

– Niektórzy odchodzą, ale większość stoi i czeka, sierżancie – odparł Sam. – Sierżancie, jeden z nich do pana strzelił!

– Naprawdę? A kto powiedział, że ten na dachu był jednym z nich? To droga kusza. Na dodatek nie miał niczego w kieszeniach. Nic. Nawet brudnej chusteczki.

– Bardzo dziwne, sierżancie – przyznał lojalnie Sam.

– Zwłaszcza że spodziewałem się małej karteczki z napisem w rodzaju „Zapewniam, że jestem członkiem kadry rewolucjonistów, możecie mi wierzyć". – Vimes uważnie przyglądał się zwłokom.

– Tak, to by potwierdziło, że jest rewolucjonistą. Na pewno – zgodził się Sam.

Vimes westchnął i przez chwilę wpatrywał się w mur.

– Ktoś zauważył coś ciekawego w tej kuszy? – zapytał wreszcie.

– To nowy bolsover A7 – stwierdził Fred Colon. – Niezła kusza, sierżancie. Chociaż nie jest bronią skrytobójców.

– Rzeczywiście. – Vimes przekręcił głowę trupa tak, żeby zobaczyli czubek małej metalowej strzałki za jego uchem. – Ale to już tak. Fred, znasz tu wszystkich. Gdzie o tej porze mogę dostać piwo imbirowe?

– Piwo imbirowe, sierżancie?

– Tak, Fred.

– Ale po co... – zaczął Colon.

– Nie pytaj, Fred. Zdobądź mi sześć butelek, dobrze?

Vimes wrócił do biurka, na którym – otoczony zafascynowaną publicznością – doktor Lawn pracował nad rannym Gappym.

– Jak idzie? – zapytał Vimes, przeciskając się do przodu.

– Wolniej, niżby poszło, gdyby ludzie nie zasłaniali mi światła. – Lawn ostrożnie przesunął pincetę nad kubek stojący przy dłoni Gappy'ego i wrzucił tam zakrwawiony odprysk szkła. – W piątkowe noce widywałem gorsze rzeczy. Nie straci czucia w palcach, jeśli o to panu chodzi. Tyle że przez jakiś czas nie będzie robił butów. No, gotowe.

Patrzący zamruczeli z aprobatą. Vimes zmierzył wzrokiem gapiów i strażników. Tu i tam toczyły się stłumione rozmowy; ponad ogólnym gwarem usłyszał takie frazy jak „nieprzyjemna sprawa" czy „mówią, że…".

Całkiem dobrze rozegrał swoje karty. Większość chłopaków mieszkała o ulicę czy dwie stąd. Co innego atakować bezimiennego drania w mundurze, a co innego rzucać kamieniami w starego Freda Colona, starego Waddy'ego czy starego Billy'ego Wigleta, których człowiek znał, odkąd miał dwa lata, i z którymi grywał po rynsztokach w wyścigi zdechłych szczurów.

Lawn odłożył pincetę i rozmasował palcami grzbiet nosa.

– To tyle – oznajmił ze zmęczeniem. – Parę szwów i będzie po wszystkim.

– Chciałbym, żeby obejrzał pan też paru innych – rzekł Vimes.

– A wie pan, jakoś mnie to nie zaskakuje.

– Jeden ma podziurawione stopy, jeden wpadł przez dach wychodka i skręcił sobie nogę, a jeden jest martwy.

– Nie sądzę, żebym mógł jakoś pomóc temu ostatniemu. A skąd pan wie, że jest martwy? I zdaję sobie sprawę, że mogę żałować tego pytania.

– Ma złamany kark po upadku z dachu, a myślę, że spadł z dachu, bo miał w mózgu stalowy bełt z kuszy.

– Aha. Rzeczywiście, brzmi to jak objawy zgonu, jeśli chce pan poznać moją opinię medyczną. Pan to zrobił?

– Nie!

– Cóż, jest pan człowiekiem zapracowanym, sierżancie. Nie może pan być wszędzie.

Lekarz uśmiechnął się szeroko, widząc, jak Vimes czerwienieje. Podszedł do ciała.

– Tak, faktycznie życie jest tu wyraźnie nieobecne – stwierdził. – I…?

– Chcę, żeby pan to napisał, jeśli można. Na papierze. Z oficjalnie brzmiącymi słowami, takimi jak „kontuzja" czy „przemieszczenia". Chcę, żeby pan to napisał i jeszcze dodał, o której godzinie pan odkrył, że on nie żyje. Później, jeśli to panu nie przeszkadza, dwóch chłopców weźmie pana na dół, żeby obejrzał pan pozostałych, a kiedy pan ich już opatrzy, za co dziękuję, zechce pan podpisać inny dokument, mówiący, że pan to zrobił i że ja pana wezwałem. Wszystko w dwóch kopiach poproszę.

– Dobrze. Ośmielę się zapytać: po co?

– Nie chcę, żeby potem ktoś mnie o to oskarżał.

– Ale czemu ktoś miałby pana oskarżać? Powiedział pan przecież, że ten tutaj spadł z dachu.

– To są podejrzliwe czasy, doktorze. Aha, jest już Fred. Udało ci się?

Kapral Colon wniósł skrzynkę. Stęknął i postawił ją na podłodze.

– Pani Arbiter nie lubi, kiedy ktoś się do niej dobija w środku nocy – oświadczył. – Musiałem dać jej dolara!

Vimes nie ośmielił się spojrzeć na twarz Lawna.

– Naprawdę? – zapytał możliwie niewinnym tonem. – I dostałeś to piwo?

– Sześć flaszek jej najlepszego towaru – potwierdził Colon. – Przy okazji, zapłaciłem trzy pensy kaucji za butelki. I... ehm... – Przestąpił z nogi na nogę. – Ehm... Słyszałem, że podłożyli ogień pod posterunek na Siostrach Dolly, sierżancie. Na Nastroszonym Wzgórzu też to fatalnie wygląda. I w posterunku na Flaku wybili wszystkie okna, a przy Najmniejszej Bramie paru chłopaków wyszło, żeby powstrzymać dzieciaki od rzucania kamieniami, i jeden z nich wyciągnął miecz, sierżancie...

– I...?

– Chyba przeżyje, sierżancie.

Doktor Lawn rozejrzał się po sali, gdzie wciąż dyskutowali ludzie. Ryjek krążył z tacą kubków kakao. Na ulicy kilku strażników stało wraz z resztą tłumu wokół zaimprowizowanego ogniska.

– Muszę przyznać, że mi pan zaimponował – rzekł. – Wygląda na to, że jesteście jedynym posterunkiem straży, który dzisiejszej nocy nie jest oblegany. Nie chcę wiedzieć, jak pan tego dokonał.

– Szczęście miało w tym swój udział – odparł Vimes. – I mam w areszcie trzech ludzi, którzy nie nosili przy sobie żadnego dowodu tożsamości, oraz tego anonimowego skrytobójcę, który został skrytobójczo zamordowany.

– Niezła zagadka – przyznał Lawn. – Na szczęście ja mam do czynienia tylko z prostymi tajemnicami, na przykład co oznacza jakaś wysypka.

– Zamierzam rozwiązać swoje raczej szybko – zapewnił Vimes.

Skrytobójca przesuwał się cicho z dachu na dach, aż znalazł się daleko od zamieszania wokół posterunku.

Jego ruchy można by opisać jako kocie, tyle że nie zatrzymywał się co chwilę, by spryskać teren uryną.

W końcu dotarł do jednej z wielu kryjówek górnego świata – kilka kominowych gąszczy tworzyło tu osłoniętą przestrzeń, całkiem niewidoczną z dołu i z większości okolicznych dachów. Jednak nie wszedł tam od razu – przez jakiś czas krążył dookoła, przechodząc w całkowitej ciszy od jednego punktu obserwacyjnego do następnego.

Przypadkowego obserwatora, który znałby sposoby działania Gildii Skrytobójców w Ankh-Morpork, zaskoczyłoby, jak bardzo niewidzialny jest ten adept. Kiedy się poruszał, widać było ruch, kiedy stawał, znikał zupełnie. Obserwator podejrzewałby użycie magii i w pewnym sensie miałby rację. Dziewięćdziesiąt procent każdej magii polega zwyczajnie na tym, że ktoś zna dodatkowe fakty.

Tajemnicza postać uznała chyba, że wszystko jest w porządku, i wskoczyła do zamkniętej przestrzeni. Wyjęła torbę z jej miejsca spoczynku między dwoma kominami. Ciche szelesty i trochę cięższy oddech sugerowały zmianę ubrania.

Po minucie czy dwóch skrytobójca wyłonił się i teraz był już jakoś widzialny. Trudny do zauważenia, owszem – jeden cień pośród wielu innych – ale jednak był tam w sposób, w jaki nie było go poprzednio, gdy zdawał się tak samo widoczny jak wiatr.

Zeskoczył lekko na dach przybudówki, a stąd na ziemię, gdzie wtopił się w cień. Nastąpiła kolejna transformacja.

Ta dokonała się łatwo. Groźna mała kusza została rozłożona i wsunięta w kieszenie aksamitnego futerału zabezpieczającego przed brzęczeniem. Miękkie skórzane obuwie zastąpiły cięższe buty, ukryte do tej chwili w mroku. Skrytobójca zsunął czarny kaptur.

Przeszedł swobodnie za róg i tam zaczekał kilka minut.

Nadjechała kareta. Szybko, bo płomienie falowały za jej pochodniami. Zwolniła na moment; drzwiczki otworzyły się i zamknęły.

Skrytobójca usiadł wygodnie na ławeczce. Kareta znów przyspieszyła.

Wewnątrz paliła się bardzo słaba lampa. Jej blask ukazywał siedzącą swobodnie naprzeciw kobiecą postać. Gdy kareta mijała uliczną lampę, pojawiała się sugestia liliowego jedwabiu.

– Przeoczyłeś kawałek. – Kobieta wyjęła liliową chusteczkę i przysunęła ją do twarzy skrytobójcy. – Poślin.

Posłuchał z ociąganiem. Wytarła mu policzek, a potem przysunęła chusteczkę do światła.

– Ciemnozielony – stwierdziła. – Bardzo dziwne. Jak rozumiem, Havelock, dostałeś zero punktów na egzaminie ze skradania się.

– Mogę spytać, jak to odkryłaś, madame?

– Och, słyszy się to i owo – odparła lekceważąco. – Wystarczy, że zabrzęczy się pieniędzmi przy czyimś uchu.

– No cóż, to prawda – przyznał skrytobójca.

– Dlaczego tak się stało?

– Egzaminator uznał, że użyłem podstępu, madame.

– A użyłeś?

– Oczywiście. Sądziłem, że właśnie o to chodzi.

– Mówił też, że nigdy nie uczęszczałeś na jego lekcje.

– Ależ uczęszczałem. Bardzo skrupulatnie.

– Twierdzi, że nigdy cię nie widział.

Havelock się uśmiechnął.

– Chcesz przez to powiedzieć, madame...?

Wybuchnęła śmiechem.

– Napijesz się szampana?

Zabrzmiał chrzęst butelki przesuwającej się w wiaderku z lodem.

– Dziękuję, madame, ale nie.

– Jak sobie życzysz. Ja tak. A teraz... melduj.

– Wciąż nie mogę uwierzyć w to, co zobaczyłem. Myślałem, że to zbir. I jest zbirem. Widać, jak mięśnie za niego myślą. Tylko że on w każdej kolejnej chwili uchyla ich decyzje. Myślę, że widziałem dzieło geniusza. Ale...

– Co?

– On jest zaledwie sierżantem, madame.

– Nie lekceważ go z tego powodu. Dla odpowiedniego człowieka to bardzo wygodna ranga. Optymalne zrównoważenie władzy i odpowiedzialności. Podobno umie rozpoznawać ulicę przez podeszwy butów, które w tym właśnie celu nosi bardzo cienkie.

– Hm... To prawda, że istnieje wiele różnych nawierzchni, ale...

– Zawsze jesteś taki poważny w tych sprawach, Havelock. Całkiem niepodobny do swego zmarłego ojca. Myśl... mitologicznie.

On umie rozpoznać ulicę. Słyszy jej głos, mierzy jej temperaturę, czyta jej myśli, ulica przemawia do niego przez podeszwy butów. Policjanci są tak samo przesądni jak zwykli ludzie. Wszystkie inne posterunki były dziś w nocy zaatakowane. Pewnie, ci od Swinga prowokowali ludzi do tego, jednak najwięcej szkód wyrządziła głupota i złośliwość. Ale nie na Kopalni Melasy. Nie. Keel otworzył drzwi i wpuścił ulicę do środka. Chciałabym wiedzieć o nim coś więcej. Mówiono mi, że w Pseudopolis uważany był za powolnego, rozważnego, rozsądnego. Wydaje się, że tutaj rozkwitł.

– Inhumowałem człowieka, który usiłował przyciąć jego pączek.

– Doprawdy? To nie wygląda na Swinga. Ile ci jestem winna?

Havelock wzruszył ramionami.

– Niech będzie dolar – rzekł.

– To bardzo tanio.

– Nie był więcej wart. Ale powinienem cię ostrzec, pani. Już wkrótce zechcesz może, bym załatwił sprawę Keela.

– Z pewnością ktoś taki jak on nie stanie po stronie Windera i Swinga.

– On sam w sobie jest stroną. Stanowi komplikację. Możesz uznać, pani, że lepiej będzie, by... zaprzestał komplikowania.

Turkot karety podkreślał tylko ciszę, jaką wywołała ta uwaga. Powóz jechał teraz przez bardziej zamożną część miasta, gdzie było więcej świateł, a godzina strażnicza – przeznaczona dla ludzi biedniejszych – mniej ściśle przestrzegana. Madame gładziła kota, który leżał jej na kolanach.

– Nie. Przyda się do czegoś – stwierdziła. – Wszyscy opowiadają mi o Keelu. W świecie, w którym każdy porusza się po łukach, on sunie w linii prostej. A ruch po prostej w świecie krzywych jest niezwykle skuteczny.

Pogłaskała kota. Zamiauczał cicho. Był żółty i miał na pyszczku wyraz zadziwiającej satysfakcji, choć co pewien czas z niechęcią drapał obróżkę.

– Zmieńmy temat – rzekła madame. – O co chodziło z tą książką? Nie chciałam zbytnio zwracać na was uwagi.

– Och, to niezwykle rzadkie dzieło. Udało mi się zdobyć egzemplarz. O naturze maskowania.

– Ten głupi i prymitywny chłopak ją spalił.

– Owszem. To był uśmiech szczęścia. Bałem się, że może próbować ją przeczytać. – Havelock się uśmiechnął. – Chociaż ktoś musiałby mu pomóc przy dłuższych słowach.

– Była wartościowa?

– Bezcenna. Zwłaszcza teraz, kiedy jest zniszczona.

– Ach... Zawierała cenne informacje. Być może dotyczące koloru ciemnej zieleni. Opowiesz mi?

– Mógłbym opowiedzieć. – Havelock znów się uśmiechnął. – Ale wtedy musiałbym znaleźć kogoś, kto mi zapłaci za twoją śmierć, pani.

– W takim razie nie mów. Ale uważam, że Zaczepiacz Psów to nieładne przezwisko.

– Kiedy ktoś nazywa się Vetinari, jest zadowolony, że to tylko Zaczepiacz Psów. Czy możesz, pani, wysadzić mnie kawałek przed gildią? Wejdę przez dach. Muszę się zająć tygrysem, zanim pójdę... wiesz, pani.

– Tygrys. Jakież to podniecające. – Znów pogłaskała kota. – Znalazłeś już drogę do wnętrza?

Vetinari wzruszył ramionami.

– Drogę znam od lat, madame. Ale teraz on rozstawił w pałacu połowę regimentu. Czterech, pięciu gwardzistów przy każdych drzwiach, nieregularne patrole i punkty obserwacyjne. Nie przedostanę się przez nich. Ale wprowadź mnie tylko do środka, pani, a ludzie nie stanowią problemu.

Kot drapnął łapą obrożę.

– Czy to możliwe, że ma alergię na diamenty? – zastanowiła się madame. Podniosła zwierzaka. – Kiciuś jeśt uciulony na diamenciki?

Havelock westchnął, ale tylko w myślach, ponieważ szanował swoją ciotkę. Chciałby tylko, by w kwestii kotów okazywała więcej rozsądku. Instynktownie wyczuwał, że jeśli – dyskutując o intrygach i planach – ktoś pieści kota, powinien być to kot o długiej białej sierści. Na pewno nie podstarzały dachowiec dręczony nieregularnymi atakami wzdęć.

– A co z sierżantem? – zapytał, możliwie grzecznie przesuwając się na ławce.

Dama w liliowej sukni delikatnie odłożyła kota na siedzenie. Rozszedł się niepokojący zapach.

– Sądzę, że powinnam możliwie szybko spotkać się z panem

Keelem – oświadczyła. – Może da się go okiełznać. Przyjęcie jest jutro wieczorem. Ehm... Czy zechciałbyś otworzyć okno?

Trochę później tej samej nocy Downey wracał chwiejnym krokiem do swojej sypialni po wieczorze spędzonym wesoło w Pokoju Prefektów. I nagle zauważył, że zgasła pochodnia.

Wydobył sztylet z szybkością zaskakującą dla kogoś, kto widziałby tylko jego zaczerwienioną twarz i niepewny krok. Rozejrzał się po korytarzu. Wszędzie sięgały szare cienie, ale nic ponadto. No cóż, czasami w końcu pochodnie gasną tak same z siebie...

Zrobił krok naprzód.

Kiedy następnego ranka obudził się we własnym łóżku, ból głowy przypisał marnej brandy. A jakiś pętak pomalował mu twarz w pomarańczowe i czarne pasy.

Znów zaczął padać deszcz. Vimes lubił deszcz. Kiedy padało, liczba ulicznych przestępstw gwałtownie spadała. Ludzie siedzieli pod dachem. Kilka najlepszych nocy w jego karierze było deszczowych – stał w mroku przy ścianie jakiegoś budynku, z głową pochyloną tak, że mało co było widać pomiędzy hełmem a kołnierzem; stał i słuchał szumu srebrzystych kropli deszczu.

Kiedyś stał tak cichy, zamknięty w sobie, tak nieobecny, że uciekający złodziej, który wymknął się ścigającym, oparł się o niego, by chwilę odetchnąć. A kiedy Vimes objął go ramionami i szepnął do ucha „Mam cię", najwyraźniej zrobił w spodnie to, czego jakieś czterdzieści lat wcześniej ukochana matka cierpliwie uczyła go nie robić.

Ludzie poszli już do domu. Pozszywany Gappy został odprowadzony na Nową Szewską, gdzie Fred Colon – którego rumiana, okrągła twarz promieniowała szczerością – grzecznie wytłumaczył jego rodzicom, co zaszło. Lawn, być może, zdołał w końcu skorzystać ze swojego łóżka.

A deszcz bulgotał w rynnach, chlustał z rzygaczy, spływał rynsztokami i tłumił wszelkie dźwięki.

Przydatna rzecz, taki deszcz.

Vimes sięgnął po butelkę najlepszego piwa imbirowego pani Arbiter. Pamiętał je. Było wściekle mocno gazowane, a zatem bardzo popularne. Młody chłopiec – przy odpowiedniej zachęcie i ćwiczeniach – mógł po pewnym czasie odegrać beknięciami całą pierwszą zwrotkę hymnu narodowego, i to po jednym pociągnięciu. To istotny atrybut towarzyski, kiedy ma się osiem lat.

Vimes wybrał do tej roboty Colona i Waddy'ego. Nie chciał w nią wplątywać młodego Sama. Nie chodzi o to, że planował coś nielegalnego, tyle że miało to taki sam wygląd i zapach jak coś nielegalnego. Vimes wolał się nie tłumaczyć.

Areszt był stary, o wiele starszy niż stojący nad nim budynek. Żelazne klatki dodano niedawno i nie zajmowały całej przestrzeni. Za przejściem w murze znajdowały się kolejne piwnice, zawierające niewiele ponad szczury i śmieci, ale – co ważne – niewidoczne z klatek.

Vimes kazał przenieść tam zabitego strzelca. Nic w tym złego. Był środek nocy, paskudna pogoda, nie warto budzić ludzi w kostnicy, kiedy pod ręką jest wygodna i chłodna piwnica.

Przez wizjer w drzwiach obserwował, jak ciało wędruje przed celami. Wywołało pewne poruszenie, zwłaszcza u pierwszego z zatrzymanych. Dwaj pozostali wyglądali na ludzi, którzy wiele zła oglądali w imię zarabiania pieniędzy; nie robiło im specjalnej różnicy, czy byli wynajęci do kradzieży, czy do zabicia gliny; nauczyli się nie reagować przesadnie na śmierć, która nie jest ich własną.

Za to pierwszy wyraźnie się denerwował. Szczurek – tak nazwał go Vimes – był najlepiej ubrany z całej trójki, cały na czarno, miał kosztowny sztylet, a na palcu srebrny pierścień z trupią czaszką. Dwaj pozostali ubierali się nijako, a ich broń była praktyczna, nic specjalnego, tyle że wyraźnie często używana.

Żaden prawdziwy skrytobójca nie nosiłby do pracy biżuterii. Jest niebezpieczna i błyszczy. Ale Szczurek chciał być kimś ważnym. Prawdopodobnie przed wyjściem z domu sprawdzał w lustrze, czy ma odpowiedni styl. Należał do takich małych dupków, którzy podniecają się pokazywaniem swojego sztyletu kobietom w barach.

Krótko mówiąc, Szczurek miał wielkie marzenia. Szczurek miał wyobraźnię.

I bardzo dobrze.

Strażnicy wrócili i chwycili przygotowane przez Vimesa pakunki.

– Pamiętajcie: załatwiamy to szybko – uprzedził. – Są niespokojni, są zmęczeni, nikt po nich nie przyszedł i musieli widzieć swojego całkiem martwego kolegę. Nie chcemy, żeby dwaj pierwsi mieli czas do namysłu. Zrozumiano?

Kiwnęli głowami.

– A tego małego zostawimy na sam koniec. Niech ma mnóstwo czasu...

Szczurek rozważał swoje perspektywy. Niestety, nie trwało to długo.

Zdążył się już pokłócić z dwójką pozostałych. Ależ był z nich zespół ratowniczy... Nawet nie ubierali się odpowiednio. Lecz mundurowi też nie zachowywali się właściwie. Wszyscy wiedzą, że oni się zawsze wycofują. Nie powinni stawiać oporu. Nie powinni okazywać śladów inteligencji. Przecież...

Główne drzwi do aresztu otworzyły się z trzaskiem.

– Pora na piwo imbirowe! – ktoś krzyknął.

Strażnik przebiegł przed celami ze skrzynką pełną butelek. Zniknął w dalszych pomieszczeniach.

W areszcie było dość ciemno. Szczurek skulił się pod ścianą i patrzył, jak dwóch strażników otwiera celę, stawia skutego lokatora na nogi, wyciąga go na zewnątrz, a potem prowadzi za róg.

Głosy miały słabe echo.

– Przytrzymaj go. Uważaj na nogi.

– Gotowe! Dawaj butelkę! Trzeba nią mocno potrząsnąć, inaczej nic z tego nie będzie!

– No dobra, przyjacielu. Masz ochotę coś nam powiedzieć? Nazwisko? Nie? Wiesz, to jest tak, że w tej chwili niespecjalnie nas obchodzi, czy będziesz gadał, czy nie...

Rozległo się głośne puknięcie, syk, a potem... wrzask, eksplozja cierpienia.

Kiedy ucichł, rozdygotany Szczurek usłyszał, jak ktoś mówi:

– Szybko, bierzmy następnego, zanim kapitan nas przyłapie!

Skulił się jeszcze bardziej, gdy dwaj strażnicy wpadli do sąsiedniej celi, wywlekli szarpiącego się więźnia i poprowadzili w ciemność.

– No dobra. Masz jedną szansę. Będziesz mówił? Tak? Nie? Za późno!

I znowu puknięcie, i znowu syk, i znowu wrzask. Tym razem był głośniejszy i trwał dłużej, a kończył się cichym bulgotem.

Szczurek kucnął przy ścianie, gryząc palce.

Za rogiem, w świetle pojedynczej latarni, Colon szturchnął Vimesa, zmarszczył nos i wskazał w dół.

Między wszystkimi celami biegł rowek ściekowy, prymitywne rozwiązanie służące higienie. Teraz ciekł nim powoli wąski strumyk – Szczurek się denerwował.

Mam cię, pomyślał Vimes. Ale dobra wyobraźnia potrzebuje więcej czasu. Pochylił się, a dwóch pozostałych zbliżyło się wyczekująco.

– No jak – odezwał się cichym szeptem. – Mieliście już urlop, chłopcy?

Po kilku minutach rozmowy na bardzo obojętne tematy Vimes wstał, podszedł do ostatniej celi, otworzył drzwi i chwycił Szczurka, który usiłował wcisnąć się w kąt.

– Nie! Błagam! Powiem wszystko, co chcecie! – zawołał.

– Tak? – burknął Vimes. – Jaka jest prędkość orbitalna księżyca?

– Co?

– Ach, wolałbyś coś łatwiejszego? – Vimes wyciągnął go z celi. – Fred! Waddy! Ten chce gadać! Dajcie notes!

Zajęło to pół godziny. Fred Colon nie pisał szybko. Wreszcie bolesne odgłosy jego trudów zakończyło pchnięcie ostatniej kropki.

– Dobrze, mój panie – rzekł Vimes. – A teraz napisz na końcu: „Ja, Gerald Przynajmny, zamieszkały obecnie w Pogańskim Stowarzyszeniu Młodych Mężczyzn, składam to oświadczenie z własnej woli i bez żadnego przymusu". I podpisz. Bo jak nie... rozumiesz?

– Tak, sir.

Inicjały GP były wyryte na sztylecie. Vimes wierzył im. W swojej karierze spotkał już wielu Przynajmnych. Wszyscy mieli skłonność do puszczania farby na samą myśl o puszczaniu farby. A kiedy już zaczynali, mówili wszystko. Zresztą każdy, kto widział sztuczkę z piwem imbirowym przeprowadzoną na kimś innym, przyznałby się do wszystkiego.

– I załatwione – stwierdził z uśmiechem i wstał. – Dziękujemy za współpracę. Podrzucić cię na Kablową?

Wyraz twarzy Szczurka, choć nie jego usta, mówił: „Znaczy jak?".

– Musimy odwieźć obu twoich kolegów. – Vimes odrobinę podniósł głos. – Todzy'ego i Muffera. Trupa zawieziemy do kostnicy. Trzeba przygotować trochę papierów. – Skinął na Colona. – Jeden egzemplarz twojego bardzo pomocnego zeznania. Jedno świadectwo zgonu od lekarza dla tego tajemniczego typa, a możesz być spokojny, że postaramy się złapać jego zabójcę. Kwit od Mossy'ego na maść, którą posmarował stopy Muffera. Aha... oraz rachunek za sześć flaszek piwa imbirowego.

Wziął Szczurka za ramię i przeprowadził do sąsiedniej piwnicy, gdzie siedzieli zakneblowani, związani i czerwoni z wściekłości Todzy i Muffer. Na stole obok stała skrzynka z sześcioma flaszkami piwa imbirowego. Korki były solidnie umocowane drutem.

Szczurek wytrzeszczył oczy na Vimesa, który wsunął palec do ust, wydął policzki i wyciągnął palec z głośnym puknięciem.

Waddy zasyczał przez zęby.

Fred Colon otworzył usta, ale Vimes szybko zasłonił mu je dłonią.

– Nie, lepiej nie – powiedział. – Zabawna historia, Geraldzie, ale ten oto Fred często wrzeszczy głośno bez żadnego powodu.

– Oszukaliście mnie! – jęknął Szczurek.

Vimes poklepał go po ramieniu.

– Oszukaliśmy? W jaki sposób?

– Udawaliście, że robicie sztuczkę z piwem imbirowym!

– Sztuczka z piwem imbirowym? – Vimes zmarszczył czoło. – A co to takiego?

– Wiecie! Znieśliście tutaj te flaszki!

– Nie pijemy alkoholu na służbie, Geraldzie – oświadczył surowo Vimes. – Ale co jest złego w paru łykach piwa imbirowego? Nie umiemy z nim robić żadnych sztuczek, Geraldzie. A może ty znasz jakieś? Widziałeś ostatnio jakieś dobre sztuczki, Geraldzie? Opowiedz!

Szczurkowi przyszło wreszcie do głowy, że powinien przestać mówić. Stało się to o jakieś pół godziny za późno. Wyraz widocznych części twarzy Todzy'ego i Muffera sugerował, że obaj bardzo chcieliby zamienić z nim kilka słów na osobności.

– Żądam aresztu zapobiegawczego – wyrzucił.

– Akurat kiedy chcę cię wypuścić, Geraldzie? Mówiłeś w swoim oświadczeniu... jak to szło, Fred? Coś o wykonywaniu rozkazów? Cała ta historia o mieszaniu się z tłumem, rzucaniu różnymi rzeczami w strażników i żołnierzy... nie chciałeś tego robić, wiem. Wcale ci się nie podobało, że na Kablowej bije się ludzi i mówi im, do czego mają się przyznać. Wyraźnie nie należysz do takich typów. Jesteś drobną płotką, rozumiem. Uznajmy, że jesteśmy kwita. Co ty na to?

– Proszę! Opowiem wam wszystko, co wiem! – pisnął Szczurek.

– To znaczy, że nie opowiedziałeś?! – ryknął Vimes. Odwrócił się i chwycił butelkę.

– Tak! Nie! To znaczy, jeśli posiedzę w spokoju, na pewno sobie jeszcze coś przypomnę!

Przez chwilę Vimes patrzył mu w oczy, a potem upuścił butelkę do skrzynki.

– No dobrze – ustąpił. – To będzie dolar dziennie, posiłki ekstra.

– Tak jest, sir!

Szczurek pobiegł z powrotem do celi i zamknął za sobą drzwi. Vimes zwrócił się do Freda i Waddy'ego.

– Idźcie obudzić Marilyn – polecił. – Odwieziemy pozostałych trzech.

Deszcz padał bezustannie, a Kablową przesłaniała lekka mgiełka. Powóz nadjechał znikąd. Fred popędził Marilyn do czegoś zbliżonego do galopu, a kiedy skręciła za róg, usiłowała nie dać się dogonić ciężkiemu, turkoczącemu powozowi z tyłu.

Kiedy mijali posterunek, otworzyły się drzwiczki z tyłu i na mokry bruk wypadły dwa ciała.

Wybiegli strażnicy. Jeden czy dwóch strzeliło za oddalającym się powozem, ale bełty brzęknęły tylko niegroźnie o żelazne pasy.

Inni dość ostrożnie podeszli do związanych ciał. Słyszeli przerywane przekleństwami stękania. Do jednego z leżących przypięto jakieś papiery.

Przeczytali notkę. Nie śmiali się.

Vimes zdjął uprząż ze starej kobyły, wytarł ją i sprawdził paszę. Pojemniki były chyba pełniejsze niż poprzednio. Może zadziałały wyrzuty sumienia.

Wyszedł ze stajni. Posterunek jarzył się światłami. Teraz, kiedy pogasły uliczne lampy, był niczym latarnia morska. Za murem dziedzińca otaczała go prawdziwa noc, stara noc z mackami mgły i pełzającymi cieniami. Vimes odprężył się i okrył nią jak płaszczem.

Ciemność przy bramie była zbyt głęboka...

Znów sięgnął po cygarnicę, zaklął i wyjął cygaro zza rękawa koszuli. Złożył dłonie, kiedy je zapalał, ale oczy zamknął mocno, by zachować zdolność widzenia w ciemności.

Uniósł głowę i wydmuchał pierścień dymu.

Tak. Wszystkim się wydaje, że w nocy nie widać czerni. Mylą się.

Podszedł, by zamknąć bramę, a potem jednym płynnym ruchem dobył miecza.

Sadie podniosła głowę, odsłaniając blady owal twarzy pod czepkiem.

– Dzień dobry, drogi panie – powiedziała.

– Dzień dobry, Sadie – odpowiedział ze znużeniem Vimes. – Czemu zawdzięczam ten zaszczyt?

– Madame chce się z panem spotkać, drogi panie.

– Jeśli mówisz o Rosie, to byłem trochę zajęty...

Dotsie trafiła go torebką w tył głowy.

– Madame nie lubi czekać, kochaniutki.

Tak brzmiały ostatnie słowa, jakie usłyszał, nim noc objęła go całkowicie.

Ciotki były fachowcami. Pewnie nawet Mossy Lawn nie potrafiłby tak precyzyjnie człowieka wyłączyć.

Vimes budził się powoli. Siedział w fotelu. Był to niezwykle wygodny fotel.

Zobaczył Sandrę – Prawdziwą Szwaczkę. Przyglądała mu się badawczo.

– Chyba nic mu nie jest – stwierdziła.

Usiadła w drugim fotelu i wymierzyła w Vimesa z kuszy.

– A wiesz... – powiedział Vimes... To naprawdę był bardzo wygodny fotel, przypominał mu o miękkości, która w ostatnich kilku dniach zniknęła z jego życia. – Jeśli ktoś chce ze mną porozmawiać, wystarczy mu poprosić, do demona!

– Sadie mówiła, że będzie pan nieprzytomny przez dziesięć minut, ale wtedy zaczął pan chrapać, więc pomyślałyśmy, że pozwolimy panu trochę pospać – oświadczyła Rosie Palm, pojawiając się w polu widzenia. Miała na sobie czerwoną wieczorową suknię z odsłoniętym ramieniem, imponująco wielką perukę i mnóstwo biżuterii. – Wiele pieniędzy kosztuje, żeby wyglądać tak tanio, sierżancie – dodała, widząc jego minę. – Nie mogę tu zostać długo, muszę chodzić i rozmawiać z ludźmi. A teraz, czy...

– Snapcase obiecał wam, moje panie, że dostaniecie zgodę na powołanie własnej gildii, prawda? – przerwał jej Vimes. Udawał tylko, że wie, ale miał już dosyć budzenia się w dziwnych miejscach. – Tak myślałem. I wy mu uwierzyłyście? To się nie stanie. Kiedy zostanie Patrycjuszem, przestanie zwracać na was uwagę.

W końcu na nic już nie będzie zwracał uwagi. Obłąkany lord Snapcase. Następny Winder, tyle że miał elegantsze kamizelki i więcej podbródków. Takie samo kumoterstwo, ta sama zachłanność, ta sama głupia arogancja – kolejna pijawka w długim szeregu pijawek, po których Vetinari wydawał się powiewem świeżego powietrza. Ha... Vetinari. Tak, on też się gdzieś tutaj kręci, nie ma wątpliwości, uczy się tej swojej miny, która nigdy, ale to nigdy nie sugeruje, co tak naprawdę myśli... Dopiero on da wam tę wymarzoną gildię. I gdzieś tutaj jest. Wiem.

– Nie spodziewajcie się niczego od Snapcase'a – powiedział głośno. – Pamiętajcie, byli ludzie, którzy uważali, że Winder to przyszłość.

Pewną przyjemność sprawił mu wyraz twarzy Rosie Palm.

– Daj mu drinka, Sandro – poleciła w końcu. – Jeśli się ruszy, strzel mu w oko. Dam znać madame.

– Chcesz mi wmówić, że ona z tego strzeli?

– Sandra ma bardzo użyteczny rys wojowniczości. Wczoraj pewien dżentelmen... zachował się niegrzecznie. Sandra wpadła i... byłby pan zdziwiony, co zrobiła grzybkiem.

Vimes zerknął na kuszę. Dziewczyna miała bardzo pewną rękę.

– Chyba nie całkiem rozu... – zaczął.

– To taki drewniany przyrząd, który ułatwia cerowanie skarpet – wyjaśniła Sandra. – Uderzyłam go za uchem.

Przez moment Vimes patrzył na nią tępo.

– Dobrze. Dobrze – powiedział w końcu. – Siedzę bardzo spokojnie, słowo daję.

– Rozsądnie – pochwaliła Rosie.

Odwróciła się energicznie, aż zamiotła suknią podłogę. Podeszła do dużych, rzeźbionych podwójnych drzwi, a kiedy je otworzyła, rozległ się gwar. Toczyła się jakaś rozmowa, pachniały cygara i alkohol, dobiegły słowa: „...by zmienić dominujące poglądy...", a potem drzwi zamknęły się cicho.

Vimes nie ruszał się z miejsca. Zdążył przywiązać się do tego fotela, poza tym zdarzenia sugerowały, że niedługo znowu ktoś zechce go uderzyć.

Nie wypuszczając kuszy, Sandra postawiła przy nim bardzo dużą szklankę whisky.

– A wiesz – powiedział – w przyszłości ludzie będą się zastanawiać, jak w mieście szmuglowano całą tę broń.

– Nie mam pojęcia, o czym pan mówi.

– A to dlatego, że chłopcy ze straży nigdy nie zaczepiają szwaczek, niezależnie od godzin strażniczych. – Vimes patrzył na whisky. – Ani eleganckich powozów – dodał. – Strażnik, który by spróbował, może się wpakować w poważne kłopoty.

Czuł zapach alkoholu. To była dobra whisky z gór, nie miejscowy kwas.

– Nie powiedział pan nikomu o koszyku – stwierdziła Sandra. – Ani nie przekazał nas pan Niewymownym. Jest pan jednym z nas?

– Wątpię.

– Przecież nawet pan nie wie, kim jesteśmy.

– Mimo to wątpię.

Usłyszał, że ktoś otworzył i zamknął drzwi. Zaszeleściła długa suknia.

– Sierżant Keel? Tyle już o panu słyszałam! Zostaw nas, Sandro, proszę. Jestem pewna, że dama nie musi się obawiać dzielnego sierżanta.

Madame była tylko trochę niższa od Vimesa. Może pochodzić z Genoi, pomyślał, albo spędziła tam długi czas. Ślad pozostał w akcencie. Brązowe oczy, brązowe włosy... ale włosy kobiety mogą zmieniać kolor z dnia na dzień... I purpurowa suknia, wyglądająca na bardzo kosztowną. Oraz wyraz twarzy, który mówił wyraźnie, że właścicielka twarzy dobrze wie, co ma się zdarzyć, i pilnuje spraw jedynie dla pewności...

– Niech pan nie przeoczy elegancko pomalowanych paznokci – rzekła. – Ale jeśli próbuje pan odgadnąć moją wagę, proszę nie liczyć na pomoc. Może mnie pan nazywać madame.

Usiadła naprzeciwko, złożyła dłonie i spojrzała na Vimesa ponad nimi.

– Dla kogo pan pracuje? – spytała.

– Jestem funkcjonariuszem Straży Miejskiej – odparł Vimes. – Sprowadzonym tutaj przemocą… madame.

Machnęła ręką.

– Może pan odejść, kiedy tylko pan zechce.

– To wygodny fotel – oświadczył Vimes. Nie pozwoli się teraz odesłać. – Naprawdę jest pani z Genoi?

– Naprawdę jest pan z Pseudopolis? – Madame uśmiechnęła się do niego. – Przekonałam się, że opłaca się nie pochodzić nigdy z jakichś bliskich okolic. To ułatwia życie. Ale istotnie, długo mieszkałam w Genoi. Mam tam… interesy. – Znów się uśmiechnęła. – Teraz z pewnością myśli pan „dawna szwaczka", prawda?

– Szczerze mówiąc, myślałem raczej o krawiectwie na miarę – odparł Vimes, a ona wybuchnęła śmiechem. – Ale przede wszystkim – dodał – pomyślałem: rewolucjonistka.

– Proszę mówić dalej, sierżancie. – Wstała. – Pozwoli pan, że napiję się szampana? Zaproponowałabym panu, ale rozumiem, że pan nie pije.

Vimes zerknął na czubatą szklaneczkę whisky.

– Sprawdzałyśmy tylko. – Madame wyjęła dużą butlę z wielkiego jak kadź wiaderka lodu. – Nie jest pan sierżantem. Rosie miała rację. Był pan oficerem. I to nie takim zwykłym oficerem. Jest pan bardzo opanowany, sierżancie Keel. Siedzi pan tutaj, w wielkim domu, w buduarze damy, z kobietą o niełatwej cnocie. – Nalała z butli do czegoś, co wyglądało jak niebieski kubek z wymalowanym pluszowym misiem. – A nie wygląda pan na zmieszanego. Skąd pan naprawdę tu przybył? Nawiasem mówiąc, może pan palić.

– Z bardzo daleka.

– Überwald?

– Nie.

– Mam… interesy w Überwaldzie – oświadczyła madame. – Niestety, sytuacja tam staje się dość niestabilna.

– Dobrze. Rozumiem – stwierdził Vimes. – Chciałaby pani mieć takie znacząca pauza interesy także w Ankh-Morpork. Jeśli się ustabilizuje.

– Brawo. Powiedzmy tyle, że moim zdaniem to miasto ma wspaniałą przyszłość i chciałabym w niej mieć swój udział. Jak również dodajmy, że jest pan człowiekiem niezwykle przenikliwym.

– Nie. Jestem człowiekiem całkiem prostym. Tyle że wiem, jak to wszystko działa. Podążam za tropem pieniędzy. Winder to wariat, co nie jest dobre dla interesów. Jego kumple to bandyci, co też nie jest dobre dla interesów. Nowy Patrycjusz będzie potrzebował nowych przyjaciół, ludzi dalekowzrocznych, którzy pragną mieć swój udział we wspaniałej przyszłości. Dobrej dla interesów. Tak to funkcjonuje. Spotkania w prywatnych pokojach. Odrobina dyplomacji, jakieś wzajemne przysługi, tu obietnica, tam zrozumienie. Tak zaczynają się prawdziwe rewolucje. Wszystkie te walki na ulicach to tylko piana. – Vimes skinął w stronę drzwi. – Goście na późnej kolacji? To był głos doktora Folletta. Bystry gość, jak o nim mówili... mówią. Wybierze właściwą stronę. Jeśli ma pani za sobą wielkie gildie, to Winder jest już trupem. Ale Snapcase niewiele wam pomoże.

– Wiele osób pokłada w nim spore nadzieje.

– A jak pani sądzi?

– Uważam, że jest samolubnym intrygantem i głupcem. Ale w tej chwili nie ma nikogo lepszego. A gdzie pan wchodzi w ten układ, sierżancie?

– Ja? Trzymam się na zewnątrz. Nie ma pani niczego, na czym by mi zależało.

– Nie chce pan niczego?

– Chcę wielu rzeczy, madame. Ale pani nie może mi ich dać.

– A chciałby pan znowu dowodzić?

To pytanie uderzyło w niego jak młot. To przecież historia! Nie mogła wiedzieć! Skąd miałaby wiedzieć?

– Ach... – Madame obserwowała jego twarz. – Rosemary mówiła, że złodzieje zdjęli z pana bardzo kosztowny pancerz. Odpowiedni dla generała, jak słyszałam.

Otworzyła następną butelkę. I to fachowo, zauważył Vimes mimo zdumienia. Bez tych amatorskich zabaw ze strzelającymi korkami i rozlanymi bąbelkami.

– Czy nie byłoby to dziwne, gdyby było prawdziwe? – zastanawiała się madame. – Człowiek staczający bójki na ulicach, z manierami i pancerzem dowódcy...

Vimes patrzył prosto przed siebie.

– I kogo to obchodzi, skąd się tu wziął? – rzuciła madame w powietrze. – Moglibyśmy przyjąć pogląd, że wreszcie pojawił się człowiek, który rzeczywiście może objąć Straż Miejską.

Pierwsza myśl, która jak szampan zaszumiała Vimesowi w głowie, brzmiała: Na wszystkie demony, mógłbym to zrobić! Wykopać Swinga, awansować paru porządnych sierżantów...

Druga myśl mówiła: W tym mieście? Pod Snapcase'em? Teraz? Bylibyśmy tylko jeszcze jednym gangiem.

A trzecia myśl podpowiadała: To szaleństwo! To nie może się zdarzyć. To się nigdy nie zdarzyło. Chcesz wrócić do domu, do Sybil.

Myśli numer jeden i dwa ustąpiły miejsca trochę zawstydzone, mrucząc: Tak, racja... no pewnie, Sybil... jasna sprawa... przepraszamy... Aż całkiem zamilkły.

– Zawsze miałam talent do zauważania obiecujących ludzi – ciągnęła madame, gdy Vimes wciąż wpatrywał się w pustkę.

Czwarta myśl uniosła się w mroku niczym jakiś paskudny stwór z głębin.

Nie pamiętałeś o Sybil przed myślą numer trzy, szepnęła.

Zamrugał.

– Wie pan, czego potrzeba miastu... – zaczęła madame.

– Chcę wrócić do domu – powiedział Vimes. – Mam zamiar wykonać tę robotę, którą mam przed sobą, a potem wracam do domu.

– Są tacy, którzy powiedzą, że jeśli nie jest pan z nami, to jest pan przeciw nam.

– Z wami? W jakiej sprawie? Jakiejkolwiek? Nie! Ale nie jestem też z Winderem. Nie powinienem być z nikim. I nie biorę łapówek. Nawet jeśli Sandra zacznie mi grozić muchomorem!

– O ile pamiętam, to był grzybek. Ojej... – Dama rzuciła mu uśmiech. – Jest pan nieprzekupny?

No nie, znów się zaczyna, pomyślał Vimes. Dlaczego musiałem czekać aż do małżeństwa, żeby stać się dziwnie atrakcyjny dla kobiet mających władzę? Dlaczego nie spotkało mnie to, kiedy miałem szesnaście lat? Wtedy mógłbym skorzystać...

Próbował spojrzeć ponuro, ale chyba tylko pogorszył sytuację.

– Spotkałam kilku nieprzekupnych mężczyzn – stwierdziła madame Maserole. – Zwykle giną okropną śmiercią. Widzi pan, świat dąży do równowagi. Człowiek skorumpowany w dobrym świecie, dobry człowiek w skorumpowanym świecie... równanie wygląda tak samo. Świat nie traktuje dobrze tych, którzy nie stają po żadnej ze stron.

– Lubię środek – oświadczył Vimes.

– To daje panu dwóch wrogów. Jestem zdumiona, że stać pana na tylu z pensji sierżanta. Proszę pomyśleć, z czego pan rezygnuje.

– Myślę. I nie będę pomagał ludziom ginąć tylko po to, żeby jednego durnia zastąpić innym.

– W takim razie drzwi są za panem, sierżancie. Bardzo żałuję, że nie udało się nam...

– ...ubić interesu?

– Chciałam powiedzieć: osiągnąć obustronnie korzystnego porozumienia. Jesteśmy niedaleko od pańskiego posterunku. Życzę panu... szczęścia.

Skinęła w stronę drzwi.

– Co za szkoda – powiedziała i westchnęła.

Vimes wyszedł w deszczową noc, przeniósł ciężar ciała z nogi na nogę, po czym wykonał kilka eksperymentalnych kroków.

Róg Łatwej i Kopalni Melasy. Połączenie płaskich kamieni i starych cegieł. Tak...

Poszedł do domu.

Madame jeszcze przez chwilę wpatrywała się w zamknięte drzwi. Potem odwróciła się, kiedy zamigotały płomyki świec.

– Naprawdę jesteś dobry – powiedziała. – Jak długo już tu stoisz?

Havelock Vetinari wynurzył się z cienia w kącie. Nie miał na sobie oficjalnej czerni skrytobójców, ale luźny strój w... właściwie w żadnym normalnym kolorze, tylko w nieokreślonych odcieniach szarości.

– Jestem tu dostatecznie długo – oznajmił i rozsiadł się w fotelu, który opuścił Vimes.

– Nawet Ciotki cię nie zauważyły?

– Ludzie patrzą, ale nie widzą. Sztuka polega na tym, żeby pomóc im nic nie widzieć. Ale myślę, że gdybym nie stanął z tyłu, Keel by mnie zauważył. On się wpatruje w cienie. Interesujące.

– Jest bardzo gniewnym człowiekiem.

– A ty rozgniewałaś go jeszcze bardziej, pani.

– Sądzę, że uzyskasz swoje działania odciągające – rzekła madame.

– Ja też tak sądzę, pani.

Madame schyliła się i poklepała go po kolanie.

– Widzisz? Twoja cioteczka myśli o wszystkim… – Wyprostowała się. – Lepiej pójdę zająć czymś gości. Jestem bardzo zajmującą osobą. Jutro wieczorem lord Winder nie będzie miał wielu przyjaciół. – Wychyliła swój kubek szampana. – Doktor Follett to czarujący mężczyzna, nie sądzisz? Nie wiesz, czy to jego własne włosy?

– Nie szukałem okazji, by sprawdzić – odparł Havelock. – Czy on próbuje cię upić?

– Tak – przyznała madame. – Nie można go nie podziwiać.

– Podobno umie grać na lutni.

– Fascynujące.

Madame ułożyła usta w szczery uśmiech radości i otworzyła podwójne drzwi po drugiej stronie pokoju.

– Och, doktorze – powiedziała, wchodząc w obłok dymu. – Może jeszcze odrobinkę szampana?

Vimes spał w kącie, na stojąco. To stara sztuczka, znana nocnym strażnikom i koniom. Nie był to prawdziwy sen, człowiek by umarł, gdyby próbował tak przetrwać więcej niż kilka nocy, jednak dawało się w ten sposób trochę odpocząć.

Niektórzy z jego ludzi już się tego nauczyli. Inni korzystali ze stołów i ław. Nikt jakoś nie zdradzał chęci, by iść do domu, nawet kiedy coś w rodzaju świtu rozjaśniło deszcz, a Ryjek wszedł z garnkiem straszliwej owsianki.

Vimes otworzył oczy.

– Kubek herbaty, sierżancie? – zaproponował Ryjek. – Parzona od godziny, dwie łyżeczki cukru.

– Życie mi ratujesz, Ryjek – westchnął Vimes.

– A na dworze czeka jakiś dzieciak i mówi, że musi z panem, hnah, specjalnie porozmawiać – ciągnął Ryjek. – Mam mu przyłożyć po łbie?

– Jak on pachnie? – zapytał Vimes, sącząc gorącą, żrącą herbatę.

– Jak podłoga klatki pawiana, sierżancie.

– Aha, Nobby Nobbs. Wyjdę i pogadam z nim. Wynieś mu miskę owsianki, dobrze?

Ryjkowi ten pomysł wyraźnie się nie spodobał.

– Jeśli przyjmie pan, hnah, moją radę, sierżancie, to nie warto zachęcać takich dzieciaków jak…

– Widzisz te paski, Ryjek? I dobrze. Dużą miskę.

Vimes wyszedł z herbatą na mokry dziedziniec, gdzie pod ścianą czekał Nobby.

Pojawiły się sugestie, że zapowiada się słoneczny dzień. Po nocnym deszczu to i owo powinno rozkwitnąć. Na przykład bzy…

– Co się dzieje, Nobby?

Nobby odczekał chwilę, by sprawdzić, czy nie pojawi się moneta.

– Wszędzie paskudnie, sierżancie – oznajmił, chwilowo zrezygnowany, ale nie tracąc nadziei. – Jakiś strażnik zginął na Haka Lobbingu. Mówią, że oberwał kamieniem. Komuś obcięli ucho w tych walkach na Nastroszonym Wzgórzu. Szarża kawalerii, sierżancie. Wszędzie jakieś starcia. Wszystkie posterunki straży były mocno atakowane…

Vimes ponuro słuchał tej wyliczanki. Zwykłe krwawe rozgrywki… Po obu stronach gniewni, wystraszeni ludzie, ściśnięci razem… Sytuacja może się tylko pogorszyć. Nastroszone Wzgórze i Siostry Dolly już teraz przypominały strefy frontowe.

…wszystkie małe aniołki się wznoszą wnet…

– Działo się coś przy Kablowej? – zapytał.

– Tylko parę osób – odparł Nobby. – Trochę krzyków i biegania, nic więcej.

– No tak… – mruknął Vimes.

Nawet tłum nie jest taki głupi. Wciąż składa się głównie z dzieciaków, zapaleńców i pijaków. Będzie gorzej. Trzeba być naprawdę obłąkanym, żeby zaatakować Niewymownych.

– Wszędzie źle się dzieje – stwierdził Nobby. – Tylko nie tutaj, oczywiście. My tutaj jesteśmy od tego daleko.

Nie, pomyślał Vimes. W końcu wszystko skoncentruje się na nas.

Z posterunku wyszedł Ryjek, niosąc wielką miskę owsianki z wetkniętą do niej łyżką. Vimes wskazał Nobby'ego i miska została z najwyższą ostrożnością przekazana chłopcu.

– Sierżancie? – odezwał się Ryjek, obserwując pilnie łyżkę, którą Nobby jadł, a raczej pochłaniał owsiankę.

– Tak, Ryjek?

– Czy mamy jakieś rozkazy?

– Nie wiem. Jest kapitan?

– O to właśnie chodzi, sierżancie. W nocy dotarł tu goniec z kopertą dla kapitana, więc zabrałem ją na górę, a kapitan tam czekał. Pomyślałem sobie, że to zabawne, hnah, normalnie się nie zjawia tak wcześnie...

– Szybciej, proszę – ponaglił go Vimes, gdyż Ryjek znów zaczął się wpatrywać w oscylującą łyżkę.

– No więc kiedy później zaniosłem mu kakao, siedział tam, hnah, i wpatrywał się w nic. Ale powiedział mi: „Dziękuję, Ryjek", hnah, kiedy podałem mu kakao. Zawsze był bardzo uprzejmy pod tym, hnah, względem. Ale jak tam zajrzałem przed chwilą, to już go nie było.

– Jest starym człowiekiem, Ryjek. Nie możesz wymagać, żeby siedział tu całą...

– Jego kałamarza też nie było, sierżancie. A nigdy wcześniej nie zabierał go do domu.

Vimes zauważył, że Ryjek ma oczy bardziej zaczerwienione niż zwykle. Westchnął.

– Zauważyłeś tę kopertę?

– Nie, sierżancie.

Ryjek znów zerknął na łyżkę w dłoni Nobby'ego. Była tania, jak zauważył Vimes, z jakiegoś marnego metalu.

– W takim razie pilnujemy ładu, Ryjek.

– Niewiele go zostało, sierżancie.

– Zobaczymy, ile da się znaleźć. Chodźmy.

Ryjek się ociągał.

– Chciałbym mieć oko na tę łyżkę, sierżancie. Zostało nam tylko pięć, a takie dzieciaki zwiną nawet...

– Może sobie wziąć tę nieszczęsną łyżkę! – przerwał mu Vimes. – W tej chwili łyżki nie są ważne!

Nobby przełknął resztkę gorącej zupy, wsadził sobie łyżkę do kieszeni, pokazał Ryjkowi biały od owsianki język, rzucił miskę na ziemię i wziął nogi za pas.

Vimes wrócił na posterunek, chwycił chochlę i zadzwonił nią o pusty kociołek. Uniosły się głowy.

– No dobrze, synkowie! Oto, co zrobimy! Wszyscy żonaci dostają godzinę wolnego, żeby skoczyć do domów i uspokoić żony! Reszta ma niepłatne nadgodziny! Kogoś to dziwi?

Wiglet uniósł rękę.

– Wszyscy mamy rodziny, sierżancie.

– I najlepsze, co możemy dla nich zrobić, to pilnować przestrzegania prawa w tej okolicy – odparł Vimes. – Nie wiemy, co się dzieje na innych posterunkach, tyle że podobno nie jest dobrze. Więc nasz posterunek zostaje czynny, jasne? Dniem i nocą! Słucham, młodszy funkcjonariuszu?

– Nasza mama będzie się martwić, sierżancie – powiedział młody Sam.

Vimes zawahał się, ale tylko przez moment.

– Ryjek wyskoczy i przekaże jej wiadomość. To samo dotyczy pozostałych – dodał. – Niedługo ruszamy na patrol. Tak, wiem, że jesteśmy nocną strażą. Co z tego? W tej chwili sytuacja rysuje się w bardzo ciemnych barwach. Młodszy funkcjonariuszu, pozwólcie ze mną na dziedziniec.

I wyszedł w jasny ranek.

W teorii dziedziniec powinien być wykorzystywany między innymi do ćwiczeń. Zdarzało się to rzadko. Straż Nocna z zasady unikała przemocy. Kiedy groźby albo przewaga liczebna nie odnosiły skutku, wolała ucieczkę.

W szopie były jakieś pleśniejące tarcze i kilka słomianych manekinów do ćwiczeń szermierki. Vimes wywlókł je wszystkie na bruk. Po chwili zjawił się młodszy funkcjonariusz.

– Mówił pan, że są bezużyteczne, sierżancie.

– Bo są – zgodził się Vimes. – Rozłożyłem je tutaj, żebyś miał na czym lądować. Chodzisz po ulicach, Sam, z bronią, której nie potrafisz używać. To gorsze niż chodzić, wiedząc, jak użyć broni, ale jej nie mieć. Człowiek z bronią, której nie potrafi użyć, naraża się, że ktoś wsadzi mu ją tam, gdzie słońce nie dochodzi.

Zdjął pancerz i hełm. Pas z mieczem rzucił w kąt.

– No, zaatakuj mnie – polecił.

Kątem oka dostrzegł, że kilku ludzi wyszło na dziedziniec i przygląda się z zaciekawieniem.

– Nie mogę tak pana dźgnąć, sierżancie! – jęknął Sam.

– Nie, ale chcę, żebyś spróbował.

Sam się zawahał. Nie byłem jednak całkiem głupi, pomyślał Vimes.

– Pan się uśmiecha, sierżancie – zauważył Sam.

– Tak?

– Stoi pan tylko i się uśmiecha. Wiem, że dostanę lanie, bo nie ma pan miecza i się uśmiecha.

– Martwisz się, chłopcze, że poplamisz krwią swój śliczny mieczyk? No dobrze, odrzuć go. Teraz lepiej? Należałeś do gangu, prawda? Oczywiście. Każdy należał. I nadal żyjesz. Czyli musiałeś się nauczyć walczyć.

– Tak, sierżancie, ale to była, no wie pan, nieczysta walka...

– Nie jesteśmy czystymi ludźmi. Pokaż, co potrafisz najgorszego.

– Nie chcę pana zranić, sierżancie!

– To twój pierwszy błąd...

Sam zrobił obrót i kopnął.

Vimes odstąpił, pochwycił jego stopę i pomógł jej w podróży w górę.

Byłem też szybki, pomyślał, kiedy Sam wylądował na plecach. I całkiem sprytny. Lecz od tego czasu nauczyłem się przebiegłości.

– Widać to było w twoich oczach – zwrócił się do leżącego Sama. – Ale złapałeś podstawową zasadę: nie ma żadnych reguł.

Wyczuł za sobą zmianę. Jej elementem był bardzo cichy chichot. Zerknął na Sama, który patrzył gdzieś za niego.

Cios był wymierzony w tył jego głowy, ale Vimes odsunął się płynnie na bok. Potem odwrócił się, złapał Neda Coatesa za rękę i spojrzał mu prosto w twarz.

– Udany urlop, Ned? – zapytał.

– Tak, sierżancie, dziękuję. Chciałem tylko zobaczyć, czy jest pan dobry.

Uderzył Vimesa łokciem w brzuch i wywinął się. Wśród patrzących rozległ się pomruk, ale Vimes – zgięty wpół i z załzawionymi oczami – uniósł rękę.

– Nie, wszystko w porządku, nie ma sprawy – wysapał. – Każdy może się czegoś nauczyć.

Oparł dłonie na kolanach i rzęził trochę bardziej demonstracyjnie, niż musiał.

Zaimponowało mu, że Ned nie dał się oszukać. Zachowywał dystans i powoli okrążał Vimesa. Trzymał pałkę. Mniej doświadczony zawodnik podszedłby sprawdzić, czy nic się nie stało staremu sierżantowi – i zostałby ukarany.

– Zgadza się, sierżancie – powiedział Ned. – Chciałbym zobaczyć, czego mnie pan nauczy. Sam jest zbyt ufny.

Umysł Vimesa desperacko przeglądał dostępne możliwości.

– No więc, sierżancie – mówił Ned, ciągle się przesuwając – co by pan zrobił, gdyby był pan nieuzbrojony, a ktoś atakował pana z pałką?

Szybko bym się uzbroił, pomyślał Vimes, gdybym sądził, że jest taki dobry jak ty.

Zanurkował i przekoziołkował. Ned to przeoczył. Kiedy Vimes odchylił się w prawo, skupił się na lewej flance, uznając, że pierwszy ruch musi służyć zmyleniu przeciwnika. Zanim się zorientował i odwrócił, Vimes chwycił swoją pochwę i zaczął wstawać, wysuwając miecz.

– Aha, podnosimy stawkę. Niezła lekcja, sierżancie.

Ned także wyjął miecz. Klinga lśniła. Większość mieczy w straży miałaby problemy z cięciem masła.

– Teraz jesteśmy na równym poziomie. Co dalej, sierżancie?

Okrążyli się. Niech to demon, pomyślał Vimes, kto go uczył? Szczerzy zęby i nic dziwnego. To nie jest prawdziwe starcie. Wie, że nie mogę go zranić, nie w ten sposób, przy wszystkich. On może mnie przypadkiem trafić i jakoś się z tego wykręci, ale sierżant powinien bardziej uważać. No i nie możemy już bardziej podnieść stawki.

Chociaż...

Cisnął mieczem w ścianę. Ostrze wbiło się czystym przypadkiem, ale zrobiło to wrażenie na patrzących.

– Muszę dać ci szansę, Ned – powiedział i odsunął się.

Zawsze można się czegoś nauczyć, myślał. Przypomniał sobie Gussiego Dwa Uśmiechy. Młody Sam trafi na niego za jakieś pięć lat i to będzie prawdziwa edukacja. Dwa Uśmiechy walczył w najbrudniejszym stylu, jaki Vimes miał okazję oglądać. Wszystko było bronią, wszędzie były cele. W tej wąskiej dziedzinie Dwa Uśmiechy był prawdziwym geniuszem. Potrafił dostrzec broń w każdym obiekcie – ścianie, ścierce, kawałku owocu...

Nie był nawet mężczyzną potężnym, raczej niskimi i żylastym. Ale lubił walczyć z wielkimi przeciwnikami, zgodnie z zasadą, że jest w nich więcej do gryzienia. Chociaż po paru drinkach trudno było stwierdzić, z kim walczy Dwa Uśmiechy. Rzucał się na stojącego obok człowieka, gdyż walka stanowiła substytut kopnięcia w krocze całego wszechświata.

Nazywali go Dwa Uśmiechy, ponieważ oberwał kiedyś w twarz rozbitą butelką; Gussie był wtedy tak zamarynowany w adrenalinie, że uznał to za nieistotny szczegół. Blizna tworzyła na jego twarzy wesoły uśmieszek. Sam wiele się nauczył od Gussiego Dwa Uśmiechy.

– O co tu chodzi? – mruknął tak, by tylko Ned go usłyszał.

– Chcę się przekonać, ile pan wie, sierżancie – odparł Ned, wciąż krążąc wokół niego. – Bo mam wrażenie, że wie pan za dużo.

Zaatakował. Vimes odskoczył, machnął pochwą jak człowiek pozbawiony nadziei, a kiedy Ned odchylił się ze śmiechem, zmienił chwyt na sztywnej skórze.

– Mam na głowie hełm, zgodnie z regulaminem – zauważył Ned. – I pancerz. Nie tak łatwo mnie trafić, sierżancie.

Mimo wrzasków Detrytusa nawet jeden strażnik na siedmiu nie używał miecza właściwie. Ned owszem. Niewiele pozostawiał luk.

No cóż... Pora na przebiegłość.

Vimes odstąpił o krok, zatrzymał się i sprawdził, co się dzieje za Coatesem. Próbował to ukryć, ale nie zdołał powstrzymać krótkiego błysku ulgi w oczach.

Coates za to nie zdołał powstrzymać chwilowego rozproszenia uwagi.

Vimes pchnął – pochwa stała się przedłużeniem ręki. Twarda skóra trafiła Neda pod brodę, odchylając mu głowę do tyłu. Potem pochwa opadła z góry na rękę trzymającą miecz. Wreszcie, jakby po namyśle, Vimes kopnął Neda w goleń – tak mocno, żeby się przewrócił. Zawsze miał alergię na ostrą broń zbyt blisko własnej twarzy.

– Brawo, niezła próba – powiedział i odwrócił się do patrzących. Zza pleców słyszał bulgotanie. – Wszystko może być bronią, byle odpowiednio użyte. Wasze dzwonki to maczugi. Przydaje się wszystko, co uderza przeciwnika tak mocno, że daje wam trochę czasu. Nigdy, ale to nigdy nie próbujcie komuś grozić mieczem, jeśli nie chcecie go użyć, bo tamten sprawdzi wasz blef i nagle nie pozostawi wam wielu możliwości, a wszystkie złe. Nie bójcie się wykorzystywać tego, czego się nauczyliście jako dzieci. Nie dostajemy punktów za czystą grę. A do walki w zwarciu, jako wasz sierżant, kategorycznie zabraniam wam sprawdzać kolekcji kieszonkowych maczug, pałek i kastetów, jakie sprzedaje pani Goodbody przy ulicy Łatwej 8, w cenach i rozmiarach odpowiednich na każdą kieszeń, a gdyby któryś z was zwrócił się do mnie prywatnie, absolutnie nie zademonstruję mu zestawu specjalistycznych uderzeń, odpowiednich dla tych użytecznych, choć wymagających instrumentów. No dobrze, zbierać się. Za dwie minuty chcę was tu widzieć z pałkami. Myślicie, że to tylko głupie maczugi. Przekonam was, że jest inaczej. Ruszać się!

Wrócił do pokonanego Neda, który podniósł się do pozycji siedzącej.

– Nieźle, panie Coates. Wiem, że nie nauczył się pan tego w straży. Czy powinniśmy coś przedyskutować? Może zechce pan zdradzić, gdzie pan był wczorajszej nocy? Może na Morficznej?

– Wolny dzień... – Ned roztarł szczękę.

– Jasne, jasne. Nie moja sprawa. Mam wrażenie, że jakoś się nie zaprzyjaźniliśmy, Ned.

– Zgadza się.

– Myślisz, że jestem jakimś szpiegiem.

– Wiem, że nie jest pan Johnem Keelem.

Twarz Vimesa pozostała całkowicie bez wyrazu – co, jak sobie uświadomił, samo w sobie go zdradzało.

– Dlaczego tak sądzisz? – zapytał.

– Nie muszę się tłumaczyć. I nie jest pan sierżantem straży. A przed chwilą zwyczajnie miał pan szczęście. Tylko tyle mam do powiedzenia.

Ned wstał. Strażnicy wychodzili już na dziedziniec.

Vimes zostawił go i zajął się innymi.

Nikt ich nigdy niczego nie uczył. W większym czy – zwykle – mniejszym stopniu uczyli się od siebie nawzajem. A Vimes wiedział, dokąd prowadzi ta droga. Na tej drodze gliniarze przeszukiwali pijaków, żeby zabrać im drobne, i przekonywali sami siebie, że łapówki to premie. Potem robiło się jeszcze gorzej.

Był zwolennikiem przyjmowania rekrutów z ulicy, tyle że najpierw trzeba ich przeszkolić. Potrzebny jest ktoś taki jak Detrytus, kto ryczy na nich przez sześć tygodni, potrzebne są wykłady o obowiązku, prawach więźnia i „służbie publicznej". Dopiero potem można ich oddać ulicznym potworom, którzy przekażą młodym te inne umiejętności, na przykład jak można kogoś uderzyć tak, żeby nie było śladów, albo kiedy warto włożyć z przodu do spodni metalowy talerz, zanim się włączysz do bójki w barze.

Przy odrobinie szczęścia i pewnej dozie rozsądku znajdowali sobie jakąś pozycję pomiędzy niedościgniona perfekcją a Otchłanią, gdzie mogli być prawdziwymi gliniarzami – trochę zmatowiali, bo praca robi to z człowiekiem, ale nie zepsuci.

Ustawił ich dwójkami, kazał atakować i się bronić. To był straszny widok. Wytrzymał pięć minut.

– Dobrze, wystarczy! – zawołał, klaszcząc w dłonie. – Naprawdę doskonale. Kiedy do miasta przyjedzie cyrk, na pewno was polecę. – Wszyscy trochę się przygarbili i spojrzeli na niego z zakłopotaniem. – Nie znacie żadnych manewrów? Trzask Gardłowy, Gorący Pogrzebacz, Żebrogrzechotka? Powiedzmy, że idę na was z wielką, ogromną pałą. Co robicie?

– Uciekamy, sierżancie – odparł Wiglet.

Wszyscy się roześmiali.

– Jak daleko możecie uciekać? Czasami trzeba walczyć. Młodszy kapralu Coates?

Ned Coates nie brał udziału w szkoleniu. Dość wyzywająco opierał się o ścianę i z lekceważeniem obserwował smutne przedstawienie.

– Tak, sierżancie? – Stanął prosto, używając minimum wysiłku.

– Pokażcie Wigletowi, jak się to robi.

Coates wyjął swoją pałkę (Vimes zauważył, że jest robiona specjalnie, trochę dłuższa niż służbowa), zajął miejsce przed Wigletem, ekspresyjnie odwracając się do Vimesa plecami.

– Co mam robić, sierżancie? – zapytał przez ramię.

– Pokażcie mu jakieś porządne ataki. Uderzcie z zaskoczenia.

– Się robi, sierżancie.

Vimes obserwował bezładne zderzenia pałek. Raz, dwa, trzy...

...i Ned odwrócił się gwałtownie. Pałka świsnęła w powietrzu.

Vimes zanurkował pod nią, oburącz chwycił Coatesa za rękę, wykręcił mu ją za plecy i przyciągnął ucho do swoich ust.

– Nie było to aż tak zaskakujące, słonko – szepnął. – A teraz obaj się uśmiechamy, bo chłopcy rechoczą z naszego Neda, prawdziwy zuch z niego, cały czas próbuje ruszyć naszego starego sierżanta. Przecież nie chcemy psuć im zabawy. Puszczę cię, ale jeśli spróbujesz jeszcze raz, będziesz potrzebował obu rąk, żeby podnieść łyżkę, a będziesz potrzebował łyżki, Ned, żywiąc się tylko zupą, bo nie zostaną ci już żadne zęby! – Zwolnił uchwyt. – A tak w ogóle to kto cię tego nauczył?

– Sierżant Keel, sierżancie – burknął Ned.

– Dobrze sobie radzicie, sierżancie Keel!

Vimes obejrzał się i zobaczył, że zbliża się kapitan Swing.

W świetle dnia był niższy i chudszy. Wyglądał jak urzędnik, i to urzędnik dość niekonsekwentnie dbający o wygląd. Włosy miał proste, a szerokie czarne pasma przylegające do centralnej łysiny sugerowały, że albo nie ma lustra, albo jest całkowicie pozbawiony poczucia humoru.

Płaszcz w świetle okazał się trochę staromodny, ale dobrze utrzymany, za to buty z klamrami wytarte i mocno znoszone. Matka Vimesa miałaby wiele do powiedzenia na ten temat. Zawsze powtarzała, że człowiek powinien dbać o buty. Można go ocenić według tego, jak błyszczą.

Swing nosił także operową laskę. Całkiem możliwe, że we własnej opinii nadawała mu wygląd człowieka dystyngowanego, a nie – powiedzmy – człowieka taszczącego niepotrzebny kawał drewna. Z pewnością była w niej ukryta klinga, gdyż laska grzechotała, uderzając o bruk, a uderzała często, gdy Swing pedantycznie wybierał drogę pomiędzy starymi tarczami i resztkami słomy.

– Dbacie o szkolenie swoich ludzi, jak widzę – stwierdził. – Bardzo słusznie. Czy zastałem waszego kapitana?

– Chyba go nie ma. – Vimes puścił Coatesa. – Sir.

– Nie? No to może mu to przekażecie, sierżancie Keel. – Swing uśmiechnął się blado. – Mieliście tu udanąnoc... jak mi doniesiono.

– Mieliśmy kilku gości – przyznał Vimes. – Sir.

– A tak. Niewłaściwie ukierunkowany zapał... Nie opłacasię... was nie doceniać, sierżancie. Jesteście człowiekiem zaradnym. Niestety, inne posterunki nie były tak...

– ...zaradne?

– Ach... no tak. Obawiam się, sierżancie, że niektórzy z moich cobardziej gorliwych ludzi uważają was zaprzeszkodę... w naszej tak potrzebnej pracy. Ja wręczprzeciwnie... uważam, że jesteście człowiekiem, który z żelazną konsekwencją przestrzega prawa, a chociaż doprowadziłotodo... pewnych tarć, spowodowanych waszym brakiem pełnego zrozumienia dla potrzeb dyktowanych sytuacją, wierzęjednak... że jesteście bliscy mojemu sercu, sierżancie.

Vimes rozważył anatomiczne możliwości.

– To mniej więcej prawda, sir – oświadczył. – Choć nie aspirowałbym tak wysoko.

– Kapitalne. Niemogęsię doczekać... naszej przyszłej współpracy, sierżancie. Wasz nowy kapitan bezwątpienia... poinformuje was o innych sprawach, jakuzna za stosowne. Żegnam.

Swing odwrócił się i swym chwiejnym krokiem ruszył do bramy. Jego ludzie podążyli za nim, prócz jednego, z ręką w gipsie, który wykonał nieprzyzwoity gest.

– Witaj, Henry – rzucił Vimes.

Obejrzał list. Koperta była gruba i miała wyciśniętą dużą pieczęć. Vimes jednak zbyt wiele czasu spędził w towarzystwie złych ludzi i dokładnie wiedział, co się robi z zapieczętowaną kopertą.

Potrafił też słuchać. Nowy kapitan. Czyli... zaczynało się.

Ludzie wpatrywali się w niego.

– Wzywają więcej, hnah, żołnierzy, sierżancie? – spytał Ryjek.

– Tak przypuszczam.

– I dali kopniaka kapitanowi Tildenowi, tak?

– Tak.

– Był dobrym kapitanem! – zaprotestował Ryjek.

– Tak – przyznał Vimes.

Nie, pomyślał. Wcale nie. Był porządnym człowiekiem i starał się jak mógł, ale to wszystko.

– Co teraz zrobimy, sierżancie? – zapytał młodszy funkcjonariusz Vimes.

– Pójdziemy na patrol. Niedaleko. Tylko parę ulic.

– A co to da?

– Więcej, niż gdybyśmy nie poszli, mój chłopcze. Nie składałeś klątwy, kiedy wstępowałeś do straży?

– Jakiej klątwy, sierżancie?

Nie składał, przypomniał sobie Vimes. Podobnie jak wielu z nich. Dostawali mundur, dzwonek i stawali się funkcjonariuszami Straży Nocnej.

Parę lat temu Vimes też by się nie przejmował klątwą. Słowa były staroświeckie, a szyling na sznurku wyglądał na jakiś żart. Ale człowiek potrzebuje czegoś więcej niż pensji, nawet w Straży Nocnej. Potrzebuje czegoś, co mu powie, że to nie jest tylko praca.

– Ryjek, podskocz do biura kapitana i przynieś tu Szylinga, co? – poprosił Vimes. – Trzeba zaprzysiąc tę ekipę. A gdzie jest sierżant Stuk?

– Zwinął się, sierżancie – odparł Wiglet. – Nie wiem, czy to pomoże, ale kiedy wychodził za drzwi, powiedział „do demona z nim".

Vimes przeliczył obecnych.

Później będzie się mówiło, że cały posterunek zachował gotowość. To nieprawda, oczywiście. Niektórzy się wymknęli, niektórzy w ogóle nie wrócili na służbę. Ale jeśli chodzi o Keela i tych, którzy przekroczyli linię, to prawda.

– Słuchajcie, chłopcy – powiedział. – Sprawa wygląda tak. Wiemy, co się dzieje. Nie mam pojęcia, jak wy, ale mnie się to nie podoba. Kiedy już wojsko jest na ulicach, to tylko kwestia czasu, zanim wszystko się spaprze. Jakiś dzieciak rzuci kamieniem, a w następnej chwili już płoną domy i giną ludzie. Nasze zadanie to utrzymywać porządek. Taką mamy robotę. Nie mamy być bohaterami, mamy po prostu być... normalni. Ale... może się zdarzyć, że ktoś uzna to, co robimy, za niewłaściwe. Dlatego nie chcę wam rozkazywać.

Wyjął miecz i ostrzem wyrysował linię na błocie i kamieniach.

– Jeśli przekroczycie tę linię, to wchodzicie – rzekł. – Jeśli nie, w porządku. Nie na to się godziliście, zresztą cokolwiek się stanie, wątpię, czy czekają nas jakieś medale. Poproszę tylko, żebyście odeszli. I będę życzył szczęścia.

Niemal smutne było to, jak szybko przekroczył linię młodszy funkcjonariusz Vimes. Po nim przeszedł Fred Colon, Waddy i Billy Wiglet. Dalej Kapłon, Chłudniak, Wilg, Nogacz Gaskin, Horacy Nancyball i... chyba Curry... Evans i Pounce...

Dwunastu przekroczyło linię, ostatnich kilku z ociąganiem, spowodowanym walką między przymusem towarzyskim a zdrową troską o własną skórę. Kilku innych – więcej, niż Vimes miał nadzieję – wyparowało gdzieś z tyłu.

Pozostał tylko Ned Coates. Założył ręce na piersi.

– Wszyscy żeście powariowali – stwierdził.

– Przydasz się nam, Ned – zapewnił Vimes.

– Nie chcę umierać. I nie zamierzam. To głupie. Jest was tylko dwunastu. Co możecie zrobić? Całe to gadanie o utrzymywaniu porządku... bzdura, chłopaki. Gliny robią, co im każe dowódca. Zawsze tak jest. A co poradzicie, kiedy zjawi się nowy kapitan, co? I dla kogo to robicie? Dla ludzi? Ludzie zaatakowali inne posterunki, a czy straż ich jakoś krzywdziła? Co takiego zrobiła?

– Nic – odpowiedział mu Vimes.

– No właśnie.

– Chodzi mi o to, że nocna straż nic nie zrobiła i tym wyrządziła im krzywdę.

– No ale co mogli zrobić? Aresztować Windera?

Vimes czuł się, jakby budował most z zapałek nad ziejącą otchłanią. Czuł pod sobą lodowate wichry.

Kiedyś, w przyszłości, aresztował Vetinariego. Owszem, Patrycjusz wyszedł wolny po tym, co uchodziło za proces sądowy, ale Straż Miejska była... będzie dostatecznie ważna, dostatecznie silna i dostatecznie ustosunkowana, by rzeczywiście aresztować władcę miasta. Jak w ogóle osiągnęli ten etap? Jak mógł choćby marzyć, że kiedyś banda strażników zatrzaśnie drzwi celi za szefem?

Może wszystko zaczęło się tutaj. Młodszy funkcjonariusz Vimes obserwował go uważnie.

– Oczywiście, że nie możemy – rzekł. – Ale powinniśmy mieć taką możliwość. Może pewnego dnia ją uzyskamy. Jeśli nie, to prawo nie jest prawem, tylko sposobem zastraszania ludzi.

– Wychodzi na to, że się obudziłeś i wyczułeś smród gówna – oświadczył Coates. – Bo właśnie w nie się pakujesz. Przykro mi, chłopcy, ale zginiecie. Takie są skutki, kiedy ktoś staje przeciwko prawdziwym żołnierzom. Słyszeliście o Siostrach Dolly zeszłej nocy? Trzech zabitych, a nawet się nie starali.

– Daj spokój, Ned, nikt przecież nas nie zaatakuje, jak tylko będziemy patrolować – wymamrotał Colon.

– Patrolować po co? Żeby pilnować porządku? A co zrobicie, kiedy nie zostanie już porządku do pilnowania? Ja w każdym razie nie mam zamiaru patrzeć, jak was zabijają. Wynoszę się.

Odwrócił się i odszedł do budynku. Ty przeklęty durniu, masz rację, myślał Vimes. Naprawdę chciałbym, żebyś nie miał...

– Nadal zostajecie, chłopcy? – zwrócił się do grupy za linią.

– Tak jest, sierżancie! – zapewnił młodszy funkcjonariusz Vimes.

Pozostali ochotnicy wydawali się trochę mniej pewni.

– Zabiją nas? – spytał Wiglet.

– A kto powiedział, że w ogóle dojdzie do walki? – rzucił Vimes, obserwując plecy Coatesa. – Czekajcie chwilę, chcę zamienić słowo z Nedem...

– Przyniosłem Szylinga, sierżancie – oznajmił Ryjek, wychodząc na dziedziniec. – A kapitan chce z panem porozmawiać.

– Powiedz mu, że będę za parę...

– To nowy kapitan – dodał szybko Ryjek. – Już tu jest. Ostry. Wojskowy. Nie z tych cierpliwych, sierżancie.

Kiedyś miałem do tego Marchewę, Detrytusa, Anguę i Cudo, myślał z goryczą Vimes. Mówiłem: zróbcie to, zróbcie tamto, a sam tylko się denerwowałem i pilnowałem tej przeklętej polityki...

– Niech Fred odbierze od ludzi klątwę – polecił. – I przekaż kapitanowi, że będę u niego za chwilę.

Przebiegł przez posterunek do frontowych drzwi. Na ulicy zobaczył sporo ludzi – więcej niż normalnie. Nie był to tłum jako taki, ale słynny ankhmorporski ur-tłum, stan osiągany przed wystąpieniem prawdziwego tłumu. Obejmował całe miasto jak sieć pająka, czekał na jakiś wyzwalający impuls, a wtedy przekazywał pilną wiadomość po ulicach, rósł i gęstniał w miejscu zdarzenia. Opowieść o Masakrze na Siostrach Dolly krążyła wśród ludzi, a w kolejnych powtórzeniach rosły liczby. Vimes wyczuwał napięcie sieci. Czekała tylko, aż jakiś idiota zrobi coś głupiego, a natura jest szczodra, jeśli chodzi o idiotów.

– Coates! – wrzasnął.

Ku jego zdziwieniu Ned zatrzymał się i obejrzał.

– Tak?

– Wiem, że jesteś z rewolucjonistami.

– Tylko pan zgaduje.

– Nie. Miałeś w notesie zapisane hasło. To samo, które Dibbler przekazywał w pasztecikach. Musisz wiedzieć, że zaglądałem do szafek. Pomyśl, czy ty i Dibbler chodzilibyście ciągle na wolności, gdybym szpiegował dla Swinga?

– Jasne. Nie chodzi o nas, nas można sprzątnąć później. Swing chce przywódców.

Vimes cofnął się o krok.

– Rozumiem. Dlaczego nie powiedziałeś chłopakom?

– Wszystko ruszyło. Dlatego. Zaczyna się. Nie ma już znaczenia, kim pan jest. Ale przez pana chłopcy zginą. Gdyby nie pan, byliby po naszej stronie. Pracowałem nad nimi. Wie pan, że Kapłon zawsze upuszcza miecz na własną stopę, Nancyball się moczy, kiedy coś mu grozi, Vimes jest naiwny... A pan chce ich wstawić w sam środek. Oni zginą! Bez żadnego powodu!

– Czemu im nie powiedziałeś? – powtórzył Vimes.

– Bo może ma pan wysoko postawionych przyjaciół – warknął Ned.

Vimes rozejrzał się po dachach.

– Skończyliśmy? – spytał Ned.

– Oddaj mi swoją odznakę.

– Co?

– Odchodzisz. W porządku. Oddaj odznakę.

Coates drgnął jak uderzony.

– Odwal się.

– W takim razie wyjedź z miasta. Dla własnego dobra.

– To ma być groźba?

– Nie z mojej strony. Ale posłuchaj dobrej rady, chłopcze. Nie pokładaj zaufania w rewolucjach. Zawsze wykonują obrót. Dlatego nazywają się rewolucjami. Ludzie giną i nic się nie zmienia. Zobaczymy się jeszcze.

Odwrócił się i odszedł szybko, żeby Coates nie zobaczył jego twarzy.

Trudno. Teraz jest właściwa pora. Musi to zrobić, bo inaczej pęknie jak pan Salciferous. Chciał to zrobić, ale nie miał odwagi, bo ci mnisi prawdopodobnie mogli człowiekowi mocno zaszkodzić, jeśli wszedł im w drogę. Ale teraz sprawy zaszły za daleko.

Poczucie obowiązku przypomniało mu, że czeka na niego kapitan. Odrzucił jego sugestię. Nie znało wszystkich faktów.

Stanął przed wejściem na posterunek. Zamknął oczy. Gdyby ktoś postanowił go obserwować, zobaczyłby człowieka, który najwyraźniej próbuje zdeptać dwa niedopałki papierosów równocześnie, po jednym pod każdą stopą. Dzięki, Rosie, za te tekturowe podeszwy.

Uśmiechnął się.

Myślał teraz mózgami swoich stóp. A jak zauważył młody Sam, stopy posiadały własną pamięć...

Okrągłe kocie łby, typowe. W tej części miasta nie położono ich solidnie, więc poruszały się trochę pod stopami... Przedtem, dwa razy, zanim dotarł na posterunek, czuł pod nogami większe kamienie tworzące wąskie pasy w miejscach, gdzie zmieniono nawierzchnię ulicy po założeniu ścieków. A wcześniej podobny pas, ale miękkiej kruszonej cegły, tak zbitej przez koła wozów, że właściwie tworzył rowek.

Vimes pamiętał, że kilkadziesiąt kroków wcześniej obrócili go parę razy dookoła, ale przedtem ostatnią nawierzchnią było... błoto.

Szedł z zamkniętymi oczami i zderzył się z wozem.

Błoto, myślał, wstając i ignorując spojrzenia przechodniów. To oznacza zaułek. Popatrzmy... O, tam jest.

Zajęło mu to dwadzieścia minut.

Ludzie oglądali się, kiedy szedł ulicami. Kiedy tylko mógł, zamykał oczy, żeby stopy widziały lepiej. Czasami jednak patrzył, co się dzieje wokół, i znów to wyczuwał – wrażenie, że nadchodzi burza, narasta napięcie czekające na pierwszy drobiazg. Ludzie byli niespokojni – stado było niespokojne – i nie całkiem rozumieli powody. Każdy, na kogo popatrzył, odpowiadał mu pustym spojrzeniem.

Vimes szedł dalej. Szorstkie płyty pomiędzy dwoma pasami starych kamieni brukowych, które nazywano trollowymi łbami. W tej części miasta występowały tylko w jednym miejscu: tutaj, gdzie Cynowa przecinała Wiązów. Wcześniej były... tak, wielkie kamienie, jedne z najstarszych w mieście, przez setki, długie setki lat ubijane mocno przez okute żelazem koła – droga biegnąca tuż za murami miasta... tak. Przekroczył Zacele, wciąż na Wiązów, a potem zgubił trop. Metalowa kratka w chodniku pozwoliła znów go odnaleźć. Krata do piwnicy. Do chłodnej piwnicy... A na kratce wytarty herb. Maślany Rynek. Tak! Dalej, stopy!

Mnisi znów go tutaj obrócili, ale... długie cegły, wypalone na twardo w piecu, oraz pasmo całkiem nowoczesnych kamieni brukowych, dobrze oszlifowanych i dopasowanych. Mogły człowieka oszukać, jeśli nie wiedział, że jest na... tak, na Kamieniarskiej Drodze i że mieszkają tu kamieniarze, którzy dbają o nawierzchnię. Teraz znaleźć zaułek, błoto, ale zmieszane ze żwirem, bo kamieniarze wyrzucają tam resztki, były też poprzeczne wzgórki w miejscach, gdzie położono rury. Dobrze. A teraz poszukać płaskich kostek brukowych...

Otworzył oczy.

Tak.

Po lewej stronie, przy Glinianej, stały obok siebie trzy budynki: świątynia wciśnięta między dwa narożne sklepy. To była... po prostu świątynia, trochę cudzoziemska, ale przecież wszystkie są takie. Ta wyglądała na Górną Hublandzką, gdzie wszyscy żyją z jaków czy czegoś w tym rodzaju.

Drzwi świątyni były zamknięte. Vimes bezskutecznie szarpał za uchwyt, a potem tłukł rękojeścią miecza o drewno. Bez efektu. Nie zostawił nawet śladu na deskach.

Za to drzwi do sklepu ze starzyzną, tuż obok, stały otworem. Kiedyś mu ten sklep zastępował krawca i szewca. I podobnie jak lombard, zawsze był czynny.

Vimes wszedł do wnętrza i natychmiast otuliła go zakurzona ciemność.

Była to prawdziwa grota odzieży. Z sufitu zwisały rzędy używanych garniturów. Stare półki uginały się pod stosami koszul, kamizelek i skarpet. Tu i tam w mroku wyrastały pudła, o które Vimes zaczepiał kolanami. Zwały znoszonych butów ześlizgiwały się i przesuwały pod nogami. A zapach... Gdyby ubóstwo miało zapach, byłby właśnie taki. Gdyby upokorzona duma miała zapach, byłby właśnie taki. Zawierał też nutę środka dezynfekującego.

Już kilka stóp od drzwi Vimes się zgubił. Skręcił i przeciskał się kolejnymi alejami duszących tkanin. Zastanawiał się, czy ktoś tu kiedyś umarł i jak udałoby się to odkryć. Odsunął wieszak z wyświeconym, przetartym garniturem...

– Ty chcieć?

Odwrócił się.

Nie zobaczył nikogo. Dopiero po chwili opuścił nieco wzrok i spojrzał w oczy człowieka. Sklepikarz był całkiem łysy, bardzo niski i chudy, a ubrany w jakieś niekształtne ubranie, którego zapewne nawet sklep ze starzyzną nie zdołał wcisnąć klientowi. Kto to jest? Kto... Zaskakujące, ale imię wydawało się całkiem świeżym wspomnieniem.

– Aha, hm, no tak... Pan Sen...

– Szum Śni Sen – powiedział pan Szum. Chwycił garnitur, który Vimes wciąż trzymał w ręku. – Dobre oko, dobre oko, piękny materiał, należeć kapłan, dla pana pięćdziesiąt pensów, żal sprzedać, czasy teraz ciężkie.

Vimes pospiesznie odwiesił garnitur na stojak i wyjął swoją odznakę. Szum spojrzał na nią niechętnie.

– Ja zapłacić już inny glina – oświadczył. – Jeden dolar, jeden miesiąc, żadne kłopoty. Już zapłacić inny glina.

– Zapłacić? – powtórzył Vimes.

– Dwa paskowy glina już ja zapłacić. Jeden dolar, jeden miesiąc, żadne kłopoty!

– Kapral Quirke – mruknął Vimes. – Nie musi pan płacić glinom, panie Szum. Jesteśmy tu, by pana chronić.

Mimo ledwie podstawowej znajomości języka, pan Szum wyrazem twarzy jasno sugerował, że stojący przed nim trzypaskowy i jednokoronowy glina spadł tu z planety idiotów.

– Proszę posłuchać! Nie mam teraz czasu! Gdzie są tylne drzwi? To sprawa straży!

– Ja zapłacić! Ja płacić ochrona! Jeden miesiąc, żadne kłopoty!

Vimes burknął coś i ruszył tunelem między ścianami ubrań.

Jego uwagę zwrócił błysk szkła. Jak krab przecisnął się bokiem wzdłuż ciasnej alejki, aż trafił na kontuar zawalony kolejnymi beznadziejnymi towarami. Ale za nim spostrzegł drzwi za zasłoną z paciorków. Na wpół przebrnął, na wpół przepłynął nad stosami szmat i przedarł się do małego pokoiku za drzwiami.

Pan Szum przecisnął się do starego krawieckiego manekina, tak odrapanego, poobijanego i pogiętego, że wyglądał, jakby ktoś wydobył go z wulkanicznych popiołów starożytnego miasta.

Pociągnął za ramię i manekinowi zapaliły się oczy.

– Tu Numer Trzeci – powiedział do ucha manekina. – Właśnie przeszedł. O rany, ależ jest wściekły...

Tylne drzwi były zamknięte, ale ustąpiły, gdy Vimes naparł na nie całym ciężarem. Zatoczył się na dziedziniec i przyjrzał murowi oddzielającemu brudny placyk od ogrodów świątyni. Podskoczył i drapiąc butami o ścianę, podciągnął się na szczyt. Czuł, jak rozsypuje się pod nim kilka cegieł.

Wylądował na plecach i spojrzał na chudą postać w żółtej szacie, siedzącą na kamiennej ławie.

– Może herbaty, komendancie? – zaproponował sprzątacz.

– Nie chcę żadnej herbaty! – wrzasnął Vimes i wstał.

Sprzątacz wrzucił do stojącej przy nim czarki z herbatą grudkę zjełczałego masła jaka.

– A zatem czego pan chce, panie Vimes z bardzo użytecznymi stopami?

– Nie mogę sobie z tym poradzić! Wiesz, o czym mówię!

– Wie pan, trochę herbaty naprawdę by pana uspokoiło.

– Nie mów mi, żebym się uspokoił! Kiedy zamierzacie odesłać mnie do domu?

Kolejny mnich wynurzył się ze świątyni. Był wyższy, potężniejszy od sprzątacza, miał siwą brodę i twarz dobrotliwego dyrektora banku. Podał Vimesowi kubek.

Vimes wahał się przez moment, po czym wziął kubek i starannie wylał zawartość na ziemię.

– Nie ufam wam – oświadczył.

– Nie wyobrażam sobie, co moglibyśmy dodać do herbaty, żeby smakowała gorzej niż ta, którą tutaj pijecie – rzekł spokojnie sprzątacz. – Niech pan siada, wasza łaskawość. Proszę.

Vimes osunął się na ławę. Wściekłość, która napędzała go do tej pory, nieco ostygła, choć ciągle czuł, jak w nim bulgocze. Odruchowo wyjął i wsadził sobie do ust na wpół wypalone cygaro.

– Sprzątacz twierdził, że znajdzie pan nas w taki czy inny sposób – stwierdził drugi mnich i westchnął. – To tyle, jeśli chodzi o tajemnicę.

– Ale czemu was to martwi? – Vimes zapalił ogryzek cygara. – Możecie pograć czasem i wyjdzie na to, że nic się nie zdarzyło.

– Nie zamierzamy tego robić – zapewnił drugi mnich.

– Zresztą jak mógłbym wam zaszkodzić? Chodzić i opowiadać, że ci zwariowani mnisi, których widuje się na ulicach, potrafią przesuwać czas? Zamknęliby mnie! A w ogóle to kim ty jesteś?

– To jest Qu. – Sprzątacz skinął głową na kolegę. – Kiedy nadejdzie pora, przeniesie pana z powrotem. Ale jeszcze nie teraz.

Vimes westchnął ciężko. Już nie był wściekły, pozostało mu uczucie beznadziejnej pustki. Patrzył tępo na dziwne skałki zajmujące większą część ogrodu. Wydawały się jakoś znajome.

Zamrugał.

– Rozmawiałem dzisiaj z ludźmi, którzy mają umrzeć – powiedział. – Wiecie, jak się po tym czuję?

Mnisi popatrzyli na niego ze zdziwieniem.

– No... tak – powiedział Qu.

– Wiemy – potwierdził sprzątacz. – Każdy, z kim rozmawiamy, umrze. Każdy, z kim pan rozmawia, umrze. Wszyscy umierają.

– Zmieniałem wydarzenia – oświadczył Vimes. I dodał, jakby się usprawiedliwiał: – Niby dlaczego nie? Carcer zmienia. Nie mam pojęcia, jak teraz wszystko się potoczy. Czy nie zmienia się historia, nawet jeśli człowiek rozdepcze mrówkę?

– Dla mrówki z całą pewnością – przyznał Qu.

Sprzątacz machnął ręką.

– Tłumaczyłem przecież, panie Vimes. Historia znajdzie sposób. To tak jak rozbicie statku. Płynie pan do brzegu, ale fale łamią się niezależnie od tego, co pan zrobi. Czyż nie jest napisane: „Wielkie morze nie dba o to, którędy płyną małe rybki"? Ludzie umierają, kiedy nadejdzie ich czas…

– Czas Keela nie nadszedł! To Carcer napadł biedaka!

– Nadszedł jego czas w tej teraźniejszości, komendancie – wyjaśnił Qu. – Ale odegra swoją rolę w tej drugiej. W końcu. Dopłynie pan do brzegu. Musi pan. W przeciwnym razie…

– …nie będzie brzegu – dokończył sprzątacz.

– Nie – rzekł Vimes. – Musi być coś więcej. Ja nie płynę, ja tonę. Wiecie, że to było zabawne? Z początku. Te nocne wyjścia z chłopakami.

Wyczuwanie ulic przez podeszwy butów. Ale teraz… co z Sybil? Czy moje wspomnienia są prawdziwe? O ile wiem, ona jest dziewczyną, mieszka z ojcem. Czy w ogóle istnieje gdzieś jako moja żona, która rodzi moje dziecko? Ale tak naprawdę? Czy to tylko moje złudzenia? Możecie to udowodnić? Czy to się dzieje? Czy dopiero się wydarzy? Co jest prawdziwe?

Mnisi milczeli. Sprzątacz zerknął na Qu, który wzruszył ramionami. Sprzątacz spojrzał bardziej wymownie i tym razem Qu zrezygnowany machnął ręką, jakby chciał powiedzieć: No dobrze, dobrze, choć uważam, że to błąd…

– Ta-ak – mruknął sprzątacz. – Tak, chyba możemy panu pomóc, komendancie. Chce pan wiedzieć, że istnieje jakaś przyszłość. Chce pan trzymać ją w dłoni. Chce pan czuć jej ciężar. Chce pan punktu, według którego mógłby pan nawigować, ku któremu sterować… Tak, w tym możemy pomóc. Ale…

– Tak?

– Ale pan przechodzi z powrotem przez mur i sierżant Keel gra swoją rolę. Trwa do końca. Wydaje rozkazy, które uważa za słuszne, i one będą słuszne. Utrzymuje pozycję. Wykonuje swoją robotę.

– On nie jest jedyny – stwierdził Vimes.

– Tak, komendant Vimes także ma swoją robotę.

– Nie martwcie się. Nie zostawię tutaj Carcera.

– To dobrze. Będziemy w kontakcie.

Vimes odrzucił niedopałek cygara i przyjrzał się murowi.

– Niech będzie – rzekł. – Przypilnuję wszystkiego. Ale kiedy nadejdzie czas…

– Będziemy gotowi – obiecał sprzątacz. – Jeśli tylko pan…

Urwał. Rozległ się delikatny dźwięk, jakby szelest łusek – rodzaj krzemowego pełzania.

– Wielkie nieba! – szepnął Qu.

Vimes spuścił wzrok.

Niedopałek wciąż się żarzył. Lecz wokół niego poruszał się cały Ogród Wewnętrznego Spokoju Miasta. Kamyk przesuwał się po kamyku. Spory, wygładzony przez wodę kamień płynął łagodnie w krąg, wirując przy tym. Vimes uświadomił sobie, że cały ogród wiruje, obraca się wokół cienkiej smużki dymu. Przed nim przesunęła się wypalona zapałka, tocząc się od kamyka do kamyka niby kawałek jedzenia przekazywany od jednej mrówki do drugiej.

– Czy to ma się tak zachowywać? – spytał.

– Teoretycznie tak – przyznał sprzątacz. – Powinien pan już iść.

Vimes raz jeszcze spojrzał na ruchomy ogród, wzruszył ramionami i podciągnął się na mur.

Obaj mnisi patrzyli, jak fala małych kamyków delikatnie pchała niedopałek do środka.

– Zadziwiające – uznał Qu. – On teraz stał się częścią wzorca. Nie wiem, jak ci się to udało.

– Nie ja to robię – zapewnił sprzątacz. – Qu, moglibyśmy…

– Żadnego przesuwania czasu – sprzeciwił się Qu. – Już dość szkód z tego wynikło.

– Jak chcesz. W takim razie muszę wysłać zespoły poszukiwawcze. Paserzy, nieuczciwi jubilerzy, lombardy… znajdziemy to. Nasz przyjaciel ma rację. Sama robota to za mało. Potrzebuje czegoś rzeczywistego. A ja wiem, co to takiego.

Raz jeszcze spojrzeli na wirujący, sunący ogród; poczuli, jak prostują się i sięgają do świata palce historii.

Vimes starał się nie biec z powrotem na posterunek, ponieważ zbyt wielu ludzi stało na ulicach w nerwowych grupkach i nawet biegnący mundur mógł się okazać iskrą.

Poza tym nie biega się do oficerów. Był sierżantem. Sierżanci chodzą miarowym krokiem.

Ku jego lekkiemu zdziwieniu strażnicy wciąż byli na dziedzińcu. Ktoś nawet rozwiesił manekiny szermiercze. Ćwiczenia mogły się przydać, gdyby strażnicy stanęli wobec przeciwnika, który jest bezbronny i przywiązany do drąga.

Vimes wspiął się na schody. Drzwi do gabinetu kapitana były otwarte; zauważył, że nowy dowódca przesunął biurko tak, by mógł wyglądać na podest i schody. Niedobry znak... Kapitan nie powinien widzieć, co się dzieje – powinien polegać na swoich sierżantach, że mu to powiedzą.

Ten człowiek jest ostry. Na bogów...

Nowy kapitan uniósł głowę. Niech to demon, pomyślał Vimes. Tym razem to przeklęty Rust! I rzeczywiście, był to szanowny Ronald Rust, dar bogów dla nieprzyjaciela, dowolnego nieprzyjaciela, a także chodząca zachęta do dezercji.

Rodzina Rustów wydała świetnych żołnierzy – jeśli oceniać ich według niezbyt surowych standardów sztuki wojennej w rodzaju: „Odejmij własne straty od strat przeciwnika, a jeśli otrzymasz liczbę dodatnią, było to wspaniałe zwycięstwo". Jednak u tego Rusta całkowitemu brakowi zdolności wojskowych dorównywała tylko jego wysoka opinia o własnym talencie, który posiadał naprawdę w ilościach ujemnych.

Poprzednio to nie był Rust. Vimes niejasno sobie przypominał innego tępego kapitana. Wiele drobnych zmian... do czego w końcu doprowadzą?

Założę się, że dopiero co został kapitanem, myślał Vimes. Ilu ludzi mógłbym ocalić, gdybym w tej chwili przypadkiem odciął mu głowę... Wystarczy spojrzeć w te błękitne oczęta, na ten głupawy zakręcony wąsik... A z czasem będzie jeszcze gorszy.

– Jesteście Keel? – Głos zabrzmiał jak szczeknięcie.

– Tajest, sir.

– Godzinę temu wydałem rozkaz, żebyście się tu zjawili.

– Tajest, sir. Ale jestem na służbie przez całą noc i ranek, a musiałem dopilnować...

– Oczekuję, że moje polecenia będą wykonywane bez zwłoki, sierżancie.

– Tajest, sir. Ja również, sir. Właśnie dlatego...

– Dyscyplina zaczyna się u szczytu, sierżancie. Ludzie słuchają was. Wy słuchacie mnie. Ja słucham moich przełożonych.

– Miło mi to słyszeć, sir.

– Co się tam dzieje na dziedzińcu?

Vimes postanowił płynąć z wiatrem...

– Podbudowa morale, sir. Budzenie ducha wspólnoty.

...i trafił na rafę. Rust uniósł brew.

– Po co? – zapytał. – Mają robić to, co im się każe, tak jak i wy, sierżancie. Takie grupowe kontakty nie należą do obowiązków, prawda?

– Trochę koleżeństwa pomaga w wykonywaniu zadań, sir. Jak zauważyłem.

– Gapicie się na mnie lekceważąco, Keel?

– Nie, sir. Mam na twarzy wyraz szczerego zwątpienia, sir. Lekceważące gapienie się jest cztery stopnie wyżej, zaraz po „przyglądaniu się w zabawny sposób", sir. Typowy wojskowy obyczaj i praktyka, sir, pozwalają sierżantom posunąć się aż do wyrazu surowej...

– Co znaczy ta kropka nad paskami, człowieku?

– Oznacza sierżanta sztabowego, sir. Ustanowili specjalną odmianę strażników, sir.

Kapitan mruknął coś pod nosem i spojrzał na leżące przed nim papiery.

– Lord Winder otrzymał niezwykłą prośbę, by awansować was na porucznika, sierżancie. Prośba pochodzi od kapitana Swinga z Sekcji Specjalnej. A jego lordowska mość słucha kapitana Swinga. Aha, i chce jeszcze, żeby przenieść was do Sekcji Specjalnej. Osobiście uważam, że ten człowiek jest szalony.

– Popieram pana w stu procentach, sir.

– Nie chcecie zostać porucznikiem?

– Nie, sir. Za długi na Rysia, za krótki na Ryszarda, jak to mówią, sir. – Vimes skupił wzrok o kilka cali nad głową Rusta.

– Co takiego?

– Że ktoś nie jest ani jednym, ani drugim, sir.

– Och, więc chcielibyście zostać kapitanem, co? – Rust uśmiechnął się złośliwie.

– Nie, sir. Nie chcę być oficerem, sir. Miesza mi się, kiedy widzę na stole więcej niż jeden nóż i widelec, sir.

– Jak dla mnie, sierżancie, to nie wyglądacie jak materiał na oficera.

– Nie, sir. Dziękuję, sir.

Dobry stary Rust. Nie, dobry młody Rust. To samo udające szczerość bezmyślne grubiaństwo, ta sama tępota, ta sama małostkowa złośliwość.

Każdy sierżant, który choć trochę zna się na rzeczy, wie, jak to wykorzystać.

– Ale bym się nie skarżył, jakby mnie tak przenieśli do Specjalnej, sir – odezwał się.

Było w tym trochę hazardu, lecz niewiele. Mógł polegać na charakterze Rusta.

– Pewnie by się wam spodobało, Keel – rzekł Rust. – Na pewno z tym durniem Tildenem robiliście, coście chcieli, i nie podoba wam się kapitan, który trzyma rękę na pulsie, co? Nie, do demona! Zostaniecie tutaj, jasne?

Cudownie, pomyślał Vimes. Czasami przypomina to obserwowanie, jak osa ląduje na pokrzywie: któraś ze stron ucierpi, ale człowieka to nie obchodzi...

– Tajest, sir – odpowiedział, wciąż patrząc prosto przed siebie.

– Goliłeś się dzisiaj, człowieku?

– Zwolniony z golenia, sir – skłamał Vimes. – Polecenie lekarza. Mam szytą twarz, sir. Mógłbym ogolić połowę, sir.

Rust przyjrzał mu się niechętnie, ale Vimes nie uciekał wzrokiem. Rana była jeszcze świeża; nie ośmielał się na razie zaglądać pod opaskę.

– Walnęliście się w gębę własnym dzwonkiem, co? – burknął kapitan.

Vimesa zamrowiły palce.

– Bardzo zabawne, sir – odpowiedział.

– Idźcie i każcie ludziom wracać na posterunek, Keel. Mają wyglądać jak trzeba. Za chwilę zrobię inspekcję. I powiedzcie temu idiocie z płaskim nosem, żeby opróżnił stajnię.

– Sir?

– Niedługo dotrze tu mój koń. Nie chcę tam widzieć tej nędznej chabety.

– Jak to? Oddać Marilyn, sir? – Vimes był wstrząśnięty.

– To rozkaz. Bierzcie się do roboty.

– Ale co mamy z nią zrobić, sir?

– To mnie nie obchodzi. Jesteście sierżantem i dostaliście rozkaz. Chyba są tu jacyś rzeźnicy? Ludzie tutaj muszą przecież coś jeść, prawda?

Vimes zawahał się, po chwili zasalutował.

– Jak pan sobie życzy, sir.

– Wiecie, co widziałem w drodze tutaj, sierżancie?

– Nie mam pojęcia, sir. – Vimes znów patrzył przed siebie.

– Ludzie budują barykady, sierżancie.

– Sir?

– Wiem, że dobrze słyszałeś, człowieku!

– Można było się tego spodziewać, sir. Ludzie są nerwowi. Słyszeli pogłoski o motłochu i żołnierzach bez kontroli. Próbują chronić swoje ulice...

– To otwarte wyzwanie rzucone legalnej władzy! Ludzie nie mogą brać prawa we własne ręce!

– W zasadzie tak. Ale takie wzburzenie zwykle samo wygasa...

– Na bogów, człowieku, jakim cudem zostałeś sierżantem?

Vimes wiedział, że powinien zamknąć tę dyskusję. Rust był durniem. Ale w tej chwili był młodym durniem, a takim łatwiej wybaczyć. Może się okaże, że po wczesnym wykryciu zdoła awansować do idioty?

– Czasami warto... – zaczął.

– Wczoraj w nocy tłum zaatakował wszystkie posterunki straży – oznajmił Rust, nie zwracając na niego uwagi. – Prócz tego. Jak to wyjaśnicie?

Wąs mu się zjeżył. Nieatakowanie posterunku uważał chyba za niezbity dowód, że Vimesowi brak kręgosłupa moralnego.

– To była sytuacja...

– Podobno jakiś człowiek rzucił się na was. Gdzie jest teraz?

– Nie wiem, sir. Opatrzyliśmy go i odesłaliśmy do domu.

– Wypuściliście go?

– Tak, sir. Był...

Ale Rust tradycyjnie przerwał odpowiedź żądaniem odpowiedzi, którą właśnie przerywał.

– Dlaczego?

– Ponieważ w danej chwili, sir, uznałem za rozsądne...

– W nocy zginęło trzech strażników! Wiecie o tym? Bandy krążyły po ulicach! No więc wprowadzono stan wyjątkowy! Dzisiaj okażemy stanowczość! Zbierzecie ludzi! Natychmiast!

Vimes zasalutował, odwrócił się, wyszedł i ruszył wolno po schodach. Za nic w świecie by teraz nie pobiegł.

Stanowczość. Jasne. Bandy na ulicach. No więc to pewne jak demony, że nic nie robiliśmy, kiedy to były gangi przestępców.

A kiedy ma się szaleńców i idiotów po obu stronach, a wszystko zawisło w chwiejnej równowadze... Tak, łatwo wtedy znaleźć kłopoty, zwłaszcza że tak wielu ludzi ich szuka.

Jedną z najtrudniejszych lekcji w życiu Sama było odkrycie, że ludzie w dowództwie wcale nie dowodzą. Odkrycie, że rządy na ogół nie są obsadzane przez tych, którzy się orientują, a plany to coś, co ludzie tworzą, zamiast myśleć.

Większa część strażników zebrała się przy schodach. Ryjek dobrze sobie radził z komunikacją wewnętrzną, zwłaszcza tą niepokojącą.

– Ogarnijcie się, chłopcy – polecił Vimes. – Kapitan zejdzie za parę minut. Najwyraźniej przyszedł czas na demonstrację siły.

– Jakiej siły? – zapytał Billy Wiglet.

– Widzisz, Billy, plan jest taki, że straszni rewolucjoniści tylko na nas spojrzą i natychmiast pochowają się w swoich dziurach.

Vimes natychmiast pożałował, że to powiedział. Billy nie nauczył się ironii.

– To znaczy, że mamy przewietrzyć mundury – przetłumaczył.

– Zrobią z nas szarlotkę – stwierdził Fred Colon.

– Nie, jeśli będziemy trzymać się razem – oświadczył młody Sam.

– Słusznie – zgodził się Vimes. – Jesteśmy przecież uzbrojeni po zęby i wychodzimy na patrol między cywilów, którzy zgodnie z prawem nie mają żadnej broni. Jeśli będziemy uważać, nie powinniśmy oberwać za mocno.

Kolejne złe posunięcie. Ponurego sarkazmu powinno się uczyć w szkołach, pomyślał. Poza tym uzbrojeni ludzie też mogą wpaść w kłopoty, jeśli nieuzbrojeni cywile będą dostatecznie rozwścieczeni, zwłaszcza jeśli na ulicach są brukowce.

Usłyszał, jak dalekie zegary wybijają trzecią. Dziś w nocy ulice eksplodują.

Według podręczników historii przyczyną był jeden strzał, mniej więcej o zachodzie słońca. Jeden z pieszych regimentów miał się zebrać na Polu Kwoki i Kurczaków i tam czekać na rozkazy. Pojawią się tam również ludzie, którzy będą się im przyglądać. Wojsko zawsze ściągało publiczność: naiwne dzieciaki, nieunikniony w Ankh-Morpork dryfujący tłum uliczny oraz oczywiście damy, których afekty w bardzo dużym stopniu podlegały negocjacjom.

Tych ludzi nie powinno tam być, mówiono potem.

Ale gdzie powinni być? Jako jedyna w przybliżeniu zielona przestrzeń w tej części miasta, Pole Kwoki i Kurczaków było licznie uczęszczane. Ludzie grali tu w różne gry i oczywiście zawsze można było oceniać postępy zwłok na szubienicy. A w regimencie służyli normalni żołnierze, zwykli piechurzy, synowie i mężowie mieszkańców; chcieli tu odpocząć i trochę się napić.

No właśnie – potem mówiono, że żołnierze byli pijani. I że nie powinno ich tam być. Tak, to główna przyczyna, uznał Vimes. Nikogo nie powinno tam być.

Ale byli. I kiedy kapitan dostał strzałę w brzuch i jęczał na ziemi, kilku kuszników wystrzeliło w stronę, skąd nadleciała. Tak twierdziły podręczniki historii. Strzelali w okna budynku, skąd przyglądali się ludzie. Może ta pierwsza strzała pochodziła od jednego z nich.

Niektóre strzały nie doleciały do celu, inne tak. Byli też ludzie, którzy odpowiedzieli.

Potem nastąpią straszne wydarzenia. Będzie już za późno, by do nich nie dopuścić. Napięcie rozładuje się jak wielka sprężyna, kosząca całe miasto.

Byli też spiskowcy, nie ma co do tego wątpliwości. Niektórzy z nich to zwyczajni ludzie, którzy mieli już dosyć. Niektórzy to młodzi ludzie bez pieniędzy, protestujący przeciw temu, że światem rządzą bogaci starcy. Niektórzy włączyli się, bo chcieli zdobyć dziewczyny. A niektórzy byli idiotami, obłąkanymi jak Swing, z tak samo sztywną i nierealną wizją świata; stali po stronie tego, co nazywali ludem. Vimes całe życie spędził na ulicach, spotkał ludzi przyzwoitych i głupców, i takich, którzy potrafili ukraść pensa ślepemu żebrakowi, ludzi, którzy za brudnymi szybami w oknach małych domków codziennie dokonywali niewielkich cudów albo popełniali zbrodnie... Nigdy jednak nie spotkał ludu.

Ludzi po stronie ludu i tak zawsze w końcu czekało rozczarowanie. Odkrywali, że lud na ogół nie przejawia wdzięczności, nie docenia, nie jest postępowy ani posłuszny. Lud okazywał się zwykle małostkowy, konserwatywny, niezbyt mądry, a nawet nieufny wobec mądrości. I tak dzieci rewolucji stawały przed prastarym problemem: nie chodzi o to, że rząd jest niewłaściwy, bo to oczywiste, ale że ma się do czynienia z niewłaściwym ludem.

Gdy tylko ktoś widział w ludziach obiekty, które można mierzyć, okazywało się, że nie dorastają. To, co niedługo przetoczy się po ulicach, nie będzie rewolucją ani buntem. To będą przerażeni, spanikowani ludzie. Tak się dzieje, kiedy zawodzi maszyneria życia miasta, kiedy tryby przestają się kręcić i łamią się wszystkie drobne reguły. Wtedy istoty ludzkie są gorsze od owiec. Owce po prostu biegną; nie starają się kąsać owiec biegnących obok.

O zachodzie słońca każdy mundur stanie się celem. Nie będzie już miało znaczenia, jakie poglądy ma strażnik. Stanie się jeszcze jednym człowiekiem w pancerzu...

– Co? – zapytał, wracając do teraźniejszości.

– Dobrze się pan czuje, sierżancie? – upewnił się Fred Colon.

– Hm? – mruknął Vimes.

Realny świat powrócił.

– Gdzieś pan odleciał – wyjaśnił Fred. – Patrzył pan w pustkę. Powinien pan jednak wyspać się wczoraj w nocy, sierżancie.

– W grobie będzie dość czasu na sen. – Vimes spojrzał na szeregi strażników.

– Jasne, też o tym słyszałem, sierżancie, ale tam nikt pana nie obudzi kubkiem herbaty. Ustawiłem wszystkich, sierżancie.

Fred Colon się postarał, a Vimes umiał to docenić. Inni też zadbali o siebie. Nigdy jeszcze nie widział, żeby wyglądali tak... oficjalnie. Zwykle każdy miał tylko hełm i półpancerz. Poza tym wyposażenie było opcjonalne i dość zróżnicowane. Ale przynajmniej dzisiaj ubrali się starannie.

Tylko wzrost mieli niedobrany. Nikt nie mógł łatwo przyjrzeć się szeregowi, w którym na jednym końcu stał Wiglet, a na drugim Nancyball. Wiglet był tak niski, że kiedyś zarzucono mu wpatrywanie w pępek sierżanta, jako że nikomu nie zdołałby spojrzeć w oczy. Za to Nancyball zawsze pierwszy wiedział, kiedy pada deszcz. Trzeba było stanąć w sporej odległości, żeby bez bólu oczu mieć obu w polu widzenia.

– Nieźle, chłopcy – rzucił tylko i usłyszał, jak Rust zbiega po schodach.

Chyba po raz pierwszy miał okazję zobaczyć swoich podkomendnych. Zniósł to dość dobrze. Westchnął tylko.

Potem zwrócił się do Vimesa.

– Potrzebuję czegoś, na czym mógłbym stanąć.

Vimes spojrzał na niego tępo.

– Sir?

– Chcę przemówić do ludzi, zainspirować ich i wzmocnić determinację. Muszą zrozumieć polityczne tło obecnego kryzysu.

– Och, wszyscy wiemy, że lord Winder to wariat – wtrącił uprzejmie Wiglet.

Na czole Rusta osiadł niemal szron.

Vimes się wyprostował.

– Oddziaaał! Roo-zejść się! – krzyknął. Strażnicy odbiegli, a on pochylił się do Rusta. – Mogę słówko, sir?

– Czy ten człowiek naprawdę powiedział...? – zaczął Rust.

– Tak, sir. To prości ludzie, sir. – Vimes myślał szybko. – Lepiej nie naruszać ich poglądów, sir, jeśli pan rozumie, co mam na myśli.

Rust dołączył tę opinię do zbioru możliwych rozwiązań. Ta sugestia dawała jakieś wyjście, a w dodatku pasowała do jego zdania na temat straży jako takiej. Oznaczała, że to nie funkcjonariusz zachował się bezczelnie, ale że Rust miał do czynienia z prostaczkiem.

– Znają swoje obowiązki, sir – dodał Vimes dla wzmocnienia argumentu.

– Ich obowiązkiem, sierżancie, jest robić to, co im się każe.

– Dokładnie tak, sir.

Rust przygładził wąs.

– Jest coś w tym, co mówicie, sierżancie. Ufacie im?

– Szczerze mówiąc, sir, tak.

– Mhm... Za dziesięć minut zrobimy obchód sąsiednich ulic. Pora na jakąś akcję. Meldunki są niepokojące. Musimy utrzymać pozycję, sierżancie.

I on w to wierzy, pomyślał Vimes. Naprawdę wierzy.

Strażnicy wymaszerowali w blask popołudniowego słońca, ale nie zrobili tego dobrze. Nie byli przyzwyczajeni do marszu. Ich typową metodą poruszania się był spacer, niezaliczany do uznanych manewrów wojskowych, albo też rozpaczliwa ucieczka – zaliczana.

Na dodatek w oddziale działały prądy konwekcyjne rozsądnego tchórzostwa. Wyraźna boczna składowa w ruchu każdego ze strażników spychała go do środka formacji. Ich tarcze, lekkie, wiklinowe, mogły odbijać kamienie, ale nie miały szans z niczym posiadającym ostrze. Posuwali się więc naprzód w formie wydłużającej się z wolna, stłoczonej grupki.

Rust tego nie zauważał. Miał talent niedostrzegania tego, czego nie chciał dostrzegać, i niesłyszenia tego, czego nie chciał słyszeć. Nie mógł jednak zignorować barykady.

Ankh-Morpork nie było tak naprawdę miastem – nie wtedy, kiedy już przyszło co do czego. Takie miejsca jak Siostry Dolly, Nastroszone Wzgórze czy Siedmiu Śpiących istniały kiedyś jako osobne wioski, zanim pochłonęła je rosnąca zabudowa miejska. Na pewnym poziomie nadal zachowywały odrębność. Co do reszty... cóż, kiedy już człowiek opuścił główne ulice, wszystko działo się w bliskich sąsiedztwach. Ludzie nie wędrowali daleko. Kiedy rosło napięcie, człowiek polegał na swoich kumplach i rodzinie. Cokolwiek miało się ruszyć, pilnował, żeby nie ruszyło jego ulicą. To nie była rewolucja, raczej odwrotnie. To była obrona własnych domostw.

Ludzie wznosili barykadę przy alei Fiszbinowej. Nie była szczególnie udana, jako że składała się głównie z przewróconych ulicznych straganów, niedużego wozu i sporej liczby domowych mebli. Ale stanowiła Symbol.

Rust zjeżył groźnie wąs.

– Tuż pod naszym nosem – warknął. – Absolutne wyzwanie dla ustanowionej władzy, sierżancie. Czyńcie swoją powinność!

– A na czym ona w tej chwili polega, sir? – spytał Vimes.

– Aresztować prowodyrów! A wasi ludzie rozbiorą tę barykadę!

Vimes westchnął.

– Oczywiście, sir. Proszę się cofnąć, a ja ich poszukam.

Podszedł do chałupniczego stosu rupieci, świadomy oczu obserwujących go z przodu i z tyłu. Uniósł dłonie do ust.

– Dobrze już, dobrze! Co się tutaj dzieje?! – zawołał.

Usłyszał szepty. I był przygotowany na to, co nastąpiło. Kiedy nad meblami przeleciał kamień, chwycił go oburącz.

– To było grzeczne pytanie! – powiedział. – Po co się denerwować?

Kolejne szepty. Bardzo wyraźnie usłyszał „...to ten sierżant z wczorajszej nocy..." i jakąś prowadzoną półgłosem dyskusję. Po chwili ktoś zakrzyknął:

– Śmierć faszystowskim ciemiężycielom!

Tym razem dyskusja wydawała się bardziej gorączkowa.

– No dobra – usłyszał po chwili, a potem: – Śmierć faszystowskim ciemiężycielom, z wyłączeniem tu obecnych! Teraz wszyscy zadowoleni?

Znał ten głos.

– Pan Reginald Shoe, tak?

– Żałuję, że mam tylko jedno życie, by poświęcić je dla alei Fiszbinowej! – rozległo się gdzieś zza komody.

Gdybyś tylko wiedział, pomyślał Vimes.

– Nie sądzę, żeby to było konieczne – powiedział głośno. – No proszę, panie i panowie... Czy tak należy się zachowywać? Nie możecie brać... prawa... we własne... ręce...

Umilkł. Czasami mózg potrzebuje dłuższej chwili, by nadążyć za ustami.

Vimes odwrócił się i spojrzał na swój oddział, który nie potrzebował żadnych instrukcji, by trzymać się z tyłu. I spojrzał na barykadę.

Gdzie tak naprawdę jest prawo? Gdzie jest w tej chwili?

Co on właściwie robi?

Wykonuje obowiązek, ma się rozumieć. Robotę, którą ma przed sobą. Zawsze tak robił. A prawo zawsze było... gdzieś tam, ale niedaleko. Zawsze był niemal pewien, gdzie jest, i stanowczo miało coś wspólnego z odznaką.

Odznaka jest ważna. Tak. Ma kształt tarczy, dla ochrony. Myślał o tym podczas długich nocy. Chroniła go przed bestią, ponieważ bestia czaiła się w mrokach jego umysłu.

Gołymi rękami zabijał wilkołaki. Był wtedy obłąkany ze zgrozy, ale bestia dawała mu siłę...

Kto wie, jakie zło czai się w ludzkich sercach?

Gliniarz wie. Po dziesięciu latach człowiekowi może się wydawać, że widział już wszystko, ale cienie zawsze szykowały coś nowego. Widział, jak blisko bestii żyją ludzie. I pojmował, że tacy jak Carcer wcale nie są obłąkani. Są wręcz niewyobrażalnie zdrowi na umyśle. Po prostu nie mają tarczy. Patrzą na świat i uświadamiają sobie, że reguły nie muszą się do nich stosować. Nie, jeśli tego nie chcą. Nie dają się ogłupić różnym historyjkom. Podają bestii rękę.

Jednak on, Sam Vimes, trzymał się odznaki, z wyjątkiem tego okresu, kiedy nawet ona nie wystarczała, więc zamiast niej trzymał się butelki...

Teraz właśnie miał uczucie, że trzyma się butelki. Cały świat wirował. Gdzie było prawo? Przed nim wznosiła się barykada. Kogo osłaniała i przed kim? Miastem rządził szaleniec i jego ponurzy towarzysze, więc gdzie było prawo?

Gliniarze lubili powtarzać, że ludzie nie powinni brać prawa we własne ręce. Myśleli, że wiedzą, co to znaczy. Ale myśleli o normalnych czasach, o ludziach, którzy maczugą kończą kłótnię z sąsiadem, bo jego pies o jeden raz za wiele nabrudził im pod drzwiami. Lecz w takich czasach jak obecne do kogo należy prawo? Jeśli nie powinno się znaleźć w rękach ludzi, to gdzie? W rękach tych, którzy wiedzą lepiej? Wtedy dostaje się w ręce Windera i jego popleczników, a to chyba niedobrze.

Co teraz powinno się stać? Owszem, miał odznakę, ale nie była jego, nie tak naprawdę... I miał rozkazy, ale to były złe rozkazy... Miał też wrogów, choć z niewłaściwych powodów... I może nie miał już przyszłości. Przestała istnieć. Nie było niczego rzeczywistego, żadnego trwałego punktu, na którym mógłby się oprzeć, jedynie Sam Vimes w miejscu, gdzie nie miał prawa być...

Odnosił wrażenie, że próbując poświęcić jak najwięcej energii na rozplątanie wirujących myśli, jego ciało ściągało tę energię z reszty Vimesa. W oczach mu pociemniało, zmiękły kolana...

Nie pozostało nic prócz zdezorientowanej rozpaczy.

I licznych eksplozji.

Havelock Vetinari zapukał grzecznie w okienko małej budki w głównej bramie Gildii Skrytobójców.

Dyżurny portier uniósł klapkę.

– Wpisuję wyjście, panie Maroon – oznajmił skrytobójca.

– Oczywiście, paniczu. – Maroon podsunął mu wielką księgę. – A dokąd się dzisiaj wybieramy, paniczu?

– Ogólny rekonesans, panie Maroon. Zwyczajnie chcę się rozejrzeć.

– Ach, wczoraj wieczorem mówiłem właśnie pani Maroon, że panicz znakomicie się rozgląda.

– Patrzymy i uczymy się, panie Maroon, patrzymy i uczymy się. – Vetinari wpisał do księgi swoje nazwisko, po czym odłożył pióro na stojak. – A jak tam synek?

– Dziękuję, że panicz zapytał. O wiele lepiej – odparł portier.

– Miło słyszeć, panie Maroon. O, widzę, że czcigodny John Krwawnik wyszedł ze zleceniem... Do pałacu?

– Ależ paniczu... – Maroon uśmiechnął się szeroko i pogroził palcem. – Wie panicz, że nie mógłbym powiedzieć, choćbym nawet wiedział.

– Oczywiście.

Vetinari zerknął na tylną ścianę, gdzie w starym mosiężnym stojaku tkwiło kilka kopert. Nad stojakiem wypisano słowo „Aktywni".

– Spokojnego wieczoru, panie Maroon.

– Wzajemnie, paniczu. Owocnego... rozglądania się.

Patrzył, jak młody człowiek znika na ulicy. Potem przeszedł na malutkie zaplecze budki i nastawił czajnik.

Dosyć lubił młodego Vetinariego, który był spokojnym, pilnym oraz – trzeba to zaznaczyć – przy odpowiednich okazjach także szczodrym młodym człowiekiem. Ale jednak trochę dziwacznym. Maroon obserwował go kiedyś we foyer. Vetinari stał nieruchomo. Nie próbował się przy tym kryć ani maskować. Po mniej więcej półgodzinie Maroon podszedł do niego i zapytał:

– Czy mogę w czymś pomóc, paniczu?

Na co Vetinari odpowiedział:

– Dziękuję, ale nie, panie Maroon. Po prostu uczę się stać nieruchomo.

Na co nie dało się wygłosić żadnego sensownego komentarza. A młody człowiek zapewne odszedł po chwili, gdyż Maroon nie pamiętał, by tego dnia widział go znowu.

Usłyszał skrzypienie z portierni i wyjrzał przez drzwi. Nikogo tam nie było.

Kiedy parzył herbatę, zza drzwi dobiegł jakiś szelest, więc poszedł sprawdzić. Portiernia była całkiem pusta. Zadziwiająco pusta, pomyślał już później. Całkiem jakby była o wiele bardziej pusta, niż gdyby, no... gdyby nikogo w niej nie było.

Wrócił na swój fotel na zapleczu i usiadł wygodnie.

Na mosiężnym stojaku koperta podpisana „Krwawnik, J." zsunęła się odrobinę.

Eksplozje były liczne. Fajerwerki skakały po całej ulicy. Brzęczały tamburyny, róg rozbrzmiewał nieznanym w naturze dźwiękiem, a zza zakrętu wytańczyła kolumna wirujących w piruetach mnichów. Wszyscy śpiewali ile sił w płucach.

Vimes, który osunął się na kolana, widział dziesiątki ruchliwych stóp w sandałach i powiewające przybrudzone szaty. Rust krzyczał coś do tancerzy, którzy uśmiechali się i machali w powietrzu rękami.

W kurzu wylądowało coś prostokątnego i srebrzystego.

Mnisi odeszli. Odtańczyli w jakiś zaułek, krzycząc, kręcąc się i waląc w gongi...

– Przeklęci poganie! – warknął Rust i podszedł bliżej. – Uderzyli was, sierżancie?

Vimes wyciągnął rękę i chwycił srebrny prostokąt.

Kamień brzęknął o napierśnik Rusta. Gdy kapitan podniósł tubę, kapusta trafiła go w kolano.

Vimes patrzył na przedmiot, który trzymał w dłoni. Była to cygarnica, wąska, lekko wygięta...

Otworzył ją niezgrabnie i przeczytał:

Ukochanemu Samowi zawsze kochająca Sybil

Świat się poruszył. Ale Vimes nie był już jak dryfujący statek. Teraz wyczuwał szarpnięcie kotwicy ustawiającej go dziobem do nadchodzącej fali.

Zza barykady nadlatywał grad pocisków. Rzucanie różnych rzeczy było starą ankhmorporską tradycją, a Rust miał w sobie coś takiego, co czyniło go naturalnym celem. Z całą godnością, jaką zdołał przywołać, podniósł do ust tubę. Udało mu się dotrzeć aż do:

– Niniejszym ostrzegam...

Potem kamień wytrącił mu tubę z ręki.

– Jak chcecie – mruknął i sztywnym krokiem wrócił do oddziału. – Sierżancie Keel, wydajcie rozkaz ostrzału. Jedna salwa nad szczytem barykady.

– Nie – odparł Vimes i wstał.

– Mogę tylko przyjąć, że zostaliście ogłuszeni, sierżancie – stwierdził Rust. – Strażnicy, przygotować się do wykonania rozkazu.

– Pierwszego, który wystrzeli, osobiście załatwię mieczem – ostrzegł Vimes.

Nie krzyczał. To było proste, pewne stwierdzenie, co niesie przyszłość.

Rust nie zmienił wyrazu twarzy. Zmierzył Vimesa wzrokiem.

– Czy to bunt, sierżancie? – zapytał.

– Nie. Nie jestem żołnierzem. Nie mogę się zbuntować.

– Obowiązuje stan wyjątkowy, sierżancie – warknął Rust. – Oficjalnie!

– Naprawdę? – zdziwił się Vimes. Nadleciała kolejna fala kamieni i warzyw. – Tarcze w górę, chłopcy.

Rust zwrócił się do Freda Colona.

– Kapralu, aresztujcie tego człowieka.

Colon przełknął ślinę.

– Ja?

– Wy, kapralu. Natychmiast.

Różowa twarz Colona pokryła się bladymi plamami, gdy odpłynęła z niej krew.

– Ale on... – zaczął.

– Nie? A zatem muszę sam, jak się zdaje.

Kapitan dobył miecza.

W tej samej chwili Vimes usłyszał szczęk odsuwanego bezpiecznika kuszy. Jęknął w duchu. Nie pamiętał tej sytuacji.

– Proszę, żeby odłożył pan miecz, sir – zabrzmiał głos młodszego funkcjonariusza Vimesa.

– Nie strzelisz do mnie, głupi dzieciaku – powiedział spokojnie kapitan. – To by było morderstwo.

– Nie tam, gdzie celuję, sir.

Niech to szlag, myślał Vimes. Może chłopak naprawdę jest głupi. Bo Rust na pewno nie jest tchórzem. Idiotyczny upór uważa za odwagę. Nie cofnie się nawet przed tuzinem zbrojnych.

– Chyba widzę, na czym polega kłopot, kapitanie – odezwał się pogodnym tonem. – Spocznij, młodszy funkcjonariuszu. Nastąpiło drobne nieporozumienie, sir, ale to wszystko wyjaśni...

Ten cios miał zapamiętać na długo. Słodki. Podręcznikowy. Rust zwalił się jak kłoda.

W blasku wszystkich swych płonących mostów Vimes wsunął dłoń z powrotem do tylnej kieszeni. Dzięki ci, pani Goodbody, i pani asortymentowi poręcznych wyrównywaczy szans.

Zwrócił się do strażników, którzy tworzyli obraz bezgłośnej zgrozy.

– Niech zostanie w raporcie, że zrobił to sierżant sztabowy John Keel – powiedział. – Vimes, co ci mówiłem o wymachiwaniu bronią, kiedy nie masz zamiaru jej użyć?

– Pan go załatwił, sierżancie! – pisnął Sam, wpatrzony w uśpionego kapitana.

Vimes potrząsnął dłonią, by przywrócić jej nieco życia.

– Niech zostanie w raporcie, że przejąłem dowództwo po nagłym ataku szaleństwa kapitana – oznajmił. – Waddy, Wiglet… Zaciągnijcie go na posterunek i zamknijcie w celi.

– Ale co my mamy robić, sierżancie? – jęknął Colon.

Ach…

Utrzymywać porządek. O to chodzi. Ludzie często nie rozumieją, na czym to polega. Człowiek dociera na miejsce jakiejś śmiertelnie groźnej sytuacji, na przykład widzi dwóch sąsiadów tłukących się na ulicy o to, do którego należy oddzielający ich posesje żywopłot. Obaj aż kipią od urażonej pewności swoich racji, ich żony albo toczą na boku osobną bójkę, albo siedzą w kuchni i gawędzą przy herbatce, a wszyscy czekają, aż strażnik wszystko rozstrzygnie.

I nie mogą zrozumieć, że to nie jego robota. Rozstrzygnięcie tej sprawy to zadanie dla dobrego mierniczego i może dwóch prawników. Zadanie strażnika to pohamować impuls, by stuknąć o siebie ich pustymi głowami, zignorować urażone przemowy pełne chwiejnych usprawiedliwień, skłonić obu, żeby przestali wrzeszczeć, i sprowadzić ich z ulicy. Kiedy to osiągnął, zrobił swoje. Nie był jakimś chodzącym po ziemi bogiem, który rozdziela precyzyjnie wyregulowaną naturalną sprawiedliwość. Strażnik ma tylko przywrócić porządek.

Oczywiście, jeśli jego krótkie i ostre słowa nie wystarczą, a wkrótce potem pani Smith przelezie przez sporny żywopłot i zadźga panią Jones nożycami ogrodniczymi, ma wtedy inne zadanie: rozwiązanie głośnej sprawy Morderstwa Wskutek Dyskusji o Żywopłocie. Ale do tego przynajmniej był przygotowany.

Ludzie oczekują od strażników bardzo wielu rzeczy, jednak wcześniej czy później wszystkie sprowadzają się do jednego życzenia: spraw, żeby to się nie działo.

Spraw, żeby to się nie działo…

– Co? – zapytał.

Nagle usłyszał głos, który w rzeczywistości już od dłuższego czasu rozbrzmiewał na samej granicy świadomości.

– Pytałem, czy on oszalał, sierżancie.

Ale kiedy spadasz z urwiska, za późno już, by się zastanawiać, czy była może lepsza droga na szczyt.

– Kazał strzelać do ludzi, którzy do was nie strzelali – warknął Vimes i ruszył naprzód. – To chyba oznacza szaleństwo, nie sądzicie?

– Ale rzucają kamieniami, sierżancie – zauważył Colon.

– To co? Stańcie poza zasięgiem. Zmęczą się szybciej od nas.

Rzeczywiście, grad pocisków zza barykady ustał; nawet w chwilach kryzysu obywatele Ankh-Morpork potrafili wszystko zostawić dla dobrego ulicznego spektaklu. Vimes ruszył w ich stronę; po drodze schylił się i podniósł pogiętą tubę Rusta.

Podchodząc, przebiegał wzrokiem po twarzach widocznych zza nóg krzeseł i różnych rupieci. Wiedział, że gdzieś są Niewymowni i popychają sprawy do przodu. Jeśli miał szczęście, to nie przejmowali się aleją Fiszbinową.

Obrońcy zaczęli coś między sobą mruczeć. Większość z nich miała miny, które Vimes rozpoznał, gdyż takiej właśnie nie chciał pokazywać. Był to wyraz twarzy ludzi, którym wyrwano nagle spod nóg ich świat i teraz usiłują stepować na ruchomych piaskach.

Odrzucił na bok głupią, dętą tubę. Złożył dłonie przy ustach.

– Niektórzy z was mnie znają! – zawołał. – Jestem sierżant Keel, obecnie dowódca posterunku straży przy Kopalni Melasy! I rozkazuję wam rozebrać tę barykadę...

Rozległy się gwizdy, wyleciał jeden czy dwa niecelnie rzucone pociski. Vimes czekał nieruchomo, aż gwar ucichnie. Potem znów uniósł dłonie.

– Powtarzam, nakazuję wam rozebrać tę barykadę! – Nabrał tchu i mówił dalej: – I odbudować ją po drugiej stronie, przy rogu Kablowej! I wystawić jeszcze jedną, u wylotu Stromej! Tylko porządnie zbudowaną! Przecież nie wystarczy rzucać wszystko na kupę, na miłość bogów! Barykada to coś, co się konstruuje! Kto tu dowodzi?

Za przewróconymi meblami rozległy się skonsternowane szepty.

– Ty?! – zawołał jakiś głos.

Zabrzmiał nerwowy śmiech.

– Bardzo zabawne! Wyśmiejcie się, póki można! Na razie nikt się nami nie interesuje! To spokojna część miasta! Ale kiedy sytuacja zrobi się paskudna, na karki spadnie wam kawaleria! Z szablami! Jak długo się utrzymacie? Ale jeśli odetniecie ten koniec Kopalni Melasy i koniec Stromej, zostaną im tylko ciasne zaułki, a oni tego nie lubią! Oczywiście sami decydujecie! Chcielibyśmy was chronić, ale ja i moi ludzie będziemy za barykadami tam...

Odwrócił się na pięcie i wrócił do czekających strażników.

– Dobra, chłopcy – rzucił. – Słyszeliście. Pounce i Gaskin, weźmiecie naszą więźniarkę aż do mostu i tam ją przewrócicie. Waddy, Nancyball i ty, Fred... idźcie i ściągnijcie parę wózków. Jesteście tutejsi, więc nie wmówicie mi, że nigdy tego nie robiliście. Kilkoma trzeba zablokować tamte ulice, a pozostałymi wjechać w zaułki, aż się zaklinują. Znacie ten teren. Zastawcie wszystkie tylne alejki.

Colon roztarł nos.

– Możemy to załatwić od strony rzeki, sierżancie, ale od Mroków są same zaułki! Nie zablokujemy wszystkich!

– Nimi bym się nie martwił – uspokoił go Vimes. – Kawaleria nie może tamtędy przejechać. Wiecie, jak nazywają konia na Mrokach?

– Pewno, sierżancie. – Colon wyszczerzył zęby. – Obiad.

– Właśnie. Reszta niech wyciągnie z posterunku wszystkie stoły i ławy...

Uświadomił sobie, że żaden z jego ludzi się nie ruszył. Dostrzegł pewien... problem.

– Co jest?

Billy Wiglet zdjął hełm i otarł czoło.

– Ehm... Jak daleko to się posunie, sierżancie?

– Aż do końca, Billy.

– Ale złożyliśmy klątwę, sierżancie, a teraz nie wykonujemy rozkazów i pomagamy buntownikom. Jakoś nie wydaje się to właściwe, sierżancie – dokończył żałośnie Wiglet.

– Złożyliście klątwę, że będziecie przestrzegać prawa i bez trwogi ani korzyści chronić obywateli – przypomniał Vimes. – I osłaniać niewinnych. Tylko tyle w niej umieścili. Może uznali, że to jest najważniejsze. Nic tam nie ma o rozkazach, nawet moich. Jesteś przedstawicielem prawa, a nie żołnierzem rządu.

Jeden czy dwóch ludzi popatrzyło tęsknie na drugi koniec ulicy, pusty i zachęcający.

– Ale nie będę zatrzymywał nikogo, kto zechce odejść – zapewnił Vimes.

Przestali tam patrzeć.

– Cześć, panie Keel – usłyszał zza pleców.

– Tak, Nobby? – spytał, nie oglądając się.

– Zaraz... Jak pan wykrył, że to ja, sierżancie?

– To mój niezwykły talent. – Wbrew rozsądkowi Vimes odwrócił się, by spojrzeć na urwisa. – Co się dzieje?

– Ostre rozruchy na placu Sator, sierżancie. Mówią, że ludzie wdarli się na posterunek przy Siostrach Dolly i wyrzucili porucznika przez okno. Wszędzie dookoła plądrują, podobno, a Straż Dzienna goni ludzi, tylko że większość się teraz chowa, bo...

– Tak, rozumiem. – Vimes westchnął.

Carcer miał rację. Gliniarze zawsze byli w mniejszości, więc bycie gliną skutkowało tylko wtedy, kiedy ludzie pozwalali na ten skutek. Jeśli przemyśleli to sobie i zrozumieli, że mają do czynienia z jeszcze jednym typowym idiotą noszącym metalową odznakę wartą pensa, glina mógł skończyć jako plama na bruku.

Słychać już było krzyki, choć bardzo daleko.

Obejrzał się na niepewnych strażników.

– Z drugiej strony, panowie – rzekł – jeśli chcecie nas opuścić, to dokąd zamierzacie pójść?

Ta sama myśl wyraźnie przyszła do głowy Colonowi i pozostałym.

– Zorganizujemy wozy – zapewnił kapral, odchodząc.

– A ja chcę pensa – przypomniał Nobby i wyciągnął brudną dłoń.

Ku jego zdumieniu dostał dolara.

– Tylko informuj mnie, co się dzieje, dobrze? – powiedział Vimes.

Strażnicy wyciągali już z posterunku stoły i ławy, a po paru minutach zjawił się Waddy z wózkiem pełnym pustych beczek. Barykadowanie tych ulic było łatwe. Problem stanowiło ciągłe pilnowanie, by były przejezdne.

Strażnicy wzięli się do pracy. To było coś, co rozumieli. Co robili jeszcze jako dzieci. Może myśleli teraz: tym razem nosimy mundury, więc musimy stać po słusznej stronie.

Vimes, z wysiłkiem próbujący wklinować ławę w rosnący mur, zdał sobie nagle sprawę, że stoją za nim jacyś ludzie. Nie przerywał jednak pracy, dopóki ktoś delikatnie nie odchrząknął. Wtedy się odwrócił.

– Tak? Mogę w czymś pomóc?

Stała tam niewielka grupa, a dla Vimesa stało się jasne, że ludzi tych zebrało razem wspólne przerażenie, gdyż – sądząc z wyglądu – nie mieliby ze sobą nic wspólnego, gdyby tylko mogli tego uniknąć.

Rzecznik, a przynajmniej mężczyzna na czele, wyglądał niemal dokładnie jak człowiek, którego wyobrażał sobie Vimes, myśląc o Morderstwie Wskutek Dyskusji o Żywopłocie.

– Ehm... panie oficerze...

– Słucham pana.

– Co, ehm... co pan właściwie robi?

– Dbam o ład i porządek, sir. W tym miejscu, ściśle mówiąc.

– Mówił pan, że są, ehm... zamieszki i że nadchodzą żołnierze...

– Bardzo prawdopodobne, sir.

– Nie musisz go prosić, panie Rutherford, chronienie nas to jego obowiązek – wtrąciła ostro kobieta, która stała obok z miną właścicielki.

Vimes zmienił zdanie o tym mężczyźnie. Tak, miał to ukradkowe spojrzenie bojaźliwego domowego truciciela, człowieka, który byłby wstrząśnięty samą myślą o rozwodzie, ale codziennie planuje żonobójstwo. I można zrozumieć dlaczego.

Uśmiechnął się uprzejmie do kobiety. Trzymała niebieski wazon.

– Jak mógłbym pomóc?

– Co pan zamierza robić w sprawie tego, że we własnych łóżkach możemy zostać wymordowani? – zapytała groźnie.

– Nie ma jeszcze czwartej, proszę pani, ale jeśli da pani znać, kiedy zamierza pani się położyć...

Vimesowi zaimponowało, jak kobieta wyprostowała się z godnością... Nawet Sybil, w pełnym trybie diuszesy, mająca w żyłach krew dwudziestu pokoleń aroganckich przodków, nie mogłaby jej dorównać.

– Panie Rutherford, jak masz zamiar się zachować wobec tego człowieka?

Pan Rutherford spojrzał na Vimesa. Vimes zdawał sobie sprawę, że jest paskudnie nieogolony, rozczochrany, brudny i pewnie zaczyna śmierdzieć. Postanowił nie dokładać biedakowi ciężarów.

– Czy pan i pańska dama zechcieliby pomóc przy naszej barykadzie? – zaproponował.

– O tak, bardzo dziękuję... – zaczął pan Rutherford, ale znowu nie dano mu szansy.

– Niektóre z tych mebli wyglądają na bardzo brudne – zauważyła pani Rutherfordowa. – A to... Czy to nie beczki od piwa?

– Owszem, proszę pani, ale puste – uspokoił ją Vimes.

– Jest pan pewien? Nie będę się kryła za alkoholem! Nigdy nie aprobowałam alkoholu, podobnie zresztą pan Rutherford.

– Mogę panią zapewnić, droga pani, że dowolna beczka piwa, pozostająca przez dowolny odcinek czasu w towarzystwie moich ludzi, będzie pusta – oświadczył Vimes. – Co do tego może pani być absolutnie spokojna.

– A czy pańscy ludzie są trzeźwi i prowadzą higieniczny tryb życia?

– Kiedy tylko nie pojawia się inna alternatywa.

Okazało się to akceptowalne. Pani Rutherfordowa przypominała pod tym względem Rusta. Słuchała tonu głosu, nie słów.

– Myślę sobie, kochanie, że może rozsądnie byłoby jak najszybciej... – zaczął znowu pan Rutherford.

– Nie pójdziemy bez ojca! – oświadczyła jego żona.

– Żaden problem, proszę pani – stwierdził Vimes. – Gdzie on jest?

– Na naszej barykadzie, oczywiście! Która jest, jeśli wolno zauważyć, ogólnie lepszą barykadą.

– Doskonale, proszę pani. Gdyby zechciał tu podejść, zaraz...

– Ehm, nie całkiem pan zrozumiał – wymamrotał pan Rutherford. – On jest, ehm, na barykadzie...

Vimes przyjrzał się drugiej barykadzie, a potem przyjrzał się dokładniej. Niedaleko szczytu stosu mebli dało się rozróżnić miękki fotel. Dalsza obserwacja sugerowała, że jest on zajęty przez śpiącą postać w kraciastych kapciach.

– Jest bardzo przywiązany do tego fotela – westchnął pan Rutherford.

– To ma być spadek – przypomniała kobieta. – Zechce pan uprzejmie posłać swoich ludzi, żeby zebrali nasze meble, dobrze? I proszę z nimi uważać. Niech je ułożą gdzieś z tyłu, gdzie nie będą ostrzeliwane.

Vimes skinął na Sama i kilku innych. Tymczasem pani Rutherfordowa przeszła ostrożnie między rupieciami i skierowała się na posterunek.

– Czy zapowiada się walka? – spytał lękliwie pan Rutherford.

– To możliwe, sir.

– Obawiam się, że nie mam doświadczenia w takich sprawach.

– Proszę się nie przejmować.

Vimes popchnął go za barykadę, po czym zmierzył wzrokiem resztę niewielkiej grupki. Czuł na sobie przenikliwy wzrok; prześledził promienie do ich źródła – młodego człowieka z długimi, kędzierzawymi włosami, w koszuli z koronkami i czarnych spodniach.

– To podstęp, tak? – upewnił się młody człowiek. – Znajdziemy się w waszej mocy i nikt więcej nas nie zobaczy, co?

– Więc nie wchodź, Reg – odparł Vimes. Odwrócił się do barykady z alei Fiszbinowej i zwinął dłonie w trąbkę. – Jeśli ktoś jeszcze chce się do nas przyłączyć, to niech się pospieszy! – zawołał.

– Skąd pan wie, że tak mam na imię? – zdziwił się Reg Shoe.

Vimes spojrzał w wielkie, wyłupiaste oczy. Jedyna różnica między Regiem obecnym a Regiem, którego zostawił w przyszłości, polegała na tym, że funkcjonariusz Shoe był bardziej szary i mocno pozszywany. Zombistość przyszła mu bez trudu. Urodził się wręcz, by być martwy. Tak mocno wierzył w różne rzeczy, że jakaś wewnętrzna sprężyna utrzymywała go w ruchu. Był z niego niezły glina. Ale raczej słaby rewolucjonista. Ludzie tak skrupulatnie gorliwi jak Reg przyprawiali prawdziwych rewolucjonistów o ból głowy. To z powodu tego, jak patrzyli.

– Nazywasz się Reg Shoe – powiedział. – Mieszkasz przy alei Fiszbinowej.

– Aha, macie tajne akta na mój temat, co? – zapytał Reg z przerażającą radością.

– Nie, właściwie nie. A teraz, gdybyś zechciał…

– Założę się, że moje akta u was mają milę długości.

– Nie aż milę, Reg, nie. Posłuchaj, my…

– Żądam, żeby mi je pokazano!

Vimes westchnął.

– Panie Shoe, nie mamy pańskich akt. Nie mamy niczyich akt, zrozumiano? Połowa z nas nie potrafi czytać bez używania palca. Reg, nie jesteśmy tobą zainteresowani.

Trochę niepokojące oczy Rega Shoe przez chwilę wpatrywały się nieruchomo w twarz Vimesa. Potem jego mózg odrzucił informację, gdyż była sprzeczna z fantazją, jaka się w nim rozgrywała.

– No więc nic wam nie przyjdzie z tego, że będziecie mnie torturować. Niczego nie zdradzę na temat swoich towarzyszy z innych komórek organizacji – oświadczył Reg.

– Rozumiem. W takim razie nie będziemy. A teraz…

– Tak właśnie działamy, rozumie pan? Nikt z kadry nic nie wie o pozostałych!

– Doprawdy? A czy wiedzą o tobie? – spytał Vimes.

Twarz Rega zachmurzyła się na moment.

– Słucham?

– No wiesz, mówiłeś, że nic o nich nie wiesz – tłumaczył Vimes. – Więc... Czy oni wiedzą o tobie?

Miał ochotę dodać: Jesteś komórką jednoosobową, Reg. Prawdziwi rewolucjoniści to milczący ludzie o twarzach pokerzystów; prawdopodobnie nie obchodzi ich, czy istniejesz. Masz odpowiednią koszulę, fryzurę i szarfę, znasz pewnie wszystkie pieśni, ale nie jesteś miejskim partyzantem. Jesteś miejskim marzycielem. Przewracasz pojemniki na śmieci i piszesz po murach w imieniu ludu, który natarłby ci uszu, gdyby odkrył, co robisz. Ale wierzysz.

– Ach... czyli jesteś tajnym agentem – powiedział, by dać biedakowi szansę zachowania twarzy.

Reg się rozpromienił.

– Zgadza się! Ludzie są morzem, po którym pływa rewolucjonista!

– Jak ryby miecze? – spróbował Vimes.

– Słucham?

A ty jesteś flądrą, myślał Vimes. Ned jest rewolucjonistą. Potrafi walczyć i potrafi myśleć, nawet jeśli błądzi. Ale ty, Reg, naprawdę powinieneś siedzieć w domu...

– Widzę, że niebezpieczny z ciebie osobnik – powiedział. – Lepiej trzymać cię tam, gdzie możemy mieć na ciebie oko. Tak, to prawda! Przecież możesz podkopywać morale przeciwnika od wewnątrz!

Reg z wyraźną ulgą zasalutował zaciśniętą pięścią i w rewolucyjnym tempie przeniósł stół na nową barykadę. Nerwowe dyskusje dobiegały zza tej starej, prowizorycznej, ogołacanej już z mebli pani Rutherfordowej. Przerwał je stukot kopyt z dalszego końca ulicy Kopalni Melasy oraz nagły wzrost zdecydowania ze strony pozostałych jeszcze obrońców.

Wybiegli. Strumień ludzi popłynął ku nowej, oficjalnej barykadzie. Młodszy funkcjonariusz Vimes zamykał tyły, obciążony krzesłem z jadalni.

– Uważaj na nie! – krzyknęła jakaś kobieta gdzieś za nim. – Jest z kompletu!

Vimes położył dłoń na ramieniu młodego człowieka.

– Oddaj mi swoją kuszę, dobrze?

Jeźdźcy podjechali bliżej.

Vimes niespecjalnie lubił jeźdźców. Coś reagowało urazą, gdy zwracał się do niego ktoś tkwiący osiem stóp nad ziemią. Nie podobało mu się wrażenie, że spoglądają na niego nozdrza. Nie lubił, gdy ktoś traktował go z góry.

Zanim dotarli do barykady, przecisnął się przed nią i stanął na środku ulicy.

Zwolnili. Prawdopodobnie z powodu sposobu, w jaki się nie poruszał i trzymał kuszę – w nonszalanckim stylu kogoś, kto potrafi jej użyć, ale postanowił z tego zrezygnować. Na razie.

– Hej, ty! – odezwał się żołnierz.

– Tak? – spytał Vimes.

– Ty tu dowodzisz?

– Tak. Mogę w czymś pomóc?

– Gdzie są twoi ludzie?

Vimes wskazał kciukiem rosnącą barykadę. Na samym czubku pochrapywał spokojnie ojciec pani Rutherfordowej.

– Ale to przecież barykada – stwierdził żołnierz.

– Brawo.

– Jakiś człowiek macha tam flagą!

Vimes obejrzał się. Zaskakujące, ale był to Reg. Ktoś z ludzi przyniósł i zatknął nad barykadą starą flagę z gabinetu Tildena, a Reg należał do takich typów, który machałby każdą znalezioną chorągwią.

– To pewnie z entuzjazmu – wyjaśnił Vimes. – Nie przejmujcie się. Nic nam nie grozi.

– Przecież to barykada, człowieku! Rebeliancka barykada! – wtrącił drugi żołnierz.

O rany, pomyślał Vimes. Mają błyszczące, tak bardzo błyszczące pancerze. I cudownie świeże, różowe buźki…

– Nie tak całkiem. Prawdę mówiąc, to…

– Czyś ty zgłupiał, chłopie? Nie wiesz, że z rozkazu Patrycjusza wszystkie barykady mają zostać zburzone?

Trzeci jeździec, który dotąd bez słowa przyglądał się Vimesowi, pchnął konia trochę bliżej.

– Co to za plamkę macie na ramieniu, strażniku? – zapytał.

– Znaczy, że jestem sierżantem sztabowym. A pan?

– Nie musi ci tego mówić – wtrącił pierwszy żołnierz.

– Naprawdę? – burknął Vimes. Ten człowiek zaczynał mu działać na nerwy. – No więc ty jesteś zwykłym żołnierzem, a ja sierżantem, do demona, i jeśli jeszcze raz ośmielisz się tak do mnie odezwać, ściągnę cię z tego konia i przyłożę w ucho! Zrozumiano?

Nawet koń cofnął się o krok. Żołnierz otworzył usta, by odpowiedzieć, ale trzeci jeździec uniósł dłoń w białej rękawiczce.

Niech to, pomyślał Vimes, przyglądając się rękawowi czerwonej kurtki. Ten typ jest kapitanem. A co więcej, inteligentnym, na oko sądząc. Nie odezwał się, dopóki nie ocenił sytuacji. Czasami się tacy trafiają. Potrafią być niebezpiecznie domyślni.

– Zauważyłem, sierżancie sztabowy – powiedział oficer, starannie i na pozór bez sarkazmu wymieniając rangę – że flaga nad barykadą jest flagą Ankh-Morpork.

– Pochodzi z naszego posterunku – wyjaśnił Vimes. I dodał: – Sir.

– Wiecie, że Patrycjusz uznał budowę barykad za akt buntu?

– Tak jest, sir.

– I...? – pytał cierpliwie kapitan.

– A cóż innego miał powiedzieć...

Po twarzy kapitana przemknęła najlżejsza sugestia uśmiechu.

– Nie możemy pozwolić na bezprawie, sierżancie sztabowy. Gdybyśmy wszyscy naruszali prawo, gdzie byśmy się znaleźli?

– Za tą barykadą jest więcej strażników na osobę niż gdziekolwiek w mieście, sir. Można uznać, że to najbardziej praworządne miejsce w okolicy.

Zza barykady dobiegły podniesione głosy.

...wasze hełmy do nas należą i cała reszta odzieży,
nasi są wszyscy generałowie, przegra, kto na nas udeeerzy...
Morporkia, Morporkia, Morpooroorooorooooorrroorrr...

– Rebelianckie pieśni, sir – stwierdził żołnierz numer jeden.

Kapitan westchnął.

– Gdybyś słuchał, Hepplewhite, mógłbyś zauważyć, że to bardzo fałszywie śpiewany hymn państwowy.

– Nie możemy pozwolić buntownikom na takie śpiewy, sir!

Vimes dostrzegł minę kapitana. Wiele mówiła na temat idiotów.

– Wznoszenie flagi i śpiewanie hymnu, Hepplewhite, choć nieco podejrzane, nie są same w sobie aktem zdrady. A my jesteśmy pilnie potrzebni gdzie indziej. – Kapitan zasalutował Vimesowi, który odpowiedział tym samym. – Zostawiamy was zatem, sierżancie sztabowy. Życzę interesującego dnia. Prawdę mówiąc, wiem, że taki będzie.

– Ale to barykada, sir! – upierał się żołnierz, zerkając ponuro na Vimesa.

– To przecież tylko stos mebli, człowieku! Ludzie robili pewnie wiosenne porządki. Nigdy nie zostaniesz oficerem, jeśli nie będziesz spostrzegawczy. Za mną, jeśli można.

Raz jeszcze skinąwszy Vimesowi, kapitan odjechał kłusem ze swoimi ludźmi.

Vimes oparł się o barykadę, odłożył kuszę na ziemię i wyjął cygarnicę. Pogrzebał w kieszeni, wyłowił pomięte kartonowe pudełko wąskich cygar i delikatnie przełożył je do srebrnego pojemnika.

Hm... Po lewej miał Kablową; przed nim, aż do Łatwej, ciągnęła się ulica Kopalni Melasy.

Gdyby ustawić barykady do Łatwej, za nimi znalazłaby się spora część Dolnej Krawężnej, którą łatwiej byłoby bronić.

Zrobimy to. W końcu przecież to zrobiliśmy.

Oczywiście, to by znaczyło, że siedziba Niewymownych znajdzie się tutaj razem z nami. To jakby rozbić namiot nad gniazdem żmij.

Poradzimy sobie. Poradziliśmy sobie.

Do barykady zbliżyło się dwoje staruszków popychających wózek z rozmaitym dobytkiem. Popatrzyli na Vimesa z niemą prośbą. Skinął głową, a oni przecisnęli się na drugą stronę.

Teraz trzeba tylko...

– Sierżancie...

Fred Colon wychylił się nad stosem mebli. Wydawał się bardziej zdyszany niż zwykle.

– Słucham, Fred.

– Dużo ludzi idzie tu przez most Pons. Mówią, że wszędzie coś się dzieje. Mamy ich wpuścić?

– Jacyś żołnierze?

– Chyba nie, sierżancie. Głównie starsi i dzieciaki. I moja babcia.

– Godna zaufania?

– Nie wtedy, kiedy wypije parę kufelków.

– No to ich wpuść.

– Ehm... – powiedział Colon.

– O co chodzi, Fred?

– Niektórzy z nich to strażnicy. Paru chłopaków z Przyćmionej i sporo z Królewskiej Drogi. Znam większość, a tych, co ich nie znam, znają ci, których znam, jeśli pan rozumie, o co mi chodzi.

– Ilu?

– Koło dwudziestki. Jeden z nich to Dai Dickins, sierżant z Przyćmionej. Mówi, że im powiedzieli, że będą musieli strzelać do ludzi, no to większość od razu zdezerterowała.

– Przestań, Fred – rzucił Vimes. – My nie dezerterujemy. Jesteśmy cywilami. A teraz niech młody Vimes, ty, Waddy, może jeszcze sześciu innych, zjawi się tu za dwie minuty, w pełnym oporządzeniu. Jasne? I przekaż Wigletowi, żeby zorganizował grupy do przesuwania barykad, kiedy powiem.

– Przesuwania, sierżancie? Myślałem, że barykady stoją w miejscu…

Vimes zignorował jego wątpliwości.

– A Ryjek ma dwie minuty na znalezienie mi flaszki brandy. Dużej.

– Czy znowu bierzemy prawo we własne ręce, sierżancie? – zapytał Colon.

Vimes spoglądał na wylot ulicy Kablowej. Cygarnica obciążała mu kieszeń.

– Tak, Fred – odparł. – Tylko że tym razem ściśniemy.

Dwaj wartownicy w siedzibie Niewymownych przyglądali się z zaciekawieniem, jak niewielki oddział strażników nadszedł ulicą i zatrzymał się przed nimi.

– No popatrz, cała armia – odezwał się jeden z nich. – Czego tu chcecie?

– Niczego, sir – odparł kapral Colon.

– No to możecie spadać.

– Nie możemy, sir. Mamy rozkaz.

Wartownicy podeszli bliżej. Fred Colon pocił się, a oni lubili takie widoki. Mieli nudną robotę, gdy tymczasem większość Niewymownych krążyła po mieście, wykonując ciekawsze zadania.

Nie usłyszeli cichych kroków za sobą.

– Jaki rozkaz? Co macie robić, kapralu? – zapytał jeden, patrząc z góry na Colona.

Za nim rozległo się westchnienie i cichy stuk.

– Odwracać uwagę? – wyjąkał Colon.

Wartownik odwrócił się i spotkał z sunącym w przeciwną stronę Negocjatorem nr 5 od pani Goodbody.

Kiedy osuwał się na ziemię, Vimes skrzywił się i roztarł kostki dłoni.

– Ważna lekcja, chłopcy – powiedział. – Co byście zrobili, zawsze boli. Wy dwaj, wciągnijcie ich do cienia, niech sobie pośpią. Vimes i Nancyball, pójdziecie ze mną.

Kluczem do zwycięstwa, jak zawsze, było wyglądanie, jakby człowiek miał pełne prawo – nie, nawet obowiązek – by przebywać tu, gdzie przebywa. Pomagało też, kiedy każdą linią swego ciała sugerował, że nikt inny nie ma żadnego prawa do robienia czegokolwiek, nigdzie, w ogóle. Dla doświadczonego gliny nie jest to trudne.

Vimes pierwszy wszedł do budynku. Wewnątrz czekało dwóch wartowników, ciężko uzbrojonych i ustawionych za kamienną barierą – w idealnym miejscu, by schwytać w pułapkę nierozsądnych intruzów. Kiedy zobaczyli Vimesa, oparli dłonie na rękojeściach mieczy.

– Co się tam dzieje? – zapytał jeden.

– Ludzie się robią niespokojni – odparł Vimes. – Podobno za rzeką wygląda strasznie. Dlatego przyszliśmy po więźniów z waszego aresztu.

– Tak? A z czyjego polecenia?

Vimes podniósł kuszę.

– Pana Burleigha i pana Wręcemocnego – odpowiedział z uśmiechem.

Obaj wartownicy wymienili niepewne spojrzenia.

– A co to za jedni, do demona?

Na moment zapadła cisza. Potem Vimes wymamrotał samym kącikiem ust:

– Młodszy funkcjonariuszu Vimes?

– Tak, sir?

– Kto produkuje te kusze?

– Bracia Hines, sir. To model trzeci.

– A nie Burleigh i Wręcemocny?

– Nigdy o nich nie słyszałem, sir.

Niech to szlag... Pięć lat za wcześnie, pomyślał Vimes. A to była taka dobra odpowiedź.

– Może ujmę to inaczej – rzekł. – Zacznijcie sprawiać kłopoty, a strzelę wam w głowę.

To już nie było takim dobrym hasłem, ale sugerowało pośpiech, na dodatek wyrażało treść tak prosto, że nawet Niewymowny powinien zrozumieć.

– Masz tylko jeden bełt – zauważył któryś z wartowników.

Coś szczęknęło obok Vimesa – Sam również odbezpieczył kuszę.

– Teraz już dwa. A że chłopak dopiero się szkoli, może was trafić dużo niżej. Rzućcie miecze na podłogę! Wyjdźcie za drzwi! Uciekajcie stąd! Natychmiast! I nie wracajcie!

Po chwili wahania – krótkiej chwili – obaj wartownicy rzucili się do ucieczki.

– Fred będzie nam pilnował pleców – stwierdził Vimes. – Idziemy.

Wszystkie posterunki straży wyglądały mniej więcej podobnie. Kamienne stopnie prowadziły w dół, do cel. Vimes zbiegł po nich, pchnął ciężkie drzwi...

I znieruchomiał.

Areszt nigdy nie pachniał dobrze, nawet w najlepszych chwilach. W najlepszych chwilach, nawet przy Kopalni Melasy, higiena składała się z jednego wiadra na celę i tyle ścierania podłóg, na ile Ryjek miał ochotę. Ale nawet w najgorszych momentach cele pod posterunkiem przy Kopalni Melasy nigdy nie cuchnęły krwią.

Bestia się poruszyła.

W tym pomieszczeniu stało duże drewniane krzesło. W tym pomieszczeniu, obok krzesła, postawiono stojak. Krzesło było przykręcone do podłogi. Miało szerokie skórzane pasy. Na stojaku obok wisiały maczugi i młotki. W tym pomieszczeniu było to całe umeblowanie.

Podłoga była ciemna i lepka. Wzdłuż niej, aż do ścieku, biegł rowek odpływowy.

Małe okienko na poziomie ulicy zabito deskami – w tym miejscu światło nie było oczekiwane. Ściany, a nawet sufit wyłożono grubo workami słomy. Takie same worki przybito do drzwi. Był to bardzo solidny areszt. Nawet dźwięki nie powinny stąd uciekać.

Dwie pochodnie nie rozpraszały ciemności – sprawiały tylko, że była brudna.

Za plecami Vimes usłyszał, że Nancyball wymiotuje.

Jakby w niezwykłym śnie, Vimes przeszedł kilka kroków, schylił się i podniósł z podłogi coś, co bielało w blasku pochodni. Ząb.

Wyprostował się.

Po jednej stronie piwnicy zauważył zamknięte drewniane drzwi, po drugiej – szerszy tunel, niemal na pewno prowadzący do cel. Zdjął ze ściany pochodnię, wręczył ją Samowi i wskazał korytarz...

Usłyszał zbliżające się do drzwi kroki i brzęk kluczy; szczelina pod nimi pojaśniała.

Bestia napięła mięśnie...

Vimes zdjął ze stojaka największą maczugę i szybko ustawił się pod ścianą obok drzwi. Ktoś nadchodził, ktoś, kto wiedział o tym pomieszczeniu, ktoś, kto nazywał siebie policjantem.

Zaciskając mocno obie dłonie, Vimes wzniósł maczugę...

Spojrzał przez cuchnący loch i zobaczył, jak Sam mu się przygląda, młody Sam z jasną, błyszczącą odznaką i twarzą pełną... obcości.

Vimes opuścił maczugę, delikatnie oparł ją o ścianę i wyjął z kieszeni skórzaną pałkę.

Spętana, nierozumiejąca bestia została na powrót wciągnięta w mrok...

Jakiś człowiek przeszedł przez drzwi, pogwizdując pod nosem. Zrobił kilka kroków, zobaczył młodego Sama, otworzył usta i zapadł w głęboki sen. Był potężnie zbudowany i ciężko uderzył kamienną podłogę. Na głowie miał skórzany kaptur i był obnażony do pasa, przy którym wisiał wielki pierścień z kluczami.

Vimes skoczył do korytarza za drzwiami, minął zakręt, wpadł do małego, jasno oświetlonego pokoiku i chwycił człowieka, który tam siedział. Ten był niższy i chudszy. Stłumił krzyk, gdy Vimes poderwał go z krzesła.

– A co tatuś cały dzień robi w pracy, co?! – ryknął Vimes.

Człowieczek zyskał nagle zdolność jasnowidzenia. Jedno spojrzenie w oczy Vimesa powiedziało mu, jak krótka może być jego przyszłość.

– Jestem tylko urzędnikiem! Pisarzem! Zapisuję wszystko! – protestował.

Dla rozpaczliwej demonstracji podniósł pióro.

Vimes zerknął na biurko. Zobaczył cyrkle i inne przyrządy geometryczne – symbole obłąkanej precyzji Swinga. Były też księgi i teczki z papierami. Z boku leżała dwułokciowa stalowa linijka. Chwycił ją wolną ręką i uderzył o blat. Ciężka stal wydała satysfakcjonujący dźwięk.

– I...? – zapytał, zbliżając twarz do twarzy wyrywającego się człowieczka.

– I mierzę ludzi! Wszystko jest w notesie kapitana! Tylko mierzę ludzi! Nie robię nic złego! Nie jestem złym człowiekiem!

I znowu linijka uderzyła o blat. Tym razem jednak Vimes skręcił ją w dłoni i stalowa krawędź wbiła się w drewno.

– Może cię przyciąć do właściwych rozmiarów, co?

Człowieczek przewrócił oczami.

– Proszę...

– Jest stąd inne wyjście? – Vimes znów uderzył linijką.

Błysk oczu mu wystarczył. Zauważył drzwi w ścianie, niemal niewidoczne wśród drewnianych paneli.

– Dobrze. Dokąd prowadzą?

– Eee...

Vimes znalazł się nos w nos z człowiekiem, który – w policyjnym slangu – pomagał mu w śledztwie.

– Jesteś tu całkiem sam – powiedział. – Nie masz żadnych przyjaciół. Siedziałeś tu i robiłeś notatki dla oprawcy, krwawego oprawcy! A ja widzę tu biurko i to biurko ma szufladę, więc jeśli chcesz jeszcze kiedyś w życiu znowu trzymać pióro, powiesz mi wszystko, co chcę wiedzieć...

– Do składu! – wykrztusił człowieczek. – Sąsiedni budynek!

– Tak jest, sir. Bardzo dziękuję, sir. Bardzo nam pan pomógł. – Vimes upuścił osłabłe ciało na podłogę. – A teraz, sir, przykuję pana na chwilę do biurka, żeby pana chronić, sir.

– Przed... przed kim?

– Przede mną. Bo pana zabiję, jeśli spróbuje pan uciekać, sir.

Vimes wrócił do głównego pomieszczenia. Oprawca nadal był nieprzytomny, więc z wysiłkiem usadził go na krześle, ściągnął kaptur i poznał twarz. Twarz, choć nie osobę. Była to taka twarz, jakie często widuje się w Ankh-Morpork: duża, poharatana, należąca do kogoś, kto nigdy się nie nauczył, że nikczemnością jest bicie człowieka, który już stracił przytomność. Zastanowił się, czy ten typ naprawdę lubił tłuc ludzi na śmierć. Tacy jak on rzadko się nad tym zastanawiają. To po prostu praca.

Zresztą nie zamierzał go pytać. Przypiął go wszystkimi pasami, nawet tym, który biegł przez czoło; zaciągał go właśnie, kiedy typ odzyskał przytomność. Otworzył usta, a Vimes wcisnął w nie kaptur.

Potem zabrał klucze i zamknął główne drzwi. To powinno zagwarantować chwilę odosobnienia.

Kiedy ruszył do cel, spotkał wracającego młodego Sama. Twarz chłopaka była biała w półmroku.

– Znalazłeś kogoś? – zapytał Vimes.

– Och, sierżancie...

– Tak?

– Bo, sierżancie... sierżancie... – Po policzkach młodszego funkcjonariusza spływały łzy.

Vimes wyciągnął rękę i przytrzymał siebie za ramię. Sam sprawiał wrażenie, jakby w jego ciele nie pozostała ani jedna kość. Dygotał cały.

– W tej ostatniej celi była kobieta, i ona... sierżancie...

– Staraj się głęboko oddychać – poradził Vimes. – Chociaż to powietrze nie nadaje się do oddychania.

– A na samym końcu jest pokój, sierżancie... sierżancie... Nancyball znowu zemdlał, sierżancie...

– Ale ty nie. – Vimes delikatnie klepnął go w plecy.

– Tam...

– Ratujmy, kogo się da, chłopcze.

– Ale to my jeździliśmy tu więźniarką, sierżancie!

– Co? – zdziwił się Vimes i dopiero wtedy do niego dotarło. No tak... – Nikogo im nie przekazaliśmy. Zapomniałeś?

– Przecież jeździliśmy już wcześniej, sierżancie! Wszyscy jeździli! Oddawaliśmy im ludzi i wracaliśmy na posterunek, żeby się napić kakao!

– No... Mieliście takie rozkazy – przypomniał Vimes, choć to niewiele mogło pomóc.

– Nie wiedzieliśmy!

Nie całkiem tak, pomyślał Vimes. Nie pytaliśmy. Zamknęliśmy przed tym nasze umysły. Ludzie wchodzili tu frontowymi drzwiami, a niektórzy z tych biedaków wychodzili tylnymi, nie zawsze w jednym kawałku.

Nie dorastali.

My też nie.

Chłopak wydał z siebie niski, zduszony skowyt – zauważył przypiętego do krzesła oprawcę. Wyrwał się Vimesowi, podbiegł do stojaka i złapał maczugę.

Vimes był przygotowany. Chwycił chłopaka, obrócił go i wytrącił broń z ręki, zanim doszło do mordu.

– Nie! To nie jest sposób! Powstrzymaj ją! Pohamuj! Nie marnuj jej! Odeślij z powrotem! Przyjdzie, kiedy ją wezwiesz!

– Pan wie, że on to wszystko robił! – krzyczał Sam, próbując go kopnąć. – Mówił pan, że powinniśmy wziąć prawo we własne ręce!

Aha, pomyślał Vimes. Akurat odpowiednia pora na długą debatę o teorii i praktyce sprawiedliwości. Trudno, wystarczy wersja skrócona.

– Nie rozwalasz czaszki człowiekowi, który jest przywiązany do krzesła!

– On tak robił!

– Ale ty nie! Ty nie jesteś nim!

– Ale oni...

– Baczność, młodszy funkcjonariuszu! – krzyknął Vimes, a pokryty słomą strop wchłonął i stłumił jego głos.

Sam zamrugał zaczerwienionymi oczami.

– Dobrze, sierżancie, ale...

– Cały dzień będziesz chodził taki zasmarkany? Zapomnij o nim! Wyprowadźmy stąd żywych, co?

– Trudno poznać u... – zaczął Sam, wycierając nos.

– Do roboty! Za mną!

Wiedział, co zobaczy w celach pod mrocznymi łukami tuneli, lecz wcale nie było od tego łatwiej. Niektórzy mogli chodzić albo podskakiwać. Jeden czy dwóch właśnie zostało pobitych, choć nie aż tak, by nie słyszeli, co się dzieje poza zasięgiem wzroku – żeby mogli o tym myśleć. Kulili się, kiedy Vimes otwierał drzwi, i skamleli, gdy ich dotykał. Nic dziwnego, że Swing dostawał zeznania.

Niektórzy byli martwi. Inni... cóż, jeśli nie umarli, jeśli tylko ukryli się w jakimś zakamarku własnej głowy, było pewne jak demony, że nie mieli już do czego wracać. Krzesło łamało ich znowu i znowu. Żaden człowiek nie potrafił im już pomóc.

Na wszelki wypadek, bez żadnego poczucia winy, Vimes wyjął nóż i... udzielił takiej pomocy, jaka była możliwa. Żaden z nich nie drgnął, nie westchnął nawet...

Wyprostował się. Czarne i czerwone burzowe chmury wirowały mu w głowie.

Człowiek mógł niemal zrozumieć tego zbira, prymitywnego jak pięść, który dostawał niezłe pieniądze za robienie czegoś, co mu nie przeszkadzało. Ale Swing miał mózg...

Kto naprawdę wie, jakie zło kryje się w ludzkich sercach?

JA.

Kto wie, do czego są zdolni ludzie zdrowi na umyśle?

OBAWIAM SIĘ, ŻE TEŻ JA.

Vimes spojrzał na drzwi do ostatniego pomieszczenia. Nie, nie miał zamiaru znowu tam wchodzić. Nic dziwnego, że tutaj cuchnęło.

NIE SŁYSZYSZ MNIE, CO? HM... SĄDZIŁEM, ŻE MOŻE JEDNAK, powiedział Śmierć i czekał.

Vimes pomógł młodemu Samowi ocucić Nancyballa. Potem na wpół wynieśli, na wpół wyprowadzili więźniów korytarzem prowadzącym do magazynu. Ułożyli ich, wrócili i wywlekli urzędnika, który nazywał się Trebilcock. Vimes wskazał mu korzyści, jakie niesie zostanie świadkiem koronnym. Nie były to wielkie korzyści, chyba że w porównaniu z ogromnymi stratami, jakie szybko by nastąpiły, gdyby odmówił.

Kiedy Vimes znów wyszedł na powietrze, Colon z oddziałem wciąż czekali. Cała akcja zajęła jakieś dwadzieścia minut.

Kapral zasalutował, a potem zmarszczył nos.

– Tak, śmierdzimy – przyznał Vimes. Rozpiął pas, zdjął półpancerz i ściągnął kolczugę. Brud tamtego więzienia dostał się wszędzie. – No dobra – rzekł, kiedy nie miał już uczucia, że stoi w ścieku. – Niech paru ludzi zajmie stanowiska przy wejściu w tamtym magazynie, paru z pałkami od tyłu, a reszta tutaj. Tak jak ustaliliśmy, jasne? Najpierw walić, potem aresztować.

– Tak jest, sir.

Colon skinął głową, strażnicy się rozbiegli.

– A teraz daj mi tę brandy – dodał Vimes.

Odwinął z szyi chustę, zmoczył w alkoholu i obwiązał wokół butelki. Usłyszał gniewny pomruk swoich ludzi – właśnie zobaczyli, jak Sam i Nancyball wyprowadzają kilku więźniów.

– Byli też inni, w gorszym stanie – powiedział Vimes. – Możecie mi wierzyć. Fred, środkowe okno na górze.

– Robi się, sierżancie – mruknął Fred Colon, odrywając wzrok od idących rannych.

Podniósł kuszę i celnie usunął dwie szyby z poprzeczką ramy.

Vimes znalazł srebrną cygarnicę, wyjął cygaro, zapalił i przystawił zapałkę do namoczonej w brandy tkaniny. Odczekał, aż się zajmie, i cisnął butelkę przez wybite okno.

Usłyszeli brzęk, stłumiony huk wybuchającego alkoholu i coraz głośniejszy szum płomieni.

– Niezły rzut, sierżancie – pochwalił Fred. – Ehm... Nie wiem, czy to właściwy moment, sierżancie, ale przy okazji wzięliśmy jeszcze jedną butelkę brandy.

– Naprawdę, Fred? I co myślisz?

Fred Colon raz jeszcze spojrzał na więźniów.

– Myślę, żeby z niej skorzystać.

Poleciała przez jedno z okien na parterze. Pod okapem dachu zaczynał już kłębić się dym.

– Nie widzieliśmy, żeby ktoś tu wchodził albo wychodził, oprócz tych wartowników – stwierdził Fred. – Nie wydaje się, żeby wielu ich tam zostało.

– Najważniejsze to zniszczyć gniazdo – odparł Vimes.

Frontowe drzwi uchyliły się lekko, a przeciąg mocniej rozdmuchał płomienie. Ktoś sprawdzał...

– Będą czekać do ostatniej chwili, Fred – ostrzegł Vimes. – A potem wybiegną gotowi do walki.

– Dobrze, sierżancie. Robi się ciemno – rzekł posępnie Fred. Wyjął pałkę.

Vimes przeszedł na tyły budynku, skinął czekającym tu strażnikom, a potem zamknął drzwi kluczem odebranym oprawcy. Zresztą to były wąskie drzwi. Ktokolwiek został wewnątrz, spróbuje się wydostać przez szerokie, od frontu. Tam szybciej rozwiną szyk i trudniej będzie zastawić na nich pułapkę.

Sprawdził w magazynie. Ale to wyjście też było mało prawdopodobne, z tych samych powodów. Zresztą zamknął przecież drzwi do piwnicy, prawda?

Młody Sam wyszczerzył zęby.

– To dlatego zostawił pan przywiązanego kata?

Niech to! To mu nie przyszło do głowy! Był taki wściekły na urzędnika, że całkiem zapomniał o tym bandycie na krześle.

Zawahał się. Śmierć w płomieniach jest straszna. Sięgnął po nóż i przypomniał sobie, że został w pochwie przy pasie. Dym płynął już zza drzwi do magazynu.

– Daj mi swój nóż, Sam – polecił. – Pójdę i... sprawdzę, co z nim.

Młodszy funkcjonariusz z wyraźnym ociąganiem podał mu nóż.

– Co pan chce zrobić, sierżancie?

– Zajmijcie się swoją robotą, młodszy funkcjonariuszu, a ja się zajmę swoją...

Vimes wśliznął się do korytarza. Przetnę jeden pas, myślał. Nie tak łatwo je rozpiąć. Wtedy... no cóż, wtedy będzie miał szansę, nawet w tym dymie. To więcej, niż dostawali inni.

Przemknął przez biuro do izby tortur.

Jedna pochodnia wciąż się paliła, ale płomień był już tylko nimbem jasności w żółtej mgle. Uwięziony kat usiłował rozhuśtać ciężkie krzesło, jednak było mocno przykręcone do podłogi.

Krzesło zbudowano dość przemyślnie. Trudno było dosięgnąć zapięć pasów. Nawet jeśli więzień uwolnił jedną rękę, a ta ręka nie poczuła jeszcze profesjonalizmu oprawcy, musiałby się nieźle namęczyć, żeby szybko się poderwać.

Vimes już miał przeciąć pas, gdy usłyszał zgrzyt klucza w zamku.

Szybko cofnął się w głębszy cień.

Drzwi się otworzyły; z zewnątrz dobiegły dalekie krzyki i trzask płonącego drewna. Sądząc po odgłosach, Niewymowni spróbowali wyrwać się na ulicę.

Złapkatiusz Swing wszedł ostrożnie i zamknął za sobą drzwi na klucz. Zatrzymał się, gdy zauważył postać na krześle; przyjrzał się jej uważnie. Podszedł do drzwi gabinetu i zajrzał do środka. Zajrzał do cel, jednak przez ten czas Vimes przesunął się bezgłośnie wzdłuż ściany.

Usłyszał westchnienie Złapkatiusza, potem znajomy zgrzyt wysuwanej stali i cichy, organiczny dźwięk, po nim zaś kaszlnięcie.

Sięgnął po miecz... ale miecz również zostawił na ulicy.

Tutaj, na dole, rozbrzmiewająca mu w głowie piosenka odezwała się głośniej, wraz z brzękiem metalu w tle, zawsze będącym jej elementem... *jak one się wznoszą, się wznoszą, się wznoszą...*

Potrząsnął głową, jakby próbował usunąć to wspomnienie. Musiał się przecież skoncentrować.

Wbiegł do pomieszczenia i skoczył.

Wydawało mu się, że bardzo długo wisi w powietrzu. Był tam oprawca z krwią na piersi. Był Swing, właśnie wsuwający klingę z powrotem do laski. I był Vimes, nad ziemią, uzbrojony jedynie w nóż.

Wyjdę jakoś z tego, pomyślał. Wiem, bo to pamiętam. Pamiętam, jak Keel wyszedł na ulicę i powiedział, że już po wszystkim.

Ale to był prawdziwy Keel. A teraz jestem ja. To nie musi się potoczyć tak samo.

Swing odsunął się zadziwiająco szybko, jeszcze raz wyciągnął klingę. Vimes uderzył o worki słomy na ścianie i zachował dość przytomności umysłu, by natychmiast przetoczyć się na bok. Ostrze uderzyło przy nim, rozrzucając słomę na podłodze.

Sądził, że Swing okaże się marnym szermierzem. Ta śmieszna laska to sugerowała. Ale był szermierzem ulicznym – żadnej finezji, żadnych chytrych sztuczek, jedynie pewien talent szybkiego poruszania klingą i wsuwania jej tam, gdzie człowiek miał nadzieję, że się nie wsunie.

Ogień zatrzeszczał w rogu sufitu. Ściekający alkohol albo sam żar przecisnął się przez grube deski podłogi. Kilka worków wypuściło kłęby gęstego białego dymu, którego chmura unosiła się nad walczącymi.

Vimes okrążył krzesło, czujnie obserwując Swinga.

– Sądzę, że robicie poważnybłąd – odezwał się Swing.

Vimes skoncentrował się na unikaniu jego miecza.

– Trudne czasy wymagają trudnych metod. Każdy przywódca to wie...

Vimes odskoczył i krążył dalej, z nożem w pogotowiu.

– Historia potrzebuje swoich rzeźników, tak samo jak pasterzy, sierżancie.

Swing pchnął, ale Vimes obserwował jego oczy i zdążył się uchylić.

Swing się nie usprawiedliwiał. Nie rozumiał, co takiego zrobił, co wymagałoby usprawiedliwień. Ale widział twarz Vimesa – była pozbawiona wszelkich emocji.

– Musicie zrozumieć, że w czasach zagrożeniapaństwa nie można zbytnio się przejmować takzwanymi prawami...

Vimes skoczył w bok i przez wypełniony dymem korytarz wbiegł do gabinetu. Swing ścigał go swym chwiejnym krokiem. Sięgnął ostrzem. Vimes ze zranioną nogą padł na biurko pisarza, upuścił nóż.

Swing obszedł go, szukając najlepszego punktu do pchnięcia. Cofnął klingę.

Vimes uniósł stalową linijkę. Uderzeniem na płask wytrąciło kapitanowi broń.

Wstał jak we śnie, spoglądając wzdłuż łuku uderzenia...

Odeślij bestię w ciemność, póki nie będzie potrzebna...

Odwrócił linijkę, gdy zaczął cięcie powrotne; zaszeptała w powietrzu, krawędzią naprzód; rzadki dym zwijał się za nią i kłębił. Czubek przejechał Swingowi po szyi.

Z korytarza buchnął biały dym. Zapadał się sufit krwawej komory. Vimes jednak został jeszcze i z tym samym obojętnym, skupionym wyrazem twarzy przyglądał się Swingowi. Kapitan uniósł dłonie do krtani, a krew tryskała mu spomiędzy palców. Zakołysał się, próbując złapać oddech... Upadł na wznak.

Vimes rzucił linijkę na ciało i pokuśtykał do wyjścia.

Na ulicy huczał grom przesuwanych barykad.

Swing otworzył oczy. Świat wokół był szary, tylko stojąca przed nim postać czarna.

Próbował, jak zawsze, dowiedzieć się czegoś o nowej osobie, starannie badając rysy jej twarzy.

– Hm... pańskie oczy są... eee... pański nos... podbródek...

Zrezygnował.

TAK, przyznał Śmierć. JESTEM DOŚĆ TRUDNYM PRZYPADKIEM. TĘDY, PANIE SWING.

Lord Winder jest imponująco paranoidalny, uznał Vetinari. Postawił nawet gwardzistę na szczycie gorzelni whisky, wznoszącej się nad gruntami pałacu. A nawet dwóch gwardzistów.

Jeden z nich był wyraźnie widoczny dla kogoś, kto wysuwał głowę zza parapetu, za to drugi przyczaił się w cieniu, obok komina.

Zmarły, szacowny John Krwawnik, zauważył tylko pierwszego.

Vetinari patrzył obojętnie, jak odciągają młodego człowieka. Kiedy ktoś jest skrytobójcą, śmierć w czasie wykonywania pracy jest zwykłym ryzykiem zawodowym, choć istotnie ostatnim ryzykiem. Nie można się skarżyć. A to oznacza, że teraz pozostał tylko jeden gwardzista – drugi zabierał na dół Krwawnika, który okazał się godny swego nazwiska.

Krwawnik ubrany był w czerń. Skrytobójcy zawsze się tak ubierali. Czerń miała klasę, a poza tym tak nakazywały reguły. Ale byłaby sensownym kolorem wyłącznie w ciemnej piwnicy o północy. Gdzie indziej Vetinari preferował ciemną zieleń albo ciemne odcienie szarości. Przy odpowiedniej barwie ubrania i odpowiedniej postawie człowiek znikał. Oczy patrzących pomagały mu zniknąć. Wymazywały go z pola widzenia, wplatały w tło.

Oczywiście gdyby przyłapano go na noszeniu takich ubrań, zostałby usunięty z gildii. Uważał jednak, że to o wiele lepsze, niż zostać usunięty z krainy chodzących i oddychających. Wolał raczej życie niż życie z klasą.

Oddalony o trzy kroki gwardzista zapalił papierosa, zupełnie się nie troszcząc o zdrowie innych.

Cóż za geniuszem był lord Winstanleigh Greville-Pipe. Jakim obserwatorem... Havelock byłby szczęśliwy, gdyby mógł się z nim spotkać, a przynajmniej odwiedzić jego miejsce spoczynku. Grób jednak znajdował się prawdopodobnie w jakimś tygrysie, którego – ku swemu radosnemu zaskoczeniu – lord nie zauważył, dopóki nie było już za późno.

Vetinari uhonorował go prywatnie. Odnalazł i stopił grawerowane płyty „Pewnych obserwacji na temat sztuki niewidzialności".

Wytropił również cztery istniejące jeszcze egzemplarze, ale nie potrafił ich spalić. Zamiast tego kazał oprawić cienkie tomiki razem, w okładkach trzeciego tomu „Anegdot o słynnych księgowych". Uznał, że lord Winstanleigh Greville-Pipe doceniłby takie rozwiązanie.

Vetinari leżał wygodnie na ołowianym dachu, cierpliwy jak kot, i przyglądał się pałacowym gruntom w dole.

Vimes leżał twarzą w dół na stole na posterunku i krzywił się od czasu do czasu.

– Proszę się nie ruszać – upomniał go doktor Lawn. – Już prawie skończyłem. Pewnie by mnie pan wyśmiał, gdybym powiedział, żeby pan się tak nie przejmował.

– Ha. Ha. Au!

– To tylko powierzchowna rana, ale powinien pan trochę odpocząć.

– Ha. Ha.

– Ma pan przed sobą pracowitą noc. Ja też, jak przypuszczam.

– Powinniśmy sobie poradzić, jeśli dociągniemy barykady aż do Łatwej – oświadczył Vimes i zdał sobie sprawę ze znaczącego milczenia. – Dociągnęliśmy je do Łatwej, prawda? – zapytał.

– Z tego, co ostatnio słyszałem, tak – odparł doktor.

– Z tego, co pan ostatnio słyszał?

– No więc formalnie to nie. To wszystko... rozrasta się, John. Ostatnio słyszałem: „Po co się zatrzymywać na Łatwej?".

– Bogowie...

– Tak, też sobie tak pomyślałem.

Vimes podciągnął spodnie, zapiął pas i kulejąc, wyszedł na ulicę. A także w sam środek dyskusji.

Rosie Palm, Sandra, Reg Shoe i pół tuzina innych siedziało wokół stołu na środku ulicy. Vimesa dobiegał żałosny głos:

– Nie można walczyć o miłość w przystępnych cenach!

– Można, jeśli chcecie, żeby dziewczęta i ja się do was przyłączyły – oświadczyła Rosie. – „Powszechna" czy „wolna" to nie są słowa, jakie chciałybyśmy widzieć w tym kontekście.

– Och, niech będzie. – Reg zanotował coś na kartce. – Ale wszyscy się zgadzamy na Prawdę, Sprawiedliwość i Wolność, tak?

– I lepszą kanalizację. – Był to głos pani Rutherfordowej. – I jeszcze żeby coś zrobić ze szczurami.

– Wydaje mi się, że powinniśmy myśleć o sprawach bardziej ogólnych, towarzyszko pani Rutherford – upomniał ją Reg.

– Nie jestem towarzyszką, podobnie jak pan Rutherford – oświadczyła pani Rutherfordowa. – Nigdy nie wtrącamy się w cudze sprawy, prawda, Sidney?

– Mam pytanie – wtrącił ktoś z grupy patrzących. – Nazywam się Harry Zwinka i mam warsztat szewski przy Nowej Szewskiej...

Reg skorzystał z okazji, by skończyć rozmowę z panią Rutherfordową. Rewolucjoniści nie powinni już pierwszego dnia spotykać takich osób jak pani Rutherfordowa.

– Słucham, towarzyszu Zwinka.

– I niczego nie żujemy w borach – ciągnęła pani Rutherfordowa, by wyjaśnić wszystko do końca.

– Chodzi pewnie o burżujów – domyślił się Reg. – Nasz manifest wspomina o burżuazji. Nie o żuciu.

– Burżuazja, burżuazja... – Pani Rutherfordowa testowała nowe słowo. – Brzmi nieźle. No a co takiego oni robią?

– Bo tu jest napisane, w artykule siódmym na tej liście... – ciągnął pan Zwinka.

– ...Ludowej Deklaracji Wspaniałego Dwudziestego Czwartego Maja – uzupełnił Reg.

– Tak, tak, oczywiście... No więc tu stoi, że przejmiemy środki produkcji, tak jakby, no to chciałbym się dowiedzieć, jak to działa dla mojego warsztatu? No bo przecież i tak w nim jestem, prawda? Tam nikt już się więcej nie zmieści poza mną, moim chłopakiem Garbutem i może jednym klientem...

Vimes uśmiechnął się w półmroku. Reg wyraźnie nie dostrzegał takich zagrożeń.

– Tak, ale po rewolucji wszystko będzie wspólną własnością ludu... no... To znaczy, że będzie należeć do was, towarzyszu Zwinka, ale także do wszystkich pozostałych. Rozumiecie?

Towarzysz Zwinka chyba jednak nie rozumiał.

– Ale to ja będę robił buty?

– Oczywiście. Tylko że wszystko będzie należało do ludu.

– No to... kto będzie za te buty płacił?

– Każdy za swoje buty zapłaci uczciwą cenę, a wy nie będziecie winni wykorzystywania trudu prostego robotnika – podsumował krótko Reg. – Czy teraz moglibyśmy...

– To znaczy krów? – upewnił się Zwinka.

– Co?

– No bo to są tylko krowy, no i chłopcy z garbarni, i stoją cały dzień na pastwisku, nie chłopcy z garbarni, naturalnie, ale...

– Posłuchajcie, towarzyszu – rzekł Reg. – Wszystko będzie należało do ludu i każdemu będzie z tym lepiej. Rozumiecie?

Szewc zmarszczył czoło. Nie był pewien, czy jest elementem ludu.

– Myślałem, że my tylko nie chcemy na naszej ulicy żołnierzy ani walk i w ogóle – powiedział.

Reg był wyraźnie zagubiony. Wykonał odwrót na bezpieczne tereny.

– W każdym razie wszyscy się zgadzamy na Prawdę, Wolność i Sprawiedliwość, tak?

Odpowiedział mu chór potakiwań. Wszyscy chcieli Wolności, Sprawiedliwości i Prawdy. Nic nie kosztowały.

Zapłonęła zapałka. Wszyscy obejrzeli się na Vimesa, który zapalił cygaro.

– Chcielibyście Wolności, Prawdy i Sprawiedliwości, towarzyszu sierżancie? – rzucił zachęcająco Reg.

– Chciałbym jajko na twardo – odparł Vimes i zgasił zapałkę.

Zabrzmiały niepewne śmiechy, ale Reg był chyba urażony.

– W obecnej sytuacji, sierżancie, powinniśmy sobie stawiać wyższe cele...

– No tak, możemy. – Vimes zszedł po stopniach. Spojrzał na kartki papieru przed Regiem. Ten człowiek się przejmował. Naprawdę się przejmował. I był poważny. Bez wątpienia. – Ale... widzisz, Reg, jutro znowu wzejdzie słońce i jestem prawie pewny, że cokolwiek się stanie, nie znajdziemy Wolności, nie pojawi się wiele Sprawiedliwości, a już na pewno nie odszukamy Prawdy. Jest za to możliwe, że dostaniemy jajko na twardo. O co tu chodzi, Reg?

– O Ludową Republikę Ulicy Kopalni Melasy – odparł Reg z dumą. – Tworzymy rząd.

– Świetnie – westchnął Vimes. – Następny. Akurat tego nam trzeba. A czy ktoś z was ma pojęcie, gdzie się podziały moje nieszczęsne barykady?

– Witam, panie Keel – usłyszał lepki głos.

Spojrzał w dół. Obok, wciąż w swoim o wiele za dużym płaszczu, ale teraz również w hełmie o wiele na niego za wielkim, stał Nobby Nobbs.

– Jak się tu dostałeś, Nobby?

– Mama mówi, że jestem podstępny, sierżancie.

Zgnieciony w harmonijkę rękaw wzniósł się w okolice głowy Nobby'ego i Vimes pojął, że kryje się w tym salut.

– Ma rację. No więc gdzie...

– Jestem teraz funkcjonariuszem, sierżancie – oznajmił Nobby. – Pan Colon tak powiedział. Dał mi zapasowy hełm, a ja wycinam sobie odznakę z tego, no... co to jest, takie niby woskowe, jak świeca, ale nie da się zjeść?

– Mydło, Nobby. Zapamiętaj to słowo.

– Jasne, sierżancie. No więc wytnę sobie...

– Gdzie się podziały barykady, Nobby?

– To będzie kosztowało...

– Jestem twoim sierżantem, Nobby. Nie wiąże nas już umowa finansowa. Powiedz, gdzie są te barykady!

– Um... Chyba już niedaleko Krótkiej, sierżancie. Wszystko porobiło się trochę... metafizyczne, sierżancie.

Major Clive Mountjoy-Standfast wpatrywał się niechętnie w rozłożoną mapę. Próbował znaleźć jakąś pociechę. Dziś wieczorem został najstarszym rangą oficerem na służbie. Dowódcy pojechali do pałacu na jakiś bankiet czy przyjęcie. A on miał wszystkim kierować.

Nawet Vimes przyznawał, że stacjonujące w mieście regimenty miały kilku oficerów niebędących durniami. Owszem, ich odsetek spadał na wyższych poziomach hierarchii. Jednak, przypadkiem czy świadomie, każda armia potrzebuje na kluczowych, choć niedających chwały stanowiskach ludzi potrafiących myśleć, układać listy, planować zaopatrzenie i ładować tabory oraz – ogólnie – mieć okres skupienia uwagi dłuższy, niż ma kaczka. To oni organizują wszystko, dzięki czemu wyżsi dowódcy mogą się skupić na wyższych celach.

Major rzeczywiście nie był durniem, choć na takiego wyglądał. Był też idealistą i myślał o swoich żołnierzach „porządne chłopaki", mimo pojawiających się czasem dowodów przeczących tej teorii. Ogólnie jakoś sobie radził z tą niewielką inteligencją, jaką miał do dyspozycji. W dzieciństwie czytał książki o wielkich kampaniach, odwiedzał muzea i z patriotyczną dumą oglądał obrazy przedstawiające sławne szarże kawalerii, bronione do końca placówki czy wspaniałe zwycięstwa. Pewnym szokiem było – kiedy zaczął już sam w nich uczestniczyć – odkrycie, że z niejasnych powodów malarze zawsze pomijali wnętrzności. Może im nie wychodziły.

Major nienawidził mapy – była to bowiem mapa miasta. Na wszystkich bogów, miasto to nie miejsce dla kawalerii! Oczywiście, że jego ludzie ponieśli straty. Trzy z nich to zabici. Nawet kawaleryjski hełm nie na wiele się przydaje przeciwko balistycznym brukowcom. A na Siostrach Dolly żołnierz został ściągnięty z konia i – brutalnie mówiąc – zatłuczony na śmierć. Co było straszne, tragiczne i niestety nieuniknione, kiedy już ci idioci postanowili użyć kawalerii w mieście mającym tyle zaułków co Ankh-Morpork.

Major oczywiście nie myślał o swoich przełożonych jak o idiotach, gdyż wynikałoby z tego, że idiotą jest też każdy, kto ich słucha. Użył terminu „nierozsądni", a i tak nie czuł się przy tym zbyt pewnie.

Co do pozostałych strat... Trzech ludzi straciło przytomność, kiedy wjechali na wiszące szyldy sklepów, ścigając... no, jakichś ludzi, bo przecież kto wśród dymu i w ciemności zdołałby rozpoznać prawdziwego przeciwnika? Ci durnie najwyraźniej uznali, że każdy, kto ucieka, jest przeciwnikiem. A i tak byli durniami, którym sprzyjało szczęście, w przeciwieństwie do tych, którzy wjeżdżali końmi w wąskie uliczki, a te skręcały ostro w różne strony, robiły się coraz węższe i węższe, i nagle uświadamiali sobie, że wokół panuje cisza, a koniem nie da się już zawrócić... Cóż, ci ludzie odkrywali, jak szybko może biec człowiek w kawaleryjskich butach.

Przerzucił raporty. Złamania kości, sińce, jeden żołnierz ucierpiał od „przyjaznego pchnięcia" szablą kolegi...

Spojrzał ponad prowizorycznym stołem na kapitana Toma Wrangle'a z lekkiej piechoty lorda Selachii. Kapitan uniósł wzrok znad papierów i uśmiechnął się blado. Chodzili razem do szkoły i major wiedział, że Wrangle jest inteligentniejszy od niego.

– Jak to u ciebie wygląda, Tom? – zapytał.

– Straciliśmy prawie osiemdziesięciu ludzi – odparł kapitan.

– Co? To straszne!

– O ile mogę się zorientować, sześćdziesięciu z nich to dezerterzy. To się zdarza w takich sytuacjach. Niektórzy pewnie wybrali się do domów, żeby odwiedzić swoje stare matki.

– Ach, dezerterzy... My też kilku mieliśmy. W kawalerii! Jak nazwałbyś człowieka, który zostawia swojego wierzchowca?

– Piechurem? Co do reszty, widzę, że tylko sześciu czy siedmiu ucierpiało wskutek niewątpliwych działań nieprzyjaciela. Na przykład trzech oberwało nożami w zaułkach.

– Dla mnie to wyraźne działanie nieprzyjaciela...

– Owszem, Clive. Ale ty urodziłeś się w Quirmie.

– Bo moja matka była z wizytą u ciotki, a powóz się spóźnił! – Major poczerwieniał. – Ale gdybyś rozrąbał mnie na kawałki, znalazłbyś wyryte w moim sercu Ankh-Morpork!

– Naprawdę? Miejmy nadzieję, że do tego nie dojdzie. W każdym razie morderstwo w ciemnym zaułku to zwykły element życia w wielkim mieście.

– Przecież byli uzbrojeni! Miecze, hełmy...

– Cenny łup, Clive.

– Myślałem, że Straż Miejska zajmuje się bandytami...

Tom spojrzał na niego ponad dokumentami.

– Sugerujesz, żebyśmy poprosili policję o ochronę? Zresztą już jej nie ma. Niektórzy strażnicy są z nami, choć nie wiem, na co mogą się przydać, a reszta albo została rozbita, albo uciekła...

– Kolejni dezerterzy?

– Prawdę mówiąc, Clive, wszyscy znikają stąd w takim tempie, że jutro będziemy się czuli bardzo samotni.

Zamilkli, gdyż kapral przyniósł kolejne raporty. Przejrzeli je smętnie.

– No, przynajmniej trochę się uspokoiło – stwierdził major.

– Kolacja – wyjaśnił kapitan.

Major uniósł ręce.

– To nie jest wojna! Człowiek rzuca kamieniem, przechodzi za róg i znowu staje się wzorowym obywatelem! Nie ma reguł!

Kapitan pokiwał głową. Ich szkolenie nie obejmowało takich sytuacji. Studiowali mapy kampanii, a na nich szerokie, rozległe równiny i tylko z rzadka jakieś wzniesienie, które trzeba było opanować. Miasta służyły do oblegania albo obrony. Nie do tego, żeby prowadzić w nich walki. Nie dało się nic zobaczyć, nie dało się przegrupować ani manewrować, a żołnierze cały czas stawali przeciwko ludziom, którzy znali te okolice jak własną kuchnię. No i absolutnie nikt by nie chciał walczyć z przeciwnikiem, który nie nosi mundurów.

– Gdzie jest twój lord? – zapytał kapitan.

– Poszedł na bal, tak samo jak twój.

– A jakie zostawił ci rozkazy, jeśli wolno spytać?

– Powiedział, żebym robił to, co uznam za konieczne dla osiągnięcia założonych celów.

– Dostałeś to na piśmie?

– Nie.

– Szkoda. Ja też nie.

Spojrzeli po sobie nawzajem. Potem odezwał się Wrangle:

– No więc... w tej chwili nie ma żadnych niepokojów. Jako takich. Ojciec mi opowiadał, że wszystko to działo się też za jego czasów. Twierdził, że trzeba tylko trzymać wszystko pod pokrywą. W końcu istnieje ograniczona liczba brukowców.

– Już prawie dziesiąta – stwierdził major. – Ludzie chyba niedługo pójdą spać.

Ich twarze promieniowały rozpaczliwą nadzieją, że wszystko się uspokoiło. Nikt przy zdrowych zmysłach nie chciałby się znaleźć w sytuacji, kiedy powinien zrobić to, co uważa za najlepsze.

– No cóż, Clive, jeśli tylko nie… – zaczął kapitan.

Przed namiotem wybuchło jakieś zamieszanie, a po chwili wszedł jakiś człowiek. Był pokrwawiony, poczerniały od dymu, twarz miał poprzecinaną różowymi liniami w miejscach, gdzie strużki potu zmyły straszliwy brud. Na plecy zarzucił kuszę, nosił też bandolier z nożami.

I był szalony. Major rozpoznał: oczy zbyt rozjarzone, uśmiech zbyt stężały…

– Uff, gotowe – rzekł przybysz i zdjął z prawej dłoni duży mosiężny kastet. – Przepraszam za waszego wartownika, panowie, ale nie chciał mnie wpuścić, chociaż podałem mu hasło. Wy tu dowodzicie?

– Kim pan jest, do demona? – Major wstał.

Na przybyszu nie zrobiło to wrażenia.

– Carcer – przedstawił się. – Sierżant Carcer.

– Sierżant? W takim razie możecie…

– Z Kablowej – dodał Carcer.

Major się zawahał. Obaj oficerowie wiedzieli o Niewymownych, choć gdyby ich zapytać, pewnie nie potrafiliby wyartykułować, co właściwie wiedzą. Niewymowni działali w tajemnicy, za sceną. Byli o wiele ważniejsi od zwykłych strażników. Odpowiadali bezpośrednio przed Patrycjuszem; mieli duże wpływy. Nie warto było się im narażać. Nie należało ich irytować. Nieważne, że ten człowiek jest tylko sierżantem – jest Niewymownym.

Co gorsze, major zdawał sobie sprawę z tego, że ta kreatura widzi, co on myśli, i bawi go ten widok.

– Tak – powiedział Carcer. – Zgadza się. I macie szczęście, że tutaj jestem, żołnierzyku.

Żołnierzyku, pomyślał major. W dodatku słyszeli to ludzie, którzy zapamiętają. Żołnierzyk…

– A to jakim sposobem? – spytał.

– Kiedy wy i wasi błyszczący żołnierze zadzieracie nosa i ścigacie po ulicach praczki… – Carcer przysunął sobie jedyne wolne krzesło w namiocie i usiadł – ...prawdziwe kłopoty dzieją się przy ulicy Kopalni Melasy.

– O czym ty mówisz, człowieku? Nie mamy żadnych meldunków o zamieszkach w tamtej okolicy!

– Owszem, zgadza się. I nie wydaje się wam to dziwne?

Major znowu się zawahał. Jakieś niewyraźne wspomnienie wypłynęło z głębi umysłu... Kapitan mruknął coś i podsunął mu kartkę papieru. Major spojrzał na nią i przypomniał sobie.

– Jeden z moich oficerów był tam dziś po południu i zameldował, że wszystko jest pod kontrolą.

– Doprawdy? A pod czyją kontrolą? – spytał Carcer. Oparł się wygodnie i położył nogi na stół.

Major popatrzył na nie, ale buty nie zdradzały żadnego znaku zakłopotania.

– Proszę zdjąć nogi z blatu – polecił lodowato.

Carcer zmrużył oczy.

– A kto mnie zmusi? Pan i jaka armia?

– Tak się składa, że moja...

Major spojrzał Carcerowi w oczy i pożałował tego. Obłęd. Widywał już takie oczy na polu bitwy.

Z demonstracyjną ostrożnością Carcer zdjął nogi z blatu. Potem wyjął chusteczkę, brudną od nieodgadnionych cieczy, chuchnął teatralnie na drewno i przetarł je starannie.

– Bardzo proszę o łaskawe wybaczenie – powiedział. – Jednakże, kiedy wy, dżentelmeni, dbaliście o porządek i czystość na waszym stole, rak, jak to mówią, haha, toczy samo serce miasta. Czy ktoś wam już doniósł, że posterunek przy Kablowej został spalony do gołej ziemi? Co, jak sądzimy, kosztowało życie kapitana Swinga i przynajmniej jednego z naszych... pracowników technicznych.

– Na bogów, Swing... – mruknął kapitan Wrangle.

– Tak właśnie powiedziałem. Wszystkie męty, które wasi chłopcy przepędzili z Sióstr Dolly i pozostałych siedlisk, trafiły właśnie tam.

Major rzucił okiem na raport.

– Ale nasz patrol stwierdził, że teren wydaje się spokojny, liczne patrole straży, ludzie wywiesili flagę i śpiewają hymn państwowy.

– Sam pan widzi. Czy śpiewał pan kiedyś hymn na ulicy, majorze?

– No nie...

– Kogo jego lordowska mość tam posłał? – zapytał Wrangle.

Major Mountjoy-Standfast przerzucił papiery. Twarz mu pociemniała.

– Rusta – powiedział.

– Wielkie nieba... To prawdziwy cios.

– Przypuszczam, że ten człowiek jest już martwy – oświadczył Carcer, a major starał się ukryć lekką poprawę nastroju. – Osoba, która tam teraz dowodzi, przedstawia się jako sierżant Keel. Ale to oszust. Prawdziwy Keel leży w kostnicy.

– Skąd to wszystko wiecie? – zainteresował się major.

– My w Sekcji Specjalnej mamy swoje sposoby odkrywania pewnych faktów.

– Słyszałem... – mruknął kapitan.

– Stan wyjątkowy, panowie, oznacza, że armia udziela pomocy władzom cywilnym – przypomniał Carcer. – A w tej chwili to właśnie ja. Oczywiście możecie posłać paru kurierów na bal, ale nie wydaje mi się, żeby popchnęło to waszą karierę. Proszę zatem, by wasi ludzie pomogli nam przy niewielkim... chirurgicznym cięciu.

Major popatrzył na niego. Obrzydzenie, jakie czuł dla Carcera, nie miało granic. Ale był majorem od niedawna, a kiedy człowiek właśnie dostał awans, ma nadzieję, że zachowa rangę przynajmniej tak długo, by insygnia zdążyły nabrać patyny.

Zmusił się do uśmiechu.

– Wy i wasi ludzie, sierżancie, macie za sobą ciężki dzień – powiedział. – Może przejdziecie do namiotu mesy, a ja skonsultuję się z innymi oficerami?

Carcer poderwał się gwałtownie – major aż drgnął – pochylił się i oparł pięści na blacie.

– Tak zrób, młodziaku – powiedział z uśmiechem jak ostrze zardzewiałej piły.

Potem odwrócił się i wyszedł w noc.

Po chwili odezwał się Wrangle:

– Niestety, jego nazwisko jest na liście funkcjonariuszy, którą przysłał nam wczoraj Swing. No i... formalnie ma rację co do prawa.

– Chcesz powiedzieć, że muszę słuchać jego poleceń?

– Nie. Ale jest upoważniony, by żądać od ciebie pomocy.

– A czy ja jestem upoważniony do odmowy?

– O tak, naturalnie. Ale...

– ...będę musiał jego lordowskiej mości tłumaczyć dlaczego?

– Otóż to.

– Ale ten człowiek to wredny drań. Znasz takich przecież. To ci, którzy się zaciągają dla rabunku. Ci, których w końcu trzeba powiesić jako przykład dla pozostałych.

– Ehm...

– Co jeszcze?

– Wiesz, on w jednym ma rację. Przejrzałem raporty i to rzeczywiście dziwne. W okolicach Kopalni Melasy naprawdę panował spokój.

– To chyba dobrze, nie?

– To niewiarygodne, Clive, jeśli się dobrze zastanowić. Mam tu napisane, że nawet ich posterunek nie był atakowany. Aha... i ten twój kapitan Burns pisze, że spotkał Keela. Twierdzi, że jeśli Keel jest sierżantem straży, to on, Burns, jest wujaszkiem małpiatki. Uważa, że ten człowiek jest przyzwyczajony do dowodzenia. Prawdę mówiąc, mam wrażenie, że Burnsowi się spodobał.

– Na bogów, Tom, potrzebna mi pomoc! – burknął major.

– W takim razie wyślij tam natychmiast konnych... taki nieoficjalny patrol. Przeprowadzą porządne rozpoznanie. Możesz sobie pozwolić na pół godziny zwłoki.

– Słusznie! Racja! Dobry pomysł! – Major odetchnął z ulgą. – Zajmij się tym, dobrze?

Po eksplozji rozkazów usiadł i znów spojrzał na mapę. Przynajmniej niektóre sprawy miały sens. Wszystkie barykady skierowane były frontem do środka miasta – ludzie barykadowali się przed pałacem i centrum. Nikt nie będzie się zbytnio przejmował światem zewnętrznym. Gdyby ktoś w tych okolicznościach zechciał opanować oddaloną dzielnicę, najlepiej byłoby przejść przez bramę w miejskich murach. Bramy nie będą pewnie strzeżone należycie.

– Tom...

– Słucham, Clive.

– Czy śpiewałeś kiedyś hymn państwowy?

– Och, wiele razy.

– Ale nie tak oficjalnie.

– Znaczy, żeby pokazać, że jestem patriotą? Na bogów, nie! To byłoby... dziwaczne – uznał kapitan.

– A jak jest z flagą?

– No oczywiście, codziennie jej salutuję.

– Ale nie wymachujesz nią ani nic? – upewnił się major.

– Chyba parę razy machałem taką papierową, kiedy jeszcze byłem mały. W urodziny Patrycjusza czy coś takiego. Staliśmy na ulicy, on przejeżdżał, a my krzyczeliśmy „Hurra!".

– A potem już nigdy?

– Nie, Clive. – Kapitan był trochę zakłopotany. – Bardzo bym się zaniepokoił, gdybym zobaczył człowieka, który wymachuje flagą i śpiewa hymn. To coś, co robią cudzoziemcy.

– Naprawdę? Czemu?

– My nie musimy pokazywać, że jesteśmy patriotami. Rozumiesz, to przecież Ankh-Morpork. Nie warto robić zamieszania, by się przekonać, że jesteśmy najlepsi. My to wiemy.

Teoria, która zrodziła się w umysłach Wigleta, Waddy'ego, a nawet – owszem – w niezbyt doświadczonym umyśle Freda Colona, była rzeczywiście kusząca. O ile Vimes zdołał zrozumieć, rozumowanie przebiegało tak:

1. Przypuśćmy, że teren za barykadami jest większy niż przed barykadami, tak?

2. Znaczy, ma w sobie więcej ludzi i większy kawałek miasta, jeśli pan rozumie, o co mi chodzi.

3. Wtedy, proszę poprawić, gdybym się mylił, sierżancie, ale to by znaczyło, w pewnym sensie, że jesteśmy teraz przed barykadami, prawda?

4. No i wychodzi na to, że wcale się nie buntujemy, tak? No bo nas jest więcej, a większość nie może się zbuntować, to chyba logiczne, nie?

5. Czyli to my jesteśmy ci dobrzy. Jasne, byliśmy tymi dobrymi przez cały czas, ale teraz to będzie tak oficjalnie, prawda? Jakby no, matematycznie.

6. No więc pomyśleliśmy, że dociągniemy do Łatwej, a później przeskoczymy na Przyćmioną i na drugą stronę rzeki...

7. Będą z tego jakieś kłopoty, sierżancie?

8. Dziwnie pan na mnie patrzy, sierżancie...

9. Przepraszamy, sierżancie.

Vimes się zastanawiał. Coraz bardziej niespokojny Fred Colon stał przed nim z grupą innych barykadierów za plecami. Wyglądali jak przyłapani na zakazanej zabawie Pukania do Drzwi i Ucieczki. Wszyscy przyglądali mu się czujnie na wypadek wybuchu.

Teoria miała w sobie jakąś pokrętną logikę. O ile człowiek postanowił nie uwzględniać takich czynników jak „prawdziwe życie" czy „zdrowy rozsądek".

Pracowali ciężko. Bogowie świadkami, że łatwo jest zablokować ulicę w mieście. Wystarczy zbić deskami kilka wozów i załadować je wysoko meblami i różnymi rupieciami. Jeśli pchać bardzo mocno, można było nawet taką barykadę przesuwać naprzód. To załatwiało główne ulice.

Co do reszty, nie było to takie trudne. I tak wszędzie stało sporo niewielkich barykad. Chłopcy tylko je połączyli. I nikt nawet nie zauważył, jak Ludowa Republika Ulicy Kopalni Melasy zaczęła obejmować czwartą część miasta.

Vimes kilka razy głęboko odetchnął.

– Fred... – rzucił.

– Tak, sierżancie?

– Czy kazałem wam to robić?

– Nie, sierżancie.

– Za wiele jest uliczek. Za wielu ludzi, Fred.

Twarz Colona pojaśniała.

– No tak, ale też więcej strażników, sierżancie. Wielu chłopaków tutaj dotarło. Dobrych chłopaków. A sierżant Dickins zna się na takich sprawach. Pamięta, jak to się działo poprzednim razem, sierżancie, więc wezwał wszystkich zdrowych mężczyzn, którzy potrafią używać broni, żeby się zebrali, sierżancie. Jest ich masa, sierżancie! Mamy całą armię, sierżancie!

W taki sposób świat rozsypuje się w gruzy, myślał Vimes. Byłem wtedy młody i głupi, nie patrzyłem na to w taki sposób. Myślałem, że Keel prowadzi rewolucję. Ciekawe, czy on też tak myślał.

Ale ja chciałem tylko, żeby parę ulic było bezpiecznych. Chciałem utrzymać garstkę porządnych, niemądrych ludzi z daleka od otępiałych tłumów, bezmyślnych rebeliantów i zidiociałych żołnierzy. I naprawdę, naprawdę miałem nadzieję, że mi się uda.

Może mnisi mieli rację. Zmiana historii to jak stawianie tamy. Rzeka znajdzie drogę wokół niej.

Zobaczył w grupie rozpromienionego Sama. Kult bohatera, pomyślał. Coś takiego może uczynić człowieka ślepym.

– Były jakieś kłopoty? – zapytał Colona.

– Chyba nikt jeszcze nie wpadł na to, co tutaj robimy, sierżancie. Wszystko się dzieje na Siostrach Dolly i po tamtej stronie. Szarże kawalerii i co tam jeszcze... Zaraz, idą następni.

Strażnik na szczycie barykady dał sygnał. Vimes usłyszał jakiś ruch po drugiej stronie.

– Na oko to ludzie, którzy uciekają z Sióstr Dolly – uznał Colon. – Co mamy zrobić, sierżancie?

Trzymać ich na zewnątrz, pomyślał Vimes. Nie wiemy, kim są. Nie możemy wszystkich tu wpuszczać. Niektórzy na pewno sprawią kłopoty.

Problem polega na tym, że wiem, co się tam dzieje. Miasto przypomina kawałek piekła i nigdzie nie jest naprawdę bezpiecznie.

I wiem, jaką decyzję podejmę, bo patrzę, jak ją podejmuję.

Nie mogę uwierzyć. Stoję tam teraz – dzieciak, ciągle jeszcze gładki, różowy i pełen ideałów, który patrzy na mnie, jakbym był nie wiadomo jakim bohaterem. I nie ośmielę się nim nie być. Podejmę głupią decyzję, bo chcę dobrze wypaść przed samym sobą. I ciekawe, jak to wytłumaczyć komuś, kto nie wypił paru drinków.

– No dobrze, przepuśćcie ich – polecił. – Ale żadnej broni. Przekaż rozkaz.

– Zabrać ludziom broń? – Colon nie dowierzał.

– Zastanów się, Fred. Nie chcemy tu przecież Niewymownych, prawda? Ani żołnierzy w przebraniu. Ktoś musi poręczyć za każdego, komu pozwolimy nosić broń. Wolałbym nie zarobić mieczem z przodu i z tyłu równocześnie. I jeszcze jedno, Fred... Nie wiem, czy mam do tego prawo i pewnie długo się to nie utrzyma, ale jeśli o mnie chodzi, awansujesz na sierżanta. Każdy, kto chciałby podyskutować o tym dodatkowym pasku, może podyskutować ze mną.

Pierś Freda Colona, już teraz nabierająca tłuszczu, wypięła się mocno.

– Tak jest, sierżancie! Eee... Czy to znaczy, że nadal słucham pana rozkazów? Jasne. Jasne. Jasne. Nadal słucham pana rozkazów. Jasne.

– Nie przesuwaj już więcej barykad. Zablokuj zaułki. Utrzymaj tę linię. Vimes, pójdziesz ze mną. Potrzebny mi goniec.

– Ja nieźle ganiam, sierżancie – zgłosił się stojący gdzieś z tyłu Nobby.

– W takim razie chciałbym, Nobby, żebyś pobiegł na zewnątrz i sprawdził, co się teraz dzieje.

Sierżant Dickins okazał się młodszy, niż Vimes go zapamiętał, choć i tak niewiele już mu brakowało do emerytury. Zachował jednak sumiasty sierżancki wąs, wypomadowany na sztywno i ewidentnie farbowany, oraz właściwą sierżancką sylwetkę, utrzymywaną nieujawnianymi metodami gorseciarskimi. Wiele lat przesłużył w wojsku, jak przypominał sobie Vimes, choć przybył do Ankh-Morpork z Llamedos. Strażnicy odkryli to, ponieważ wyznawał jakąś religię druidyczną o doktrynie tak surowej, że nie używali nawet megalitów. I był absolutnie przeciwny przeklinaniu. To poważny kłopot dla sierżanta. W każdym razie byłby poważny, gdyby sierżanci nie mieli takiego talentu do improwizacji.

Obecnie przebywał na Radosnym Mydle – przedłużeniu Kablowej. I miał tam całą armię.

Nie wyglądała na armię. Żadne dwie sztuki broni nie były takie same, a większość nie była nawet w ścisłym sensie bronią. Vimes zadrżał, gdy cofnął się pamięcią – a raczej skoczył pamięcią naprzód – do różnych rodzinnych awantur, do których wzywano go przez lata. Kiedy ktoś go atakował bronią w ścisłym sensie, przynajmniej wiedział, czego może się spodziewać. To broń w nieścisłym sensie sprawiała, że młodzi rekruci robili w portki ze strachu. Były tu tasaki do mięsa przywiązane do drągów. Były długie zaostrzone pręty i rzeźnickie haki.

Cóż, w tej okolicy żyli drobni kupcy, tragarze, rzeźnicy i robotnicy portowi. Wskutek tego przed Vimesem stali teraz w nierównych szeregach ludzie, którzy każdego dnia, spokojnie i legalnie, pracowali ostrzami i kolcami, przy jakich zwykły miecz wyglądał niczym szpilka do dziewczęcego kapelusza.

Była też klasyczna broń. Ludzie wracali z wojen ze swoimi mieczami albo halabardami. Broń? Na bogów, panie władzo, ależ skąd! To pamiątka. Miecz służył pewnie do grzebania w kominku, halabarda pełniła służbę jako wspornik jednego końca sznura do prania, a ich właściwe zastosowanie zostało zapomniane…

…aż do teraz.

Vimes patrzył na całą tę stal. Aby wygrać bitwę, ci ludzie musieliby tylko stać w miejscu. Gdyby wrogowie atakowali ich z dostateczną siłą, w końcu wyszliby po drugiej stronie w formie mielonego mięsa.

– Niektórzy to emerytowani strażnicy, sah – poinformował szeptem Dickins. – Sporo w tym czy innym okresie służyło w regimentach. Jest paru młodych, którzy chętnie zobaczyliby trochę akcji, wie pan, jak to jest. Co pan myśli?

– Na pewno bardzo bym nie chciał z nimi walczyć – odparł Vimes. Co najmniej czwarta część tych ludzi miała siwe włosy, a kilku używało broni, by się podeprzeć. – Właściwie to nie chciałbym być odpowiedzialny za wydanie im rozkazu. Jeśli powiem „w tył zwrot", posypią się kończyny.

– Są bardzo zdecydowani, sah.

– Przyznaję. Ale nie chcę tu wojny.

– Och, nie zajdzie tak daleko, sah – uspokoił go Dickins. – W swoim czasie widziałem już kilka barykad. To się zwykle kończy pokojowo. Ktoś nowy przejmuje rządy, ludzie się nudzą, każdy wraca do domu. I tyle.

– Ale Winder to wariat – przypomniał Vimes.

– Niech pan mi pokaże jednego, który nie był, sah – odparł Dickins.

Mówi mi „sir", pomyślał Vimes. A w każdym razie „sah". A jest starszy ode mnie. Zresztą co tam, mogę przecież zrobić to jak należy.

– Sierżancie – powiedział. – Wybierzecie dwudziestu swoich najlepszych ludzi, którzy byli już w bitwie. Ludzi, którym ufacie. Mają stanąć przy Bramie Rzeźnej i być czujni.

Dickins się zdziwił.

– Ale ona jest zamknięta sztabą, sah. W dodatku to całkiem za nami. Myślałem, że...

– Do bramy, sierżancie – upierał się Vimes. – Mają pilnować, żeby nikt się nie zakradł i nie zdjął sztaby. Wzmocnicie też posterunki na mostach. Rozłożycie kolczatki, potykacze... Gdyby ktoś próbował dostać się do nas przez most, chcę, żeby było mu naprawdę trudno. Zrozumiano?

– Wie pan o czymś, sah? – zapytał Dickins, przechylając głowę na bok.

– Powiedzmy tyle, że staram się myśleć jak nieprzyjaciel – odparł Vimes. Zbliżył się o krok i zniżył głos. – Znasz trochę historię, Dai. Nikt, kto ma choć uncję rozsądku, nie atakuje barykady od frontu. Trzeba poszukać słabych punktów.

– Przecież są tam jeszcze inne bramy, sah – zauważył z powątpiewaniem Dickins.

– Tak, ale jeśli wybiorą Rzeźną, trafią na Wiązów i mają przed sobą długi, przyjemny galop prosto w miejsce, gdzie się ich nie spodziewamy.

– Ale... pan się ich spodziewa, sah.

Vimes rzucił mu tępe spojrzenie, które sierżanci tak sprawnie potrafią rozszyfrować.

– Załatwione, sah! – zawołał radośnie Dickins.

– Chcę jednak, żeby waszych ludzi widziało się na barykadach – dodał Vimes. – I kilka patroli, które będą mogły się przemieszczać w razie jakichś problemów. Sierżancie, wiecie, jak się do tego zabrać.

– Oczywiście, sah. – Dickins zasalutował sprężyście i wyszczerzył zęby.

Odwrócił się do zebranych obywateli.

– No dobra, zgrajo! – huknął. – Wiem, że niektórzy służyli w regimentach! Ilu zna „Wszystkie małe aniołki"?

W górę uniosło się kilka pamiątek, z kategorii tych groźniejszych.

– Bardzo dobrze! Mamy już chór! No więc to jest piosenka żołnierska, jasne? Wy nie wyglądacie jak żołnierze, ale na bogów, dopilnuję, żebyście śpiewali jak oni! Złapiecie słowa po drodze! W prawo zwrot! Naprzód marsz! „Wszystkie małe aniołki się wznoszą, się wznoszą! Wszystkie małe aniołki się wznoszą wnet!". Śpiewać, matczyne syny!

Maszerujący podchwytywali piosenkę od tych, którzy już ją znali.

– „A jak one się wznoszą, się wznoszą, się wznoszą? Jak one się wznoszą, się wznoszą wnet?".

– „One się wznoszą głowami, głowami, głowami..." – śpiewał Dickins, skręcając za róg.

Vimes słuchał, jak refren cichnie w dali.

– Ładnie – stwierdził młody Sam.

– To stara wojskowa piosenka – wyjaśnił Vimes, bo przypomniał sobie, że chłopak słyszy ją po raz pierwszy.

– Naprawdę, sierżancie? Przecież jest o aniołkach.

Zgadza się, pomyślał Vimes. I zdziwiłbyś się, jakie części ciała podnoszą te aniołki w następnych zwrotkach. Prawdziwa żołnierska piosenka, sentymentalna, ale z nieprzyzwoitymi kawałkami.

– Jeśli dobrze pamiętam, śpiewali ją po bitwach – powiedział. – Widziałem, jak starzy ludzie płakali przy tym – dodał.

– Czemu? Brzmi dość wesoło.

Przypominali sobie, z kim jej już nie śpiewają, pomyślał Vimes. Jeszcze to zrozumiesz.

Po pewnym czasie wróciły patrole. Major Mountjoy-Standfast miał dość rozsądku, by nie żądać pisemnych raportów. Za długo to trwało i pisownia nie była idealna. Żołnierze kolejno opowiadali, co widzieli. Czasami kapitan Wrangle, który wytyczał coś na mapie, gwizdał cicho.

– Wielki teren, sir. Naprawdę! Mają tam za barykadami prawie ćwierć miasta!

Major potarł czoło i zwrócił się do kawalerzysty Gabitassa, ostatniego, który wrócił i zadał sobie wiele trudu, by zdobyć najwięcej informacji.

– Wszystkie tworzą taką jakby linię, sir. No więc podjechałem do jednej na Bohaterów, bez hełmu i niby po służbie, i zapytałem, co się tam dzieje. Jakiś człowiek krzyknął z góry, że wszystko dobrze, bardzo dziękują, i że skończyli na razie wszystkie barykady. Spytałem, co z prawem i porządkiem, a oni na to, że mają pod dostatkiem i dziękują.

– Nikt do was nie strzelał?

– Nie, sir. Szkoda, że nie mogę tego powiedzieć o naszej okolicy. Ludzie rzucali we mnie kamieniami, a jakaś starsza pani wylała na mnie z okna noc… naczynie. Ehm… Jest coś jeszcze, sir. No…

– Mówże, człowieku!

– Ja, tego… Chyba poznałem paru ludzi. Na barykadach. Oni, no… To byli nasi ludzie, sir…

Vimes zamknął oczy w nadziei, że może świat zmieni się na lepsze. Ale kiedy je otworzył, świat nadal mu przesłaniała różowa twarz dopiero-co-sierżanta Colona.

– Fred – powiedział. – Nie jestem pewien, czy dobrze zrozumiałeś kluczowe założenie. Żołnierze to są ci drudzy, Fred. I zostają na zewnątrz, poza barykadą. Jeśli znajdą się po tej stronie, Fred, to realnie rzecz biorąc, nie mamy już żadnej barykady. Rozumiesz?

– Tak, sir. Ale...

– Chcesz się na jakiś czas zaciągnąć, Fred. Sam się wtedy przekonasz, że w wojsku naprawdę bardzo pilnują, żeby każdy wiedział, kto jest po naszej stronie, a kto nie, Fred.

– No tak, sir, ale oni...

– Pomyśl... Jak długo się znamy?

– Dwa albo trzy dni, sir.

– Eee... rzeczywiście. No tak. Jasne. Wydaje się, że o wiele dłużej. No więc dlaczego, Fred, przychodzę tutaj i odkrywam, że wpuściłeś chyba cały pluton? Mam nadzieję, że nie próbowałeś znowu myśleć metafizycznie, co?

– To się zaczęło od brata Billy'ego Wigleta, sir – tłumaczył nerwowo Colon. – A z nim przyszło paru jego kolegów. Wszyscy z tej okolicy. I jest też chłopak, z którym Nancyball się wychowywał, i taki jeden, który jest synem sąsiada Waddy'ego i Waddy chodził z nim na piwo, no i...

– Ilu, Fred? – przerwał ze znużeniem Vimes.

– Sześćdziesięciu, sir. Może teraz już o kilku więcej.

– I nie przyszło ci do głowy, że mogą być elementem jakiegoś sprytnego planu?

– Nie, sierżancie, wcale. Bo jakoś nie widzę, żeby Wally Wiglet należał do sprytnego planu, sierżancie, a to dlatego, że nie jest on wielkim myślicielem, sir. Przyjęli go do regimentu dopiero wtedy, kiedy ktoś wymalował L i P na jego butach. Bo wie pan, my ich znamy, sierżancie. Większość chłopaków zaciągnęła się na trochę, żeby wyrwać się z domu i może pokazać tym zagranicznym ofermom, kto tu rządzi. I nie spodziewali się, że w ich własnym mieście staruszki będą na nich pluły, sierżancie. To może naprawdę człowieka złamać. No i rzucanie w niego brukowcami też, naturalnie.

Vimes się poddał. To wszystko była prawda.

– Dobrze – zgodził się. – Tylko że jeśli tak dalej pójdzie, wszyscy będą po naszej stronie barykady, Fred.

Ale istnieją przecież gorsze rozwiązania, pomyślał.

Na ulicach zapłonęły ogniska. Wyniesiono trochę garnków. Jednak większość ludzi zajmowała się tradycyjną ankhmorporską rozrywką, to znaczy kręceniem się po ulicach, żeby zobaczyć, co jeszcze może się stać.

– Co jeszcze może się stać, sierżancie? – zapytał Sam.

– Myślę, że zaatakują w dwóch miejscach – odparł Vimes. – Kawaleria wyjedzie za miasto i spróbuje wrócić przez Bramę Rzeźną, bo to się wydaje najłatwiejsze. A piechota i… i reszta straży, która nie przeszła na naszą stronę, pewnie pod osłoną ciemności przekradnie się przez Bezprawny Most.

– Jest pan pewien, sir?

– Całkowicie – zapewnił Vimes.

W końcu przecież to już się zdarzyło… czy jakoś tak…

Rozmasował grzbiet nosa. Nie mógł sobie przypomnieć, kiedy ostatnio spał, naprawdę spał, a nie drzemał albo był nieprzytomny. Zdawał sobie sprawę, że jego myślenie zaczyna się trochę rozmywać na brzegach. Ale wiedział, jak przełamano barykady przy Kopalni Melasy. Podręczniki historii opisywały to jednym zdaniem, lecz je zapamiętał. Oblężenia, których nie pokonała zdrada, padały zawsze z powodu jakiejś małej furtki na tyłach. To był fakt historyczny.

– Mamy jeszcze godzinę czy dwie – powiedział. – Nie jesteśmy aż tak ważni. W okolicy panuje spokój. Dopiero kiedy zaczną się zastanawiać dlaczego, wtedy śmieci się rozsypią.

– Wielu ludzi się tutaj przedostaje, sierżancie. Niektórzy z naszych mówią, że z daleka słyszeli krzyki. Ludzie ciągle przychodzą. Tam są kradzieże i wszystko inne…

– Młodszy funkcjonariuszu…

– Tak, sierżancie?

– Pamiętacie, kiedy chcieliście przyłożyć maczugą temu draniowi od tortur, a ja was powstrzymałem?

– Tak, sierżancie.

– Właśnie dlatego, mój chłopcze. Kiedy my się załamiemy, wszystko się załamie.

– No tak, sierżancie, ale pan też czasem wali kogoś w głowę.

– Interesująca uwaga, młodszy funkcjonariuszu. Logiczna i przemyślana, wygłoszona czystym tonem, piekielnie bliskim bezczelności. Ale jest wielka różnica…

– A jaka, sierżancie?

– Sam to odkryjesz – odparł Vimes.

I pomyślał: odpowiedź brzmi „Bo ja to robię". Przyznaję, nie jest najlepsza, bo tacy jak Carcer też jej używają, lecz tak naprawdę do tego wszystko się sprowadza. Oczywiście, walenie w głowę powstrzymuje mnie również przed zakłuciem ich nożem, a szczerze mówiąc – i ich przed zakłuciem mnie. To też dość istotne.

Doszli do wielkiego ogniska na środku ulicy. Na ogniu bulgotał kocioł, a ludzie z miskami stali w kolejce.

– Nieźle pachnie – zwrócił się Vimes do osobnika, który wielką chochlą mieszał powoli w kotle. – Ach, to ty... panie Dibbler.

– Nazywa się Gulasz Zwycięstwa, sierżancie – poinformował Dibbler. – Dwa pensy za miskę albo gardło sobie poderżnę, co?

– Prawie dobrze – uznał Vimes i przyjrzał się tajemniczym (a co gorsza, niekiedy przerażająco znajomym) kawałkom pływającym w mętnej cieczy. – Co w tym jest?

– To gulasz – wyjaśnił Dibbler. – Tak zawiesisty, że włosy rosną po nim na piersi.

– Owszem, widzę właśnie, że niektóre kawałki mięsa już teraz są porośnięte szczeciną.

– Zgadza się. To pokazuje, jak świetnie działa!

– Wygląda... bardzo ładnie – stwierdził Sam słabym głosem.

– Musi pan wybaczyć młodszemu funkcjonariuszowi, panie Dibbler – oświadczył Vimes. – W domu nie nauczyli go jeść gulaszu, który do niego mruga.

Usiadł z miską i oparł się plecami o mur. Popatrzył na barykady. Ludzie dobrze się przy nich napracowali, choć prawdę mówiąc, niewiele więcej mieli do roboty. Tutejsza, w poprzek ulicy Bohaterów, miała czternaście stóp wysokości i nawet prymitywny parapet. Wyglądała bardzo profesjonalnie.

Oparł się wygodniej i przymknął oczy.

Usłyszał obok niepewne siorbanie – to młody Sam kosztował gulaszu. I po chwili:

– W końcu dojdzie tutaj do walki, prawda?

– Tak – potwierdził Vimes, nie otwierając oczu.

– Prawdziwej walki?

– Tak.

– Ale czy najpierw nie będzie jakichś rozmów?

– Nie. – Vimes próbował ułożyć się wygodniej. – Może będą rozmawiać potem.

– Przecież powinno być na odwrót!

– Zgadza się, chłopcze, ale to sprawdzona i skuteczna metoda.

Nie było następnych komentarzy. Vimes powoli osunął się w sen.

Major Mountjoy-Standfast wiedział, co się stanie, jeśli wyśle gońca do pałacu. „Co mam teraz robić, sir?" nie było wiadomością, jaką jego lordowska mość chciałby usłyszeć. Takiego pytania major nie powinien zadawać, zwłaszcza że otrzymał całkiem jasne rozkazy. Barykady należy zburzyć, buntowników odeprzeć. Mocną ręką wyrwać te chwasty. Jako dziecko próbował czasem mocną ręką wyrywać chwasty; niekiedy trafiał na pokrzywy i miał potem dłoń wielkości małego prosiaka.

Za barykadą byli dezerterzy. Dezerterzy! Jak mogło do tego dojść?

Barykada była ogromna, obsadzona uzbrojonymi ludźmi, kryli się za nią dezerterzy, a on miał rozkazy. Wszystko było jasne.

Gdyby tylko oni... no, gdyby się buntowali. Jeszcze raz posłał na zwiad kawalerzystę Gabitassa i dostał raport, że panuje tam spokój. Najwyraźniej za barykadami toczyło się normalne miejskie życie, a to więcej, niż można było powiedzieć o chaosie po drugiej stronie. Gdyby choć strzelili do Gabitassa albo czymś w niego rzucili, byłoby łatwiej. Lecz zachowywali się, no... porządnie. Naprawdę, wrogowie państwa nie powinni się tak zachowywać!

Jeden wróg państwa stał teraz przed majorem. Gabitass nie wrócił z pustymi rękami.

– Złapałem to, jak się za mną skradało – wyjaśnił. I zwrócił się do jeńca: – Byliśmy za barykadą, co, mały?

– To umie mówić? – zdziwił się major, obserwując stworka.

– Naprawdę nie musi się pan tak zachowywać – oświadczył Nobby Nobbs.

– To taki uliczny urwis, sir – poinformował kawalerzysta.

Major z uwagą przyjrzał się wszystkiemu, co mógł zobaczyć z jeńca – to znaczy za wielki hełm i nos.

– Poszukajcie czegoś, żeby to wyżej postawić, kapitanie – polecił i czekał.

Żołnierze znaleźli stołek, ale trzeba przyznać, że nie poprawiło to sytuacji. Tyle że sprowokowało następne pytanie.

– To ma odznakę straży, żołnierzu. Może to jakaś maskotka?

– Wyrzeźbiłem ją sobie z mydła – wyjaśnił Nobby. – Żebym mógł być gliną.

– Dlaczego? – zapytał major.

Było w tej istocie coś takiego, co mimo napiętej sytuacji zmuszało do pełnych grozy, ale i fascynacji badań.

– Myślę, że jak urosnę, jednak pójdę do wojska – ciągnął Nobby, uśmiechając się szeroko do majora. – To chyba lepszy wybór.

– Obawiam się, że jesteś trochę za niski – odparł major pospiesznie.

– Nie wiem, czemu to ma przeszkadzać, w końcu nieprzyjaciel sięga aż do ziemi. Zresztą ludzie i tak już leżą, kiedy się im ściąga buty. Stary Sconner mówi, że pieniądze są w zębach i kolczykach, ale ja uważam, że każdy żołnierz musi mieć parę butów, nie? Zębów ostatnio dużo się trafia zepsutych, a ci, co robią sztuczne szczęki, zawsze chcą dostać porządny komplet...

– Chcesz powiedzieć, że zamierzasz wstąpić do wojska, żeby szabrować na polach bitew? – Major był zaszokowany.

– Raz, kiedy stary Sconner był trzeźwy przez dwa dni z rzędu, zrobił mi takich małych żołnierzyków – opowiadał Nobby. – Mieli takie małe butki, które dało się...

– Zamknij się – rzucił major.

– ...zdejmować, i takie malutkie, maluteńkie ząbki, które można...

– Zamkniesz się wreszcie? Czy w ogóle nie dbasz o honor? Chwałę? Miłość do swojego miasta?

– Nie wiem. A dużo można na nich zarobić? – spytał Nobby.

– Są bezcenne!

– No to w takim razie wolę się trzymać butów, jeśli to panu nie przeszkadza. Jak się zna odpowiedni sklep, można je pchnąć po dziesięć pensów za parę...

– Popatrz na tego oto kawalerzystę Gabitassa! – Major porządnie się już zirytował. – Dwadzieścia lat służby! Wzorowy żołnierz! On by się nie schylił, żeby zdejmować buty zabitym wrogom. Prawda, żołnierzu?

– Nie, sir! To dla frajerów! – odparł kawalerzysta Gabitass*.

* I to była prawda. Nie warto się męczyć z butami, poradziłby kawalerzysta Gabitass, gdyby miał chęć udzielać porad. Żeby jakoś je przewozić, trzeba by przekupić kogoś w taborach, a i tak zarobi się góra parę dolarów. Biżuteria, to jest rozwiązanie. Łatwo ją przenosić. Kawalerzysta Gabitass widział już z bliska zbyt wiele bitew, by się nie wzdrygać, gdy słyszał słowo „chwała".

– Eee... tak. Słusznie! – stwierdził major. – Wiele mógłbyś się nauczyć od takich ludzi jak kawalerzysta Gabitass, młody człowieku. Z tego, co tu usłyszałem, wnioskuję, że czas spędzony wśród buntowników napełnił ci głowę bardzo niepoprawnymi wyobrażeniami.

– Nie jestem buntownikiem! – wrzasnął Nobby. – I niech pan mnie nie nazywa buntownikiem! Nie jestem buntownikiem, jestem chłopakiem z Ankh-Morpork, właśnie, i jestem z tego dumny! Ha, pan się pomylił! Nigdy nie byłem buntownikiem i to okrutne tak mówić! Jestem porządnym chłopcem i tyle!

Wielkie łzy pociekły mu po policzkach, zmywając brud i odsłaniając pod nim głębsze warstwy brudu.

Major nie miał doświadczenia w takich sprawach. Zdawało się, że każdy dostępny na twarzy chłopca otwór cielesny tryska cieczą. Szukał pomocy u Gabitassa.

– Jesteście żonaci, kawalerzysto? Co powinniśmy z nim zrobić?

– Mogę mu przyłożyć w ucho, sir – zaproponował Gabitass.

– To bardzo nieczułe zachowanie, kawalerzysto! Zaraz, mam tu gdzieś chusteczkę...

– Aha... Mam swoją wycieraczkę, dzięki, łaski nie potrzebuję.

Nobby pociągnął nosem i wyjął z kieszeni chustkę. Właściwie to wyjął ich kilka tuzinów, wśród nich jedną z haftowanymi inicjałami C.M.-S. Były splątane razem jak u iluzjonisty, a wlokły za sobą kilka sakiewek i z sześć łyżek.

Nobby wytarł twarz pierwszą i wcisnął całą kolekcję z powrotem do kieszeni. I uświadomił sobie, że wszyscy na niego patrzą.

– No co? – zapytał wyzywająco.

– Opowiedz nam o tym Keelu – polecił major.

– Nie wiem o niczym – odpowiedział odruchowo Nobby.

– Aha, to znaczy, że wiesz o czymś – ucieszył się major. Należał do osób, które lubią tego rodzaju drobne tryumfy.

Nobby spojrzał tępo. Kapitan pochylił się do starszego oficera.

– Tylko według zasad logiki formalnej, sir – szepnął starszemu oficerowi. – Zgodnie z zasadami gramatyki stosowanej, to tylko zaakcen...

– Gadaj zaraz o Keelu! – krzyknął major.

– Wie pan co, majorze? Może lepiej zostawić takie sprawy fachowcom? – odezwał się ktoś.

Major uniósł wzrok. Do namiotu wszedł Carcer ze swoimi ludźmi. Znów się uśmiechał.

– Złapaliście sobie jeńca, jak widzę – stwierdził. Podszedł bliżej i przyjrzał się Nobby'emu. – To na pewno jakiś prowodyr, nie ma co. Zaczął gadać? Jakoś mi się nie wydaje. Żeby wydobyć z takich chłopaczków najlepsze sekrety, potrzebne jest specjalne przeszkolenie, haha.

Wsunął dłoń do kieszeni. Kiedy ją wyjął, kostki palców otaczał mosiądz.

– No więc, mój mały... – zaczął. Żołnierze przyglądali mu się ze zgrozą. – Wiesz, kim jestem, prawda? Jestem z Sekcji Specjalnej. I widzę was teraz dwóch. Pierwszy to wesoły chłopak, który ma zamiar pomóc prawowitym władzom w ich sprawach, a drugi to pyskujący łobuz, który próbuje być sprytny. Jeden z tych chłopców ma przyszłość przed sobą i wszystkie zęby. A teraz pewien zabawny fakt na mój temat: mam takie swoje przyzwyczajenie, że nigdy nie zadaję pytania po raz drugi. No więc... nie jesteś przestępcą, prawda?

Nobby wielkimi, przerażonymi oczami wpatrywał się w kastet. Pokręcił głową.

– Robisz to, co musisz, żeby przeżyć, tak?

Nobby przytaknął.

– I właściwie myślę, że byłeś całkiem porządnym chłopcem, dopóki nie spotkałeś tych rebeliantów. Śpiewałeś hymny i takie tam...

Nobby kiwnął głową.

– Ten człowiek, który przedstawia się jako sierżant Keel, jest prowodyrem buntu, tak?

Nastąpił moment wahania, a potem Nobby podniósł rękę.

– Eee... Każdy robi to, co on powie. To jest to samo? – zapytał.

– Tak. Ma charyzmę?

Nobby wciąż patrzył na kastet.

– Eee, no... nie wiem. Nie słyszałem, żeby dużo kaszlał.

– A o czym rozmawiają ludzie za barykadami, mój mały?

– No... o Wolności i Prawdzie, i Sprawiedliwości, i innych – odparł Nobby.

– Aha! Buntownicze gadanie! – Carcer się wyprostował.

– Tak? – zdziwił się major.

– Może mi pan wierzyć, majorze. Jeśli spotka pan grupę ludzi używających takich słów, to planują coś niedobrego. – Carcer zerknął na Nobby'ego. – Tak się zastanawiam, czy nie mam w kieszeni jakiejś nagrody dla grzecznego chłopca... O, jest... czyjeś ucho. Jeszcze ciepłe. Trzymaj, mały!

– Ojej... Dzięki!

– A teraz uciekaj daleko stąd, bo ci flaki wypruję.

Nobby wybiegł.

Carcer stanął nad rozpostartą na stole mapą.

– Och, planujecie wycieczkę. To miłe. Nie chcemy przecież rozzłościć buntowników, prawda? Czemu pan nie atakuje, majorze, do wszystkich demonów?

– Przecież oni nie...

– Traci pan żołnierzy, którzy do nich przechodzą! Opanowali już czwartą część miasta! A pan chce się zakradać od tyłu. Przez most, jak widzę, a potem ulicą Wiązów. Dyskretnie, znaczy. Jakby się pan wystraszył! – Carcer walnął pięścią w stół.

Major aż podskoczył.

– Nie boję się nikogo! – skłamał.

– Pan teraz uosabia miasto! – oświadczył Carcer. Kropelka piany pojawiła się w kąciku jego ust. – Oni się skradają. Pan nie. Pan jedzie do nich otwarcie i posyła ich do piekła, oto co pan robi! Oni wykradają panu ulice! Pan je odbiera! Oni postawili się poza prawem! Pan niesie prawo do nich!

Odstąpił. Maniakalna wściekłość zniknęła tak szybko, jak się pojawiła.

– Taka jest moja rada – powiedział. – Oczywiście panowie sami najlepiej się znają na swojej pracy. Ja i ci z moich chłopców, którzy pozostali, idziemy walczyć. Jestem pewien, że ich lordowskie moście będą zadowoleni ze wszystkiego, co panów zdaniem dało się zrobić.

Wyszedł. Niewymowni ruszyli za nim.

– Ehm... Dobrze się czujesz, Clive? – zaniepokoił się kapitan.

Widział jedynie białka oczu majora.

– Co za okropny człowiek – stwierdził cicho major.

– No... Tak, oczywiście. Z drugiej strony...

– Tak, tak, wiem. Nie mamy wyboru. Otrzymaliśmy rozkazy. Ten... ten śmierdziel ma rację. Jeśli rankiem ta przeklęta barykada nadal będzie tam stała, to koniec z moją karierą. Twoją również. Pokaz siły, twarda walka, nie brać jeńców... tyle mówią rozkazy. Durne rozkazy.

Westchnął.

– Przypuszczam, że moglibyśmy odmówić... – zastanowił się kapitan.

– Oszalałeś? I co potem? Nie bądź głupi, Tom. Zbierz ludzi, każ zaprzęgać woły... Jeśli już trzeba, zróbmy z tego niezłe przedstawienie. I miejmy to za sobą.

Ktoś nim potrząsnął. Vimes otworzył oczy i spojrzał na własną twarz, młodszą, mniej pooraną zmarszczkami i bardziej przestraszoną.

– Co?

– Sprowadzili machiny oblężnicze, sierżancie! Nadchodzą ulicą, sierżancie!

– Co? To kretyństwo! Tam jest najwyższa barykada! Paru ludzi może jej bronić!

Poderwał się na nogi. To musi być manewr odciągający! Ale głupi manewr! Akurat tutaj Waddy z kolegami ustawili w poprzek dwa ciężkie wozy, które stały się jądrem solidnego muru z drewna i rupieci. Pozostało tylko wąskie, niskie przejście, żeby ludzie mogli się przedostać. Wkraczali do Republiki Ulicy Kopalni Melasy z głowami na wysokości odpowiedniej dla delikatnego stuknięcia, gdyby okazali się żołnierzami. W tej chwili cisnęli się tamtędy jak szczury.

Vimes wspiął się na barykadę i wyjrzał na zewnątrz. Z przeciwnego końca ulicy, otoczona płonącymi pochodniami, zbliżała się wielka ściana metalu. Tyle tylko dało się zobaczyć w mieście bez świateł. Ale wiedział, co to takiego.

Nazywano ją Grubą Martą i była zamocowana na ciężkim wozie. Widywał już takie machiny. Za wozem idą pewnie dwa woły, które je pchają. Ściany nie są z litego metalu, stanowią jedynie zewnętrzną powłokę, by obrońcy nie mogli podpalić drewnianych desek pod spodem. A wszystko służy tylko jako osłona dla ludzi, którzy – w tym przytulnym schronie – trzymają wielkie i ciężkie haki na długich łańcuchach...

Zaczepią je o barykadę, odwrócą woły w zaprzęgu, może dodadzą jeszcze czwórkę zwierząt, a wtedy wszystko, co zostało zbudowane z drewna, się rozpadnie.

Pomiędzy wozem a barykadą, próbując uciec przed zgnieceniem, kłębiła się masa przerażonych ludzi.

– Ma pan jakieś rozkazy, sierżancie? – zapytał Colon. Podciągnął się obok Vimesa. Spojrzał na ulicę. – O rany...

– Tak. W takich chwilach przydaje się w straży parę trolli – stwierdził Vimes. – Myślę, że Detr...

– Trolli? Ha, nie pracowałbym z żadnym trollem – oświadczył Colon. – Za tępe są, żeby słuchać rozkazów.

Pewnego dnia się przekonasz, pomyślał Vimes.

– No dobra – powiedział. – Każdy, kto nie ma albo nie powinien mieć broni, niech się wycofa jak najdalej. Wyślij Dickinsowi wiadomość, że potrzebujemy tu wszystkich, których może przysłać, ale... Czekaj!

Co się zdarzyło poprzednio? Były liczne akcje przeciwko barykadom, lecz miały tylko odwrócić uwagę, kiedy kawaleria zachodziła ich od zewnątrz. Czegoś takiego jednak nie pamiętał.

Popatrzył na zbliżającą się machinę. Pod krawędzią kołyszącej się ściany, po drugiej stronie, była zwykle wąska półka dla kuszników, którzy mieli stamtąd strzelać do każdego, kto próbowałby przeszkadzać oddziałowi burzącemu. I teraz, w zdradzieckim, migotliwym blasku pochodni Vimes dostrzegał tam twarz Carcera. Nawet z tej odległości było w jej wyrazie coś przeraźliwie znajomego.

Swing nie żył. A kiedy w ogólnym zamieszaniu wszyscy biegali bez celu, człowiek stanowczy mógł dostać się na szczyt dzięki samemu tupetowi. Mnie się przecież udało, pomyślał Vimes.

Zszedł z barykady i zmierzył wzrokiem swoich ludzi.

– Potrzebny mi ochotnik, nie, nie ty, Sam. Wiglet, ty się nadasz. Twój ojciec jest stolarzem, tak? No więc za rogiem jest warsztat stolarski. Biegnij tam i przynieś mi parę młotków, drewniane kliny albo długie gwoździe... coś kolczastego. Biegiem, biegiem, już!

Wiglet pognał wzdłuż ulicy.

– Teraz... chwileczkę... potrzeba mi świeżego imbiru, tak jakoś za dwa pensy. Nancyball, pobiegnij za róg do aptekarza, dobrze?

– Na co się przyda, sierżancie? – zdziwił się Sam.

– Żeby poimbirować to i owo.

Vimes zdjął hełm i pancerz. Skinął na szczelinę, przez którą płynął strumień uciekinierów.

– Fred, musimy wyjść tędy. Dasz radę zrobić nam przejście?

– Postaram się, sierżancie. – Colon wyprostował ramiona.

– Zatrzymamy to draństwo. Nie mogą go przesuwać za szybko,

a przy tym hałasie i zamieszaniu nikt niczego nie zauważy... Szybki jesteś, Billy...

– Złapałem wszystko, co było, sierżancie – wysapał Wiglet, który podbiegł, niosąc nieduży worek. – Wiem, co pan chce zrobić, sierżancie. Kiedy byłem dzieckiem, robiliśmy takie numery dla zabawy...

– Ja też – przyznał Vimes. – O, jest już mój imbir. Ach, znakomity. Aż łzy stają w oczach. W porządku, Billy? Gotowi, Fred.

Niezbędny okazał się cały ciężar Colona, z popychającym od tyłu Vimesem, by przez wystraszony tłum dostać się do świata poza barykadą. W ciemności Vimes przecisnął się między ludźmi do bocznej ściany machiny oblężniczej. Była jak sunący wzdłuż ulicy wielki, powolny taran; z powodu tłumu poruszała się szarpnięciami w tempie wolniejszym od spacerowego. Vimes wyobrażał sobie, że Carcera pewnie bawi taka przejażdżka.

Skrył się pod wozem, niezauważony przez nikogo. Chwycił młotek i klin z worka Wigleta.

– Załatw lewe tylne koło, Billy, i uciekaj.

– Ale sierżancie...

– To rozkaz. Wydostań się stąd, wróć i jak najszybciej ściągnij ludzi z ulicy. Już!

Vimes przeczołgał się do jednego z przednich kół i czekał w gotowości, trzymając klin między kołem a osią. Gdy wóz zatrzymał się na moment, wcisnął klin w szczelinę i dobił młotkiem. Zdążył uderzyć jeszcze raz, nim wóz zaskrzypiał, sugerując, że woły znowu pchnęły. Wyczołgał się z powrotem i odebrał worek od Billy'ego. Niski strażnik obejrzał się jeszcze i z ociąganiem wypełzł między las nóg.

Vimes zdążył wbić trzeci klin, nim gdzieś z tyłu rozległy się głośne krzyki – sygnał, że brak postępów został zauważony. Koła zakołysały się i zablokowały jeszcze mocniej. Teraz raczej spadną, niż kliny dadzą się wyjąć.

Jednak woły to bardzo silne zwierzęta. Dostateczna ich liczba nie miałaby żadnych kłopotów z pociągnięciem wozu razem z barykadą. Ale miłe, naprawdę miłe jest to, że ludzie traktują barykadę jak coś, na co trzeba się dostać, nie coś, zza czego się wychodzi...

Vimes przemykał się w hałaśliwej, chaotycznej ciemności. Byli tu żołnierze, strażnicy i uciekinierzy, a wszyscy przeklinali i krzyczeli na siebie. W migotliwych cieniach Vimes stanowił jedynie kolejną sylwetkę w tłumie. Z pewną miną przecisnął się dookoła, do wytężających siły wołów i poganiacza szturchającego zwierzęta kijem. Humor poprawił mu fakt, iż człowiek ów wygląda na takiego, który zalicza sześć trafień z dziesięciu przy pytaniu „Jak się nazywasz?".

Nawet się nie zatrzymał. Najważniejsze, to nie dać temu drugiemu szansy na powiedzenie „Ale...", nie wspominając nawet o „A niby za kogo się pan uważasz, do demona?". Odsunął poganiacza i przyjrzał się ponuro mokrym od potu zwierzakom.

– No tak... Widzę już, na czym polega problem – stwierdził tonem człowieka, który o wołach wie wszystko. – Dostały glagicy. Ale zaraz coś na to poradzimy. Przytrzymaj mu ogon... Szybciej, człowieku!

Poganiacz wołów zareagował na rozkazujący ton. Vimes chwycił grudkę imbiru. No to jazda, pomyślał. Przynajmniej jest tam ciepło w taką chłodną noc.

– W porządku, teraz ten drugi... już. Gotowe. Teraz pójdę z drugiej strony, żeby... no, po prostu pójdę... – wymamrotał Vimes i odbiegł w mrok.

Przecisnął się przez tłum i zanurkował w mały otwór.

– Już dobrze, sierżancie. Wypatrzyłem, że pan wraca, przez krzesła z jadalni pani Rutherfordowej – powiedział Fred Colon i postawił go na nogi. – Zatrzymał ją pan, nie ma co! Naprawdę... ugh...

– Tak jest, nie podawaj mi ręki, dopóki się nie umyję. – Vimes ruszył do pompy.

Nadstawiał ucha, czy zza barykady nie dobiegną jakieś niezwykłe odgłosy. Przez kilka sekund nie było żadnych. A potem usłyszał.

Po jego wizycie u wołów przez dłuższą chwilę nic się nie działo. Tyle że – bardzo powoli – zwierzęta zaczęły zezować, a potem – również powoli – ślepia zaszły im krwią. Wiele trzeba czasu, by coś zaczęło się dziać w głowie wołu, ale kiedy już zacznie, dzieje się potężnie.

Muczenie zabrzmiało z początku cicho, lecz stopniowo nabierało mocy. Był to niski głos, który przetaczał się po pradawnej tundrze i niósł ówczesnym ludziom wiadomość, że oto nadchodzi kolacja albo śmierć, a w obu wypadkach bardzo wkurzona. Był to głos wielkiej bestii, jednak wciąż jeszcze za małej, by pomieścić wszelkie emocje, jakie wzbierają w jej wnętrzu. A teraz brzmiał w duecie.

Vimes, który wciągnął się na szczyt barykady, zobaczył uciekających ludzi. Potem cała Gruba Marta zadygotała. Nie robiło to wielkiego wrażenia, jeśli człowiek nie wiedział, że właśnie szarpnęło się na bok kilka ton drewna. Rozległy się trzaski, dwa zablokowane koła Grubej Marty odpadły, a całość runęła w chmurze płomieni, odłamków, dymu i kurzu.

Vimes liczył pod nosem. Doszedł do dwóch, gdy koło wytoczyło się z dymu i pomknęło ulicą. To dzieje się zawsze.

Ale zamieszanie jeszcze się nie skończyło. Woły, zaplątane w resztki dyszli i uprzęży, stały się rozwścieczoną i złączoną bestią, która tylko sześć nóg z ośmiu może postawić na ziemi. Dość nierówno, lecz z zadziwiającą prędkością popędziły w kierunku przeciwnym do barykady.

Inne woły, czekające na wielkie ciągnięcie, patrzyły, jak koledzy się zbliżają. Już wcześniej były niespokojne po upadku machiny, a teraz owiał je smród przerażenia i wściekłości; spróbowały się oddalić i wbiegły na czekających za nimi łuczników, którzy z kolei usiłowali wbiec na kawalerię. Konie nie miały skłonności do uprzejmego traktowania uzbrojonych ludzi, a znalazły się także w stanie pewnego zaniepokojenia. Wyładowały się więc, kopiąc wściekle każdego, kto się zbliżył.

Z barykady trudno było ocenić, co działo się potem. Jednak odgłosy brzmiały bardzo interesująco i dość długo.

Sierżant Colon zamknął usta.

– Niech to wszystkie demony, sierżancie – rzekł z podziwem.

W oddali brzęknęło rozbijane szkło.

– Oni tu wrócą – stwierdził Vimes.

– Tak, ale nie wszyscy – odparł Wiglet. – Dobra robota, sierżancie.

Vimes spojrzał w tył. Sam wpatrywał się w niego szeroko otwartymi oczami, jak typowa ofiara ataku kultu bohatera.

– Miałem szczęście, chłopcze – powiedział. – Ale zawsze warto pamiętać o drobnych szczegółach i nie bać się zabrudzić sobie rąk.

– Teraz możemy wygrać, sierżancie – szepnął Sam.

– Nie, nie możemy. Ale możemy odsunąć przegraną, aż nie będzie już taka bolesna. – Vimes zwrócił się do pozostałych. – No dobra, chłopcy, wracamy do pracy. Mieliśmy trochę zabawy, lecz ranek jeszcze daleko.

Wieści się rozeszły, zanim jeszcze zsunął się z barykady na ziemię. Tłum klaskał, a ci z bronią dumnie wypinali piersi. Pokazaliśmy im, co? Nie lubią smaku zimnej stali, ci... no... ci inni mieszkańcy Ankh-Morpork! Pokażemy im jeszcze, co?

A cała akcja wymagała tylko paru klinów, trochę surowego imbiru i wiele szczęścia. Drugi raz coś takiego się nie uda.

Może nie musi... Pamiętał, co wtedy słyszał o zamachu. Wszystko było niezwykle tajemnicze. Winder został zabity w sali pełnej ludzi, a jednak nikt niczego nie widział. Sugerowano użycie magii, czemu gwałtownie zaprzeczyli magowie. Niektórzy historycy uważali, że zamach się udał, ponieważ pilnujących pałacu żołnierzy odesłano do szturmowania barykad, ale to nie odpowiadało na podstawowe pytanie. Dla kogoś, kto potrafi zasztyletować człowieka w jasno oświetlonej sali pełnej ludzi, paru gwardzistów w ciemności nie byłoby chyba żadną przeszkodą.

Oczywiście, gdy Snapcase został już Patrycjuszem, i tak nikt nie starał się specjalnie wyjaśnić faktów. Ludzie wypowiadali opinie w rodzaju „możliwe, że nigdy nie poznamy prawdy", co w osobistym słowniku Vimesa oznaczało: „Znam prawdę, albo myślę, że ją znam, i mam wściekłą nadzieję, że nie wyjdzie na jaw, bo wszystko jest już dobrze poukładane".

A może nie przegramy?

Keel nie rozbił Grubej Marty. W tamtej teraźniejszości nie została użyta. Żołnierze nie byli tak głupi, żeby tego próbować. Takie zabawki są skuteczne przy niewielkich barykadach obsadzonych przez cywilów, ale mogą budzić tylko śmiech, kiedy wystawia się je przeciwko solidnym umocnieniom bronionym przez zawodowców. Teraz został z niej wrak, więc atakujący muszą szybko stworzyć jakiś nowy plan. A czas płynie...

Może nie przegramy?

Muszą tylko się utrzymać. Ludzie na szczycie mają krótką pamięć. Winder tajemniczo umarł, niech żyje lord Snapcase! I nagle wszyscy buntownicy stają się bohaterskimi bojownikami o wolność. A na cmentarzu zostaje siedem pustych grobów...

Czy wtedy zdoła powrócić? Przypuśćmy, że madame miała rację i zaproponują mu stanowisko dowódcy, nie żeby go przekupić, ale dlatego że zasłużył? To by zmieniło historię!

Wyjął cygarnicę i spojrzał na inskrypcję.

Zastanówmy się, pomyślał. Gdybym nigdy nie spotkał Sybil, to byśmy się nie pobrali, ona nie kupiłaby mi cygarnicy, więc teraz bym na nią nie patrzył...

Wpatrywał się pilnie w ozdobne wygrawerowane litery, niemal pragnąc, by zniknęły... Nie zniknęły.

A ten stary mnich mówił, że cokolwiek się zdarzy, już pozostaje. Vimes wyobraził sobie Sybil, Marchewę, Detrytusa i całą resztę, zastygłych w chwili, po której już nigdy nie przyjdzie następna.

Chciał wrócić do domu. Chciał tak bardzo, że drżał na samą myśl o tym. Ale jeśli ceną za to ma być sprzedanie tych dobrych ludzi nocy, jeśli ceną jest wypełnienie tych grobów, jeśli ceną jest rezygnacja z walki, z użycia każdej znanej sztuczki... to jest za wysoka.

Nie podejmował decyzji; wiedział o tym. Wszystko działo się o wiele niżej od obszarów mózgu, gdzie podejmowane są decyzje. To było coś wbudowanego. Nie istniał żaden wszechświat, nigdzie, w którym Sam Vimes by ustąpił, ponieważ wtedy nie byłby już Samem Vimesem.

Napis wciąż trwał na srebrze, choć teraz trochę rozmazany, ponieważ łzy wzbierały Vimesowi w oczach. To były łzy gniewu, przede wszystkim na samego siebie. Nic już nie mógł zrobić. Nie kupował biletu i nie chciał tu przychodzić, ale teraz pędził ze wszystkimi i nie mógł wysiąść aż do końca.

Co jeszcze mówił ten stary mnich? Historia znajdzie sposób? No cóż, powinna więc wpaść na naprawdę dobry pomysł, gdyż teraz musi się zmierzyć z Samem Vimesem.

Uniósł głowę i zobaczył, że przygląda mu się młody Sam.

– Nic panu nie jest, sierżancie?

– Nie, wszystko dobrze.

– Tylko że siedzi pan tu od dwudziestu minut i patrzy na swoje cygara.

Vimes odchrząknął, schował cygarnicę i wziął się w garść.

– Oczekiwanie to połowa przyjemności – powiedział.

Noc płynęła wolno. Dotarły wieści z barykad przy mostach i bramach. Były jakieś ataki, ale raczej w celu wypróbowania siły woli obrońców niż dokonania poważnego wyłomu. Przybywało coraz więcej dezerterów.

Jednym z powodów wysokiego poziomu dezercji było to, że ludzie o praktycznych umysłach szybko rozpracowali subtelne zasady ekonomii. W Republice Ulicy Kopalni Melasy brakowało okazałych i ważnych gmachów – tych, które tradycyjni rewolucjoniści powinni zdobywać. Nie miała urzędów państwowych ani banków, a świątyń zaledwie kilka. Była praktycznie całkiem pozbawiona istotnych budynków miasta.

Obejmowała tylko całkiem nieważne regiony, na przykład cały dystrykt rzeźniczy, rynek maślany i serowy. Byli tu handlarze tytoniem, wytwórcy świec, większość składów owoców i warzyw oraz magazyny ziarna i mąki. To oznaczało, że republikanie skazani byli na głód rzeczy ważnych, takich jak rząd, usługi bankowe i zbawienie duszy. Byli za to samowystarczalni w zakresie rzeczy banalnych i codziennych, takich jak żywność i napoje.

Ludzie godzą się czekać na zbawienie bardzo długo, ale wolą, kiedy obiad zjawia się w ciągu godziny.

– Prezent od chłopaków na Rzeźniczej, sierżancie – oznajmił Dickins, przyjeżdżając załadowanym wozem. – Powiedzieli, że inaczej tylko się zepsuje. Będzie dobrze, jak je rozdzielę do kuchni polowych?

– A co masz? – spytał Vimes.

– Głównie steki. – Stary sierżant uśmiechnął się szeroko. – Ale w imię rewolucji wyzwoliłem worek cebuli. – Zauważył, jak Vimesowi zmienia się twarz. – Nie, sierżancie. Właściciel mi je dał. Powiedział, że proszą się o zjedzenie.

– A nie mówiłem? Każdy posiłek będzie bankietem w republice ludowej! – zawołał Reg Shoe. Wciąż trzymał swój wielki notes; ludzie w rodzaju Rega mają taką skłonność. – Moglibyście przewieźć to wszystko do oficjalnego magazynu, sierżancie?

– Jakiego magazynu?

Reg westchnął.

– Cała ta żywność musi trafić do wspólnego magazynu, skąd będzie rozdzielona przez moich delegatów, zgodnie…

– Panie Shoe – rzekł sierżant Dickins. – Za mną jedzie wóz z pięciuset kurczakami, a potem jeszcze jeden, pełen jajek. Nie ma ich dokąd odesłać, rozumie pan? Rzeźnicy zapełnili chłodnie i wędzarnie, więc jedynym miejscem, gdzie można to żarcie zmagazynować, są nasze żołądki. I nie przejmuję się jakoś delegatami.

– W imieniu republiki nakazuję… – zaczął Reg, ale Vimes położył mu dłoń na ramieniu.

– Ruszajcie, sierżancie. – Skinął Dickinsowi głową. – Można na słówko, Reg?

– Czy to przewrót wojskowy? – spytał niepewnie Reg, ściskając notes.

– Nie. Chodzi o to, że tkwimy tu w oblężeniu, Reg. To nie jest właściwa pora. Niech sierżant Dickins to załatwi. To uczciwy człowiek, tyle że nie lubi notesów.

– Ale przypuśćmy, że jacyś ludzie zostaną pominięci...

– Jest dosyć, żeby się wszyscy najedli do bólu brzucha.

Reg Shoe wydawał się niepewny i rozczarowany, jakby ta obfitość mniej go cieszyła niż starannie racjonowany niedostatek.

– Ale coś ci powiem, Reg – ciągnął Vimes. – Jeśli to jeszcze potrwa, miasto dopilnuje, by dostawy docierały innymi bramami. Wtedy będziemy głodni. I wtedy zaczniemy potrzebować twoich talentów organizacyjnych.

– Chce pan powiedzieć, że znajdziemy się w sytuacji głodu? – upewnił się Reg. Światło nadziei błysnęło w jego oczach.

– Jeśli nie, na pewno potrafisz ją zorganizować – stwierdził Vimes.

I zdał sobie sprawę, że posunął się trochę za daleko. Reg Shoe był głupi tylko w pewnych dziedzinach, a teraz wyglądał, jakby miał się rozpłakać.

– Ja tylko uważam, że ważny jest sprawiedliwy... – zaczął.

– Tak, Reg, rozumiem. Ale wiesz, na wszystko jest czas i miejsce. Może najlepszą metodą zbudowania nowego, wspaniałego świata jest zdarcie paru nierówności w starym? No, ruszaj. A wy, młodszy funkcjonariuszu Vimes, pójdziecie mu pomóc.

Vimes znów wspiął się na barykadę. Miasto poza nią znowu było ciemne; z rzadka tylko widział błysk światła w przesłoniętym okiennicami oknie. W porównaniu z tamtą częścią ulice republiki płonęły.

Za parę godzin sklepy będą czekać na dostawy. Nadaremnie. Rząd nie może tego zlekceważyć. Takie miasto jak Ankh-Morpork tylko dwa posiłki dzielą od chaosu, nawet w najlepszym okresie.

Każdego dnia dla Ankh-Morpork ginęło około stu krów, stado owiec i świń, i bogowie tylko wiedzą, ile kaczek, kur i gęsi. Mąka? Słyszał, że osiemdziesiąt ton, podobna ilość ziemniaków i ze dwadzieścia ton śledzi. Nie to, żeby bardzo chciał to wiedzieć, ale kiedy już ktoś się brał do rozwiązywania wiecznego problemu ruchu ulicznego, przekazywano mu pewne fakty.

Kury codziennie znosiły dla miasta czterdzieści tysięcy jajek. Każdego dnia setki, tysiące wozów, łodzi i barek kierowało się tutaj z rybami, miodem, ostrygami i oliwkami, węgorzami i homarami. A nie można zapominać o koniach ciągnących to wszystko, o kołowrotach... Przybywała także wełna, każdego dnia, tkaniny, tytoń, przyprawy, ruda i drewno, ser, węgiel, tłuszcz, wosk, siano... Każdego dnia...

I to teraz. Za jego czasów miasto było dwa razy większe.

Na ciemnym ekranie nocy Vimes zobaczył wizję Ankh-Morpork. To nie było miasto, lecz proces, ciężar rzucony na świat, odkształcający ziemię na setki mil dookoła. Ludzie, którzy nigdy w życiu nie mieli go zobaczyć, jednak przez całe życie dla niego pracowali. Tysiące, tysiące akrów zieleni było jego częścią; jego częścią były lasy. Miasto ściągało i konsumowało wszystko...

...a oddawało nawóz ze zwierzęcych zagród i sadzę z kominów, stal i rondle, i narzędzia, którymi wytwarza się żywność. A także ubrania i mody, idee i interesujące wady, pieśni, wiedzę i coś, co oglądane w odpowiednim świetle nazywało się cywilizacją. To właśnie oznacza cywilizacja – miasto.

Czy jest ktoś jeszcze, kto o tym myśli?

Spora część towarów przybywała przez bramy Cebulową i Rzeźniczą, obie teraz należące do republiki i obie zamknięte na głucho. Z pewnością pilnuje ich również wojsko. W tej chwili są już w drodze wozy, które odkryją, że bramy są przed nimi zamknięte. Jednakże, niezależnie od polityki, jajka się psują, mleko kwaśnieje, pędzone stada zwierząt wymagają odpoczynku w zagrodach i napojenia. Czy wojsko jakoś to rozwiąże? A potrafi? Kiedy wjeżdżają wozy, które są naciskane przez wozy za nimi, kiedy uciekają świnie, a stada bydła wędrują samopas?

Czy w ogóle myśli o tym ktoś ważny? Machina chwieje się nagle, ale Winder i jego kumple nigdy nie myśleli o machinie, myśleli o pieniądzach. Mięso i napoje pochodziły od służby. Po prostu się zjawiały.

A Vetinari, uświadomił sobie Vimes, myśli o tym przez cały czas... Tamto Ankh-Morpork jest dwa razy większe i cztery razy bardziej narażone na chaos. On by na coś takiego nie pozwolił. Żeby maszyna działała, zwykł mawiać, małe kółka muszą się kręcić.

Ale teraz, w ciemności, wszystko kręciło się wokół Vimesa. Jeśli człowiek się łamie, wszystko się łamie, myślał. Łamie się cała machina. Łamie się coraz bardziej. I łamie ludzi.

Za sobą usłyszał oddział wsparcia maszerujący po Bohaterów.

...się wznoszą wnet?
Podnoszą kolana! kolana! kolana!
One wznoszą kolana, kolana wnet.
Wszystkie małe aniołki...

Przez chwilę, wyglądając przez szczelinę w meblach, Vimes zastanawiał się, czy może jest coś w pomyśle Freda, żeby przesuwać barykady dalej i dalej, niby coś w rodzaju sita, ulica po ulicy. Można by przepuszczać porządnych ludzi, a spychać drani, bogatych dręczycieli, oszustów, handlarzy ludzkim losem, pijawki i pieczeniarzy, pochlebców, dworaków i małych wrednych lizusów w kosztownych ubraniach, wszystkich tych ludzi, którzy nie myśleli o machinie, ale kradli z niej smar. Spychać ich na coraz mniejszy i mniejszy teren, a potem tam zostawić. Można by raz na parę dni rzucić im trochę żywności... albo nie, niech robią to, co zawsze potrafili najlepiej, to znaczy żyją z innych ludzi.

Z ciemnych ulic dobiegało niewiele dźwięków. Vimes zastanawiał się, co się dzieje. Zastanawiał się, czy w ogóle ktoś pilnuje interesu.

Major Mountjoy-Standfast martwym wzrokiem wpatrywał się w tę przeklętą, ohydną mapę.

– No więc ilu? – zapytał.

– Trzydziestu dwóch rannych, sir. I kolejne dwadzieścia prawdopodobnych dezercji – poinformował kapitan Wrangle. – A Gruba Marta nadaje się już tylko na opał.

– Bogowie...

– Chce pan usłyszeć resztę, sir?

– A jest jakaś reszta?

– Obawiam się, że tak, sir. Zanim szczątki Grubej Marty opuściły ulicę Bohaterów, rozbiła dwadzieścia wystaw sklepowych oraz liczne wozy, wyrządzając szkody oceniane na...

– Wojenne nieszczęścia, kapitanie. Nic nie możemy na to poradzić.

– Nie, sir. – Kapitan odkaszlnął. – Chce pan wiedzieć, co działo się potem, sir?

– Potem? Było jeszcze potem? – Majora zaczęła ogarniać panika.

– Ehm... tak, sir. Całkiem sporo potem, prawdę mówiąc. Hm.

Trzy bramy, przez które dociera do miasta większość produkcji rolniczej, są zablokowane i strzeżone, na pański rozkaz, sir. Dlatego woźnice i poganiacze starają się dostarczać swoje towary przez Krótką. Na szczęście w nocy nie było tam zbyt wiele zwierząt, sir, ale za to sześć wozów młynarzy, jeden wóz suszonych owoców i przypraw, cztery wozy mleczarzy i trzy wózki jajerów. Wszystkie porozbijane, sir. Te woły były naprawdę zadziorne, sir.

– Jajerów? Kto to są jajerzy, do demona? – zdumiał się major.

– Handlarze jajek, sir. Jeżdżą po farmach i skupują jajka...

– Tak, rozumiem. A co niby mamy z tym zrobić?

– Moglibyśmy upiec gigantyczne ciasto, sir.

– Tom!

– Przepraszam, sir. Ale miasto się nie zatrzymuje, sir. Nie jest jak pole bitwy. Najlepsze miejsce dla walk miejskich jest za murami, gdzie nic nie wchodzi w drogę.

– To piekielnie wielka barykada, Tom. Za dobrze broniona. Nie możemy jej nawet podpalić, bo spłonie z nią całe miasto!

– Rzeczywiście, sir. A w dodatku, sir, oni nic właściwie nie robią... Tyle że tam są.

– O co ci chodzi?

– Oni nawet sadzają na barykadach stare babcie, które krzyczą na naszych chłopców. Biedny sierżant Franklin, sir... Własna babcia zobaczyła go i zagroziła, że jeśli natychmiast nie przestanie, powie wszystkim, co zrobił, kiedy miał jedenaście lat...

– Nasi ludzie są uzbrojeni, prawda?

– O tak. Ale tak jakby doradziliśmy im, żeby nie strzelali do nieuzbrojonych starszych pań, sir. Nie chcemy przecież drugich Sióstr Dolly, prawda?

Major spojrzał na mapę. Czuł, że istnieje jakieś rozwiązanie.

– A co właściwie zrobił sierżant Franklin, kiedy miał... – zaczął z roztargnieniem.

– Nie powiedziała, sir.

Majora ogarnęła nagle fala ulgi.

– Kapitanie, wiecie, z czym mamy teraz do czynienia?

– Jestem pewien, że mi pan powie, sir.

– Powiem ci, Tom. To sprawa polityczna, Tom. Jesteśmy żołnierzami. Polityka rozstrzyga się o wiele wyżej.

– Racja, sir. Brawo, sir!

– Kapitanie, wybierzcie jakiegoś porucznika, który ostatnio był trochę niedbały, i poślijcie go do pałacu, żeby złożył raport ich lordowskim mościom.

– To chyba nazbyt okrutne, sir.

– Oczywiście. Teraz to przecież polityka.

Lord Albert Selachii nie przepadał za bankietami. Zbyt wiele w nich było polityki. Tego przyjęcia zaś nie lubił wyjątkowo, ponieważ w rezultacie musiał przebywać w tym samym pomieszczeniu co lord Winder – człowiek, którego w głębi serca uważał za Nieodpowiednie Towarzystwo. W jego osobistym słowniku nie istniało surowsze potępienie. Co gorsza, starając się go unikać, musiał równocześnie omijać lorda Venturiego. Ich rodziny serdecznie się nie cierpiały. Lord Albert nie był teraz pewien, jakie zdarzenie w historii doprowadziło do tego rozłamu, ale z pewnością ważne – inaczej przecież nie pielęgnowaliby tej wrogości. Gdyby rody Selachii i Venturi były górskimi klanami, nienawidziłyby się i walczyły ze sobą; ponieważ jednak były to jedne z najlepszych familii w mieście, ich przedstawiciele zachowywali się wobec siebie chłodno, złośliwie i lodowato uprzejmie za każdym razem, kiedy towarzyskie prądy doprowadzały do ich spotkania. I właśnie teraz, choć starannie dobrał orbitę, która niosła go przez raczej bezpieczne regiony towarzyskie, stanął twarzą w twarz z lordem Charlesem Venturim. Jakby nie wystarczało, że musi wspólnie z nim prowadzić kampanię, nawet bez konieczności rozmowy przy marnym winie. Ale towarzyskie nurty bankietu nie dawały możliwości ucieczki, która nie byłaby nieuprzejma. Co ciekawe, etykieta wyższych sfer w Ankh-Morpork pozwalała w każdej chwili wyrządzać afronty przyjaciołom, jednak niegrzeczność wobec najgorszego wroga uznawano za szczyt złego wychowania.

– Venturi – powiedział, unosząc kieliszek o starannie wyliczony ułamek cala.

– Selachii... – Lord Venturi postąpił tak samo.

– Prawdziwy bankiet – zauważył Albert.

– W samej rzeczy. A pan stoi pionowo, lordzie.

– Istotnie. Widzę, że pan również.

– Rzeczywiście, rzeczywiście. W tej kwestii trudno nie zauważyć, że wielu innych postępuje podobnie.

– Co jednak nie oznacza, że pozycja horyzontalna nie ma także pewnych zalet, jeśli chodzi na przykład o sen – stwierdził Albert.

– Niezaprzeczalnie. Choć ta czynność raczej nie będzie tu wykonywana.

– Och, istotnie. Bez wątpienia*.

Energiczna dama we wspaniałej purpurowej sukni zbliżyła się przez salę balową. Przed nią sunął uśmiech.

– Lord Selachii? – spytała, podając mu dłoń. – Słyszałam, że wykonuje pan wspaniałą robotę, broniąc nas przed motłochem.

Jego lordowska mość, sterowany towarzyskim autopilotem, skłonił głowę. Nie był przyzwyczajony do kobiet postępowych, a ta była wyjątkowo postępowa. Jednakże bezpieczne tematy konwersacji z Venturim uległy już wyczerpaniu.

– Obawiam się, madame, że ma pani nade mną przewagę... – wymruczał.

– Spodziewam się. Bez wątpienia – odparła madame z tak promiennym uśmiechem, że nie próbował nawet analizować jej słów. – A kim jest ten imponujący dżentelmen w mundurze? Zapewne towarzysz broni...

Lord Selachii się zawahał. Wpojono mu przekonanie, że zawsze przedstawia się mężczyzn kobietom, ale ta uśmiechnięta dama nie zdradziła swojego...

– Lady Roberta Meserole – powiedziała. – Większość znajomych zwraca się do mnie „madame". Ale przyjaciele nazywają mnie Bobbi.

Lord Venturi trzasnął obcasami. Szybciej się orientował od swego „towarzysza broni", a żona przekazała mu sporo aktualnych ploteczek.

– Ach, jest pani zapewne ową damą z Genoi – rzekł, ujmując jej dłoń. – Tak wiele o pani słyszałem.

– Dobre rzeczy? – spytała madame.

Lord Charles spojrzał poprzez salę. Jego żona była chyba pogrążona w rozmowie. Na własnej skórze się przekonał, że jej małżeński radar potrafi na pół mili usmażyć jajko... Ale szampan był doskonały.

* Przy takich okazjach Selachii i Venturi wyznawali zasadę, że rozmowa może dotyczyć tylko spraw, w których nie istnieje żadna możliwość różnicy zdań. Wobec historii obu rodów liczba takich spraw była już bardzo niewielka.

– Raczej kosztowne – powiedział, co nie zabrzmiało tak dowcipnie, jak zamierzał.

Mimo to się roześmiała. Może jednak byłem dowcipny, pomyślał. Naprawdę, ten szampan jest świetny...

– Kobieta musi jakoś radzić sobie w świecie – odparła.

– Pozwoli pani, że ośmielę się zapytać, czy istnieje lord Meserole?

– Tak wczesnym wieczorem? – rzuciła madame i znów się roześmiała.

Lord Venturi śmiał się wraz z nią. Słowo daję, mówił sobie w myślach, ten dowcip jest łatwiejszy, niż sądziłem!

– Nie, chodziło mi oczywiście... – zaczął.

– Jestem o tym przekonana – przerwała mu madame i klepnęła go lekko wachlarzem. – A teraz nie chciałabym panów monopolizować, ale naprawdę muszę was zaprowadzić na pogawędkę z kilkoma moimi przyjaciółmi...

Chwyciła lorda Venturiego pod ramię. Nie stawiał oporu. Pokierowała go przez salę. Lord Selachii szedł za nimi dość posępny; doszedł do wniosku, że kiedy szanowane kobiety każą się nazywać Bobbi, świat chyba się kończy. I powinien.

– Pan Carter prowadzi rozległe interesy w handlu miedzią, a pana Jonesa interesuje guma – szepnęła.

Grupka składała się z sześciu mężczyzn rozmawiających przyciszonymi głosami. Kiedy ich lordowskie moście się zbliżyli, usłyszeli:

– ...i w takich chwilach człowiek musi zadać sobie pytanie, wobec czego jest naprawdę lojalny... Och, dobry wieczór, madame.

W swej pozornie przypadkowej wędrówce do stołu z bufetem madame jakby niechcący spotkała kilku innych dżentelmenów. Jak dobra gospodyni, doprowadziła ich do kolejnych niewielkich grupek. Zapewne tylko ktoś, kto leżałby na grubych belkach podtrzymujących sklepienie nad salą, mógłby dostrzec w tych ruchach jakiś system, ale nawet wtedy musiałby znać kod. Gdyby zdołał umieścić czerwoną plamkę na głowach osób niebędących przyjaciółmi Patrycjusza, białą plamkę na jego poplecznikach, a różową oznaczyć tych, co się wiecznie wahają, wtedy zobaczyłby coś w rodzaju tańca.

Białych było niewiele.

Zobaczyłby, że ustawiło się kilka grup czerwonych, a białe plamki są do nich przyłączane pojedynczo, czasem dwójkami, jeśli liczba czerwonych plamek jest odpowiednio duża. Kiedy biała plamka opuszczała grupę, była natychmiast przejmowana i wprowadzana do kolejnej konwersacji, w której mogły uczestniczyć jakieś różowe, ale głównie czerwone.

Dowolna rozmowa prowadzona wyłącznie przez białe była delikatnie przerywana uśmiechem lub „och, musi pan poznać...", albo też dołączało do niej kilka czerwonych. Tymczasem różowe były ostrożnie przekazywane od jednej czerwonej grupki do drugiej, aż ich róż nabierał głębi. Wtedy pozwalano im na rozmowę z innymi różowymi w tym samym odcieniu, pod nadzorem czerwonej.

Krótko mówiąc, różowe spotykały tak wiele czerwonych i tak nieliczne białe, że prawdopodobnie całkiem o białych zapominały. Za to białe, przebywając w towarzystwie albo samych, albo mających przytłaczającą przewagę czerwonych i ciemnoróżowych, zdawały się czerwienieć z zakłopotania i chęci, by wtopić się w otoczenie.

Lorda Windera otaczały wyłącznie czerwone, spychające nieliczne pozostałe jeszcze białe na pobocza. On sam wyglądał tak, jak wszyscy patrycjusze po pewnym czasie sprawowania urzędu: nieprzyjemnie pulchny, z obwisłymi różowymi policzkami kogoś, kto zbyt obficie się odżywia. Pocił się lekko w tej dość chłodnej sali, a jego oczy przesuwały się bezustannie, szukając uchybień, wskazówek i haków.

Madame dotarła w końcu do bufetu, gdzie doktor Follett częstował się właśnie faszerowanym jajkiem, a panna Rosemary Palm debatowała sama z sobą o tym, czy przyszłość powinna zawierać dziwne zapiekane paszteciki z zielonkawym nadzieniem, tajemniczo sugerującym krewetki.

– I jak nam idzie, naszym zdaniem? – zapytał doktor Follett, zwracając się na pozór do wyrzeźbionego z lodu łabędzia.

– Idzie dobrze – zapewniła madame koszyk owoców. – Ale jest czwórka, która wciąż sprawia kłopot.

– Znam ich – oświadczył doktor. – Nie wyłamią się z szeregu, może mi pani wierzyć. Cóż mogliby zrobić? Jesteśmy tu przyzwyczajeni do takich gier. Wiemy, że jeśli ktoś za głośno się skarży po przegranej, drugi raz mogą go nie zaprosić do rozgrywki. Ale ustawię przy nich kilku solidnych przyjaciół, na wypadek gdyby ich decyzje wymagały niewielkiego... wsparcia.

– On jest podejrzliwy – zauważyła panna Palm.

– A kiedy nie jest? – mruknął Follett. – Proszę z nim porozmawiać.

– A gdzie nasz nowy najlepszy przyjaciel, doktorze? – spytała madame.

– Pan Snapcase je teraz kolację, spokojnie, ale pod obserwacją, w nieskazitelnym towarzystwie, dość daleko stąd.

Obejrzeli się wszyscy troje, kiedy otworzyły się podwójne drzwi. Podobnie jak kilku innych gości, którzy szybko wrócili do prowadzonych rozmów. Wszedł jedynie służący, który coś szepnął madame. Wskazała mu dwóch komendantów wojskowych, a służący podszedł do nich natychmiast i zatrzymał się nerwowo. Nastąpiła krótka wymiana zdań, a potem, nie skłoniwszy się nawet lordowi Winderowi, we trzech wyszli z sali.

– Pójdę sprawdzić, jak przebiegają przygotowania – rzuciła madame.

I absolutnie nie podążając za mężczyznami, skierowała się do drzwi.

Gdy wyszła na korytarz, dwaj służący obok tortu zaprzestali przechadzek i stanęli na baczność. Gwardzista patrolujący korytarz rzucił jej pytające spojrzenie.

– Teraz, madame? – zapytał jeden ze służących.

– Co? Och, nie. Czekajcie.

Przepłynęła do miejsca, gdzie obaj dowódcy prowadzili ożywioną rozmowę z dwoma młodszymi oficerami. Chwyciła lorda Venturiego pod rękę.

– Ojej, Charles, czyżbyś chciał już nas opuścić?

Lord Venturi nawet nie pomyślał, by się zastanowić, skąd madame wie, jak ma na imię. Szampan płynął obficie, więc w tej chwili lord nie widział żadnego powodu, by atrakcyjna kobieta w pewnym wieku nie znała jego imienia.

– Och, pozostały jeszcze jedno czy dwa ogniska buntu – wyjaśnił. – Nic, czym należałoby się niepokoić, madame.

– Całkiem spore ognisko – mruknął pod wąsem lord Selachii.

– Zniszczyli Grubą Martę, sir – meldował pechowy kurier. – I jeszcze...

– Major Mountjoy-Standfast nie potrafił przechytrzyć bandy tępych strażników, cywilów i paru weteranów z widłami? – oburzył się lord Venturi.

Nie miał pojęcia, ile szkód potrafią wyrządzić widły ciśnięte prosto w dół z wysokości dwudziestu stóp.

– Chodzi o to, sir, że to weterani i znają wszystkie...

– I cywile? Nieuzbrojeni cywile? – irytował się Venturi.

Kurier, który był podporucznikiem, nie umiał znaleźć właściwych słów, by wyjaśnić, że „nieuzbrojony cywil" to niezbyt precyzyjne określenie dla ważącego dwieście funtów robotnika z rzeźni, z długim hakiem w jednej ręce i nożem do rozbierania mięsa w drugiej. Młodzi ludzie, którzy zaciągnęli się dla munduru i własnego łóżka, nie spodziewali się czegoś takiego.

– Jeśli wolno powiedzieć szczerze, sir... – spróbował.

– Mówcie!

– Żołnierze nie mają serca do tej walki. Bez wahania zabiliby Klatchianina, sir, ale... No, niektórzy starzy żołnierze służyli w naszym regimencie, sir, i wykrzykują obelgi. Wielu naszych ludzi pochodzi z tej okolicy i to też nie pomaga. A co do nich krzyczą staruszki, sir, no, nigdy nie słyszałem takiego języka. Już Siostry Dolly były fatalne, ale teraz to za wiele, sir. Przepraszam, sir.

Obie lordowskie mości spojrzały przez okno. Na gruntach pałacowych stacjonowało pół regimentu – ludzie, którzy od kilku dni nie mieli do roboty nic prócz trzymania wart.

– Trochę charakteru i szybkie pchnięcie – rzekł Selachii. – Tego nam trzeba, na Io. Przebić pęcherz! To nie jest akcja dla kawalerii, Venturi. A ja wezmę tych ludzi! Świeża krew!

– Selachii, mamy przecież rozkazy...

– Mamy wiele różnych rozkazów – odparł Selachii. – Ale wiemy, gdzie jest nieprzyjaciel, prawda? Czy nie mają tutaj dosyć gwardzistów? Ilu ich potrzebuje jeden głupiec?

– Nie możemy tak... – zaczął Venturi, ale przerwała mu madame.

– Jestem pewna, że Charles dopilnuje, by żadna krzywda nie spotkała jego lordowskiej mości – powiedziała, ściskając jego ramię. – Ma przecież miecz...

Kilka minut później madame wyjrzała przez okno i zobaczyła, że żołnierze w ciszy opuszczają dziedziniec.

Zauważyła też, po chwili obserwacji, że zniknął gdzieś gwardzista patrolujący korytarz.

Obowiązywały reguły. Kiedy miało się już Gildię Skrytobójców, musiały powstać reguły, które nigdy, ale to nigdy nie były łamane*.

Skrytobójca, prawdziwy skrytobójca musiał na takiego wyglądać: czarne ubranie, buty, kaptur i cała reszta. Gdyby mogli nosić dowolną odzież, dowolne przebranie, to jak człowiek mógłby sobie z nimi radzić? Musiałby cały dzień siedzieć w małym pokoju, z naładowaną kuszą wymierzoną w drzwi.

Nie mogli zabijać ludzi, którzy nie są zdolni do obrony (chociaż człowiek wart więcej niż 10 000 AM$ rocznie automatycznie uznawany był za zdolnego do obrony, a przynajmniej do zatrudnienia ludzi, którzy zajęliby się tym zamiast niego).

Musieli też dać celowi szansę.

Ale na niektórych naprawdę nie było rady. Godne ubolewania, jak wielu władców zostało inhumowanych przez ludzi w czerni, ponieważ nie poznali szansy, gdy ją zobaczyli, nie wiedzieli, kiedy posunęli się za daleko, nie dbali o to, że zyskali zbyt wielu wrogów, nie umieli odczytać znaków, nie potrafili odejść po przywłaszczeniu umiarkowanej i akceptowalnej sumy w gotówce. Nie zdawali sobie sprawy, że zatrzymała się machina, że świat dojrzał do zmiany, że nadeszła pora, by więcej czasu spędzać z rodziną, gdyż wkrótce mieli go spędzać z przodkami.

Oczywiście, gildia nie inhumowała władców z własnej inicjatywy. Po prostu zawsze była pod ręką, gdy ktoś jej potrzebował.

Dawno temu istniała tradycja wyłaniania tak zwanego Fasolowego Króla. Pewnego ustalonego dnia roku wszystkim mężczyznom klanu podawano specjalną potrawę. Ukryte w niej było jedno upieczone na twardo ziarno fasoli. I ten, który je znalazł – być może po udzieleniu mu pomocy dentystycznej – uznany był za króla. Był to całkiem tani system i działał znakomicie, prawdopodobnie dlatego, że sprytni, niscy, łysi ludzie, którzy naprawdę rządzili i przez jakiś czas obserwowali możliwych kandydatów, byli ekspertami w dyskretnym wkładaniu fasoli do właściwej miski.

Kiedy dojrzewały plony, klan rozkwitał i ziemia była żyzna, król rozkwitał także. Ale kiedy, we właściwym czasie, zboże przestawało rosnąć, powracał lód, a zwierzęta stawały się nie wiadomo czemu

* Choć trzeba przyznać, że czasami dla ustalonej wartości „nigdy".

jałowe, sprytni, niscy, łysi ludzie ostrzyli swe długie noże, używane przede wszystkim do ścinania jemioły.

A w odpowiednią noc jeden z nich szedł do swojej jaskini i starannie piekł jedną małą fasolkę.

Oczywiście, tak było, zanim ludzie się ucywilizowali. Obecnie nikt już nie musi jeść fasoli.

Ludzie nadal pracowali przy barykadach. Stało się to czymś jak powszechne hobby, rodzajem grupowego remontu mieszkania. Pojawiły się wiadra gaśnicze, niektóre pełne wody, inne piasku. W niektórych punktach barykady wydawały się bardziej niedostępne od miejskich murów, biorąc pod uwagę, jak często z tych ostatnich wykradano kamień.

W mieście czasem odzywały się bębny i słychać było maszerujących żołnierzy.

– Sierżancie!

Vimes spojrzał w dół. Na szczycie drabiny, sięgającej powierzchni ulicy, pojawiła się twarz.

– Och, panna Battye! Nie wiedziałem, że jest pani z nami.

– Nie zamierzałam, ale nagle wyrosła ta wielka ściana...

Wspięła się na samą górę. Niosła nieduże wiaderko.

– Doktor Lawn przesyła pozdrowienia i pyta, jak to się stało, że jeszcze pan nikogo nie pobił – powiedziała, stawiając kubełek na deskach. – Mówi, że kazał wyszorować trzy stoły, dwa wiadra smoły stoją na ogniu, sześć pań zwija bandaże, a do tej chwili musiał się zająć tylko krwotokiem z nosa. Rozczarował go pan. Tak mówi.

– Proszę mu przekazać: ha, ha, ha – odparł Vimes.

– Przyniosłam panu śniadanie – powiedziała Sandra.

A Vimes uświadomił sobie, że na dole, raczej nieprzesadnie starając się ukryć, stoi kilku jego chłopaków. I chichoczą.

– Grzybki? – zapytał.

– Nie – zapewniła dziewczyna. – Mam panu powtórzyć, że już jest jutro, więc dostanie pan wszystko, o czym marzył...

Przez moment Vimes nie był pewien, dokąd niesie go świat.

– Jajko na twardo – wyjaśniła Sandra. – Ale Sam Vimes stwierdził, że pewnie woli pan płynne żółtko i parę grzanek pociętych w żołnierzyki.

– Tak samo jak on – potwierdził Vimes słabym głosem. – Domyślny jest chłopak...

Rzucił jajko w powietrze, by je złapać, kiedy będzie spadało. Zamiast tego zabrzmiał odgłos jakby zamykających się nożyc. W dół opadł deszcz płynnego żółtka i kawałki skorupki. A potem deszcz strzał.

Gwar rozmów się wzniósł. Madame podeszła do grupy otaczającej lorda Windera. I jakby magicznie, w ciągu dziesięciu sekund zostali sami, gdyż wszyscy pozostali zauważyli na drugim końcu sali jakieś osoby, z którymi koniecznie musieli porozmawiać.

– Kim jesteś? – zapytał Winder i przyjrzał jej się z uwagą, jaką mężczyzna poświęca kobiecie, kiedy podejrzewa ją o ukrywanie broni.

– Madame Roberta Meserole, panie.

– Ta z Genoi? – Winder parsknął, co było nieudaną próbą chichotu. – Słyszałem różne historie o Genoi.

– Zapewne mogłabym opowiedzieć jeszcze kilka, panie – zapewniła madame. – Ale w tej chwili czas już na tort.

– Tak – zgodził się Winder. – A słyszała pani, że mieliśmy tu dziś wieczorem jeszcze jednego skrytobójcę? Ciągle próbują, wie pani. Jedenaście lat i ciągle próbują. Ale załatwiam ich za każdym razem, choćby nie wiem jak się skradali.

– Brawo, wasza lordowska mość – pochwaliła madame.

Pomagało, że był niemiłym osobnikiem, paskudnym do szpiku kości. W pewnym sensie było wtedy łatwiej.

Odwróciła się i klasnęła w dłonie. Zaskakujące, ale ten cichy odgłos spowodował nagłe przerwanie wszystkich rozmów.

Podwójne drzwi na końcu sali otworzyły się i w progu stanęli dwaj trębacze. Zajęli pozycje po obu stronach wejścia...

– Zatrzymać ich! – wrzasnął Winder i uchylił się.

Dwóch jego gwardzistów przebiegło przez salę i wyrwało przestraszonym trębaczom instrumenty. Trzymali je z najwyższą ostrożnością, jakby się bali, że wybuchną albo wypuszczą niebezpieczny gaz.

– Zatrute strzałki – wyjaśnił Winder z satysfakcją. – Nigdy dość ostrożności, madame. W tej pracy człowiek uczy się uważać na każdy cień. No dobrze, niech zagrają. Ale żadnych trąbek. Nie cierpię, kiedy celują we mnie jakieś rury.

Na drugim końcu sali odbyła się nerwowa narada, po czym pozbawieni instrumentów trębacze wyprostowali się i jak najlepiej umieli, odgwizdali melodię.

Lord Winder zaśmiał się, kiedy wjechał tort. Był piętrowy, mniej więcej wysokości człowieka i grubo pokryty lukrem.

– Śliczny – powiedział, gdy goście zaczęli bić brawo. – Lubię trochę rozrywki na przyjęciach. I to ja mam go kroić, prawda?

Cofnął się o kilka kroków i skinął na gwardzistów.

– Do roboty, chłopcy.

Miecze kilka razy przebiły najwyższą warstwę. Gwardziści spojrzeli na Windera i pokręcili głowami.

– Na świecie bywają karły – rzekł.

Zaatakowali drugą warstwę, ale znowu nie napotkali oporu większego, niż mogą stawiać suszone owoce, ciasto i warstwa marcepanu z cukrowym lukrem.

– Może klęczeć – mruknął Winder.

Publiczność przyglądała się ze stężałymi uśmiechami. Kiedy stało się jasne, że tort jest cały z ciasta i niezamieszkany, posłano po kosztowacza potraw. Większość gości go rozpoznała. Nazywał się Spymould i podobno zjadł w swoim czasie tyle trucizn, że był teraz odporny na wszystko. Mówiono, że codziennie zjada ropuchę, by utrzymać się w formie. Plotka głosiła również, że od jego oddechu czernieje srebro.

Wybrał porcję tortu i zaczął w zadumie smakować, kierując wzrok ku górze.

– Hm... – odezwał się po chwili.

– I co? – zapytał Winder.

– Przykro mi, panie. Nic. Już myślałem, że jest tam domieszka cyjanku, ale nic z tego. To tylko migdały.

– Żadnej trucizny? – upewnił się Patrycjusz. – Chcesz powiedzieć, że jest jadalny?

– No tak. Byłby lepszy z ropuchą, ale to tylko moja opinia.

– Czy teraz służba może go już serwować, panie? – spytała madame.

– Nie ufaj służbie podającej jedzenie. Podejrzane typy. Mogą czegoś dosypać.

– Czy zgodzisz się zatem, panie, bym ja to zrobiła?

– Tak, może być. – Winder obserwował ją czujnie. – Wezmę dziewiąty kawałek, który pani ukroi.

W rzeczywistości jednak porwał piąty, tryumfalnie, jakby ocalił z katastrofy coś cennego.

Tort został podzielony, a obiekcje lorda Windera do służby serwującej jedzenie rozwiały się, kiedy owo jedzenie miało być serwowane innym. Przyjęcie rozproszyło się nieco, gdy goście rozważali odwieczny problem, jak można trzymać talerzyk i kieliszek oraz jeść równocześnie, nie używając tego małego urządzonka przytrzymującego kieliszek, które mocuje się do brzegu talerzyka i z którym człowiek wygląda jak czterolatek. Wymaga to wielkiej koncentracji i pewnie z tego powodu wszyscy byli niezwykle zajęci sobą.

Otworzyły się drzwi. Ktoś wszedł do sali. Winder spojrzał nad brzegiem talerzyka.

To był ktoś smukły, w masce i kapturze, odziany w czerń.

Winder patrzył. Wokół niego głośniej zaszumiały rozmowy. Patrzący z góry mógłby zauważyć pewną tendencję towarzyskich nurtów przyjęcia: pozostawiały szeroką, pustą ścieżkę od drzwi aż do Windera, któremu nogi odmówiły posłuszeństwa.

Idąc niespiesznie, zamaskowany gość sięgnął za plecy; po chwili w każdej ręce trzymał niewielką pistoletową kuszę. Rozległy się dwa ciche „tik" i obaj gwardziści osunęli się na podłogę. Zabójca rzucił kusze za siebie i szedł dalej. Jego kroki były całkowicie bezgłośne.

– Brw – wykrztusił Winder, wytrzeszczając oczy.

Usta miał otwarte i zapchane tortem. Ludzie paplali między sobą. Gdzieś ktoś opowiedział jakiś żart. Zabrzmiał śmiech, może odrobinę bardziej ostry, niż byłby normalnie. Poziom gwaru znowu się podniósł.

Winder zamrugał. Skrytobójcy tak się nie zachowują. Zakradają się. Korzystają z cieni. To nie może się zdarzać w prawdziwym życiu, tylko w snach.

A teraz ta kreatura stała przed nim. Upuścił łyżeczkę. Zadźwięczała o podłogę i nagle zapadła cisza.

Jest jeszcze jedna reguła. Jeśli to tylko możliwe, inhumowany powinien zostać poinformowany, kim jest skrytobójca i kto go przysyła. Gildia uważała, że to uczciwe. Winder nie wiedział o tym, zresztą ów fakt nie był powszechnie ogłaszany. Mimo to jednak, stężały ze zgrozy, z szeroko otwartymi oczami, zadał właściwe pytanie.

– Kto cię przysłał?

– Przybywam z miasta – odparł zabójca, obnażając wąską, srebrzystą klingę.

– Kim jesteś?

– Myśl o mnie jak o... swojej przyszłości.

Zabójca cofnął miecz do pchnięcia, ale było już za późno – dzieła dokonało bardziej subtelne ostrze grozy. Winder posiniał, szeroko otwartymi oczami wpatrywał się w nicość, a z krtani, poprzez okruchy tortu, wydobył głos, będący połączeniem charczenia i westchnienia.

Zabójca opuścił miecz, przez chwilę stał nieruchomo wśród dźwięczącej ciszy, aż w końcu powiedział:

– Buu...

Wyciągnął dłoń w rękawiczce i pchnął Patrycjusza. Winder zwalił się na plecy; talerzyk wypadł mu z dłoni i roztrzaskał się na płytach podłogi.

Skrytobójca wysunął nieskrwawiony miecz na odległość ramienia i upuścił go obok trupa. Potem odwrócił się, odszedł powoli po marmurowych płytach i zamknął za sobą podwójne drzwi. Echa ucichły.

Madame odliczyła wolno do dziesięciu i dopiero wtedy zaczęła krzyczeć. Uznała, że to dostatecznie długo.

Lord Winder wstał i zmierzył wzrokiem okrytą czernią postać.

– Jeszcze jeden? Jak się tu zakradłeś?

JA SIĘ NIE ZAKRADAM.

Winder miał wrażenie, że jego umysł jest jeszcze bardziej zamglony niż przez ostatnie lata, jednak był pewien tortu. Jadł tort, a teraz już go nie miał. Zobaczył go poprzez mgłę. Porcja tortu była na pozór bliska, ale kiedy spróbował po nią sięgnąć – bardzo daleka.

Zaczął sobie uświadamiać pewne fakty.

– Och... – powiedział.

TAK, potwierdził Śmierć.

– Nie mam nawet czasu, żeby dokończyć tort?

NIE. NIE MA JUŻ CZASU, NAWET NA TORT. DLA CIEBIE TORT SIĘ SKOŃCZYŁ. DOTARŁEŚ DO KOŃCA TORTU.

Hak uderzył o ścianę obok Vimesa. Wzdłuż barykady rozległy się wołania. Nadleciały kolejne haki i wgryzły się w drewno.

Znowu deszcz strzał zabębnił o dachy domów. Atakujący nie byli jeszcze gotowi, by ryzykować trafienie własnych ludzi, ale strzały pękały i odbijały się od bruku ulicy w dole. Vimes słyszał krzyki i brzęk grotów o pancerze.

Jakiś dźwięk kazał mu się odwrócić. Głowa wysunęła się naprzeciw niego, a twarz pod hełmem zbladła z przerażenia, kiedy poznała Vimesa.

– To było moje jajko, ty draniu! – wrzasnął i walnął pięścią w nos. – I żołnierzyki!

Żołnierz spadł do tyłu, sądząc po odgłosach – na innych wspinających się. Ludzie krzyczeli wzdłuż całego parapetu.

Vimes sięgnął po pałkę.

– Na nich, chłopcy! – wrzasnął. – Pałki! Żadnych zabaw! Walić po palcach, niech grawitacja zrobi swoje! Niech spadają!

Schylił się, przycisnął do drewna i spróbował znaleźć jakiś otwór, by wyjrzeć...

– Ściągnęli wielkie balisty – odezwała się Sandra, która znalazła szczelinę kilka stóp dalej. – Mają...

Vimes odciągnął ją na bok.

– Co ty tu jeszcze robisz? – ryknął.

– Jest bezpieczniej niż na ulicy! – krzyknęła, stając z nim nos w nos.

– Nie, któryś z tych haków może cię trafić! – Wyjął nóż. – Masz, weź to... Jak zobaczysz gdzieś linę, to ją przetnij!

Przebiegał za osłoną chwiejnego parapetu, ale widział, że obrońcy dobrze sobie radzą. Zresztą nie wymagało to geniuszu taktycznego. Ludzie na poziomie ulicy strzelali przez wszystkie szczeliny, jakie udało im się znaleźć, a choć dokładne celowanie nie było łatwe, nie było też konieczne. Nic tak dobrze nie utrudnia ludziom skupienia się na pracy jak świst i stuk strzał dookoła.

Wspinający się byli za bardzo stłoczeni. Musieli być. Gdyby próbowali atakować szerokim frontem, na każdego czekałoby trzech obrońców. Za to teraz wchodzili sobie w drogę, a każdy, który spadał, pociągał za sobą kilku innych. Barykada miała pod dostatkiem szczelin i otworów, by każdy obrońca z piką mógł solidnie szturchać tych, którzy wdrapują się od zewnątrz.

To przecież głupie, myślał Vimes. Trzeba chyba tysiąca ludzi, żeby przełamać obronę, a i to dopiero wtedy, kiedy ostatnia pięćdziesiątka wbiegnie po zboczu zbudowanym z trupów całej reszty. Ktoś po drugiej stronie znów dokonał przemyśleń w stylu „uderzymy na nich w najmocniejszym punkcie, by pokazać, że nie żartujemy". Na bogów, czy tak wygrywaliśmy wojny?

A jak ja bym to załatwił? Powiedziałbym Detrytusowi: „Detrytus, usuńcie tę barykadę" i zadbał o to, żeby obrońcy słyszeli. Tak bym zrobił. I po problemie.

Dalej na parapecie rozległ się wrzask. Hak trafił jednego ze strażników i przyciągnął go mocno do drewna. Vimes dotarł tam na czas, by zobaczyć, jak hak wbija się w ciało przez pancerz i kolczugę, atakujący podciąga się...

Złapał go jedną ręką na ramię z mieczem, a drugą wyprowadził cios. Żołnierz runął w chaos na dole.

Trafionym strażnikiem okazał się Nancyball. Twarz miał sinobladą, bezgłośnie otwierał i zamykał usta, a krew zbierała się w kałużę wokół jego stóp i przeciekała między deskami.

– Trzeba to z niego wyciągnąć... – powiedział Wiglet, chwytając hak.

Vimes go odepchnął. Kilka strzał świsnęło im nad głowami.

– To tylko narobi większych szkód. Zawołaj paru ludzi, zdejmijcie go stąd bardzo ostrożnie i zanieście do Lawna.

Vimes chwycił pałkę Nancyballa i opuścił ją na hełm następnego wspinacza.

– Jeszcze oddycha, sierżancie! – zawołał Wiglet.

– Pewnie, pewnie – zgodził się Vimes. Zadziwiające, jak bardzo ludzie pragną zobaczyć oznaki życia w zwłokach przyjaciela. – Więc bierz się do roboty i zanieś go do lekarza.

A jako człowiek, który w swoim czasie widział już wielu rannych, dodał w myślach: Jeśli Lawn zdoła go jakoś połatać, może stworzyć własną religię.

Szczęśliwy napastnik, który dostał się na szczyt barykady i nagle odkrył, że jest przeraźliwie samotny, rozpaczliwie próbował uderzyć mieczem. Vimes wrócił do pracy.

Ankh-Morpork dobrze sobie radziło w takich sytuacjach. Nauczyło się sobie radzić, choć nikt nigdy o tym nie dyskutował. Wydarzenia raczej płynęły niż następowały – to znaczy, że czasem naprawdę trudno było dostrzec granicę między „jeszcze niezrobione" a „już się tym zajęto, staruszku". Tak się to działo. Wydarzeniami się zajmowano.

Snapcase przybył po dwudziestu minutach, a po dwudziestu pięciu został zgodnie z prawem zaprzysiężony jako Patrycjusz, magicznie stał się lordem Snapcase i zasiadł w Podłużnym Gabinecie. Czas ten obejmował także minutę ciszy dla uczczenia pamięci zmarłego lorda Windera, którego ciałem ktoś się zajął.

Niektórym doradcom wskazano drzwi, choć bez zbytnich nieprzyjemności, i nawet Spymouldowi pozwolono spokojnie usunąć hodowlę ropuch. Ale ci, którzy palili w kominkach, odkurzali meble i zamiatali podłogi, zostali, tak jak zostali poprzednio. Oni rzadko zwracali czyjąś uwagę, może nawet nie wiedzieli, kto jest ich pracodawcą, a zresztą byli zbyt użyteczni i wiedzieli, gdzie trzyma się miotły. Lordowie przychodzą i odchodzą, a kurz zbiera się cały czas.

I nastał poranek nowego dnia, który z dołu wyglądał całkiem jak stary.

Po jakimś czasie ktoś podniósł kwestię walk, którymi pilnie należało się zająć.

Starcia trwały wzdłuż całej barykady, ale rozstrzygnięcia były dość jednostronne. Przyniesiono drabiny oblężnicze i tu czy tam żołnierze zdołali się przedostać na parapet. Nie potrafili jednak zgromadzić większych sił w jednym punkcie. Obrońcy znacznie przewyższali atakujących liczbą, w dodatku nie wszyscy byli mężczyznami. Vimes szybko odkrył naturalną mściwość staruszek, które – kiedy przychodziło do walki z żołnierzami – nie miały żadnego wyczucia reguł. Wystarczyło dać takiej babci dzidę i otwór, by mogła ją wysunąć, a młodzi ludzie po drugiej stronie mieli poważne kłopoty.

Reg Shoe wpadł na genialny pomysł, by jako broni używać steków. Szturmujący nie pochodzili z domów, w których stek pojawiał się na stole. Mięso było raczej przyprawą niż głównym daniem. A tu i tam żołnierze, którzy dotarli na szczyt barykady, w ciemnościach, słysząc w dole jęki i krzyki bardziej pechowych towarzyszy, nagle czuli, że wyrywają im broń z ręki ich dobrze odżywieni byli koledzy. Ci koledzy nie byli okrutni i kierowali pokonanych drabiną w dół, po wewnętrznej stronie, gdzie czekały steki z jajkami i pieczone kurczaki, a także obietnica, że po rewolucji będzie można tak jadać codziennie.

Vimes nie chciał, by wieści o tym się rozeszły. Bał się szturmującego barykady tłumu chętnych.

Ale babcie... Och, babcie... Ulice republiki były naturalnym terenem rekrutacji dla regimentów. W tej okolicy też żyły duże rodziny z matronami, których słowo stanowiło dla krewnych wyrocznię. To było niemal nie fair, by w chwilach ciszy stawiać je na parapecie i dawać tuby.

– Wiem, że tam jesteś, Ron! Tu twoja babunia! Wleź tu jeszcze raz, a naprawdę spuszczę ci lanie! Nasza Rita przesyła ucałowania i chce, żebyś wracał do domu! Dziadek czuje się o wiele lepiej po tej nowej maści! A teraz dość już tych żartów!

To brudna sztuczka i Vimes był z niej dumny. Takie przekazy podkopują ducha walki o wiele bardziej niż strzały.

I nagle zdał sobie sprawę, że na linach i na drabinach nie ma już nikogo. Słyszał z dołu jęki i stękania, ale żołnierze, którzy mogli jeszcze stać na nogach, wycofywali się na bezpieczną odległość.

A ja? – pomyślał Vimes. Ja zszedłbym do piwnic w domach przy tej ulicy. Ankh-Morpork całe stoi na piwnicach. I przebiłbym się przez te sypiące się mury, a teraz w połowie piwnic po tej stronie barykady w cieple i ciszy czekaliby moi żołnierze.

Owszem, wczoraj w nocy posłałem ludzi, żeby zabili deskami i zatarasowali wszystkie piwniczne drzwi, jakie znajdą, ale przecież nie walczyłbym ze sobą, prawda?

Wyjrzał przez szczelinę między deskami i ze zdumieniem zobaczył, że jakiś człowiek idzie ostrożnie między odłamkami i jęczącymi żołnierzami. Trzymał białą flagę i co jakiś czas zatrzymywał się, by nią pomachać, choć bez okrzyków „Hurra!".

Kiedy stanął już pod samą barykadą, zawołał:

– Hej tam!

Za osłoną desek Vimes zamknął oczy. O bogowie, pomyślał.

– Tak?! – krzyknął w dół. – W czym możemy pomóc?

– Kim jesteś?

– Sierżant Keel, Straż Nocna. A ty?

– Podporucznik Harrap. Ehm... Prosimy o krótkie zawieszenie broni.

– Po co?

– No... żeby zebrać naszych rannych.

Konwencje wojenne, pomyślał Vimes. Honor na polu walki. Wielkie nieba...

– A potem? – zapytał.

– Słucham?

– Co się stanie potem? Wracamy do bitwy?

– Ehm... Nikt wam nie powiedział? – zdziwił się podporucznik.

– Powiedział o czym?

– Właśnie się dowiedzieliśmy. Lord Winder nie żyje. Hm. Patrycjuszem jest lord Snapcase.

Wśród obrońców w pobliżu rozległy się wiwaty, podjęte przez tych na dole. Vimes poczuł, jak ogarnia go ulga. Ale nie byłby Vimesem, gdyby zwyczajnie dał spokój.

– I chcielibyście teraz się zamienić?! – zawołał.

– Słucham?

– Pytam, czy wasi chłopcy chcieliby teraz zobaczyć, jak się broni barykady, a my spróbujemy ją atakować.

Usłyszał śmiechy obrońców.

Młody człowiek milczał przez chwilę. Po czym spytał:

– No... A dlaczego?

– Ponieważ, popraw mnie, jeśli się mylę, my teraz jesteśmy lojalnymi stronnikami oficjalnego rządu, a wy to zbuntowani poplecznicy zdyskredytowanej administracji. Mam rację?

– Eee... Wydaje mi się, że mieliśmy, no... formalne rozkazy...

– Słyszałeś o niejakim kapitanie Swingu?

– No... tak.

– On też myślał, że ma formalne rozkazy – powiedział Vimes.

– No... tak?

– Rany, ale się zdziwił. No dobrze, dobrze. Zawieszenie broni. Zgadzamy się. Czy chcecie, żeby moi chłopcy wam pomogli? Mamy tu lekarza. Bardzo dobrego. Jeszcze nie słyszałem wrzasków.

– Eee... Dziękuję, sir.

Młody człowiek zasalutował. Vimes odpowiedział tym samym. Potem odetchnął i zwrócił się do obrońców.

– I po sprawie, chłopcy – powiedział. – Możemy zejść. Nie dało się groźbą, trzeba prośbą.

Zsunął się po drabinie. No tak... to już. Skończone. Bicie w dzwony, tańce na ulicach...

– Sierżancie, pan mówił poważnie, że pomożemy im z rannymi? – zapytał Sam, który stał przy drabinie.

– Wiesz, to ma tyle samo sensu, co wszystko inne dotąd – stwierdził Vimes. – To są chłopcy z miasta, tak samo jak my. Nie ich wina, że dostali głupie rozkazy.

W dodatku miesza im to w głowach, zmusza do myślenia, dlaczego to wszystko się dzieje...

– Tylko że... Nancyball nie żyje, sierżancie.

Vimes nabrał tchu. I tak wiedział, już tam na górze, na chwiejnym parapecie, lecz te słowa mimo wszystko wywołały wstrząs.

– Wydaje mi się, że paru od nich też nie doczeka świtu – powiedział.

– Tak, ale oni byli nieprzyjacielem, sierżancie.

– Zawsze warto się zastanowić, kto naprawdę jest twoim nieprzyjacielem – poradził Vimes.

– Może na przykład ten, kto próbuje nadziać mnie na swój miecz? – zaproponował Sam.

– To niezły początek – przyznał Vimes. – Ale zdarzają się chwile, kiedy warto spojrzeć trochę szerzej.

W Podłużnym Gabinecie Snapcase złożył dłonie i stuknął palcami wskazującymi o przednie zęby.

– Co robić, co robić... – mruczał w zadumie.

– Tradycyjna jest powszechna amnestia, wasza lordowska mość – odparł pan Slant.

Pan Slant, jako przewodniczący Gildii Prawników, doradzał wielu przywódcom miasta. Był także zombi, choć to tylko pomogło jego karierze. Stanowił przecież chodzący precedens. Wiedział, jak powinny się toczyć sprawy.

– Tak, tak, oczywiście – zgodził się Snapcase. – Nowy początek. To jasne. Nie wątpię, że istnieją też tradycyjne sformułowania?

– W istocie, panie, mam tu przy sobie egzemplarz...

– Tak, tak. Ale może powiedzcie mi, co z tą barykadą. Tą, która nadal stoi. – Spojrzał na zebranych w gabinecie ludzi.

– Wiesz o niej, panie? – zdziwił się Follett.

– Mam swoich informatorów. Wywołała spore zamieszanie, nieprawdaż... Jakiś człowiek zebrał całkiem sprawne siły, odciął nas od życiowo niezbędnych regionów miasta, rozbił organizację kapitana Swinga i odparł szturmy najlepszych sił, jakie przeciwko niemu wysłano. W dodatku jest tylko sierżantem, jak słyszałem.

– Czy mogę zasugerować, że warto rozważyć jego awans? – wtrąciła madame.

– Dokładnie o tym samym myślałem. – Małe oczka Snapcase'a błysnęły. – Jest również kwestia jego ludzi. Są lojalni, co?

– Najwyraźniej, panie. – Madame wymieniła zdziwione spojrzenia z doktorem Follettem.

Snapcase westchnął.

– Z drugiej strony, nie można karać żołnierza za lojalność wobec przełożonych, zwłaszcza w trudnych czasach. Nie ma powodu, by podejmować jakiekolwiek formalne działania przeciwko nim.

Oczy znów się spotkały. Wszyscy to poczuli: wrażenie, że ześlizguje się świat.

– Ale to nie dotyczy Keela – oświadczył Snapcase. Wstał i z kieszonki kamizelki wyjął tabakierę. – Pomyślcie chwilę, jeśli mogę prosić. Jaki władca mógłby tolerować takiego człowieka? Dokonał tego wszystkiego w ciągu kilku dni. Boję się nawet sobie wyobrażać, co mogłoby mu przyjść do głowy jutro. Sytuacja jest delikatna. Czy mamy stać się zakładnikami zwykłego sierżanta? Nie potrzebujemy, żeby ktoś taki jak Keel załatwiał sprawy po swojemu. Poza tym wiecie, że Sekcja Specjalna byłaby dla nas użyteczna. Po należytej reedukacji, ma się rozumieć.

– Mówiłeś chyba, panie, że chcesz go awansować – przypomniał bez ogródek doktor Follett.

Lord Snapcase zażył szczyptę tabaki i mrugnął raz czy dwa.

– Owszem – przyznał. – Awansować, jak to mówią, do chwały.

Zebrani umilkli. Jedna czy dwie osoby były przerażone. Niektórym zaimponował. W Ankh-Morpork człowiek nie pozostawał na szczycie, nie rozwijając w sobie pewnej pragmatycznej postawy życiowej, a Snapcase wyraźnie opanował ją z godną podziwu szybkością.

– Barykada jest usuwana? – Patrycjusz z głośnym kliknięciem zamknął tabakierę.

– Tak, panie – potwierdził doktor Follett. – Ze względu na powszechną amnestię – dodał tylko po to, by mieć pewność, że słowo to zostanie powtórzone.

Gildia Skrytobójców oprócz reguł miała także swój kodeks honorowy. Był to kodeks dość niezwykły, starannie skonstruowany, by pasował do ich potrzeb, ale był prawdziwym kodeksem. Nie zabija się bezbronnych ani służących, zabija się z bliska, dotrzymuje się słowa. A to było przerażające.

– Kapitalnie – ucieszył się Snapcase. – Idealna pora. Pełne ulice. Mnóstwo zamieszania. Pewne fragmenty nieodbudowane, ważne wiadomości nieprzekazane, lewica nie wie, co czyni prawica, trudności wynikłe z obecnej sytuacji, godne pożałowania. Nie, drogi doktorze, nie zamierzam niczego wymagać od waszej gildii. Szczęśliwie są tacy, których lojalność wobec miasta jest trochę mniej... warunkowa. Tak. A teraz, jeśli wolno, czeka mnie wiele pracy. Z radością spotkam się z państwem w późniejszym terminie.

Wszystkich gości delikatnie, ale stanowczo wypchnięto za drzwi.

– Wydaje się, że wróciliśmy do szkoły – mruknął doktor Follett, kiedy szli korytarzem.

– *Ave! Duci novo, similis duci seneci* – rzucił pan Slant tak oschle, jak tylko zombi potrafi. – Albo, jak mawialiśmy w szkole: *Ave! Bossa nova, similis bossa seneca!* – Zaśmiał się jak nauczyciel. Lubił martwe języki. – Oczywiście, gramatycznie to całkiem...

– A to znaczy...? – spytała madame.

– Oto nadchodzi nowy boss, taki sam jak stary boss – przetłumaczył doktor Follett.

– Doradzam cierpliwość – rzekł Slant. – Jest nowy w tej pracy. Może się jakoś przystosuje. Miasto potrafi znaleźć sposoby ominięcia problemów. Dajmy mu czas.

– Chcieliśmy przecież kogoś zdecydowanego – odezwał się ktoś w idącej z nimi grupie.

– Chcieliśmy kogoś, kto decyduje słusznie – odparła madame.

Przecisnęła się na czoło grupy, zbiegła po głównych schodach i wskoczyła do poczekalni.

Widząc ją, panna Palm wstała.

– Czy oni... – zaczęła.

– Gdzie Havelock? – zapytała madame.

– Tutaj. – Vetinari wysunął się z plamy cienia przy kotarach.

– Weź mój powóz. Odszukaj Keela. Ostrzeż go. Snapcase chce jego śmierci!

– Ale gdzie jest...

Madame wyciągnęła groźnie drżący palec.

– Zrób to natychmiast albo spadnie na ciebie klątwa ciotki!

Kiedy drzwi się zamknęły, lord Snapcase patrzył na nie przez chwilę, po czym zadzwonił. Jego sekretarz wsunął się do gabinetu przez prywatne wejście.

– Wszystko się układa? – zapytał Snapcase.

– Tak, panie. Są pewne sprawy wymagające uwagi waszej lordowskiej mości.

– Na pewno ludzie chcieliby wierzyć, że są. – Snapcase rozparł się w fotelu. – On się kręci?

– Niestety, nie, panie. Ale w ciągu godziny sprowadzę tu doświadczonego kręcimistrza...

– Dobrze. Zaraz, co to ja jeszcze... A tak. Czy w Gildii Skrytobójców są jacyś ambitni ludzie z przyszłością?

– Z pewnością są, wasza lordowska mość. Życzysz sobie, żebym przygotował dossier, powiedzmy, trzech z nich?

– Zrób to.

– Tak, panie. Liczne osoby pragną pilnie uzyskać audiencję u waszej...

– Niech czekają. Kiedy już objąłem patrycjat, chcę mieć z niego trochę przyjemności. – Przez chwilę Snapcase bębnił palcami o krawędź biurka. Wciąż obserwował drzwi. – Moje przemówienie inauguracyjne jest gotowe? Z bólem usłyszałem o niespodziewanej śmierci Windera, przepracowanie, nowe kierunki i tak dalej, zachować co najlepsze w starym, przyjmując co najlepsze z nowego, uwaga na niebezpieczne elementy, musimy ponieść ofiary i tak dalej, złączeni razem, dobro miasta?

– Właśnie tak, panie.

– Dodaj, że niezwykłym smutkiem przejęła mnie tragiczna śmierć sierżanta Keela, mam nadzieję, że odpowiedni pomnik stanie się symbolem zjednoczenia obywateli o wszelkich odcieniach opinii we wspólnym wysiłku i tak dalej, i temu podobne.

Sekretarz zanotował szybko.

– Oczywiście, panie – rzekł.

Snapcase się uśmiechnął.

– Podejrzewam, że zastanawiasz się, czemu cię przyjąłem, choć pracowałeś dla mojego poprzednika, co?

– Nie, panie – odparł sekretarz, nie unosząc głowy.

Nie zastanawiał się. Po pierwsze, całkiem dobrze wiedział, a po drugie, istniały sprawy, nad którymi bezpieczniej jest się nie zastanawiać.

– Dlatego że umiem rozpoznać talent, kiedy na niego trafię – wyjaśnił Snapcase.

– To bardzo miło ze strony waszej lordowskiej mości, że mi to mówi – zapewnił gładko sekretarz.

– Wiele szorstkich kamieni po oszlifowaniu staje się klejnotami.

– Dokładnie tak, panie – powiedział sekretarz.

Pomyślał tak samo: Dokładnie tak, panie – ponieważ przekonał się, że pewnych opinii bezpieczniej nie myśleć. W szczególności zaliczają się do nich frazy typu „Co za mały dupek".

– Gdzie mój nowy dowódca gwardii?

– O ile wiem, kapitan Carcer jest teraz na tylnym dziedzińcu. Napomina swoich ludzi, i to bardzo stanowczo.

– Przekaż mu, że chcę się z nim natychmiast widzieć – polecił Patrycjusz.

– Oczywiście, panie.

Rozbiórka barykady wymagała czasu. Nogi krzeseł, deski, łóżka, drzwi i drewniane belki osiadły w splątaną masę. Ponieważ każdy element do kogoś należał, a mieszkańcy Ankh-Morpork dbają o swoją własność, rozbiórka przebiegała metodą powszechnej kłótni. Nie najmniej ważnym z powodów było to, że ludzie, którzy poświęcili dla wspólnego dobra stołek na trzech nogach, usiłowali teraz odebrać komplet krzeseł pokojowych. Występowało sporo podobnych problemów.

Przeszkadzał też ruch. Zatrzymane wozy poza miastem teraz usiłowały dotrzeć do miejsc przeznaczenia, zanim z jajek wyklują się kurczaki, a mleko tak się zepsuje, że zdoła samodzielnie przejść resztę drogi. Gdyby Ankh-Morpork było butelką, byłoby teraz zakorkowane. Ponieważ nie było, miało do czynienia z sytuacją – według słów sierżanta Colona – kiedy nikt nie jest w stanie się ruszyć z powodu wszystkich pozostałych. Owszem, określenie to, choć ścisłe, nie miało już tego brzmienia.

Część strażników dołączyła do prac rozbiórkowych, przede wszystkim po to, by tłumić bójki wybuchające między gniewnymi właścicielami sprzętów domowych. Jednak spora grupka zebrała się przy końcu ulicy Bohaterów, gdzie Ryjek założył stołówkę i wystawił kociołek z kakao. Prawdę mówiąc, nie mieli zbyt wiele do roboty. Kilka godzin temu walczyli. Teraz ulice były tak zatłoczone, że nawet patrolowanie stało się niemożliwe. Każdy dobry glina wie, że są takie chwile, kiedy człowiek rozsądny stara się nie wchodzić w drogę. Rozmowa zeszła na kwestie występujące zwykle po zwycięstwie, na przykład: 1) czy będą z tego dodatkowe pieniądze, oraz 2) czy dadzą nam za to medale, z dodatkową opcją 3) – nigdy nie nazbyt odległą od myśli każdego strażnika – czy w efekcie będziemy mieli jakieś kłopoty?

– Amnestia znaczy, że nie – uspokoił ich Dickins. – To znaczy, wszyscy będą udawać, że nic się nie stało.

– To dobrze – ucieszył się Wiglet. – A dostaniemy medale? Bo przecież byliśmy... – skoncentrował się – ...mężnymi obrońcami wolności. A to mi wygląda na medale.

– Myślę sobie, że powinniśmy zwyczajnie zabarykadować całe miasto – uznał Colon.

– No tak, Fred – przyznał Ryjek. – Ale to by znaczyło, że źli ludzie, hnah, byliby tu razem z nami.

– Racja, ale to my byśmy rządzili – odparł Fred.

Sierżant Dickins wypuścił kłąb fajkowego dymu.

– Tylko kłapiecie dziobami, chłopcy. Była bitwa, a wy teraz jesteście tutaj, ze wszystkimi rękami i nogami chodzicie sobie pod dobrym boskim słoneczkiem. To jest zwycięstwo, nie ma co. Wygraliście, znaczy. Reszta to tylko dodatki.

Przez chwilę nikt się nie odzywał. Dopiero młody Sam przerwał milczenie:

– Nancyball nie wygrał.

– Straciliśmy łącznie pięciu ludzi – oświadczył sierżant Dickins.

– Dwaj trafieni strzałami, jeden spadł z barykady, a jeden przypadkiem sam sobie poderżnął gardło. Zdarza się.

Spojrzeli na niego.

– Co? Myśleliście, że nie? Mieliśmy tu dużo niespokojnych ludzi, ostrej broni i sporo biegania, wszystko w jednym miejscu. Zdziwilibyście się, jakie bywają straty, nawet pięćdziesiąt mil od nieprzyjaciela. Ludzie giną.

– Czy Nancyball miał mamę? – zapytał Sam.

– Wychowała go babcia, ale już nie żyje – odparł Wiglet.

– Nikogo więcej?

– Nie wiem. Nigdy nie opowiadał o rodzinie. W ogóle prawie o niczym nie opowiadał.

– Trzeba zrobić składkę – oznajmił Dickins stanowczo. – Wieniec, trumna i cała reszta. Nie pozwólcie, żeby ktoś inny to załatwił. I jeszcze coś...

Vimes siedział trochę z boku i obserwował ulicę. Wszędzie widział grupy byłych obrońców, weteranów i strażników. Patrzył, jak jakiś człowiek kupuje od Dibblera pasztecik; uśmiechnął się i pokręcił głową. W dniu, kiedy nikt nawet za darmo nie chciał steku, niektórzy jednak kupowali od Dibblera paszteciki. To prawdziwy tryumf sztuki handlowej i słynnych zanikających kubeczków smakowych miasta.

Zabrzmiała piosenka. Nie wiedział, czy to bardziej requiem, czy pieśń zwycięstwa, ale zaczął ją Dickins, a reszta dołączyła. Każdy śpiewał, jakby był całkiem sam i nie dostrzegał pozostałych.

...wszystkie małe aniołki się wznoszą wnet...

Kolejni ludzie podchwytywali melodię.

Reg Shoe siedział samotnie na fragmencie barykady niebędącym chwilowo obiektem sporu. Wciąż przyciskał do piersi flagę i wyglądał tak żałośnie, że Vimes postanowił podejść i z nim porozmawiać.

A jak one się wznoszą, się wznoszą, się wznoszą?
Jakże one się wznoszą, się wznoszą wnet?

– A mogło być tak dobrze, sierżancie... – Reg uniósł głowę. – Naprawdę mogło. Miasto, gdzie człowiek może oddychać swobodnie.

Podnoszą swe DUPY, swe dupy, swe dupy,
wszystkie małe aniołki je wznoszą wnet...

– Swobodnie rzęzić, Reg. – Vimes usiadł obok. – To w końcu Ankh-Morpork.

Wszyscy odśpiewali tę linijkę razem, myślała ta jego część, która słuchała drugim uchem. Dziwne, że akurat tak się zdarzyło. A może i nie.

– Jasne, niech pan sobie żartuje. Wszyscy uważają, że to strasznie zabawne. – Reg spuścił głowę.

– Nie wiem, czy to jakaś pociecha, Reg, ale ja nie dostałem nawet swojego jajka na twardo – powiedział Vimes.

– I co się teraz stanie? – spytał Reg, zbyt pogrążony w żalu nad sobą, by mu współczuć, czy choćby zauważyć.

Wszystkie małe aniołki się wznoszą, się wznoszą...

– Naprawdę nie wiem. Przez jakiś czas będzie lepiej, jak sądzę. Ale nie jestem pewien, co ja... – Vimes urwał.

Po drugiej stronie ulicy, nie zważając na wozy i ludzi, niski i łysy staruszek zamiatał kurz w bramie. Vimes wstał. Staruszek zauważył go i pomachał ręką. W tej właśnie chwili kolejny wóz przetoczył się po ulicy, wciąż zawalonej byłą barykadą.

Vimes rzucił się na bruk, spojrzał pomiędzy nogami przechodniów i kołami. Tak, te trochę krzywe nogi i znoszone sandały ciągle tam były. Były nadal, kiedy wóz przejechał, i były, kiedy Vimes rzucił się biegiem przez ulicę, mogły tam być, kiedy niezauważony następny wóz niemal go przejechał, i całkiem ich nie było, gdy znów się wyprostował.

Stanął w miejscu, w którym je zapamiętał, na ruchliwej ulicy, w słoneczny ranek, i poczuł, jak okrywa go noc. Włosy zjeżyły mu się na karku. Rozmowy wokół stały się głośniejsze, zmieniły w uszach w jazgot. I światło świeciło zbyt jaskrawo. Nie było cieni, a on teraz szukał cienia.

Nisko pochylony przemknął przez ulicę do śpiewających strażników. Uciszył ich ruchem ręki.

– Przygotujcie się – warknął. – Coś tu się zdarzy.

– Ale co, sierżancie? – zapytał Sam.

– Myślę, że coś niedobrego. Może atak? – Vimes przyjrzał się ulicy, szukając... czego? Staruszków z miotłami? Jeśli już, to scena wydawała się mniej złowieszcza niż przed całym zamieszaniem, bo teraz rewolucja się skończyła. Ludzie nie stali już i nie czekali. Panowała ogólna krzątanina.

– Bez urazy, sierżancie – rzekł Dickins – ale jak dla mnie wszystko wygląda spokojnie. Ogłosili amnestię, sierżancie. Nikt już z nikim nie walczy.

– Sierżancie! Sierżancie!

Obejrzeli się wszyscy. Nobby Nobbs pędził i skakał po ulicy. Widzieli, jak jego usta formułują wiadomość, ale zagłuszyło ją chrząkanie pełnego wozu świń.

Młodszy funkcjonariusz Sam Vimes spojrzał w twarz swego dowódcy.

– Coś jest nie w porządku – powiedział. – Patrzcie na sierżanta!

– Ale co? – zapytał Fred Colon. – Ogromny ptak runie z nieba czy jak?

Coś stuknęło i Wiglet westchnął głośno. Strzała trafiła go w pierś i przeszła na wylot.

Następna uderzyła o mur nad głową Vimesa i zasypała go kurzem.

– Kryć się! – wrzasnął.

Tuż obok zobaczył otwarte drzwi sklepu, więc rzucił się do wnętrza. Ludzie pchali się za nim. Słyszał padające na ulicy strzały, ludzie zaczynali krzyczeć.

– Amnestia, sierżancie? – zapytał.

Na zewnątrz zatrzymał się ciężki wóz, przesłaniając światło wpadające przez okrągłe szyby wystawowe. Chwilowo chronił ich przed ostrzałem.

– W takim razie to muszą być jacyś idioci – uznał Dickins. – Może rewolucjoniści?

– Czemu? Przecież rewolucjonistów nigdy nie było wielu, wiemy o tym. Zresztą wygrali!

Za wozami rozlegały się krzyki. Nic lepiej od wozu nie blokuje ulicy...

– To może kontrrewolucjoniści? – zgadywał Dickins.

– Znaczy jak? Tacy, którzy chcą powrotu Windera do władzy? –

zapytał Vimes. – No więc nie wiem jak wy, sierżancie, ale ja bym się przyłączył. – Rozejrzał się po sklepie. Ludzie tłoczyli się od ściany do ściany. – Kim oni są?

– Zawołał pan „do środka", sierżancie – odpowiedział jakiś żołnierz.

– Tak, a nas nie trzeba było poganiać, bo sypały się strzały – dodał inny.

– Nie miałem ochoty tu wchodzić, ale nie mogłem płynąć pod prąd – oświadczył Dibbler.

– Ja chciałem okazać solidarność – wyjaśnił Reg.

– Sierżancie, sierżancie, to ja, sierżancie! – Nobby zamachał rękami.

Stanowczy, rozkazujący głos, myślał Vimes. Zadziwiające, w jakie kłopoty może człowieka wpakować. Do sklepu wcisnęło się około trzydziestu ludzi, a połowy z nich w ogóle nie rozpoznawał.

– Czy mogę wam w czymś pomóc, panowie? – odezwał się wysoki, gderliwy głos za jego plecami.

Obejrzał się i zobaczył drobniutką – niemal jak lalka – starszą panią, całą w czerni, kryjącą się za ladą.

Zdesperowany, spojrzał na półki poza nią. Były zastawione motkami wełny.

– Ehm... Nie sądzę – odpowiedział.

– Więc może skończę obsługiwać panią Soupson? Cztery uncje szarej podwójnej, tak, pani Soupson?

– Bardzo proszę, Ethel – potwierdził cichy, drżący głos, dobiegający gdzieś z tłumu uzbrojonych mężczyzn.

– Wynośmy się stąd – mruknął Vimes. Gorączkowo zamachał rękami, sugerując, że jeśli to możliwe, nikt nie powinien niepokoić starszych pań. – Jest tu jakieś tylne wyjście?

Sprzedawczyni skierowała na niego spojrzenie niewinnych starczych oczu.

– Ludzie tu przychodzą, żeby kupować, sierżancie – poinformowała znaczącym tonem.

– Eee... my... no... – Vimes rozejrzał się rozpaczliwie. I nagle spłynęło natchnienie. – A racja, tak... Chciałbym dostać grzybek – powiedział. – Wie pani, taki drewniany, do...

– Tak, sierżancie, wiem. Sześć pensów, sierżancie, dziękuję uprzejmie. Muszę przyznać, że zawsze chętnie widzę dżentelmenów gotowych zająć się tym samodzielnie. Czy mogłabym pana zainteresować...

– Bardzo mi się spieszy – przerwał jej Vimes. – Muszę pocerować wszystkie skarpety.

Skinął na pozostałych, którzy zareagowali heroicznie.

– Ja też...

– Pełno dziur, to obrzydliwe!

– Muszę natychmiast je połatać!

– To ja, sierżancie! Nobby, sierżancie!

– Mógłbym swoich używać jak sieci na ryby!

Staruszka odczepiła wielkie kółko z kluczami.

– Wydaje mi się, że to ten... Nie, skłamałam, to chyba... Zaczekajcie chwilę... A tak, mam go...

– Hej, sierżancie, na ulicy jest banda typów z kuszami! – zawołał od okna Fred Colon. – Z pięćdziesięciu!

– ...nie, to nie ten, coś podobnego, ten jest do zamka, który mieliśmy tu dawniej... Czy pańskim zdaniem ten wygląda właściwie? Spróbujmy...

Bardzo ostrożnie i bardzo powoli otworzyła zamek i odciągnęła zasuwę.

Vimes wysunął głowę. Drzwi wychodziły na wąski zaułek pełen śmieci, starych pudeł i okropnego smrodu wszystkich zaułków. Zdawało się, że w pobliżu nikogo nie ma.

– Wychodzimy – rzucił. – Potrzebujemy trochę miejsca. Ktoś ma kuszę?

– Tylko ja, sierżancie – zgłosił się Dickins. – Przecież nie spodziewaliśmy się kłopotów.

– Jedna kusza przeciwko pięćdziesięciu to marne szanse – uznał Vimes. – Zwiewamy.

– Czy oni na nas polują, sierżancie?

– Zastrzelili Wigleta, prawda? Ruszamy!

Pobiegli zaułkiem. Kiedy przekraczali inny, trochę szerszy, dogonił ich trzask otwieranych kopniakiem drzwi i radosny krzyk:

– Teraz cię dorwę, Diuk!

Carcer...

Strzała uderzyła o mur i wirując, poleciała dalej.

Vimes już w życiu uciekał. Każdy strażnik potrafił uciekać. Nazywali to Wielką Podwórzową. Vimes wiele razy uczestniczył w tym wyścigu, zygzakując po zaułkach, przeskakując na skrzydłach grozy z jednego rojącego się od psów podwórza na drugie, wpadając w klatki z kurami i zjeżdżając z dachów wygódek. Człowiek szukał wtedy bezpiecznej kryjówki albo kumpli, a jeśli się nie uda, to przynajmniej miejsca, w którym mógłby stanąć plecami do muru.

Czasami trzeba uciekać.

I – jak w stadzie – ludzie instynktownie trzymali się razem. W grupie około trzydziestu osób człowiek wiedział, że trudniej go trafić.

Na szczęście prowadzenie objął Dickins. Starzy gliniarze najlepiej umieli uciekać, bo robili to w życiu wiele razy. Jak na polu bitwy – przeżywali tylko sprytni i szybcy.

Dlatego Dickins nie próbował nawet zwalniać, kiedy na końcu uliczki pojawił się wóz. Należał do jajera, który zapewne chciał pojechać skrótem i ominąć chaos, bo na głównej ulicy „nikt nie był w stanie się ruszyć z powodu wszystkich pozostałych". Wóz był załadowany skrzynkami na wysokość dziesięciu stóp i drapał burtami o ściany budynków. Woźnica patrzył ze zgrozą na pędzących ku niemu ludzi. Nikt nie miał hamulców i nikt nie miał zamiaru się cofać.

Biegnący z tyłu Vimes widział, jak cała grupa przepływa nad i pod wozem, do wtóru trzasków pękających skrzynek i chrzęstu gniecionych jajek. Koń zatańczył przy dyszlu, gdy ludzie nurkowali mu między nogami albo przeskakiwali nad grzbietem.

Kiedy Vimes także dotarł do wozu, wspiął się na pudło akurat w chwili, gdy o deski stuknęła strzała. Desperacko wyszczerzył zęby do woźnicy.

– Skacz – poradził i trzepnął konia w bok płazem miecza.

Zwierzę stanęło dęba, a zniszczony ładunek zsunął się na ulicę.

Gdy tylko szczątki przestały spadać, Vimes postawił woźnicę na nogi.

– Bardzo mi przykro – powiedział. – Akcja straży. Proszę pytać o sierżanta Keela. A teraz musimy pędzić!

Wóz turkotał w uliczce; obręcze kół krzesały iskry na ścianach. Oczywiście, były tam bramy i boczne zaułki, w których można się schować, ale na pewno trochę to przyhamuje grupę Carcera.

Natomiast jego grupa zatrzymała się, kiedy usłyszała hałas. Vimes wpadł między nich i ponaglał do biegu, póki nie dotarli do drogi zablokowanej przez wozy i pełnej ludzi.

– No to ma pan swoje żołnierzyki w jajku, sierżancie. – Sam Vimes uśmiechnął się niepewnie. – O co tu chodzi?

– To niektórzy z Niewymownych – odparł Vimes. – Pewnie chcą wyrównać rachunki.

Cóż, to dostatecznie bliskie prawdy.

– Ale widziałem z nimi strażników i żołnierzy – oświadczył Fred Colon.

– Sierżancie, to ja! Proszę, sierżancie! – Nobby przecisnął się do przodu.

– Czy to dobry moment, Nobby?

– Ci ludzie pana ścigają, sierżancie.

– Brawo, Nobby.

– To Carcer, sierżancie! Dostał robotę u Snapcase'a! Jest kapitanem gwardii pałacowej, sierżancie! I oni mają pana załatwić! Snapcase im kazał, sierżancie! Mój kumpel, Niuchacz, jest podbutowym w pałacu i on był wtedy na dziedzińcu i słyszał, jak o tym mówią, sierżancie!

Powinienem to przewidzieć, pomyślał Vimes. Snapcase to podstępny drań! A Carcer załatwił sobie poparcie kolejnego sukinsyna. Kapitan gwardii...

– Ostatnio nie zdobyłem zbyt wielu przyjaciół – powiedział. – No cóż, panowie, będę uciekał. Jeśli wtopicie się w tłum, myślę, że nic wam nie grozi.

– Nic z tego, sierżancie – oznajmił Sam.

Odpowiedział mu pomruk aprobaty.

– Była amnestia! – zirytował się Dickins. – Nie mogą tak postępować!

– Poza tym strzelali jak popadnie – dodał jeden z żołnierzy. – Dranie! Przyda im się solidne manto!

– Mają kusze – przypomniał Vimes.

– Złapiemy ich w zasadzkę, sierżancie – zdecydował Dickins. – Wystarczy wybrać teren i walczyć w zwarciu, a kusza staje się kawałkiem drewna.

– Czy wy mnie słuchacie? – zirytował się Vimes. – Oni polują na mnie. Nie na was. A nie chcecie zadzierać z Carcerem. Ty, Ryjek, nie powinieneś tak się zachowywać w tym wieku.

Stary dozorca rzucił mu gniewne spojrzenie załzawionych oczu.

– No pięknie mnie pan traktuje, hnah, sierżancie... Żeby takie rzeczy mi wmawiać...

– A skąd wiemy, że nie postanowią nas też załatwić? – spytał Dickins. – Amnestia to amnestia, tak? Nie mogą tak robić!

Odpowiedział mu chór okrzyków w stylu:

– Słusznie! Ma rację!

To się dzieje, myślał Vimes. Sami się w to pakują. Ale co mogę poradzić? Musimy się z nimi zmierzyć. Ja muszę się z nimi zmierzyć. Muszę się zmierzyć z Carcerem. Sama myśl, żeby go tutaj zostawić ze wszystkim, co wie...

– Może pobiegniemy na Kablową? – zaproponował Dickins. – Tam jest masa wąskich zaułków. Oni wpadną, nie patrząc, bo pomyślą, że uciekamy na posterunek, i wtedy ich mamy! Nie pozwolimy na to, sierżancie!

Vimes westchnął.

– No dobrze – powiedział. – Wszyscy są zdecydowani?

Odpowiedziały mu bojowe okrzyki.

– W takim razie nie będę wygłaszał mów – rzekł Vimes. – Nie ma na to czasu. Powiem tyle: jeśli teraz nie wygramy, jeśli ich nie załatwimy... no więc musimy, to wszystko. Inaczej będzie... bardzo źle dla miasta. Bardzo źle.

– Tak jest – zgodził się Dickins. – Przecież była amnestia.

– Ale słuchajcie – odezwał się któryś z żołnierzy. – Nie znam tu połowy ludzi. Jeśli mamy iść do starcia, chcemy wiedzieć, kto jest po naszej stronie...

– Słusznie, hnah – zgodził się Ryjek. – Przecież niektórzy z tych, co nas gonią, to strażnicy!

Vimes uniósł wzrok. Szeroka aleja przed nimi, znana jako Lobrady, ciągnęła się aż do Kablowej. Z obu stron otaczały ją ogrody, a krzewy były obsypane fioletowymi kiśćmi.

Powietrze pachniało bzem.

– Pamiętam taką bitwę – odezwał się Dickins, spoglądając na wysoki krzak. – Historyczną, znaczy. Była kompania, wiecie, zebrana z hałastry z różnych oddziałów, a poza tym wszyscy ubabrani w błocie. I akurat ukrywali się na polu marchwi. Więc jako znak każdy wyrwał marchewkę i wetknął na hełm, żeby poznawać przyjaciół, a przy okazji mieć później pożywną przekąskę, co na polu bitwy jest nie do pogardzenia.

– No? I co z tego? – dopytywał się Dibbler.

– Co jest złego w kwiatach bzu? – Dickins ściągnął ciężką od kwiatów gałąź. – Świetne będą z nich pióropusze, nawet jeśli zjeść się nie dadzą...

I teraz, pomyślał Vimes, wszystko się kończy.

– Myślę, że to bardzo źli ludzie! – rozległ się piskliwy, trochę starczy, ale jednak bardzo stanowczy głos wewnątrz grupy. Zamachała chuda ręka ściskająca druty do robótek.

– Potrzebny mi ochotnik, żeby odprowadził panią Soupson do domu – powiedział.

Carcer spoglądał wzdłuż Lobradów.

– Wygląda na to, że wystarczy iść śladem jajek – powiedział. – Keel się chyba robi żółty ze strachu.

Nie uzyskał takiego śmiechu, na jaki liczył. Wielu ludzi, których zdołał zebrać, miało raczej fizyczne poczucie humoru. Carcer jednak, na swój sposób, przejął od Vimesa pewne cechy, choć odwrócone. Niektórzy ludzie biorą przykład z kogoś naprawdę mężnego, by stać się naprawdę złym.

– Czy nie wpakujemy się przez to w kłopoty, kapitanie? – zapytał ktoś.

I oczywiście zawsze są tacy, którzy zabrali się tylko przy okazji. Obejrzał się. Za jego plecami stali sierżant Stuk i kapral Quirke. Carcer w pełni podzielał opinię Vimesa na ich temat, jednakże dotarł do niej jakby z przeciwnej strony. Żadnemu z nich nie można zaufać. Ale do Vimesa czuli tę gryzącą, zabójczą nienawiść, jaką mogą żywić tylko ludzie mierni, i która jest użyteczna.

– A niby skąd mają przyjść te kłopoty, sierżancie? – zapytał. – Pracujemy dla rządu.

– Ale to sprytny typ, sir! – odparł Stuk takim tonem, jakby u gliniarza była to poważna wada.

– Posłuchajcie mnie teraz wszyscy! – rzekł Carcer. – Żeby tym razem niczego nie zepsuć! Keela chcę mieć żywego, jasne? I tego dzieciaka Vimesa. Z resztą możecie sobie robić, co wam się podoba.

– A dlaczego chce go pan wziąć żywcem? – zapytał ktoś spokojnie. – Wydawało mi się, że Snapcase kazał go zabić. I co właściwie aż tak złego zrobił ten dzieciak?

Carcer odwrócił się i zdziwił, bo stojący za nim strażnik nawet nie drgnął.

– Jak się nazywasz? – spytał Carcer.

– Coates.

– Ned to ten, o którym panu mówiłem, sir – wtrącił nerwowo Stuk, pochylając się nad ramieniem Carcera. – Keel go wywalił, kiedy...

– Zamknij się – rzucił Carcer, nie spuszczając wzroku z Coatesa. W oczach strażnika nie dostrzegł śladu lęku ani nawet błysku brawury. Coates po prostu patrzył.

– Myślisz, że wybrałeś się z nami na wycieczkę, Coates?

– Nie, kapitanie. Nie lubię Keela. Ale Vimes to zwykły dzieciak, którego wciągnęli. Co chce pan z nim zrobić?

Carcer pochylił się. Coates się nie cofnął.

– Byłeś rebeliantem, co? Nie lubisz robić tego, co ci każą, tak?

– Dostaną po wielkiej butelce imbirowego piwa na każdego! – zawołał ktoś głosem pijanym złośliwą radością.

Carcer zmierzył wzrokiem chudego, ubranego na czarno Szczurka. Szczurek był poobijany, trochę dlatego że próbował się bronić, kiedy strażnicy wydłubywali go z celi, a bardziej dlatego że na zewnątrz czekali Todzy i Muffer. Ale pozwolono mu żyć; zatłuczenie na śmierć kogoś takiego jak Szczurek było dla dwóch pozostałych krępującym i poniżającym marnotrawstwem pięści.

Pod spojrzeniem Carcera Szczurek bez wątpienia drgnął. Dygotał.

– Prosiłem, żebyś się odzywał, ty psi fiutku? – spytał Carcer.

– Nie, sir!

– Właśnie. Pamiętaj o tym. Pewnego dnia może ci to uratować życie. – Carcer ponownie zwrócił się do Neda. – No dobrze, słoneczko. To jest ten nowy, piękny dzień, o którym marzyłeś. Dostałeś go. Musimy tylko zmieść parę wczorajszych resztek. Z rozkazu lorda Snapcase'a, twojego kumpla. Nie do ciebie należy pytanie kto i dlaczego. Ale młody Vimes? No cóż, uważam, że to dobry chłopak, który może stać się dumą miasta, jeśli tylko usunie się go spod wpływów złego towarzystwa. Do rzeczy... Stuk twierdzi, że umiesz myśleć. No to powiedz, jak myślisz: co zrobi Keel?

Ned rzucił mu spojrzenie, które trwało odrobinę dłużej, niż Carcerowi by odpowiadało.

– Jest obrońcą – stwierdził w końcu. – Wróci na posterunek. Założy kilka pułapek, rozstawi ludzi i będzie czekać.

– Tak?

– Nie lubi, kiedy jego ludzie obrywają – dodał Ned.

– No to dzisiaj nie będzie miał szczęśliwego dnia – stwierdził Carcer.

W połowie Kablowej stała barykada. Niezbyt imponująca – kilkoro drzwi, stół czy dwa... W porównaniu z tą wielką, którą jeszcze teraz zmieniano z powrotem w niewojownicze umeblowanie domowe, ta ledwie istniała.

Nieformalny oddział Carcera sunął powoli, obserwując budynki i wyloty bocznych uliczek. Ludzie na ich widok znikali z ulicy. Niektórzy poruszają się w taki sposób, że daleko przed sobą rzutują złe wieści.

Vimes przykucnął za niepewną osłoną i wyjrzał przez szczelinę. W drodze tutaj zdobyli kilka kusz od błądzących bez celu żołnierzy, ale na oko sądząc, ludzie Carcera mieli ich przynajmniej piętnaście. Oraz dwukrotną przewagę nad ludźmi z gałązkami bzu.

Gdyby nie było wyjścia, załatwi Carcera od razu. Ale nie w taki sposób powinien zginąć ten bydlak. Vimes chciał, by ludzie zobaczyli, jak go wieszają, chciał, żeby miasto dokonało egzekucji. Powrót z pustymi rękami pozostawi trzepoczący, niezawiązany koniec.

Kawałek dalej za barykadą dał się słyszeć szloch. Vimes wiedział, że to nie młody Sam ani nie Nobby, który prawdopodobnie już dawno wypłakał wszystkie łzy, jakie organizm może wytworzyć...

To był Reg. Siedział oparty o osłonę, z wytartą flagą na kolanach, a łzy ściekały mu po brodzie.

– Powinieneś stąd iść – szepnął Vimes. – Nie masz nawet broni.

– I co z tego wyszło, co? – Reg chlipnął. – Miał pan rację jak demony, sierżancie! Wszystko tylko kręci się w kółko! Pozbywamy się tych przeklętych Niewymownych, a oni znowu tu są! Jaki to ma sens, co? Nasze miasto mogłoby być takie wspaniałe, ale nie, te dranie zawsze trafiają na szczyty! Nic się nie zmienia! Oni tylko biorą swoje pieniądze i bawią się nami!

Carcer zatrzymał się przed barykadą.

– Tak działa świat, Reg – mruknął Vimes.

Liczył przeciwników.

Ciężki, zabudowany wóz wjechał zza rogu, kołysząc się pod ciężarem ładunku. Zahamował kawałek przed oddziałem Carcera, bo grupa tarasowała drogę; w dodatku jeden z ludzi podszedł i wymierzył kuszę w głowę woźnicy.

– A teraz te przeklęte dranie wygrały – jęknął Reg.

– Jak każdego dnia, Reg – odparł z roztargnieniem Vimes.

Starał się śledzić poruszenia zbyt wielu ludzi równocześnie.

Tamci rozciągnęli szyk. W końcu to oni dysponowali siłą ognia.

Człowiek mierzący do woźnicy – czyli Dibblera – nie był szczególnie uważny. Vimes żałował teraz, że sam nie znalazł się na wozie. No cóż, ktoś musi zacząć...

– I co? Chcecie do czegoś postrzelać? Dranie!

Wszyscy wytrzeszczyli oczy, Carcer także. Reg wstał, wymachiwał flagą, przechodził przez barykadę...

Trzymał tę flagę jak sztandar buntu.

– Możecie odebrać nam życie, ale nie odbierzecie wolności! – wrzasnął.

Ludzie Carcera spoglądali po sobie, zdumieni tym, co brzmiało jak najgorzej przemyślany okrzyk bojowy w całej historii wszechświata. Próbowali zrozumieć, o co chodzi.

Carcer uniósł kuszę, skinął na swoich ludzi i powiedział:

– Błąd.

Pięć ciężkich bełtów trafiło Rega tak, że wykonał krótki taniec, zanim osunął się na kolana. Trwało to sekundy.

Vimes otworzył usta, by wydać rozkaz do ataku, i zaraz je zamknął, bo Reg się poruszył. W ciszy, podpierając się drzewcem flagi, wstał.

Trafiły go trzy kolejne bełty. Spojrzał na swą najeżoną piórami chudą pierś i zrobił krok. A potem drugi.

Jeden z kuszników dobył miecza i ruszył na zabitego – po czym został przez Rega wyrzucony w powietrze ciosem, który musiał przypominać uderzenie mechanicznego młota. W szeregach Carcera wybuchła walka. Ktoś w mundurze strażnika wyjął miecz i powalił dwóch strzelców. Człowiek pilnujący wozu biegiem wracał na miejsce starcia...

– Na nich! – ryknął Vimes i zeskoczył z barykady.

Teraz nie było już żadnego planu. Dickins i jego ludzie wyskoczyli z wozu. Tamci wciąż mieli naładowane kusze, ale kiedy z obu stron szybko zbliżają się gniewne miecze, kusza nagle przestaje być bronią, jaką człowiek chciałby trzymać w ręku.

Przyjdzie, kiedy ją wezwiesz...

Wszystkie plany, wszystkie możliwe wersje przyszłości, cała polityka... były teraz gdzie indziej. Vimes podniósł z ziemi upuszczony miecz i z bronią w obu rękach, wrzeszcząc wyzywająco, rzucił się na najbliższego przeciwnika i obciął mu głowę.

Zobaczył, jak w zamieszaniu pada Ryjek, przeskoczył nad nim i pochwycił napastnika w wiatrak wirujących kling. Potem odwrócił się i stanął przed Stukiem, który cisnął miecz i rzucił się do ucieczki. Vimes sunął dalej; nie walczył, ale rąbał, uchylał się przed ciosami, nawet ich nie widząc, blokował cięcia, nie odwracając głowy, pozwalał działać pradawnym instynktom. Ktoś przebijał się w stronę młodego Sama; w akcie prawdziwej samoobrony Vimes opuścił miecz na jego ramię. Szedł dalej, w centrum rozszerzającego się kręgu. Nie był nieprzyjacielem – był Nemezis.

Aż równie nagle, jak przybyła, bestia wycofała się, pozostawiając rozgniewanego człowieka z dwoma mieczami.

Carcer odstąpił pod ścianę budynku, a wraz z nim jego ludzie – o wiele mniej ludzi, niż miał przed chwilą.

Colon osunął się na kolana i wymiotował. Dickins leżał i Vimes wiedział, że nie żyje. Nobby też leżał, ale dlatego że ktoś porządnie go kopnął i mały pewnie uznał, że rozsądnie jest zostać na ziemi. Padło też wielu ludzi Carcera – więcej niż połowa. Jeszcze kilku uciekło przed szaleńcem z dwoma mieczami. Ktoś nawet uciekł przed Regiem Shoe, który siedział na barykadzie i przyglądał się ciężkim, wbitym w pierś strzałom. W końcu jego mózg doszedł pewnie do wniosku, że dowody jednoznacznie wskazują zgon – i Reg upadł na plecy. Za parę godzin mózg czekała spora niespodzianka...

Nikt nie wiedział, dlaczego niektórzy ludzie stają się naturalnymi zombi, zastępując ślepą energię życiową przez czystą, upartą siłę woli. Ważną rolę grała tu postawa. Dla Rega Shoe życie dopiero się zaczynało.

Młody Sam zachował pozycję stojącą. Wyglądał, jakby zwymiotował, ale dobrze sobie poradził z przetrwaniem swojej pierwszej prawdziwej bitwy. Uśmiechnął się blado do Vimesa.

– Co będzie teraz, sierżancie? – zapytał.

Zdjął hełm i otarł czoło.

Vimes wsunął miecz do pochwy i dyskretnie wyjął z kieszeni jednego z małych przyjaciół pani Goodbody.

– To zależy, co się będzie działo tam…

Skinął na drugą stronę ulicy. Sam obejrzał się posłusznie i zapadł w sen.

Vimes schował pałkę. Zauważył, że Coates mu się przygląda.

– Po czyjej jesteś stronie, Ned? – zapytał.

– Dlaczego walnął pan tego dzieciaka? – spytał Ned.

– Żeby się nie pchał do walki. Masz mi coś do powiedzenia?

– Niewiele, sierżancie. – Ned się uśmiechnął. – Wszyscy dzisiaj wiele się uczymy, prawda?

– Fakt – przyznał Vimes.

– Na początek tego, że są dranie gorsi niż pan.

Tym razem uśmiechnął się Vimes.

– Ale ja bardziej się staram, Ned.

– Zna pan Carcera?

– To morderca. Zabójca z zimną krwią. Kanalia. I z mózgiem.

– I teraz to dojdzie do końca?

– Tak. Musi. Musimy to przerwać, Ned. To jedyna szansa. Skończy się tutaj albo wcale. Możesz sobie go wyobrazić na wolności teraz, kiedy zaprzyjaźnił się ze Snapcase'em?

– Owszem, mogę – stwierdził Ned. – Dobrze, że nie planowałem niczego na dziś wieczór, nie? Ale może mi pan coś zdradzić, sierżancie? Skąd pan wie to wszystko?

Vimes się zawahał. Ale w takiej chwili, co tu deliberować…

– Jestem z tego miasta – powiedział. – Tylko że, no… trafiłem na dziurę w czasie czy coś takiego. Chcesz wiedzieć? Przybyłem tu z innego czasu, Ned, taka jest prawda.

Ned Coates zmierzył go wzrokiem od stóp do głów. Vimes miał pancerz, ręce i połowę twarzy we krwi. W dłoni trzymał zakrwawiony miecz.

– Z jak dawna? – zapytał Ned.

Czas się zatrzymał. Coates znieruchomiał i stracił kolory, wtapiając się w świat szarości.

– Już prawie koniec, wasza łaskawość – odezwał się sprzątacz zza pleców Vimesa.

– Na bogów! – wrzasnął Vimes i cisnął miecz. – Nie zdobywasz tu sobie przyjaciół, wiesz?

Miecz nie doleciał do ziemi. Zawisł kilka cali od jego dłoni i zblakł do szarości.

– Jest kilka spraw, które musimy panu wyjaśnić – mówił sprzątacz, jak gdyby wisząca w powietrzu broń była dla niego nieistotnym szczegółem.

– Co się dzieje z tym nieszczęsnym mieczem? – zapytał Vimes, dla którego ten szczegół był istotny.

– Czas się zatrzymał dla wszystkich oprócz pana – tłumaczył cierpliwie sprzątacz. – W rzeczywistości to zdanie jest błędne w każdym szczególe, ale to bardzo wygodne kłamstwo. Potrzebujemy paru chwil, żeby wszystko przygotować...

Teraz dopiero Vimes miał czas – w pewnym sensie – żeby się rozejrzeć. Cała ulica stała się ciemniejsza, jakby walka toczyła się o pierwszym brzasku przedświtu. Jedynymi plamami koloru były twarze i szaty sprzątacza oraz Qu, którzy ciągnęli ręczny wózek. Leżały na nim dwie kamienne kolumny i owinięte w całun ciało Johna Keela.

– Mamy dobre wieści – oznajmił sprzątacz.

– Dobre? – rzucił słabym głosem Vimes. Podszedł do ciała.

– W samej rzeczy – potwierdził Qu, odwiązując kamienne walce. – Myśleliśmy, że trzeba będzie pana namówić do zdjęcia pancerza, ale uważam, że to zbędne.

– Bo pancerz zostanie tutaj – uzupełnił Lu-Tze. – Tutaj należy, rozumie pan.

– Nie – odparł Vimes. – Nie wiem, o czym mówicie, do demona. – Dotknął ciała. – Jakie zimne. Tak jak zapamiętałem. Był taki zimny...

– Kostnica tak robi z ludźmi – wyjaśnił rzeczowo sprzątacz.

– A teraz niech pan uważa, komendancie – zaczął Qu. – Kiedy uruchamiamy...

Vimes spojrzał na niego z mordem w oczach. Sprzątacz położył dłoń na ramieniu Qu.

– Mamy sprawy do załatwienia. Zajmą minutę czy dwie.

– Tak, ale to ważne, żeby on wiedział...

– Mamy sprawy do załatwienia. Zajmą minutę czy dwie – powtórzył sprzątacz za znaczącą miną.

– Och? Co? Aha. Tak... sprawy. Do załatwienia. Załatwienia tych... ehm... spraw.

Odeszli. Vimes widział kątem oka, że chodzą tam i z powrotem przez ulicę, jakby dokonywali pomiarów.

Popatrzył na Johna Keela. Co mógł mu powiedzieć? Przykro mi, że nie żyjesz? W oryginalnej przeszłości Keel zginął na barykadzie, nie w bójce ulicznej. Ale był tak samo martwy.

Vimes miał dość mglisty stosunek do religii. Chodził na pogrzeby strażników i na takie ceremonie religijne, na jakich wypadało się pojawiać komendantowi straży, ale co do reszty... Człowiek widywał czasem takie rzeczy, po których nie mógł uwierzyć nie tylko w bogów, ale też w normalne człowieczeństwo i świadectwo własnych oczu. Z tego, co pamiętał, Keel miał zbliżone poglądy. Trzeba robić swoje. Jeśli istnieli bogowie, człowiek spodziewał się po nich, że też robią swoje, i nie przeszkadzał im w pracy.

Co można powiedzieć martwemu glinie? Co sam by chciał, by zostało powiedziane?

Ach...

Pochylił się.

– Ten drań Carcer za to zadynda – szepnął i odstąpił.

Sprzątacz za nim zakaszlał teatralnie.

– Gotów, wasza łaskawość? – zapytał.

– Dostatecznie gotów – odparł Vimes.

– Mówiliśmy panu o pancerzu – przypomniał sprzątacz. – Będzie...

– Chodzi o to, komendancie – przerwał Qu – że pan, ten typ Carcer, cała odzież i posiadane przedmioty, z którymi przybyliście, tworzą wydłużoną transczasową anomalię znajdującą się w stanie silnego naprężenia.

Vimes spojrzał na sprzątacza.

– Bardzo trudno jest przenieść rzeczy poza czas, do którego należą, ale trzeba o wiele mniej energii, żeby przerzucić je z powrotem tam, gdzie były – przetłumaczył sprzątacz.

Vimes nadal patrzył.

– Wszystko naprawdę, ale to naprawdę chce zostać tam, gdzie być powinno – spróbował sprzątacz.

– A tutaj masz rację – zgodził się Vimes.

– My tylko... smarujemy ścieżkę – ciągnął sprzątacz. – Popychamy lekko, a wszystko wskakuje na miejsce. I pan wraca. Zdążył pan coś zjeść dzisiaj rano?

– Nie!

– Czyli nie powinno się zbytnio nabrudzić – uznał sprzątacz. A kiedy Vimes spojrzał zdziwiony, wyjaśnił: – Niestrawiona żywność. Zostanie tutaj, rozumie pan.

– To znaczy, że rozerwie mi...

– Nie, nie, nie – uspokoił go pospiesznie Qu. – Niczego pan nie zauważy. Ale jakiś pożywny posiłek zaraz po powrocie byłby dobrym rozwiązaniem.

– Pancerz też zostanie?

– Tak, wasza łaskawość – rozpromienił się Qu. – Wszystko. Opaska na oko, skarpety, wszystko.

– Buty też?

– Tak. Wszystko.

– A moje gatki?

– One też. Wszystko.

– Czyli zjawię się tam goły?

– Jedyny kostium, który zawsze jest modny – uśmiechnął się sprzątacz.

– W takim razie dlaczego pancerz dotarł tu ze mną, kiedy przybyłem? A ten piekielny Carcer miał swoje noże, to pewne!

Qu otworzył usta, ale sprzątacz był szybszy.

– Trzeba tysiąca kroków, aby dotrzeć na szczyt góry, ale jeden skok zniesie pana z powrotem na dół – powiedział. – Jasne?

– No, to chyba ma sens... – zaczął Vimes.

– Przecież to nie tak działa, Lu-Tze! – jęknął Qu.

– Nie – zgodził się sprzątacz. – Ale to kolejne dobre kłamstwo. Proszę posłuchać, komendancie. Nie mamy akurat wściekle potężnej burzy i nie mamy dosyć zmagazynowanego czasu. To operacja polowa. Nie możemy sobie pozwolić na nic więcej. Przerzucimy z powrotem i pana, i pańskiego więźnia, choć prawie na pewno nie dotrzecie w to samo miejsce. Z powodu kwantów. Dostatecznie trudno jest dopilnować, żeby nie zjawił się pan dwieście stóp nad ziemią, może mi pan wierzyć. Przepychanie też pańskich rzeczy, gdy one należą do tego czasu, wymaga zbyt wielkich energii. Jest pan gotów? Niech pan wróci na to miejsce, gdzie pan stał. Niech pan jak najszybciej przedostanie się do Carcera. Musi go pan chwycić, inaczej zostanie tutaj.

– Dobrze. Ale wiele tu pozmieniałem!

– Niech pan to zostawi nam.

– A co z Keelem? – dopytywał się Vimes, odchodząc z ociąganiem.

– Proszę się nie martwić. Mówiliśmy panu w świątyni. Włożymy na niego pańską zbroję. Okaże się, że zginął w walce.

– Dopilnujcie, żeby nic złego się nie przytrafiło młodemu Samowi! – poprosił Vimes.

Qu pchnął go lekko na miejsce. Małe kamienne kolumny zawirowały.

– Dopilnujemy.

– I żeby Reg Shoe miał przyzwoity pogrzeb.

– Dopilnujemy.

– Tylko zakopcie go płytko, bo za parę godzin będzie chciał wyjść!

Qu szturchnął go raz jeszcze.

– Do widzenia, komendancie!

Czas powrócił.

Ned przyglądał mu się czujnie.

– Co się właśnie stało, sierżancie? Rozmył się pan.

– Miałeś tylko jedno pytanie, Ned. – Przez chwilę Vimes walczył z mdłościami. – A teraz pokażmy Snapcase'owi, gdzie jest granica, co? Skończmy...

Ruszyli do szturmu. Inni dołączali do nich w biegu.

Vimes zapamiętał to jakby w zwolnionym tempie. Niektórzy z ludzi Carcera na ich widok rzucili się do ucieczki, niektórzy unieśli broń. Carcer uśmiechał się tylko. Vimes kierował się ku niemu, robiąc uniki i omijając walczących. Przyspieszył, uderzał ramieniem i odpychał wszystkich na boki. Carcer podniósł miecz i przyjął postawę, ale w ścisku nie miał miejsca na finezję. Vimes zaatakował jak byk, odbił klingę do góry i złapał Carcera za gardło.

– Wpadłeś, kolego – powiedział.

A potem wszystko okryła czerń.

Później miał uczucie, że powinno to wyglądać ciekawiej. Przydałyby się pędzące błękitne tunele, błyski, słońce powinno gnać raz za razem po niebie... Nawet spadające z kalendarza kartki byłyby lepsze.

Otaczała go jednak czerń najgłębszego snu, aż raptem poczuł ból, kiedy uderzył o podłogę.

Ktoś go chwycił i podniósł na nogi. Gdy Vimes skupił wzrok, ujrzał kapitana Marchewę.

– Dobrze znów pana widzieć, sir. Oj...

– Nic mi nie jest – wychrypiał Vimes, choć odnosił wrażenie, że krtań ma zasypaną piaskiem. – Gdzie Carcer?

– Ma pan paskudne cięcie na...

– Naprawdę? Zadziwiające – warknął Vimes. – Gdzie jest Carcer, do demona?

– Nie wiemy, sir. Przed chwilą zjawił się pan w powietrzu i wylądował na podłodze. Z mnóstwem niebieskich światełek, sir!

– Aha... – mruknął Vimes. – No cóż, gdzieś przecież wrócił. Prawdopodobnie gdzieś blisko.

– Słusznie, sir. Powiem ludziom, żeby...

– Nie, daj spokój – przerwał mu Vimes. – Poczeka. W końcu dokąd mógłby pójść?

Nie był zbyt pewny własnych nóg. Zupełnie jakby należały do kogoś innego, kogoś z bardzo marnym wyczuciem równowagi.

– Jak długo byłem... mnie nie było? – zapytał.

Wystąpił Myślak Stibbons.

– Około pół godziny, wasza łaskawość. My tu, ehm... wysunęliśmy hipotezę, że nastąpiły jakieś zakłócenia czasowe, co w połączeniu z uderzeniem pioruna i rezonansem stojącej fali Biblioteki spowodowało przebicie czasoprzestrzeni...

– Tak, tak się mniej więcej czułem – przerwał mu Vimes. – Pół godziny, mówiłeś?

– Wydawało się, że dłużej? – Myślak wyjął notatnik.

– Trochę – przyznał Vimes. – Czy ktoś ma zapasowe gatki?

Widzę stąd twój dom...

Taki był Carcer. Lubił, kiedy człowiek wrzał, kiedy używał wyobraźni.

A Vimes powiedział: Dokąd mógłby pójść?

– Kapitanie, chcę, żeby każdego człowieka, który nie jest niezbędny, wszystkich, co do jednego, wysłał pan do mojego domu. Teraz. Rozumie pan? Proszę to zrobić. Natychmiast. – Zwrócił się do Ridcully'ego. – Nadrektorze, może mnie pan tam przenieść szybciej?

– Straż zwraca się o magiczną pomoc? – zdumiał się nadrektor.

– Proszę – powiedział Vimes.

– Oczywiście, ale zdaje pan sobie sprawę, że nie ma pan na sobie ubrania...

Vimes zrezygnował. Ludzie zawsze domagali się wyjaśnień... Ruszył, pokonując galaretę w nogach, przebiegł przez ośmiokąt dziedzińca, po trawnikach, aż dotarł do uniwersyteckiego Mostu Sporego, gdzie przemknął obok Nobby'ego i Colona. Porwała ich fala strażników, biegnących, by dotrzymać kroku komendantowi.

Po drugiej stronie mostu leżał ogród znany jako Rozkosz Magów. Vimes ruszył na przełaj, a gałązki smagały go po gołych nogach; potem znalazł się na starej ścieżce holowniczej i błoto mieszało się na skórze z krwią. Dalej w prawo i w lewo, obok zaskoczonych przechodniów, aż w końcu poczuł pod stopami kocie łby bruku alei Scoone'a. Złapał drugi oddech i jeszcze trochę przyspieszył. Nie zwalniał, dopóki nie dotarł do żwirowego podjazdu; niemal padł przed frontowymi drzwiami, zawisając na sznurze dzwonka.

Usłyszał szybkie kroki i ktoś gwałtownie otworzył drzwi.

– Jeśli nie jesteś Willikinsem – warknął Vimes, próbując zogniskować wzrok – to będą kłopoty!

– Wasza łaskawość! – Kamerdyner wciągnął go do holu. – Co się z panem działo?

– Nic! Przygotuj mi tylko czysty mundur, cicho i dyskretnie, żeby Sybil się nie zorientowała...

Odgadł wszystko po tym, jak zmieniła się twarz kamerdynera.

– Coś się stało Sybil?

Willikins się cofnął. Niedźwiedź by się cofnął.

– Proszę tam nie wchodzić! Pani Content mówi, że... to dość trudne. Sprawy nie... nie dzieją się całkiem tak, jak powinny...

– Dziecko się urodziło?

– Nie, wasza łaskawość. To raczej... Pani Content twierdzi, że próbuje wszystkiego, ale może... powinniśmy posłać po lekarza, wasza łaskawość.

– Do porodu?

Willikins spuścił wzrok. Po dwudziestu niewzruszonych latach służby teraz dygotał. Nikt nie zasługiwał na konfrontację z Samem Vimesem w takiej chwili.

– Przykro mi, wasza łaskawość...

– Nie! – zawołał Vimes. – Nie posyłaj po lekarza! Ja znam lekarza, który wie wszystko o... takich rzeczach! Lepiej, żeby wiedział!

Wybiegł przed dom akurat na czas, by zobaczyć lądującą na trawniku miotłę pilotowaną przez samego nadrektora.

– Pomyślałem, że lepiej przylecę na wszelki wypadek – oświadczył Ridcully. – Czy mógłbym...

Vimes wskoczył na miotłę, zanim mag zdążył zsiąść.

– Proszę mnie zabrać na Migotliwą. Może pan to zrobić? – zapytał. – To... ważne.

– Niech pan się trzyma, wasza łaskawość – ostrzegł Ridcully.

Żołądek spłynął Vimesowi do nóg, gdy miotła niemal pionowo wzbiła się w powietrze. Vimes zanotował w pamięci, żeby awansować Buggy'ego Swiresa i kupić mu myszołowa, o którym zawsze marzył. Komuś, kto dla dobra miasta codziennie gotów jest przeżywać coś takiego, nie można dać za dużej pensji.

– Proszę sięgnąć do mojej lewej kieszeni – powiedział Ridcully, kiedy znaleźli się już wysoko. – Jest tam coś, co, jak sądzę, należy do pana.

Nerwowo, świadomy, co może zawierać kieszeń maga, Vimes wyciągnął z niej bukiet papierowych kwiatów, sznur powiązanych razem chorągiewek... i srebrną cygarnicę.

– Wylądowała kwestorowi na głowie – wyjaśnił nadrektor, omijając mewę. – Mam nadzieję, że nie jest uszkodzona.

– Jest... w świetnym stanie – zapewnił Vimes. – Dziękuję. Ehm... Włożę ją teraz z powrotem, dobrze? Chyba nie mam akurat na sobie żadnych kieszeni.

Odnalazła drogę powrotną, pomyślał. Jesteśmy w domu.

– Natomiast zdobiony pancerz spadł w budynku Magii Wysokich Energii – ciągnął Ridcully. – Z przyjemnością muszę poinformować, że jest...

– Bardzo mocno pogięty i pokrzywiony? – przerwał mu Vimes.

Ridcully się zawahał. Znał opinię komendanta o złoceniach.

– Całkowicie, wasza łaskawość. Zupełnie powyginany z powodu kwantowych cosiów, jak podejrzewam.

Vimes zadrżał. Wciąż był nagi. Na tej wysokości przydałby się nawet znienawidzony galowy mundur. Ale to już nie miało znaczenia. Ozdoby i pióropusze, odznaki i zimno... Inne sprawy były o wiele ważniejsze. I zawsze będą.

Zeskoczył z miotły, zanim się zatrzymała, potknął się, zatoczył i wpadł na drzwi doktora Lawna. Uderzył w nie pięściami.

Po chwili uchyliły się nieco i odezwał się znajomy, trochę tylko zmieniony wiekiem głos.

– Tak?

Vimes mocno pchnął drzwi, które stanęły otworem.

– Proszę mi się przyjrzeć, doktorze – powiedział.

Lawn wytrzeszczył oczy.

– Keel?

W drugiej ręce trzymał największą strzykawkę na świecie.

– Niemożliwe. Johna Keela pochowali. Wie pan, że tak. – Vimes zauważył potężny instrument w dłoni Lawna. – Co, u demona, chce pan tym czymś robić?

– Podlać indyka. Ale kim pan jest? Bo wygląda pan całkiem...

– Niech pan bierze wszystkie swoje akuszerskie sprzęty i idzie ze mną. Wszystkie te śmieszne narzędzia, o których pan mówił, że tak dobrze działają. Proszę je wziąć. Zaraz. A ja zrobię z pana najbogatszego lekarza, jaki żył na tym świecie – obiecał Vimes, człowiek mający na sobie tylko krew i błoto.

Lawn niepewnie skinął w stronę kuchni.

– Muszę tylko wyjąć indyka...

– Niech się wypcha!

– Już go...

– Idziemy!

Miotła nie leciała zbyt lekko z trójką pasażerów, ale i tak była szybsza niż marsz, a Vimes wiedział, że nie jest już zdolny do żadnego wyniku. Brakowało mu tchu i sił już wtedy, kiedy pierwszy raz dobiegł do domu. Teraz nawet utrzymanie się w pionie było próbą wytrzymałości. Miał do wyboru czołgać się albo lecieć z nadrektorem.

Miotła ciężko opadła z nieba i wylądowała niepewnie na trawniku.

– Rodząca jest na górze, duża sypialnia po lewej. – Vimes pchnął lekarza do schodów. – Jest tam akuszerka, nie ma o niczym pojęcia. Każde pieniądze, jakich pan zażąda. Proszę iść.

Lawn odszedł pospiesznie. Wspierany przez Ridcully'ego Vimes podążył za nim dość sztywno. Gdy jednak dotarli do drzwi, lekarz wyszedł tyłem, bardzo powoli. Szybko stało się jasne, że powodem jest wielka kusza Detrytusa dotykająca jego nosa.

Gdy Vimes przemówił, głos miał nieco zduszony, gdyż leżał płasko na ziemi.

– Odłóżcie kuszę, sierżancie – powiedział.

– Wpadł tu biegiem, panie Vimes – zahuczał Detrytus.

– Bo jest lekarzem, sierżancie. Przepuśćcie go na górę. To rozkaz. Będę wdzięczny.

– Robi się, panie Vimes – odparł Detrytus, odsunął się niechętnie i zarzucił kuszę na ramię.

I właśnie wtedy wystrzeliła.

Kiedy ucichł grzmot, Vimes wstał i rozejrzał się. Prawdę mówiąc, niespecjalnie lubił te krzewy. I bardzo dobrze. Nie pozostało nic prócz kilku pni drzew, po jednej stronie całkiem pozbawionych kory. W kilku miejscach się paliło.

– Przepraszam, panie Vimes – powiedział troll.

– Co ci mówiłem o Panu Bezpieczniku? – spytał słabym głosem Vimes.

– Kiedy Pan Bezpiecznik nie działa, Pan Kusza nie jest twoim przyjacielem – wyrecytował Detrytus i zasalutował. – Przepraszam, sir, ale wszyscy jesteśmy trochę spięci.

– Ja jestem na pewno. – Ridcully podniósł się z trawnika i wygrzebał gałązki z brody. – Przez resztę dnia chyba nie będę mógł normalnie chodzić. Proponuję, sierżancie, żebyśmy podnieśli doktora, ocucili go pod pompą i zabrali na górę...

Wszystko, co działo się potem, przypominało Vimesowi sen na jawie. Jak duch poruszał się po własnym domu pełnym strażników. Nikt nie chciał być gdziekolwiek indziej.

Ogolił się bardzo powoli, skupiony na każdym pociągnięciu. Poprzez różowy obłok w głowie docierały do niego rozmaite głosy.

– ...mówi, że trzeba je ugotować, te paskudne, obrzydliwe narzędzia! A po co, żeby zmiękły?

– ...trolle i krasnoludy na dzisiejszą noc, każde okno pokryte, ale naprawdę pokryte...

– ...stanął nade mną i mówi, że trzeba je porządnie gotować przez dwadzieścia minut! Jakby to była kapusta...

– ...teraz poprosił o małą brandy...

– ...pani Content wypadła wściekła, a on powiedział, żeby jej więcej nie wpuszczać...

– ...przyszedł Igor i chciał pomóc, ale Lawn tylko spojrzał i powiedział, że dopiero kiedy wygotuje się przez dwadzieścia minut...

– ...jeśli się tak zastanowić, to zwykły doktorek...

– ...jak wszystko dobrze się skończy, Kamienna Gęba obsypie go złotem...

– ...tak, a jak się skończy źle?

Vimes włożył uliczny mundur. Poruszał się wolno i siłą woli zmuszał wszystkie kończyny, by zajęły właściwe miejsca. Uczesał się. Zszedł do holu. Z hełmem na kolanach usiadł na niewygodnym krześle. Wokół niego krzątały się duchy żywych i umarłych.

Zwykle – zawsze – istniała jakaś część Vimesa, która obserwowała pozostałe części, ponieważ był policjantem do szpiku kości. Tym razem jej nie było. Siedziała z całą resztą Vimesa, patrzyła w pustkę i czekała.

– ...niech ktoś zaniesie jeszcze ręczniki...

– ...teraz poprosił o dużą brandy!

– ...chce się widzieć z panem Vimesem!

Mózg rozjarzył się od jakiejś lampki kontrolnej działającej na najbardziej podstawowym poziomie. Vimes wszedł po schodach z hełmem pod pachą, jak człowiek, który ma wysłuchać wyroku. Zapukał do drzwi.

Otworzył mu Lawn. W drugiej ręce trzymał duży kieliszek brandy. Odsunął się z uśmiechem.

Sybil siedziała w łóżku. Trzymała coś owiniętego w szal.

– Ma na imię Sam, Sam – powiedziała. – I żadnych dyskusji.

Zajaśniało słońce.

– Nauczę go chodzić – rozpromienił się Vimes. – Potrafię uczyć ludzi chodzenia!

I zasnął, zanim uderzył o dywan.

To był przyjemny spacer w pogodny wieczór. Ciągnąc za sobą smugę dymu z cygara, Vimes dotarł do Pseudopolis Yardu, gdzie wysłuchał oklasków i gratulacji, a także podziękował swoim ludziom za piękne kwiaty.

Następnym przystankiem był dom doktora Lawna, gdzie usiadł i dłuższą chwilę rozmawiał o takich sprawach jak pamięć, która potrafi być zawodna, oraz zapomnienie, które może się okazać bardzo korzystne.

Potem razem z lekarzem udał się do banku. Instytucja ta, co nie powinno dziwić, chętnie podjęła pracę poza normalnymi godzinami, by obsłużyć klienta, który był diukiem, najbogatszym człowiekiem w mieście i komendantem Straży Miejskiej oraz – co nie najmniej ważne – był też gotów rozwalić drzwi. Tam podpisał przekazanie stu tysięcy dolarów oraz własności dużego narożnego budynku przy Gęsiej Bramie na rzecz niejakiego doktora J. Lawna.

Potem, już samotnie, poszedł na cmentarz Pomniejszych Bóstw. Prawowity Pierwszy, niezależnie od swych prywatnych opinii, wiedział, że w tę noc nie powinien zamykać bramy. Napełnił też lampy olejem.

Vimes szedł wolno żwirowaną, porośniętą mchem alejką. O zmierzchu kiście bzu zdawały się błyszczeć. Ich zapach wisiał w powietrzu niczym mgła.

Komendant po gęstej trawie dotarł do grobu Johna Keela i usiadł na nagrobku, uważając, by nie naruszyć wieńców. Sierżant z pewnością by zrozumiał, że gliniarz musi czasem ulżyć swoim stopom.

Vimes dopalił cygaro i zapatrzył się w zachodzące słońce.

Po chwili zdał sobie sprawę z cichego drapania po lewej stronie. Mimo zmroku zobaczył, jak na jednym z grobów zapada się murawa. Z ziemi wysunęła się szara ręka ściskająca łopatę. Kawałki murawy uniosły się, opadły na boki i Reg Shoe powstał z grobu. Wydobył się już prawie do połowy, kiedy zauważył Vimesa i niemal wpadł z powrotem.

– Och! Przestraszył mnie pan na śmierć, panie Vimes!

– Przepraszam, Reg.

– Oczywiście, kiedy mówię, że przestraszy mnie pan na śmierć... – zaczął ponuro zombi.

– Tak, zrozumiałem. Spokojnie tam na dole, co?

– Bardzo spokojnie, sir, bardzo spokojnie. Ale myślę, że do przyszłego roku muszę sobie kupić następną trumnę. Te nowe nie wytrzymują długo.

– Sądzę, że niewielu spodziewa się po nich trwałości – zauważył Vimes.

Reg powoli zasypał otwór ziemią.

– Wiem, wszyscy uważają to za dziwactwo, ale uważam, że jestem im to winien – powiedział. – Tylko jeden dzień w roku, ale to jakby... solidarność.

– Z uciskanymi masami, co? – rzucił Vimes.

– Słucham, sir?

– Ja tam nie będę krytykował, Reg – zapewnił radośnie Vimes.

To był moment perfekcji. Nawet Reg, starannie wyrównujący ziemię i przyklepujący murawę, nie mógł go zakłócić.

Nadejdzie czas, kiedy wszystko stanie się jasne, mówił sprzątacz. Moment perfekcji.

Leżący w tych grobach zginęli za coś ważnego. Vimes widział to w blasku zachodzącego słońca, we wschodzie księżyca, w smaku cygara i w cieple, jakie przychodzi z samego zmęczenia.

Historia znalazła sposób. Natura wydarzeń uległa zmianie, ale natura poległych nie. Paskudne, niegodne starcie doprowadziło do ich końca – drobny, upstrzony przez muchy przypis historii. Ale oni sami nie byli paskudni ani niegodni. Nie uciekli, choć mogli uciec, nie tracąc honoru. Zostali... Zastanowił się, czy ścieżkę przed sobą widzieli wtedy tak samo wyraźnie jak on teraz. Zostali nie dlatego, że chcieli być bohaterami, ale postanowili uznać to za swoją robotę i mieli ją przed sobą...

– To ja już pójdę, sir – powiedział Reg, zarzucając na ramię łopatę. Wydawał się bardzo daleki. – Sir?

– Tak, oczywiście. W porządku, Reg. Dziękuję – wymamrotał Vimes i w ciepłym lśnieniu tej chwili patrzył, jak kapral maszeruje w mroku alejką do miasta.

John Keel, Billy Wiglet, Horacy Nancyball, Dai Dickins, Cecil „Ryjek" Clapman, Ned Coates i – formalnie – Reg Shoe. Prawdopodobnie nie więcej niż dwudziestu ludzi w mieście znało te wszystkie nazwiska, ponieważ nie mieli pomników ani tablic pamiątkowych i nic nigdzie nie zostało zapisane. Trzeba było tam być, żeby wiedzieć.

Czuł się zaszczycony, że mógł tam być dwa razy.

Słońce zniknęło i rozlała się noc. Z cieni, gdzie kryła się w czasie dnia, wypływały i łączyły się strumienie mroku. Miał wrażenie, że jego zmysły także się rozlewają, wysuwają jak wąsy wielkiego ciemnego kota.

Za bramą cmentarza gwar miasta nieco przycichł, choć Ankh-Morpork nigdy naprawdę nie zasypiało. Prawdopodobnie ze strachu.

Vimes czuł teraz, w tym niezwykłym, niezmąconym spokoju, że może usłyszeć wszystko, wszystko, jak wtedy, w tej strasznej chwili na ulicy Bohaterów, kiedy historia przyszła odebrać swoje. Słyszał ciche trzaski stygnącego kamiennego muru, szelest ziemi osiadającej na opuszczonej mogile Rega, szum długich traw wokół grobów... tysiące drobnych odgłosów łączących się w bogatą fakturę zlokalizowanej ciszy. To była pieśń ciemności, a w niej, na samej granicy słyszalności – fałszywa nuta.

Pomyślmy... Dom jest pilnowany, i to przez ludzi pewnych, którym mógł ufać, że nie będą stać w tępym znudzeniu, ale zachowają czujność przez całą noc. Nie musiał im tłumaczyć, jakie to ważne. Czyli dom jest bezpieczny. Wszystkie komisariaty też wystawiły podwójne posterunki...

Coś było nie w porządku z grobem Keela. Zawsze, każdego roku, leżało tam jajko, taki drobny żarcik z historii. Ale teraz wydawało się, że nie zostało nic prócz odłamków skorupki...

Schylił się, by popatrzeć uważniej, i ostrze świsnęło mu nad głową.

Bestia była gotowa. Bestia nie myślała o osłonie i gardzie. Bestia w ogóle nie myślała. Ale bez przerwy węszyła, obserwowała cienie, sprawdzała noc... I jeszcze niemal przed świstem miecza pchnęła dłoń Vimesa do kieszeni.

Pochylony, odwrócił się i jednym z najznakomitszych produktów pani Goodbody uderzył Carcera w kolano. Usłyszał, jak coś chrupnęło, rzucił się w górę i do przodu, i powalił Carcera na ziemię.

Nie było w tym żadnej zaplanowanej akcji. Bestia zerwała się z łańcucha i chciała zabijać. Nieczęsto się zdarzało, by Vimes miał pewność, że może zmienić świat na lepssze, ale teraz miał. Wszystko było całkiem oczywiste.

A także bardzo trudne. Miecz zniknął – poleciał w trawę. Lecz Carcer walczył i był twardy jak dąb. Bardzo trudno samymi rękami zabić człowieka, który nie chce dać się zabić.

Vimes strząsnął z dłoni kastet, ponieważ teraz zamierzał dusić. Nie miał jednak miejsca. Carcer usiłował wbić mu kciuk w oko.

Przetaczali się po grobach, szarpiąc się i walcząc o przewagę. Krew napływała Vimesowi do lewego oka. Jego wściekłość potrzebowała tylko jednej sekundy, ale nie mogła jej uzyskać.

Potoczył się i wyrzucił rękę w bok.

I trafił na miecz. Przetoczył się znowu, i jeszcze raz, po czym wstał z bronią w ręku.

Carcer także się obrócił i teraz podnosił, zaskakująco szybko jak na człowieka z jednym tylko sprawnym kolanem. Vimes zauważył, że podciąga się, chwytając za krzak bzu; kwiaty i aromat spływały w ciemności ku ziemi.

Zgrzytnął metal. Na chwilę błysnęło ostrze noża. I zabrzmiał krótki chichot, ten śmieszek, mówiący: przyznasz, że niezła zabawa, co?

– No więc kto mnie teraz aresztuje? – zapytał Carcer. Obaj dyszeli ciężko. – Sierżant Keel czy komendant Vimes?

– A kto powiedział, że będziesz aresztowany? – Vimes usiłował wypełnić płuca powietrzem. – To jest obrona własna.

– Była, panie Vimes – oświadczył cień. – Tylko że teraz stoję przed tobą. – Metal upadł na żwirową alejkę. – I nie jestem już uzbrojony, haha. Odrzuciłem moją ostatnią broń. Nie możesz zabić bezbronnego, panie Vimes. Musisz mnie teraz aresztować. Zawlec mnie do Vetinariego. Pozwolić mi powiedzieć, co mam do powiedzenia, haha. Nie możesz mnie zabić, kiedy tak sobie stoję.

– Nikt nie chce słuchać, co masz do powiedzenia, Carcer.

– No to musisz mnie zabić, panie Vimes. Nie mam broni. Nie mogę uciekać.

– Zawsze masz zapasowy nóż, Carcer – stwierdził Vimes mimo ryku bestii.

– Nie tym razem. Ale spokojnie, panie Vimes. Nie można mieć do człowieka pretensji o to, że próbuje, co? Człowiek musi się jakoś starać, prawda? Bez urazy, co?

To był cały Carcer. Bez urazy. Stara się. Nie można mieć pretensji o to, że próbuje.

Te niewinne słowa w jego ustach stawały się brudne.

Vimes zbliżył się o krok.

– Masz przytulny dom, panie Vimes. A co ja mam?

I był przekonujący. Potrafił nabrać każdego. Można było niemal zapomnieć o trupach.

Vimes spojrzał pod nogi.

– Oj, przepraszam – powiedział Carcer. – Przeszedłem po twoim grobie... Ale nie chciałem urazić...

Vimes milczał. Bestia wyła wściekle. Chciała zamknąć tę gębę.

– Nie zabijesz mnie przecież, panie Vimes. Nie ty. Nie z tą odznaką. To nie w twoim stylu, panie Vimes.

Vimes niemal machinalnym gestem zerwał odznakę z munduru.

– No tak... Wiem, że chcesz mnie nastraszyć, panie Vimes. I wielu by uznało, że masz do tego prawo. Ale patrz, co robię: wyrzucam teraz mój drugi nóż, haha, wiedziałeś, że mam drugi, co?

Ten głos... potrafił sprawić, że człowiek zaczynał wątpić w to, o czym wiedział.

– Dobrze, dobrze, widzę, że jesteś zdenerwowany, haha, nic dziwnego, a przecież wiesz, że zawsze mam też trzeci nóż... No więc rzucam go teraz, popatrz, już upadł.

Vimesa dzielił od niego już tylko jeden, może dwa kroki.

– To koniec, panie Vimes. Nie mam więcej noży. Nie mogę uciec. Poddaję się. Tym razem żadnych sztuczek, rezygnuję. Aresztuj mnie tylko. Przez pamięć starych czasów.

Bestia ryczała w umyśle Vimesa. Wrzeszczała, że nikt nie będzie miał pretensji, jeśli pozbawi kata dziesięciu dolarów i darmowego śniadania. A można też tłumaczyć, że szybkie pchnięcie w tej chwili będzie rozwiązaniem miłosiernym, bo każdy kat wie, że można sprawę załatwić lekko albo ciężko, a w kraju nie było nikogo, kto pozwoliłby Carcerowi lekko odejść. Bogowie świadkami, że ta kanalia na to zasłużyła...

...ale młody Sam przyglądał mu się poprzez trzydzieści lat.

Kiedy my się załamujemy, wszystko się załamuje. Tak to działa. Można to naginać, a jeśli będzie dość gorące, można zwinąć w obręcz. Ale nie można łamać. Kiedy się złamie, łamie się coraz dalej, aż w końcu nic nie pozostaje nienaruszone. A zaczyna się to tutaj i teraz.

Opuścił miecz.

Carcer uniósł głowę i wyszczerzył zęby.

– Nigdy nie smakuje jak należy – powiedział. – Takie jajko bez soli, haha...

Vimes poczuł, że ręka sama się podnosi...

I znieruchomiał. Wściekłość stężała.

Bestia szalała wokół. I była tylko bestią. Użyteczną, ale jednak bestią. Można ją trzymać na łańcuchu, kazać tańczyć albo żonglować piłkami. Nie myślała. Była tępa. Za to człowiek... człowiek nie był bestią.

Nie musiał robić tego, co chciała. Kiedy jej słuchał, wygrywał Carcer.

Rzucił miecz.

Carcer wpatrywał się w niego; błysk nagłego uśmiechu Vimesa bardziej niepokoił niż stężały grymas wściekłości. I nagle w dłoni Carcera błysnęła stal. Ale Vimes był już przy nim, chwycił za rękę, raz za razem uderzał nią o nagrobek Keela, aż z pokrwawionych palców wypadł czwarty nóż. Wtedy postawił Carcera na nogi, wykręcając do tyłu obie ręce, i pchnął z całej siły na mur.

– Widzisz to niebo, Carcer? – zapytał, z ustami tuż przy uchu tamtego. – To jest zachód słońca. I gwiazdy. I jutro będą tym jaśniej świecić na mojego chłopaka, Sama, bo nie będą świecić na ciebie, Carcer. A to z tej przyczyny, że zanim jeszcze rankiem rosa wyschnie na liściach, zaciągnę cię przed Vetinariego. Będą tam świadkowie, cały tłum, i może nawet obrońca dla ciebie, jeśli znajdzie się prawnik, który na poważnie potrafi cię bronić. A potem, Carcer, zawieziemy cię na Tanty, jedna szubienica, bez kolejki, i możesz zatańczyć konopne fandango. Później spokojnie wrócę do domu i może nawet zjem jajko na twardo.

– Sprawiasz mi ból!

– A wiesz, że masz rację, Carcer! – Vimes złapał oba przeguby Carcera w żelaznym uchwycie, po czym oderwał rękaw swojej koszuli. – Rzeczywiście sprawiam, a nadal postępuję zgodnie z regulaminem. – Kilka razy okręcił ręce płótnem i zawiązał mocno. – Dopilnuję, Carcer, żebyś miał w celi wodę. Dopilnuję, żebyś dostał śniadanie, jakiego sobie zażyczysz. Dopilnuję, żeby kat nie był niedbały i nie dał ci się powoli dławić na śmierć. Sprawdzę nawet, czy nasmarowali zapadnię.

Zwolnił uchwyt. Carcer zachwiał się, a Vimes podciął mu nogi.

– Machina się nie popsuła, Carcer. Machina czeka na ciebie. – Oderwał rękaw od koszuli więźnia i obwiązał mu kostki. – Miasto cię zabije. Zakręcą się odpowiednie tryby. Będzie sprawiedliwie, zadbam o to. Potem nie powiesz, że nie miałeś uczciwego procesu. Nic już nie powiesz, haha. O to też zadbam...

Odstąpił.

– Dobry wieczór, wasza łaskawość – odezwał się lord Vetinari.

W fakturze ciemności wystąpiła zmiana, która mogła mieć kształt człowieka.

Vimes chwycił miecz i wytężył wzrok. Sylwetka zbliżyła się, stała się rozpoznawalna.

– Jak długo pan tu jest? – zapytał gniewnie.

– Och... od jakiegoś czasu – odparł Vetinari. – Podobnie jak pan, wolę przychodzić tu samotnie i... kontemplować.

– Stał pan bardzo cicho – stwierdził oskarżycielsko Vimes.

– Czy to przestępstwo, wasza łaskawość?

– I słyszał pan...?

– Bardzo sprawne aresztowanie – pochwalił Vetinari. – Gratulacje, wasza łaskawość.

Vimes zerknął na niezakrwawiony miecz.

– Tak, chyba tak – mruknął, chwilowo zbity z tropu.

– Z powodu narodzin pańskiego syna, chciałem powiedzieć.

– Och... tak. Oczywiście. Tak. No... Bardzo dziękuję.

– Zdrowy chłopak, jak dano mi do zrozumienia.

– Tak samo byśmy się cieszyli z córki – zapewnił pospiesznie Vimes.

– Naturalnie. To w końcu nowoczesne czasy. Och, widzę, że zgubił pan odznakę.

Vimes spojrzał na wysoką trawę.

– Przyjdę rano i ją znajdę. Ale to... – Podniósł jęczącego Carcera i stękając, zarzucił go sobie na ramię. – To trafi ze mną do Pseudopolis Yardu od razu.

Szli wolno żwirową alejką, zostawiając za sobą aromat bzów. Przed nimi czekał codzienny odór świata.

– Wie pan – odezwał się lord Vetinari po chwili – często przychodziło mi na myśl, że ci ludzie zasługują na jakiś odpowiedni pomnik.

– Tak? – odpowiedział wymijająco Vimes. Serce wciąż biło mu mocno. – Może na którymś z głównych placów?

– Tak, to byłby niezły pomysł.

– Może jakaś scenka w brązie? – rzucił Vimes sarkastycznie. – Na przykład wszystkich siedmiu wznoszących flagę?

– W brązie, tak...

– Naprawdę? I do tego jakiś budujący slogan?

– Coś w rodzaju, na przykład: „Wykonali pracę, którą musieli wykonać”?

– Nie! – oświadczył Vimes, zatrzymując się przed latarnią nad wejściem do krypty. – Jak pan śmie? Jak można? W tym dniu! W tym miejscu! Oni wykonali pracę, której wcale nie musieli wykonywać, a pan nic im już ofiarować nie może! Rozumie pan? Walczyli za tych, których porzucono, walczyli za siebie nawzajem i zostali zdradzeni! Tacy ludzie jak oni są zawsze! Co komu przyjdzie z pomnika? Najwyżej wzbudzi u nowych durniów wiarę, że zostaną bohaterami. Oni by tego nie chcieli. Proszę zostawić ich w spokoju. Na wieczność.

Przez chwilę szli w kłopotliwym milczeniu, a potem znów odezwał się Vetinari, jakby nie było wybuchu Vimesa.

– Na szczęście, jak się zdaje, nowy diakon w świątyni nagle poczuł powołanie.

– Jakie powołanie? – zdziwił się Vimes. Serce biło mu w przyspieszonym rytmie.

– Nigdy nie orientowałem się za dobrze w kwestiach religijnych, ale wydaje się, że napełniło go gorące pragnienie, by głosić dobrą nowinę wśród nieoświeconych pogan.

– Gdzie?

– Zasugerowałem Ting Ling.

– Przecież to na drugim końcu świata!

– Wie pan, żadne miejsce nie jest zbyt odległe dla głoszenia dobrej nowiny, sierżancie.

– No, to przynajmniej załatwia...

Vimes zatrzymał się przy bramie cmentarza. Nad głową migotała mu kolejna lampa. Upuścił Carcera na ziemię.

– Wiedział pan? Wiedział pan, do demona, tak?

– Nie, aż do... no, jakiejś sekundy temu – odparł Vetinari. – Muszę pana zapytać jak mężczyzna mężczyznę, komendancie. Czy zastanawiał się pan kiedyś, dlaczego noszę bez?

– Tak, zastanawiałem się.

– Ale nigdy pan nie zapytał.

– Nie, nigdy nie zapytałem – przyznał Vimes krótko. – To kwiat. Każdy może nosić kwiat.

– W tym dniu? W tym miejscu?

– Więc proszę mi powiedzieć.

– Przypomnę więc ten dzień, kiedy posłano mnie z pilnym zleceniem – zaczął Vetinari. – Miałem ocalić życie pewnego człowieka. Skrytobójca nieczęsto dostaje takie zadanie, chociaż w rzeczywistości już raz go wcześniej uratowałem.

Rzucił Vimesowi zagadkowe spojrzenie.

– Zastrzelił pan człowieka, który mierzył do mnie z kuszy? – spytał Vimes.

– Zgadł pan, komendancie! Tak. Mam dobre oko na sytuacje... niespotykane. Ale tym razem walczyłem z czasem. Ulice były zablokowane. Wszędzie panował chaos i zamieszanie, a przecież nie wiedziałem nawet, gdzie mam tego człowieka szukać. W końcu wybrałem drogę po dachach. I tak przybyłem wreszcie na Kablową, gdzie trwało zamieszanie innego rodzaju.

– Proszę opowiedzieć, co pan widział – poprosił Vimes.

– Widziałem, jak Carcer... znika. I widziałem, jak John Keel ginie. A w każdym razie widziałem go martwego.

– Doprawdy... – mruknął Vimes.

– Włączyłem się do walki. Porwałem od leżącego kiść bzu i chwyciłem kwiat w zęby. Chcę wierzyć, że mój udział zrobił różnicę; na pewno zabiłem czterech ludzi, choć nie czerpię z tego specjalnej dumy. To były zbiry, opryszki. Bez żadnej techniki. Poza tym ich przywódca najwyraźniej uciekł, a wraz z nim rozpadło się to morale, jakie w ogóle mieli. Ludzie z kwiatami bzu, muszę powiedzieć, walczyli jak lwy. Bez finezji, przyznaję, ale kiedy oni zobaczyli, że ich przywódca padł, rozszarpali przeciwników na strzępy. Zdumiewające. Później, już po wszystkim, przyjrzałem się Johnowi Keelowi. Bo to był John Keel, jak mogłyby się pojawić jakiekolwiek wątpliwości? Był pokrwawiony, oczywiście. Wszędzie było pełno krwi. Chociaż jego rany wydawały się odrobinę stare. A śmierć, jak wiadomo, zmienia ludzi. Pamiętam jednak, że pomyślałem: Aż tak? Odłożyłem tę sprawę jako połowę tajemnicy, a dzisiaj... sierżancie... odkryliśmy drugą połowę. To cudowne, jak ludzie mogą być do siebie podobni, nieprawdaż? Wyobrażam sobie, że nawet pański sierżant Colon niczego nie zauważył. Widział przecież, jak Keel ginie, i patrzył, jak pan dorasta...

– Dokąd to prowadzi? – zapytał ostro Vimes.

– Donikąd, komendancie. Co mógłbym udowodnić? I po co miałbym czegoś dowodzić?

– W takim razie nic nie odpowiem.

– Nie przychodzi mi do głowy, co mógłby pan odpowiedzieć – stwierdził Vetinari. – Nie. Zgadzam się. Zostawmy martwych w spokoju. Ale dla pana, komendancie, jako prezent z okazji narodzin...

– Nie ma nic, czego bym chciał – przerwał mu szybko Vimes. – Nie może mnie pan wyżej awansować. Nie zostało nic, czym mógłby mnie pan przekupić. Mam więcej, niż zasługuję. Straż działa dobrze. Nie potrzebujemy nawet nowej tarczy do strzałek...

– W imię pamięci zmarłego Johna Keela... – zaczął Vetinari.

– Ostrzegałem pana...

– ...mogę panu oddać posterunek przy Kopalni Melasy.

Zapadła cisza, w której słychać było tylko wysokie piski polujących wśród topoli nietoperzy.

– Smok go spalił lata temu – wymruczał po chwili Vimes. – Jakieś krasnoludy mieszkają teraz w piwnicy.

– Owszem, komendancie. Ale krasnoludy... Cóż, krasnoludy są tak odświeżająco otwarte na kwestię pieniędzy. Im więcej pieniędzy proponuje im miasto, tym mniej krasnoludów tam zostaje. Stajnia stoi nadal i stara wieża wyciągowa też. Dookoła solidne kamienne mury. Można wszystko odbudować. Dla pamięci Johna Keela, człowieka, który w ciągu kilku krótkich dni odmienił życie wielu ludzi, a może też ocalił nieco normalności w obłąkanym świecie. Za parę miesięcy mógłby pan zapalić lampę nad wejściem.

I znowu słychać było tylko nietoperze.

Może nawet udałoby się odtworzyć zapach, myślał Vimes. Może byłoby nad wychodkiem okno, które by się otwierało po uderzeniu w odpowiednie miejsce. Może nowi strażnicy dadzą się nauczyć starych sztuczek...

– Przydałoby się nam więcej miejsca, to prawda – przyznał z pewnym wysiłkiem.

– Widzę, że ten pomysł już się panu spodobał – stwierdził Vetinari. – Gdyby zechciał pan zjawić się jutro w moim gabinecie, moglibyśmy ustalić...

– Jutro jest proces – przypomniał ostro Vimes.

– A tak, oczywiście. I będzie uczciwy – zapewnił Patrycjusz.

– Lepiej, żeby był – oświadczył Vimes. – W końcu zależy mi, żeby ten drań trafił na szubienicę.

– W takim razie – podjął Vetinari – może potem byśmy...

– Potem wracam na jakiś czas do domu, do mojej rodziny.

– Świetnie! Dobrze powiedziane – stwierdził Vetinari, nie tracąc tempa. – Muszę wyrazić uznanie dla pańskich krasomówczych talentów. – A Vimes dosłyszał nutę ostrzeżenia w jego głosie, gdy dodał: – W tym dniu, komendancie. I w tym miejscu.

– Sierżancie sztabowy, jeśli wolno, bardzo dziękuję – odparł Vimes. – Na razie.

Złapał Carcera za kołnierz i powlókł go na spotkanie sprawiedliwości.

W drodze powrotnej na aleję Scoone'a, w ciemnościach nocy, Vimes przeszedł zaułkiem za Glinianą i zatrzymał się, gdy zauważył, że jest akurat pomiędzy tyłami lombardu i sklepu ze starzyzną, a zatem za świątynią.

Rzucił przez mur niedopałek cygara. Usłyszał, jak ląduje na żwirze, który poruszył się trochę.

Potem poszedł do domu. A świat obracał się w stronę poranka.